한국 씨니어 연합 15년

한국 씨니어 연합 15년

편   저ㅣ신용자
펴 낸 이ㅣ김원중

기   획ㅣ김재운
편   집ㅣ심성경, 송보경
디 자 인ㅣ박선경, 안은희
제   작ㅣ허석기
관   리ㅣ차정심
마 케 팅ㅣ박혜경

초판인쇄ㅣ2015년 12월 17일
초판발행ㅣ2015년 12월 23일

출판등록ㅣ제313-2007-000172(2007. 08. 29)

펴 낸 곳ㅣ상상예찬 주식회사
              도서출판 상상나무
주   소ㅣ경기도 고양시 덕양구 행주산성로 5-10(행주내동)
전   화ㅣ(031) 973-5191
팩   스ㅣ(031) 973-5020
홈페이지ㅣhttp://www.smbooks.com

ISBN   979-11-86172-20-9 (03810)

값 15,000원

한국 씨니어 연합 15년

신용자 | 집필
(사)한국씨니어연합 이사장

상상나무

원종남
(본 연합 초대 공동대표)

'한국씨니어연합 15년'을 신용자 이사장님이 집필하여 발간하게 되었다는 소식에 가슴이 뭉클하였습니다. 10여 년간 옆에서 정말 힘겨운 일을 수없이 겪으면서 오늘에 이르렀습니다.

이러한 과정을 몸소 겪은 당사자가 지난 일을 가감 없이 찾아내어 한 권의 책으로 남긴다는 것은 씨니어연합을 또 한 번 새로 태어나게 하는 일이라 여겨집니다.

이제는 한발 뒤에서 지켜보며 쉬셔도 될 것 같습니다. 오래오래 건강하고 즐거운 생활 되시기를 빕니다.

장만기
(본 연합 상임고문, 인간개발 연구원장)

신용자 회장님이 한국씨니어연합을 창설, 운영한다는 소식을 접하면서 '저분이 힘들고 어려운 일에 뛰어드는구나…' 걱정했습니다. 하지만 우려와는 다르게 많은 고비를 잘 넘겨 오늘의 발전된 사단법인 한국씨니어연합을 있게 하셨지요.

지금은 100세 시대입니다. 우리 노년세대는 70이든 80이든 앞으로의 생활을 '제2의 인생'이 아니라 '자신이 스스로 새로 태어나는 또 다른 인생'이라고 생각해야 합니다.

새로운 각오와 노력으로 우리들의 또 다른 인생을 살아가게 하는데 좋은 기폭제가 되는 '한국씨니어연합 15년'이 될 것이라 굳게 믿습니다.

15년사 발간을 크게 축하합니다.

신용길
(KB생명보험 사장, 전 교보생명 사장)

'한국씨니어연합 15년' 출간을 진심으로 축하합니다.

제가 교보생명 사장으로 일하는 동안 신 회장님의 단체운영을 위한 혼신의 노력을 잘 지켜보았습니다.

많이 지칠법한데도 항상 웃는 얼굴로 다가와 협조를 부탁해 올 때마다 충분히 도와드리지는 못했지만 큰 관심을 가지고 있었습니다. 신 회장님의 꾸준한 노력과 추진력을 본받아 저도 '더 나이 들기 전에 즐겁고 보람있는 노년생활 준비를 게을리하지 말아야겠다'는 결심을 하게 됩니다.

오래오래 건강하시고 즐거운 나날 되시기 바랍니다.

다시 한 번 15년사 출간을 축하합니다.

사단법인 한국씨니어연합
15년의 역사를 살펴본다

설립자(신용자)는 1997년 6월 정년퇴직 이후 줄곧 생각하고 꿈꾸어 오던 우리나라 현대 생활에 적합한 노인복지, 노인문화, 노인취업을 연관시키는 과업을 수행하기 위하여 2001년 1월 10일 서울시 종로구 행촌동 144의 동화빌딩 2층에 사무실을 개설하였다.

지금은 이 지역의 재개발을 위하여 건물이 철거되었고 2001년 당시에도 재개발 계획지역이라 허름한 건물에 냉난방 시설은 물론 생활편이 시설이 거의 없는 상태였다.

행촌동 144 동화빌딩에서 동작구 상도동 170-26의 현재 사무실에 오기까지 무려 10번의 이사를 해야만 했다.

"한국의 21세기적 신노인문화운동"을 펼친다는 당찬 열정과 이념으로 걸어온 15년간의 길은 고난의 행군 같았다.

그러나 초심을 잃지 않고 걸어온 발자취를 가감 없이 살펴보면서 우리가 걸어온 길이 고달프고 외로운 길이었지만 결코 중단할 수 없는 길이라는 일념으로 겪어온 과정을 비교적 소상하게 기록하여 앞으로 본 연합을 이끌고 나갈 임직원에게 자부심을 키워주고 사명감을 굳건히 갖도록 하려는 설집자의 애정이 쉽지 않은 이 일, 즉 「한국씨니어연합 15년」을 집필할 용기를 갖고 결단하게 하였다.

2015년 12월

본 연합 이사장(설립자) 신 용 자

목차

목차

한국씨니어연합
창립

"씨니어는 사회적 자산이며 젊은이의 귀감"
"우리들의 노년생활 준비하면 걱정 없다"

1. 한국씨니어연합의 창립 과정

〈한국씨니어연합이 태어나기까지〉

한국씨니어연합이 탄생하기까지 몇 단계를 거쳤다.

1997년 6월에 정년퇴직을 앞둔 정월 초 설립자(신용자)는 '사회복지법인' 김옥라 회장님을 새해 인사차 방문한 기회에 여성도 직업을 그만두지 않고 노부모를 돌볼 수 있도록 전문적인 봉사자로 기르는 일을 해보고 싶다고 전했다. 한평생 직장에서 일했던 여성운동 차원이었다.

김옥라 회장님과 의기투합한 두 사람은 맞춤식 전문 노인봉사자 양성 프로그램에 대한 의견을 나눈 뒤 서로 동의하고 서울시의 예산지원을 받아 그때 마침 미국에서 귀국한 김용석 사회복지학 박사에게 전문적인 연구 작업을 위촉하였다.

1997년 3월에 착수하여 중산층의 집결지인 아파트와 부촌이라 불리는 일반주택가의 40~50대 며느리를 대상으로 '유료 전문봉사자 채용 의지'를 묻는 표본조사를 끝내고 그해 11월 18일에 그 결과를 발표하는 연구발표 토론회를 가졌다.

김옥라 회장의 개회인사, 임인철 보건복지부 사회복지심의관의 기조강연, 연구회 위원장(신용자)의 주제 강연, 표본조사연구자의 연구발표 (김용석 박사)와 이선자(서울대학교 보건대학원 교수), 김동일(이화여대 사회학과 교수), 곽순자(본 연구회 노인봉사위원)의 지정토론으로 연구 발표회는 짜임새 있게 성공적으로 끝났다.

결론은 이 프로그램을 사업으로 계속 추진하여 우리나라 노인을 위한 전문봉사자(유료)로 양성하면 전문직 여성들의 일과 가정의 양립이 가능 해진다는 구체적인 희망을 갖게 된 것이다.

그런데 발표회가 끝난 10여 일 후에 IMF 사태로 극심한 경제혼란이 일 어났다. 노인을 위하여 임금을 지불하는 프로그램을 추진할 형편이 어려 워 계획을 중단하였으나, 이 프로그램을 추진하려는 의지는 살아 있었다.

이런 과정을 거쳐서 2001년 3월 30일에 「한국씨니어연합」을 탄생시 킬 수 있었다.

>> 노인을 위한 전문봉사 프로그램 개발을 위한 제1회 연구발표 및 토론회 초대장

제1회 연구발표 및 토론회

노인을 위한 전문봉사
프로그램 개발

일시 : 1997년 11월 18일(화) 오후 2시~5시
장소 : 한국여성개발원 국제회의실

주최 : 사회복지법인 覺堂복지재단
한국자원봉사능력개발연구회
삶과 죽음을 생각하는 회

초대의 말씀

우리는 GNP 만 불의 풍요 속에서 장수하며 인구가 늘어 감을 기뻐합니다. 그러나 삶의 변화로 겪는 과정 속에서 늘 경험하듯이 발전의 혜택을 누리지 못하고 그늘에 가 리워 어려움을 겪는 노인들과 또한 물질의 풍요 속에서 인정의 메마름을 느끼는 고령자들을 만나게 됩니다.

우리 단체는 이 급변하는 사회 속에서 새롭게 등장하는 고령 시민들의 요구에 부응하고자 노인을 위한 전문봉 사프로그램 개발을 시도하고 있습니다.
그동안 연구한 것을 발표하면서 여러분들의 고견을 듣 고자 합니다.
부디 오시어 조언해 주시기 바랍니다.

1997년 11월 18일

사회복지법인 覺堂복지재단
한국자원봉사능력개발연구회
삶과 죽음을 생각하는 회
회장 김 옥 라

연구발표 및 토론회 순서

전체사회 : 홍양희 위원
(본 연구회 노인봉사연구특별위원회)

＊개회식
개회사 및 인사 김 옥 라 회장
(한국자원봉사능력개발연구회)
격려사 기조강연 임 인 철 사회복지정책 심의관
(보건복지부)

＊연구발표회
주제강연 신 용 자 위원장
(본 연구회 노인봉사연구특별위원회)

연구발표 김 용 석 박사
(본 연구회 노인봉사연구위원)

토론자 이 선 자 박사
(서울대학교 보건대학원 교수)
김 동 일 박사
(이화여자대학교 사회학과 교수)
곽 순 자 위원
(본 연구회 노인봉사연구특별위원회)

＊자유토론(질의응답) 사회 : 신용자 위원장
＊리셉션

2. 창립준비위원회 및 발기인 총회

〈사무실 개설〉

앞에서 설명한 기본 정신을 토대로 몇 푼의 돈을 들고 사무실을 찾기에 나섰으나 쉽지 않았다.

행촌동 언덕 금화터널과 사직터널을 연결하는 길가에 재개발을 위해 철거를 앞둔 낡은 4층 빌딩 2층에 허름한 사무실이 비어 있었다. 냉난방은 물론 사무실 시설은 상상 이하의 수준이었으나 그래도 그곳에 사무실을 정하였다. 비용절감을 위하여 전 걸스카우트 사무총장이었던 김은경 씨 팀과 공동임대를 하고 일을 시작했다.

평소에 자주 만나서 일을 의논하던 고려대 후배 몇 명을 불러냈다. 부회장 최충대(전 소비자보호원 교육국장), 사무국장 김현직(전 국제교류재단 문화교육부장), 홍양희(강북 일하는 여성의 집 대표), 김수홍(전 여학사협회 사무국장), 신임재(고대 후배) 등이 날마다 사무실에 모여 창립준비에 열을 쏟았다.

고려대 법대 출신이며 전 소비자보호원 교육국장 최충대 씨가 열심히 정관을 만들었고 홍양희, 김수홍, 신임재 등은 머리를 맞대고 의견을 모아서 명문의 단체설립취지문을 만들었다. 그 당시는 단체명을 '노인의 좋은 친구들'이라 가정했다.

준비위원들은 혼연일체가 되어 창립준비를 했기 때문에 준비는 차질 없이 진행되어 2001년 3월 30일에 시내 신문회관 20층 국제회의장에서 화려한 창립총회를 치를 수 있었다. 창립총회에는 80여 명의 발기인과 300여 명이 참석하여 성황을 이루었다.

◎ '노인의 좋은 친구들'(가칭) 설립취지문(안)

1930, 40년대에 태어난 우리 세대들은 격동하는 역사의 소용돌이 속에서 조국의 근대화와 민주시민사회 실현을 위하여 모든 열정을 바치며 살아왔습니다. 뒤돌아볼 사이도 없이 오직 후손들에게 잘사는 나라를 물려주자는 각오와 헌신으로 앞만 바라보며 매진하여 왔지만, 어느덧 '노인'이라는 새로운 호칭으로 자리매김 되면서 명예퇴직이라든가 정년 등의 제도에 의해 사회의 중심에서 그늘로 밀려나고 달가워하지 않는 존재가 되고 있습니다.

과학문명의 발달로 우리나라도 65세 이상의 고령 인구가 2000년 현재 전체인구의 7.1%인 320만 명에 이르러 UN이 정의한 '고령화 사회'로 진입하게 되었고, '인생 80년'이 보편화되는 장수시대에 살게 되었습니다.

그러나 윤리도덕과 가치관의 변화, 그리고 소자녀화로 오늘의 노인들은 선대들이 누렸던 효도에 의존한 노후생활은 기대할 수 없게 되었고, 급격한 정보통신과 과학발달로 급변하는 사회문화도 따라가기 어려워 사회로부터 고립되는 위기에 처하고 있습니다.

이러한 심각한 상황에 앞서 노후에 대한 대책이나 제도적 장치를 국가와 사회의 책임으로 전가하기엔 너무 늦은 감이 있습니다만 우리는 여기에서 좌절하지 말고 누군가가 분연히 일어나야 합니다. 결코 짧지 않은 앞날을 위해 우리 스스로가 대처해 나가야 하며 해결의 실마리를 찾아야 합니다.

어려웠던 젊은 시절 새로운 산업구조에 따른 새로운 사회문화를 개척하고 발전시켰던 것처럼 이제 사회적 변화에 맞는 새로운 노인 문화를 창출하고 정착시켜야 합니다.

하루 중 저녁놀 질 무렵의 황혼이 가장 아름답듯이, 황혼기의 '노인'은 숭고하고 중후하여 '사회의 짐'이 아니라 사회의 기반이며 자산이 되어야 하고 그럼으로써 노인이 '노인'이란 말을 사랑할 수 있고 자부심을 느낄 수 있어야 할 것입니다.

노인들이 건강하고 즐겁게 보람된 삶을 살 때만이 인생은 값지고 귀중한 것임을 오늘의 청·장년들에게 보여주게 되고, 그들이 미래의 노년생활에 대한 희망과 확신을 가지고 맡은 바 임무를 충실히 하는 데 큰 힘을 주게 되리라 확신하며 실질적인 「신노인문화운동」을 펼쳐나가고자 합니다.

이에 뜻을 같이하는 좋은 친구들이 함께 모여 「노인들의 좋은 친구들(가칭)」을 설립, 현재의 노인이거나 미래의 노인이 될 분들과 그 가족들이 회원이 되어 새로운 노인문화를 만들어 사람답게 사는 사회가 될 수 있도록 노력하고자 하오니 깊은 관심으로 동참해 주시고 성원하여 주시기 바랍니다.

2001년 2월 3일
단체 설립추진위원 일동

3. 한국씨니어연합 창립총회

한국씨니어연합은 2001년 3월 30일(금), 프레스센터 20층 국제회의장에서 창립총회를 겸한 기념대회를 개최하고 단체로서의 본격 활동채비를 갖추었다. '한국씨니어연합' 은 '씨니어는 사회적 자산이며 젊은이의 귀감' 이라는 생각을 바탕으로 21세기 신노인 세대가 건강하고 즐겁게 보람찬 노년생활을 영위하고 이들의 능력과 경륜이 사회와 후세들의 발전에 기여할 수 있도록 우리 사회에 새로운 노인문화를 세우는 운동을 추진해 나가기 위해 창립되었다. 작년부터 창립 준비작업을 꾸준히 추진하여 지난 2월 3일 발기인 총회에서 사회 각계 200여 명의 인사들이 단체 창립에 함께 뜻을 모았으며, 김인숙(한국 여학사협회 명예회장), 김재순(샘터 이사장, 전 국회의장), 김현자(전 국회의원, 전세계 YWCA 실행위원), 이인호(한국국제교류재단 이사장), 조기동(한국노인복지회 회장) 씨 등을 고문으로 추대하였다.

이날 대회는 발기인을 비롯한 200여 명의 창립회원들이 참석하여 창립총회를 시작으로 진행되었다. 임시의장으로 선출된 조기동 한국노인복지회 회장의 사회로 진행된 총회에서는 부의안건인 정관 채택 및 초대

임원 선출, 2001년 사업계획 및 예산 승인이 회원들의 진지한 논의를 거쳐 통과되었고 정관 심의 과정에서는 회원들의 가장 큰 관심사인 단체의 명칭문제를 놓고 활발한 토론이 이루어졌다. 발기인 총회 시 '가칭 신노인문화운동연합'으로 출발하였으나 많은 회원들이 '노인'이라는 용어 자체에 거부감을 나타내 사회의 선배로서 이 사회의 귀감이 되자는 뜻에서 '한국씨니어연합'으로 최종 결정하였다. 초대임원으로는 설립준비위원장직을 수행한 신용자(전 국회 여성특위 입법심의관) 씨가 회장에 선출되었으며, 부회장은 최충대(전 한국소비자보호원 교육국장), 오은영(한국여성경영자총협회 부회장) 씨를 선출하고 향후 단체 조직의 확장에 따라 2명의 부회장을 새로 선임하기로 하였다. 그밖에 이사 16명, 감사 1명, 사무처장 1명, 자문위원 17명이 추천에 따라 선출되었고 앞으로 계속 보강해 나가기로 하였다. 끝으로 2001년 사업계획 및 예산안이 초안대로 승인됨으로써 단체로서의 제 모습을 갖추게 되었다.

창립총회에 이어 3시부터 열린 창립기념대회에는 고문으로 추대된 김인숙 한국 여학사협회 명예회장, 김현자 전 의원을 비롯하여 이우정 전 의원, 양경자 전 의원 등 사회 각계 인사 및 관계자, 회원 등 300여 명이 참석하여 성황을 이루었으며, 씨니어들의 적극적인 참여로 이 운동에 대한 사회적 관심도를 보여 주었다. 대회는 한국씨니어연합이 설립되기까지의 경과보고와 사업방향을 대형화면으로 안내한데 이어 초대회장으로 선출된 신용자 회장의 취임사로 이어졌다. 이어서 서영훈 대한적십자사 총재와 한명숙 여성부장관(국장 대독), 김정숙 의원이 축사를 통해 우리 단체의 설립취지와 사회에 꼭 필요한 단체라는데 진정어린 공감을 표하고 고령화 사회가 갖추어야 할 신노인문화를 만들어가는 데 선진적이고 중추적인 역할을 담당해 줄 것을 당부하고 격려하였다.

특히 Paull H. Shin(한국 이름 신호범 · 미국 워싱턴주 상원 부의장)이 현지에서 보내온 따뜻한 축하메시지는 씨니어연합의 활동이 국제적인 관심사로 발전해 나갈 것을 기대하게 하였다. 이화여대 사회학과 김동일 교수는 '21세기 장수시대와 노인복지' 라는 제목의 특별강연에서 65세 이상의 노인 인구가 급증하고 있으며, 평균수명이 빠른 속도로 늘어나고 있는 시점에서 국민연금제도를 중심으로 한 노후 대비 소득보장제도가 그 본래의 목표를 지속적으로 달성해 나가기 어렵다는 점을 지적하고 21세기 노인 복지를 위해서는 사회 제도적 차원에서뿐만 아니라 개인적인 차원에서도 장수사회에서의 노후 생계를 위해 과거와는 다른 차원의 준비에 눈을 돌려야 할 필요가 있음을 강조하였다.

창립대회는 새로운 노인문화 창출에 대한 참가자들의 의지를 한데 모아서 선언문을 채택하는 것으로 공식일정을 끝냈으며 씨니어 동호회인 새 이웃 합창단과 예림무용단의 화려한 축하공연으로 피날레를 장식하였다. 이날 행사에는 이들 공연단 외에 실버군악대가 국민의례 음악을 담당하는 등 동호회 활동을 하고 있는 씨니어들이 자발적으로 함께 참여하여 축하 공연을 펼쳐줌으로써 행사를 더욱 빛내주었다.

'한국씨니어연합' 은 앞으로 50세 이상의 씨니어들이 제2의 인생을 즐겁고 활기차게 보낼 수 있도록 서로 교류하고 공통의 문제를 함께 해결하며 더불어 활동하는 신노인들의 공동체이자, 노인에 대한 사회적 인식을 새로 만들어가는 「신노인문화운동」의 주체가 되어 가까운 미래에 도래할 '100세 시대'를 준비하는 확실한 대안이 되고자 활발한 활동을 펼쳐나갈 것이다.

◎ 창립선언문

뒤돌아볼 겨를도 없이 오직 후손들이 잘사는 나라를 만들어 주자는 각오로 앞만 바라보며 매진하여 왔던 우리들, 어느덧 '노인'이라는 달갑지 않은 칭호와 함께 사회의 중심에서 그늘로 밀려나는 존재가 되었습니다.

사회적인 책임과 가족 부양의무 등 과중한 짐에서 모처럼 자유롭고 한가한 몸이 된 우리들, 자기 자신을 위하여 하고 싶었던 일, 미루어 두었던 일, 자신 있게 할 수 있는 일 등을 챙겨서 하나하나씩 실행해 나가는 「제2의 인생」을 만들어 봅시다.

앞으로 수십여 년을 더 살 수 있는 우리들, 무기력하고 무능한 잉여 인간으로 살지 말고 우리들이 쌓아온 경험과 지식에 의해 다져진 경륜을 우리 사회의 귀중한 자산으로 삼아 이 나라 차세대 젊은이들이 힘차게 설 수 있도록 그 기반이 되어 주고, 또한 올바른 길잡이 역할을 합시다.

정부의 노후대책이나 제도적 장치에 의존하는 것보다 어려웠던 젊은 시절, 새로운 산업구조에 따라가려고 새로운 문화를 개척하고 발전시켰던 것처럼 우리 스스로 사회적 변화에 맞는 새로운 노인문화를 창출하고 정착시켜 나갑시다.

이에 우리는 다음과 같은 사항을 다짐합니다.
* 우리는 노인의 좋은 친구들이 되고자 하는 사람들이 모여 의논할 수 있는 공동의 자리를 마련한다.
* 우리는 우리나라 노인 문제의 심각성과 시급성을 올바로 인식하여 이에 대처하는 방안을 찾는다.
* 우리는 건강하고 활기차고 보람 있는 노년생활을 위해 참여하고 봉사하여 사회와 후세를 위하여 기여한다.
* 우리는 취미와 특기를 살려 노후생활을 풍요롭게 하고 즐겁게 하여 생활의 질을 높일 수 있는 문화시민이 되고자 적극 노력한다.

* 우리는 초기 고령자로 하여금 쇠약하여 도움을 필요로 하는 후기 고령자를 수발할 수 있는 조직적이고 전문적인 '노인전문 도우미'를 양성한다.
* 우리는 아름다운 우리 강산을 만들기 위해 새로운 장묘문화를 정립하고 이에 대한 노인들의 의식변화를 위해 노력한다.

2001년 3월 30일
한국씨니어연합 창립총회에서 창립회원 일동

한국씨니어연합의 탄생을 축하하고 격려하는 많은 분이 화환, 축전, 축하메시지를 보내 주었다. 진심으로 감사드린다.

한국씨니어연합의 탄생을 축하하고
격려해 주신 많은 분께 진심으로 감사드립니다.

축전 보내주신 분들 : 김근태(새천년민주당 최고위원), 김원기(새천년민주당 최고위원), 송화섭(대구대 사범대 교수), 신구범((사)플러스생활복지연구소 이사장), 신용하(서울대 사회대 교수), 신종성(거창아람상호신용금고 대표이사), 신중식(월드컵 민주시민협의회 사무총장), 심대평(충청남도지사), 오경자(고려대 교우), 윤여준(국회의원), 이부영(한나라당 부총재), 이인제(새천년민주당 최고위원), 정진택(중랑구청장) - 가나다순

축하화환 보내주신 분들 : 이회창(한나라당 총재), 신용한((주)기화하이텍 사장), 안희준(RDAS 기술지원센터 대표) - 연령순

창립총회 기념품 기증 : 최영희(발기인) 씨께서 창립총회 참석자들을 위한 기념선물로 자수 수건 500매를 기증해 주셨습니다.

한국씨니어연합의 창립을 축하하고 본 연합 사무실을 방문하는 회원들에게 기쁨을 전하고자 松悟 최봉완 선생님께서 한국화 2점(洗心, 더불어 숲)을 기증해 주셨습니다. 또한, 서예가 김보금 선생님께서 휘호 '씨니어는 사회적 자산이며 젊은 이의 귀감'을, 이무희 선생님께서 '한국씨니어연합' 제호를 기증해 주셨습니다.

● 본 연합의 발기인 총회와 창립총회 당시 구성한 임원 및 발기인(창립)회

〈 임 원 〉

고문 : 김인숙(한국 여학사협회 명예회장, 故 김상협 전 국무총리 부인)
　　　김재순(샘터 이사장, 전 국회의장)
　　　김현자(전 국회의원, 전 세계 YWCA 실행위원)
　　　이인호(한국국제교류재단 이사장, 전 러시아대사)
　　　조기동(한국노인복지회 회장)

회장단 회장 : 신용자(전 국회 여성특위 입법심의관)
　　　부회장 : 최충대(전 한국소비자보호원 교육국장),
　　　　　　　오은영(한국 여성경영자총협회 부회장)

이사 : 권하자((주)케이씨아이 대표)/김려옥(전 무학여고 교장, 한국걸스카
　　　우트연맹 부총재)/김은경(전 한국걸스카우트연맹 사무총장, GEO
　　　KOREA 대표)/문일석(일간 펜 대표)/손인춘((주)인성내츄럴 대표)/
　　　송순이((주)동운뉴테크 대표)/신중필(한국통신진흥 상무)/정명숙(교
　　　보생명 팀장)/홍양희(강북 일하는 여성의 집 관장)

감사 : 조희종(변호사)

자문 : 권이종(한국 청소년개발원 원장)/김군자(전 고려대학부속 안암병원
　　　간호과장)/김동일(이화여자대학교 교수)/김신실(가톨릭 여성연합회
　　　부회장)/김용석(가톨릭대학교 교수)/김창숙(디자이너)/김홍일(성공회
　　　나눔의 집 주임사제)/신재명(사회복지학 강사, 행정학 박사)/안경렬
　　　(가톨릭 신부)/안희준(RDAS 기술지원센터 대표)/이인철(언론인)/이
　　　지연(방송인)/이춘자(퇴계학회연구원 운영위원)/정준((주)심팩트 대
　　　표)/최봉완(인간개발연구원 원장, 전 고등학교 교장)/황인연(가톨릭
　　　교회 원로, 수지침 전문가)

〈 창립회원 명단 〉

서울 : 강엽/강대수/강승원/강희진/계영일/곽무영/곽정자/구본영/권이종/권하자/김경래/김관희/김군자/김기순/김기정/김길순/김덕신/김동일/김려옥/김병숙/김복선/김분자/김상옥/김상희/김선호/김숙경/김순진/김신덕/김신실/김연화/김영기/김영수/김영신/김옥주/김용석/김유심/김은경/김익완/김인숙/김재순/김정숙/김정순/김정주/김종화/김창숙/김춘자/김쾌정/김학천/김현자/김홍기/노경자/문용자/문우순/문종례/박경숙/박경순/박사도/박선임/박영희/박정자/박종석/박주화/박태란/박현경/박현옥/백민정/백용생/백형진/백혜원/변경순/변해진/서귀선/서명선/서은경/서인봉/성순경/손경자/손인춘/송영언/송진태/송한건/신부용/신용자/신용한/신재명/신중필/신태희/신해진/이인호/양경자/어귀선/여운계/오은영/유재건/유성곤/유정순/윤광민/윤수경/윤여훈/윤연상/윤장순/윤종혁/이광식/이근호

대구 : 이승현/이승희/이양순/이영숙/이영주/이우영/이유진/이윤미/이은기/이인자/이정혜/이정희/이죽연/이진경/이지연/이차옥/이춘자/이헌자/이현정/이혜영/인재근/임영수/임정자/임정지/장애진/장윤옥/장창식/정동화/정두이/정명숙/정복란/정영자/정월자/정 준/조기동/조병진/조인화/조희종/주경자/주인숙/최명자/최명혜/최봉완/최선영/최중대/최화숙/표학배/하행자/한규남/허훈순/홍보영/홍성기/홍소자/홍양희/황무임/황영희/황인연/황재기/황진순

부산 : 이대길/이대흔/이두정/이명숙/이몽실/이민경/이방순/이상옥/이상준/이성의/이송숙/이숙자/이승미

인천 : 김미자/배금환/송선홍/신위범

경기 : 권기흥/권정혜/김수홍/김영희/김용기/김용안/김우순/김윤중/김희수/노현숙/박규영/박영숙/박찬주/서기일/송인자/신임재/심정섭/윤보현/윤정희/이방우/이봉구/임선순/전병남/정덕교/정명직/정두이/정부이/정성이/정정옥/정현주/최경숙/최영희

전남 : 김 윤/김정수/신정숙

충남 : 류장춘

● 내빈의 축사요지

〈서영훈 대한적십자사총재 축사요지〉

한국씨니어연합의 창립을 진심으로 축하합니다. 특히 오래전부터 아끼고 신뢰하는 신용자 회장이 앞장서서 만들었다는 사실에 든든함을 느낍니다. 우리나라도 이제 다른 선진국들처럼 소자녀 장수사회로 발전하고 있어서 전체 인구 중 65세 이상의 고령자 비율이 상당히 높아지고 있는데 정부에서는 저소득층의 요구, 노인에 대한 대책 말고는 이렇다 할 정책을 내놓지 못하고 있는 터에 주로 당사자들인 고령자들이 스스로 모여 단체를 만들어 당면 문제를 논의하고 의견을 제시하는 등 '고령자의 목소리와 세력'을 과시할 수 있는 징조가 보여 매우 바람직한 일이라 생각하고 환영하는 바입니다.

이 세상에 활용가치가 있는 자원 중 나이 든 사람의 귀중한 경륜과 빛나는 지혜만큼 고귀한 것이 없다고 생각되는데 이 값비싼 인간자산을 쓸모없이 사장하여 썩히지 않고 유용하게 활용할 수 있게 하는 일을 이 씨니어 단체가 스스로 앞장서서 해 나갈 것으로 믿는 바입니다.

〈김정숙 의원 축사요지〉

제가 평소에 존경하며 아끼는 선배 여러분들이 주축이 되어 '한국씨니어연합'을 창설하게 된 것을 크게 축하드리고 환영하는 바입니다.

고령자 문제는 그 중요성에 비추어 당연히 정책적인 측면에서 문제를 제기하고 해결방법을 찾아야 한다는 것이 저의 소신인데 정부에서도 정치권에서도 아직 일반적인 고령자 문제에 대하여 제대로 손을 못 대고 있는데 순수한 민간단체가 한 발자국 앞장서서 문제 제기와 방향 제시를 하고 있다는 점에서 이 단체에 큰 경의를 표하며 정치인의 한 사람으로 할 일을 다하지 못한 것 같아 송구스럽게 생각합니다.

다행히 우리나라의 고령화 현상은 그 수준이 다른 나라에 비하면 아직 출발점에 있기 때문에 '씨니어연합'과 같은 민간단체가 구체적인 방안을 제시한다면 그 영향력은 상당히 크게 미칠 수 있을 것으로 생각합니다. 이 단체의 무궁한 발전을 빌며 다시 한 번 오늘의 창립을 축하드립니다.

〈폴신 워싱턴주의회 상원부의장 축사요지〉

친애하는 신용자 회장님.

미국 워싱턴주 의회를 대표하여 한국씨니어연합 설립을 주도하신 귀하께 축하드리게 됨을 무척 기쁘게 생각합니다.

한국 사람들도 미국 등지에서처럼 수명이 길어지고 있습니다. 따라서 고령자들의 사회적, 경제적, 정치적 욕구를 대변할 필요성이 더욱 증가되어 가고 있습니다. 저 역시 미국에서 미국 씨니어 시민들을 대표하는 단체인 AARP(미국은퇴자협회)의 활발한 회원입니다.

AARP처럼 한국씨니어연합도 한국에서 씨니어 시티즌들의 대변인이 될 수 있을 것입니다. 많은 씨니어 시티즌들이 퇴직 이후 새로운 삶을 발견하고 있음을 알고 있습니다.

다시 한 번 한국씨니어연합의 설립을 축하드리며 인류의 발전을 위해 노력하는 여러분의 건승을 기원드립니다.

새 이웃 합창단의 축하공연

전병남 자문위원회의 회원 선서 장면

씨니어동호회 예림무용단의 화려한 축하공연

씨니어연합의 사업구상에 대한 영상 설명

● 창립을 축하하는 메시지

〈김재순 · 샘터 이사장(전 국회의장), 본 연합 고문〉

 먼저 한국씨니어연합의 발족을 축하합니다.

　　모든 문화가 젊은이 중심으로 흘러가고 고령자들이 소외되고 있는 요즘의 사회 상황에서 씨니어 즉 고령자들의 모임이 생겨났다는 것은 참으로 바람직한 일이라고 생각합니다.

전 세계적으로 평균 수명이 길어지고 노인 인구는 많이 늘어났지만, 상대적으로 고령자들의 사회적 역할이나 책임에 대한 논의는 거의 이루어지지 않고 있는 실정입니다.

우리 한국씨니어연합은 이 점을 심도 깊게 고려해야 할 것입니다.

고령자를 위한 혜택이나 복지를 논하기 전에 우리가 젊은 세대에게 어떤 모습으로 어떤 역할을 해야 하는지에 대해 깊이 생각하고 실천해야 한다고 봅니다.

우리는 젊은 시절 세계 어느 나라 젊은이들보다 더 큰 고통과 어려움을 겪었습니다. 우리가 그 고통과 어려움을 참고 이겨낸 덕택으로 오늘날 이 사회가 이토록 풍요를 누릴 수 있게 되었다는 자부심을 여러분은 항상 가져야 합니다. 그리고 우리가 오랜 세월 쌓아온 경륜과 지혜를 우리의 아들딸들인 오늘의 젊은이들에게 어떻게 전해 줄 것인가에 대해서도 끊임없이 생각해야 합니다. 또 우리 고령자들끼리는 여생이 건강하고 보람된 「제2의 인생」, 아름다운 노년이 될 수 있도록 서로 좋은 길잡이가 되고 위로해야 합니다.

새로 발족된 한국씨니어연합은 그런 여러 가지 목표를 위해 우리 고령자들에게 많은 힘이 되리라 봅니다. 앞으로 한국씨니어연합의 훌륭한 취지와 목표에 걸맞은 바람직한 프로그램이 많이 마련되기를 기대합니다. 또 회원들께서는 이 프로그램들이 실천되어 사회 발전의 일익을 담당할 수 있도록 적극적인 자세로 활동해 주실 것을 당부드립니다.

〈조기동 · 한국노인복지회 회장, 본 연합 고문〉

본격적인 21세기를 여는 2001년, 만물이 소생하는 새 봄에 탄생한 한국씨니어연합의 창립을 축하하며 앞날에 무궁한 발전이 있기를 진심으로 기원합니다.

오늘의 노인들은 2차 세계대전에 이어 한국전쟁으로 폐허가 된 우리 국토를 재건하여 오늘날 발전된 지금을 이루기까지 1등 공신 역할을 한 분들입니다. 이들 노인을 노인 1세대로 본다면, 21세기의 노인상을 바로 세우고자 탄생한 한국씨니어연합은 제2의 노인세대의 탄생이라고 할 수 있을 것입니다.

이 글을 빌어 새로 출발하는 한국씨니어연합에 대한 몇 가지 바람을 전하자면 다음과 같습니다.

첫째는 노인의 권익옹호를 위해 앞장서 달라는 것입니다.

둘째는 노인들의 자조, 자립정신을 앙양시킬 수 있는 활동을 전개해 달라는 것입니다.

셋째는 노인들이 익혀온 지식과 노하우를 계속 배양하여 사회에 공헌

하는 풍토를 조성해 달라는 것입니다.

마지막으로 이런 모든 활동을 바탕으로 21세기에 걸맞은 제2의 노인상을 구축해 달라는 것입니다.

서울에서 출범한 한국씨니어연합이 1세기 앞을 바라보고 차분히 사업을 계획하고 실천하여 전국으로 그 조직을 확산함으로써 이 땅에 새로운 씨니어 문화를 구축하는 데 이바지하기를 바라며, 현재의 씨니어뿐만 아니라 아들, 딸 세대들도 씨니어들의 활동에 함께 동참하여 지원하게 된다면 가장 바람직한 씨니어 단체 활동이 될 것이라고 생각됩니다.

〈신숙희 · 우먼타임스(주) 대표이사, 발행인〉

 현대 사회는 지식과 정보가 넘쳐나는 사회입니다. 하지만 삶의 풍부한 경험에서 배어 나오는 지혜의 빛은 지식과 정보의 화려함에 가려 있습니다. 너무 젊은 나이에 돈과 권력의 맛을 알게 된 벤처 기업가들의 몰락은 연륜과 경륜이 철저히 무시된 우리 사회의 아픈 단면이기도 합니다. 세상의 이치나 도리를 잘 알아 일을 올바르게 처리하는 마음이나 두뇌의 능력은 하루아침에 갖춰지는 것이 아닙니다. 세파를 슬기롭게 극복해온 어른들이 목소리를 낮추고 있을 때 시행착오로 혼란을 거듭하게 될 것입니다.

지난 3월 창립한 한국씨니어연합은 '밝은 노후', '기능과 경륜을 살린 사회봉사'를 슬로건으로 내걸고 있어 지금까지 축 처진 어깨를 보여 온 우리 사회 어른들의 이미지를 확 바꿔줄 좋은 계기가 될 것으로 생각됩니다.

자식들로부터 부양받아야 할 부담스럽고 쓸쓸한 노년의 모습을 거부하고 제2의 활기찬 인생을 열어나갈 한국씨니어연합 회원들의 활약을 기대합니다.

● 본 연합의 심벌마크 결정(2001. 6. 5 채택)

창립 후 서둘러서 6월 5일에 심벌마크와 홈페이지 주소(Senior League Korea)를 결정하였다.

심벌마크는 국내의 대표적인 CI 제작사 (주)심펙트에서 제작, 본 연합에 기증하여 주었다.

(사)한국씨니어연합의 심벌마크는 실버세대가 건강하고 보람된 삶을 추구하고 축적된 능력을 사회발전에 기여할 수 있는 장의 제공을 위해 설립된 한국씨니어연합의 기본 취지를 충실히 반영하여 제작되었다.

늘 푸른 상록수를 상징물로 채택하여 언제나 젊음을 유지하며 사회의 든든한 기둥이 되는 삶을 표현하였고, 이등분 되어 사각형 조합으로 형상화된 나무의 모습은 변화, 발전하는 새로운 인생의 시작을 나타냄과 동시에 개개인의 다양한 경험과 지혜를 사회에 환원하고자 하는 한국씨니어연합의 공동체적 위상을 반영하고 있다.

타원의 형태로 나무를 감싸줌으로써 안정감과 신뢰감을 강조하였으며, 깊이감이 느껴지는 다크블루의 사용으로 원숙미와 영원한 젊음을 동시에 표현하였고, 사각형 조합의 클래식한 골드컬러를 통해 로열패밀리의 이미지를 느낄 수 있도록 제작되었다.

이 심벌마크를 제작, 기증한 (故) 정준 심펙트 사장은 창립 당시 본 연합 자문위원으로 참여하여 활약한 분으로 국내의 유명회사(KBS, 신세계, 한국통신, LG 화재 등)의 CI를 독점 제작한 유명한 전문가였다.

(故) 정준 사장은 자신이 가진 재능을 씨니어를 위하여 기부하는 것이 즐겁고 보람되다 하시며 씨니어연합의 정신과 기본 프로그램을 칭찬하고 공감하여 주었다.

마음이 넉넉하고 다정했던 정준 사장님의 명복을 다시 한 번 간절하게 빈다.

단체 연혁 및
자료 발간 실적

1. 단체 연혁

>> 2001년

- 1월 10일 : 서울 종로구 행촌동 144 동화빌딩 2층에 사무실 개설
- 2월 3일 : 발기인 총회 개최(발기회원 등 80여 명 참가)
- 3월 30일 : 창립총회 개최(서울시 중구 소재의 프레스센터에서) 발기인, 창립회원, 내빈 등 300여 명 참가, 단체명을 「한국씨니어연합」으로 결정, 정관통과 시키고 정관에 따라 임원 선출, 초대 회장에 전 국회 입법심의관 신용자 씨 선출
- 5월 14일 : 제1차 씨니어 문화탐방, 충북 음성에 있는 한독약품 부설 약사박물관 탐방 30여 명 참석
- 6월 5일 : 한국씨니어연합의 심벌마크 및 홈페이지(www.seniorleague.korea) 결정 채택, 제작은 국내의 대표적 CI 제작회사인 「심펙트」의 정준 사장이 무료로 제작 본 연합에 기증
- 7월 15일 : 한국씨니어연합 소식 창간호 발행
- 10월 30일 : 제1회 회원의 날 행사 "씨니어 한마당" 서초구청 대강당에서 개최

- 11월 2일 : 행촌동 사무실에서 종로구 원남동 150-2 용문빌딩 2층으로 사무실 이전

〉〉 2002년

- 1월 7일 : 임시 이사회 열고 미국은퇴자협회(AARP) 에스터 T. 칸자 회장 초청강연회 결의 준비 착수
- 1월 16일 : 에스터 칸자 회장 초청강연 만찬(조선호텔 그랜드볼룸에서) 주제 "AARP의 어제와 오늘 그리고 한국씨니어연합에 바란다."(KARP와 공동추최), 한국씨니어연합 소식 제2호 발행
- 1월 20일 : 용문동 사무실에서 서초구 서초3동 1601-2 그린오피스텔 1104호로 이전(송순이 이사의 비용 전액 출연)
- 3월 12일 : 여성부 2002년도 공동협력사업으로 "고령 여성(50~70)인력 활용방안과 시범사업 과제를 선정 받아 최초의 정부지원사업 착수
- 4월 19일 : 채택된 수행과제의 수행을 위한 전문가 워크숍 개최(한국여성개발원 세미나실에서)
- 5월 25일 : 소식지 제3호 발행
- 5월 29일 : 정기총회 겸 창립 1주년 기념행사(국회의원회관 소회의실에서), 특강 "우리나라의 신노인정책은 이렇게"(김성순 민주당 의원 강연), 정관 일부 개정 송순이 이사 공동대표로 선임. 취임연설
- 10월 : 2002년도 여성부 공동협력사업 「아동·노인 도우미」교

육(50~70세) 수료식(수료생 29명)

- 11월 24일 : 서초동 사무실에서 동작구 대방동 서울여성플라자 NGO
  센터로 사무실 이전

>> 2003년

- 2월 21일 : 교보문고(주)의 적극적인 지원을 받아 「씨니어 책사랑 운
  동」 적극 착수
- 3월 15일 : 대망의 사단법인을 서울시로부터 승인받아 공식명칭 「사단법
  인 한국씨니어연합」으로 당당하게 공적 활동에 돌입
- 3월 20일 : 2002년도에 이어 2003년도에도 여성부와 공동협력사업
  으로 고령 여성(50~70세) 인력의 개발 활용 및 현장파견
  프로그램이 선정되어 이 프로그램을 여성노인 일자리 만들
  기의 대표적인 프로그램으로 부각
- 4월 30일 : 여성부에 이어 서울시 여성발전기금이 지원하는 공동협력
  사업으로 선정. 과제는 "내 고장의 사회복지는 장년 여성
  이 앞장선다"는 제목으로 서울시 일원에 분산되어 있는 여
  성인력개발센터 10곳을 선정하여 이 프로그램을 공동으로
  추진하는 야심 찬 사업 시행
- 5월 2일 : 서울시가 주최하는 제1회 실버취업박람회(코엑스 태평양
  홀에서)에 단독부스를 배정받아 본 연합의 회원활동 홍보,
  회원모집 일자리 알선 "노인은 일해야 한다!"는 특강 등을
  통하여 본 연합의 존재감을 넓힘

- 6월 17일 : **제1회** "노인취업 활성화를 위한 후원음악회"를 하얏트 호
  텔 그랜드볼룸에서 화려하게 개최. 소리꾼 장사익이 노래
  를 부르고 서울대 남성 중창단의 합창, 부영유치원(경기도
  소재) 원아들의 전래놀이 등으로 500여 명 관객을 즐겁게
  함. 개그우먼 김미화가 진행
- 6월 30일 : (재) 서울 여성 공동주최로 제1회 「할매 장기자랑 잔치」를
  서울여성플라자 아트홀에서 개최. 출연자들은 (사)노인 문
  제연구소속 "실버예술단원"으로 이어서 중국에서 열리는
  국제 실버 예술단 경연대회에 참가
- 7월 14~19일 : 탤런트 김수미(일용엄니) 씨가 자진하여 주최한 "노인
  일자리 활성화 지원" 바자회를 강남고속터미널 명품
  수입 관에서 개최. 수입금 전액을 본 연합에 기부
- 11월 24일 : 본 연합과 한겨레신문사, 지역 씨니어클럽협회의 공동주
  최로 "노인 일자리 마련 정책토론회"를 신문회관 기자회
  견실(19층)에서 개최. 본 연합이 주관하고 한겨레신문이
  홍보한 이 토론회에는 광주 지역 씨니어클럽 양철호 회장
  의 발제강연, 본 연합 상임대표(신용자)의 진행으로 안종
  주(한겨레보건복지전문기자), 이정주(리쿠르트사 대표),
  장지연(노동연구원연구위원, 김창순(청와대 복지담당 수
  석비서)이 토론에 참여

〉〉 2004년

- 1월 31일 : 서울여성플라자에서 서대문구 미근동 "좋은 방송국 빌딩 2
  층"으로 사무실 이전

- 3월 : 여성부 공동협력사업. 노인을 위한 종합상담사 양성 교육 시작

  *이 교육은 또래의 씨니어가 상담사가 되는 peer counseling으로 우리나
  라 최초의 노인이 노인을 상담하는 프로그램이다. 이 프로그램은 오늘의
  노노(老老)케어 프로그램의 시초가 되었다.

- 4월 : 「대통령 직속 고령화 및 미래사회위원회」 김용익 위원장(서울의
  대 교수)과 본 연합 신용자 회장의 "정부의 고령화 정책"에 관한
  일문일답

- 5월 : 서울시 유치원 연합회와 "할머니와 아이들" 프로그램 공동협약
  체결

- 8월 : 서대문구 미근동 좋은 방송국 빌딩에서 종로구 경운동 소재의
  천도교회관으로 사무실 이전

- 11월 25일 : 日本의 "고령 사회를 좋게 하는 여성회" 창설자이며 대표
  인 히구치 게이코(樋口恵子) 선생 초청강연회 명동 롯데호
  텔에서 개최. 유명가수 유열 특별 찬조 축가, 탤런트 여운
  계 본 연합 홍보대사 축사, 김용익 대통령 직속 고령화 및
  미래사회위원장 축사 등 이 행사는 본 연합의 두 번째 국
  제명사 초청강연회임. 강연회를 계기로 본 연합의 "일사랑
  할머니 지원단" 발족식 거행

>> 2005년

- 3월 : 성신여자대학교 건강가정복지센터(관장 김태현 교수)와 5년간
  공동협력 프로그램 운영 협약(교육 시설장, 교육예산지원 등)으
  로 아동보육 도우미 교육 활발. 여성부 공동협력 사업 "할머니
  보육 도우미 양성 교육 시행, 교육 이수생들을 위한 일자리 마련
  에 한 발 더 가까이 다가감

- 4월 : 여성가족부 공동협력사업(아이 돌보미 할머니 양성) 위한 전문가
  토론회(세종문화회관 컨퍼런스 룸에서 개최)

- 4월 29일 : 충남 천안시 입장농협소속 주부모임과 자매결연, 현장 방
  문하여 장뜨기, 쑥 캐기 등 봉사

- 5월 : 할머니 보육 도우미 교육 수료생 동아리 모임으로 "아이들 사랑
  책 읽는 할머니(아사책)" 조직. 동아리 회장 박정옥 회원. 아사책
  회원들의 다양한 활동 적극 추진

- 6~8월 : 어린이를 가르치는 NIE(신문 활용 교육). 한자, 예절을 가르
  치는 전문 강사 교육

- 8월 : 경운동 천도교회관에서 마포구 도화동 성지빌딩 14층으로 사무
  실 이전

- 9월 30일~10월 3일 : 마포구청 주최의 「제1회 와우북 페스티벌」에 참
  가하여 할매가 읽어주는 재미있는 동화, 할머니
  가 보여주는 창작마술 등 시연. 참가자들 아이,
  어른 모두 열광. 박홍섭 구청장 참석 격찬 · 격려

>> 2006년

- 1월 : 마포구 성지빌딩에서 동작구 대방동 "서울플라자" 3층으로 사무실 이전

- 4월 12일 : 본 연합 창립 5주년 기념행사 겸 국회 여성가족위원장(김애설 의원) 공동주최 정책토론회 "노인 일자리 마련은 이렇게 하자" 5주년 특별행사로 본 연합 할머니 선생님들이 직접 제작한 교구(敎具) 전시도 병행. 김원기 국회의장, 김한길 (민주당), 이재오(한나라당) 원내 총무 등 국회의 주요 인사가 직접 참여 축사로 참가자들의 사기 돋움

- 4월 20일 : 서울 여성발전기금 협력사업 "찾아가는 할머니 공부방 선생님" 한자 예절 전문강사 양성 교육(이야기 보따리 할머니 선생님)

- 5월 13일 : 본 연합의 여성노인 복지증진 프로그램 추진공로로 본 연합 상임대표(신용자) 여성부장관 표창 받음(제2회 가정의 달 행사에서 장하진 여성부 장관으로부터)

- 6월 : 여성가족부 공동협력사업 – 유치원, 어린이집의 원아 등 · 하원 지킴이 및 학습 도우미 할머니 양성 과정 교육 시행

- 7월 7일 : **제2회** 여성 노인 취업준비 교육 기금마련 후원음악회(여성플라자 아트홀에서) "김도향과 진보라가 펼치는 즐거운 밤"
  *김도향은 60대 후반의 원로가수, 진보라는 10대 후반의 재즈 피아니스트로 1~3세대의 어울림 잔치

- 9월 1일 : 할머니 선생님(보육보조교사)현장 활동 지침서 발행. 어린이

와 부모, 교사가 모두 좋아하는 할머니 선생님으로 양성, 현
장취업 촉진 위한 각계 전문가 20여 명이 참석 토론, 합의하
여 편집한 내용의 지침서임

- 9월 7일~8일 : 서울시와 서울여성재단 공동주최의 "여성 취업, 창업,
  기업박람회" 참여. 할머니 선생님이 제작한 교구 전시,
  판매 및 현장에 데리고 온 어린이 돌보미 봉사
- 12월 19일 : (사)한국씨니어연합 가정봉사원 양성 교육원 설립 개원
- 12월 1일 : (사)한국씨니어연합 노인복지센터 설립(동작구 인증)
- 12월 7일 : 국회의원 유승희(민주당) 의원 공동주최 정책토론회 "중·
  고령 여성인력 활용 방안" 국회 귀빈식당에서 진행. 김태홍
  국회 보건복지위원장, 문희 국회 여성가족위원장 축사

>> 2007년

- 1월 : 가정봉사원 교육 시행
- 2월 : 가정봉사원 파견센터(보건복지부지정) 업무 시작
- 3월 16일 : 동작구 지정의 노인 돌보미 사업 봉사기관으로 지정받음
- 5월 31일 : 성신여자대학교와 공동주최 "노인 돌보미 바우처 제도와
  독거노인 생활지도사" 워크숍 개최(성신여대 강당에서)
- 7월 12일 : **제3회** 여성노인취업준비교육 기금마련 후원음악회(여성플
  라자 아트홀에서) 원로가수 정훈희와 판소리꾼 신영희가
  펼치는 즐거운 밤
- 7월 : 보건복지부지원 - 중·고령 여성 경제참여 촉진을 위한 노인소

비자보호 상담사 양성 교육

한국정보 문화원지원 – 노인 소비자이용정보 웹사이트 구축

서울시 여성발전기금 – 중·고령 여성을 보육보조교사로 양성, 활용 위한 교육

동작구 여성발전기금 – 유치원, 어린이집 등·하원 지킴이 및 학습 도우미 양성 교육

보건복지부지원 – 저소득층 노인을 위한 바우처 서비스 사업 착수

〉〉 2008년

- 3월 : 여성부 공동협력사업 – "우리 동네 아이 지킴이 할머니" 선발교육. 중·고령 여성이 자신이 살고 있는 동네에서 이웃의 아이들을 돌보는 사업임. 부제 "아이들 있는 곳에 할머니가 간다"

- 4월 : 한국 여성재단지원 – 여성노인을 위한 소비자 상담사 양성 교육 착수

  *이 교육은 계속 사업으로 발전하여 2013년부터는 소비자 피해를 고발하는 "샤우팅 맨"이라는 연극(서울시 지원사업, 민생피해예방 연극)으로 발전함

- 6월 : 서울시 여성발전기금 사업 – "할머니와 아이들", "아이들 있는 곳에 할머니가 간다"의 제목으로 할머니 선생님 선발 양성 교육

- 7월 : 동작구 여성발전기금 사업 – 유치원, 어린이집 보육보조교사 할머니 선생님 양성 교육

  서울시 지원 – 요양보호사(추가자격증 대상) 양성 교육기관 설립 운영. 저소득층 독거노인을 위한 푸드뱅크 운영 개시

보건복지부 승인 - 장기요양서비스 일환의 노인 돌보미 바우처
서비스 기관 설치 방문 목욕. 방문 가사지원 서비스 개시
보건복지부 산하 사회서비스 센터가 위탁한 전국 돌보미 바우처
서비스 제공기관 실무자 워크숍 주관 시행

- 7월 23일 : 여성부 교보생명, 동아일보 지원 - 우리 아이 지킴이 할머니
  양성 활용 위한 전문가 심포지엄 개최(프레스센터 19층에서)
- 9월 22일 : 제4회 여성노인 취업준비 교육 기금마련 후원음악회 "이
  혜리와 함께 노래하고 춤추고"(여성플라자 아트홀에서)
- 12월 : 서울시 지원 - 노년 준비를 위한 인문학 강좌 "9988인문학" 가
  톨릭시니어아카데미(서울대교구)와 공동교육

>> 2009년

- 2월~10월 : 동작구청 지원 - 중·고령 여성의 자원 재활용 사업 "재
  활용 날개 달다" 행사(동작구 인근 공원에서 시행)
- 3월 : 서울시 지원 여성노인을 위한 소비자 전문 상담사 양성 교육
  (2008년 교육의 후속 사업임)
  서울시 여성발전기금지원 - 은빛 아이 지킴이 (중·고령 여성을
  보육보조교사로 양성 활용하는 프로그램) 교육이수자 현장 파견
- 4월 : 동작구청 지원 - 빈곤계층 아동의 교육환경 개선봉사 현장파견,
  1~3세대 통합 행복공연 나들이 "할아버지, 할머니 함께 놀아
  요." 남산 한옥마을 탐방 나들이 및 공연 관람.
  노인소비자 서포터즈 양성 교육 시행

- 6월 : 서울시 지정 요양보호사(국가 자격 대상) 양성 교육원 정식으로 설치 운영
- 6월 13일 : 서울시 여성 가족재단 주최 2009년도 평등가족 축제 "나란히 나란히"에 참여 본 연합 "**제5회** 여성노인 취업준비 기금마련 후원음악회 개최 (한강 선유도 생태공원에서)

〉〉 2010년

- 1월 5일 : 서울시 승인 "(사)한국씨니어연합 소비자단체" 등록
- 2월 3일 : 서울 사회적 기업 인증(음식점 "소담차반" 개점)
- 4월 25일 : 한국씨니어연합 부설 "소비자 상담 센터" 개소식
- 4~5월 : 동작 여행(女幸) 포럼 교육 "여성이 행복한 동작구 만들기 홍보 교육", "동작구 내 시설안전, 편리성 모니터링" – 여성이 안전하고 행복하게 활용할 수 있는 버스정류장, 공공화장실 등 시설상황 모니터링
- 5월 12일 : 1~3세대 생태체험 나들이, 동작구 내 취약계층 어르신과 어린이가 함께 '진천 고사리마을' 방문 나들이
- 5월~9월 : 동작구청 지원 – "공부방 씨니어 선생님" 동작구 내 어린이 공부방 및 지역 아동 센터에 노인 일자리로 파견학습도움. 학습자료 정리, 도서정리, 급식, 청소 도우미 파견 및 「은빛 아이 지킴이」 할머니 선생님 양성 교육. 자원 재활용사업, 중고의류, 가전제품 등 재활용 가능 제품의 판매 수선(동작구 소재의 보라매 공원에서)

- 10월 : 서울시 지원 – "한평생역사문화 탐방" 어르신들 수원의 화성
  방문 견학

〉〉 2011년

- 2월 15일 : 동작구 지원 – (사)한국씨니어연합 문화교실 설치 운영.
  어르신들의 정신적, 신체적 건강증진 및 문화의식 고양 프
  로그램 운영
- 3월 : 동작구 지원 – 동작 재가노인자원센터 개설 운영. 독립적 생활
  힘든 어르신들에게 가사 지원, 정서(상담, 말벗 등), 생활지원(밑
  반찬, 김치, 의료지원) 등과 결연 후원 서비스
- 4월 13일 : 본 연합 **제2대** 회장 손인춘 이사, **초대** 이사장 신용자(초
  대회장) 취임식(서울여성플라자 강당에서)
- 4월 : 서울시 지원 – 각 경로당에서 노인 소비자 피해사례 발굴 및 전
  문상담방법 교육
  동작구 지원 – 조손가정의 행복 나들이 여행, 경기도 여주 탐방
  보건부, 여가부, 서울시, 동작구 지원 – 노인 일자리 사업, "저소
  득층 자녀 위한 학습 도우미 씨니어" 선생님 지역 아동센터 등의
  일자리 찾아 파견
- 7월 : 동작구 지원 – "어르신들의 자원 재활용행사" 대방동 근린공원에서
  시행. 문충실 동작구청장, 정몽준 의원 부부 참석, 찬조물품 제공
  노동부, 동작구 지원 – 사서 도우미 양성 및 현장파견 중 · 고령
  자를 사서 도우미로 양성. 인근 도서관으로 파견 취업처 제공

2. 소식지 발간 실적

본 연합의 활동상을 구체적으로 소상하게 알려주는 "한국씨니어연합 소식"이 2001년 7월 5일 행촌동 사무실에서 창간호를 발간하고 이어서 2007년 7월 10일 동작구 대방동 서울여성플라자 3층 사무실에서 제9호를 발간하였다.

그 이후에는 산하 부설기관 등 운영체계가 복잡하여지고 인력이 부족하여 발간을 멈추고 법인 사무실의 주도하에 부설기관 운영에 전력을 다하고 있다.

● "한국씨니어연합소식" 발간 실적

〈창간호〉

- 2001년 7월 5일(종로구 행촌동 144 동화빌딩 2층,
  TEL 02-733-1447)
- 한국씨니어연합 창립총회 실황
- 축사, 격려사 등으로 참석한 인사들 사진, 회의장 실황 소개
- 신임회장(신용자) 취임인사

- 한국씨니어연합의 설립목적, 사업의 방향
- 신임 임원과 창립회원 및 후원자 명단

〈제2호〉

- 2002년 1월 15일(서초구 서초3동 1601-2 그린오피스텔 1104호,
  TEL 02-586-1473)
- 신정숙 이사(주부 시인)의 새해 축시(씨니어의 노래, 새해 아침에)
- 최봉완 이사(전 고교교장)의 표지그림
- AARP 회장 초청강연회 예고

〈제3호〉

- 2002년 5월 20일(서초구 서초3동 1601-2 그린오피스텔 1104호,
  TEL 02-586-1473)
- 사무엘 울만의 청춘이란 시 소개
  *청춘이란 인생의 어느 기간이 아니라 마음가짐을 말한다…….
- 본 연합 창립 1주년 기념행사, 국회의원회관 소회의실에서 성대히 거행

〈제4호〉

- 2002년 12월 13일(서초구 서초3동 1601-2 그린오피스텔 1104호,
  TEL 02-586-1473)
- 제1회 아동 · 노인 도우미 실무교육(여성부 공동협력사업) 수료식
- 사업추진 현황 소상히 소개

〈제5호〉

- 2003년 5월 20일(동작구 대방동 서울여성플라자 NGO 센터, TEL 02-826-4473)
- 본 연합 2003년 3월 15일 자 서울시로부터 사단법인 승인 내용 소개
- 여성부 및 서울시의 여성발전기금 지원사업 추진 상황

  *서울시 여성발전기금 지원사업 : 지역복지 증진사업에 지역의 장년 여성이 적극 앞장선다.

- 제1회 노인취업 활성화를 위한 후원의 밤 준비 상황
- 씨니어 책사랑 운동 적극 추진(씨니어들의 독서운동을 통한 신노인문화운동 추진)
- 교육생들이 주도하는 재활용품 판매 알뜰 장터, 여성플라자 앞마당에서 매주 금요일 시행

〈제6호〉

- 2003년 8월 20일(동작구 대방동 서울여성플라자 NGO 센터, TEL 02-826-4473)
- 제2회 여성부 공동협력사업(2003년도) 추진 현황
- 2003년도 서울시 여성발전기금 지원사업 추진현황(지역복지는 지역의 장년 여성이…)
- 제1회 노인 취업 활성화를 위한 후원의 밤(음악회) 실행 보고
- 일용엄니(탤런트 김수미 씨)의 노인 취업 활성화 지원 바자회 실시 상황 보도

- 제1회 실버 취업 박람회 참가 보고

〈제7호〉

- 2004년 5월 20일(서대문구 미근동 8번지 좋은 방송국 빌딩 2층, TEL 02-393-4473~4)
- 대통령 직속 "고령화 및 미래사회위원회" 김용익 위원장과 본 연합 신용자 회장의 일문일답
- 본 연합과 한겨레신문사 공동주최의 **제1회** 노인 일자리 마련 정책토론회(2003년 11월 24일) 보고
- 2004년도 정기 총회 인사말(상임대표 신용자, 공동대표 원종남, 송순이)

〈제8호〉

- 2005년 6월 27일(종로구 경운동 88번지 수운회관 601호, TEL 02-735-9000, 739-4473)
- 2005년도 여성부 및 서울시 지원사업 현황 보고
- "고령 사회를 좋게 하는 여성회" 히구치 게이코(樋口惠子)회장 초청강연회 상황 보고(2004년 11월 24일)
- 성신여대와 5년간 업무협약체결(건강 가정센터) 다양한 프로그램 공동 수행
- 아이들 사랑 책 읽는 할머니(아사책)모임 발족, 활발한 활동 소개
- 천안시 입장 농협 주부모임과 자매결연, 현장 방문하여 봉사활동 상황

보도

- 일사랑 할머니 지원단 발족식 소개(2004년 11월 24일)

〈제9호〉

- 2007년 7월 10일(동작구 대방동 서울여성플라자 NGO 센터, TEL 02-815-1922, 816-1922)
- 본 연합의 다양한 교육프로그램 및 부설기관 설치 운영 소개
- 보강된 공동대표(구하주, 장용진)선임으로 4명의 공동대표 소개
- 9호 이후에는 소식지 발행 중단, 부설기관 운영과 법인사업에 총력 집중

한국씨니어 한마당&
후원음악회

1. 제1회 한국씨니어 회원의 날
(씨니어 한마당 잔치)

『씨니어』는 사회적 자산이며 젊은이의 귀감이다.

제1회『한국씨니어』한마당

일시 2001년 10월 31일 (수)
장소 서초 구청 대강당
주최 한국씨니어연합 / SENIOR LEAGUE KOREA
후원 (사)한국 여성경영자총협회, 우먼타임스(주)
협찬 한국담배인삼공사, 한국통신(주), 한국통신 종합판매(주),
한국인삼진흥(주), 의료기 세라젬(주), 인성내츄럴(주),
심팩트(주), 도원아이한의원

한국씨니어연합 / SENIOR LEAGUE KOREA
서울특별시 종로구 행촌동 144-9
Tel 02)733-1447 Fax 02)733-1448

본 연합은 창립한 지 7개월만인 2001년 10월 31일 "제1회 회원의 날 (씨니어 한마당 잔치)" 행사를 가졌다.

서초구청 대강당을 빌려 하루 종일 특강과 오락 프로그램으로 이어진 이 날 행사는 다양하고 재미있는 내용으로 꾸며져 참석자들에게 신선한 충격을 주었다.

원종남 공동대표가 행사 집행 위원장을 맡아 규모 있게 진행한 이 날 오전 행사에는 행사 집행위원장(원종남 공동대표)의 개회인사에 이어 신용자 상임대표의 인사말, 이태복 청와대 복지노동수석비서관의 특강, 조남호 구청장의 축사와 유재건 의원의 축사가 김동일 이화여대(사회학) 교수의 능란한 진행으로 이루어졌다.

회의 중에 바쁘게 참석한 유재건(민주당) 의원은 "현역 정치인으로서 씨니어의 생활이 좀 더 편안하도록 해드리지 못해 늘 미안하고 송구스러운데 한국씨니어연합이 많은 역할을 해주기 바란다"는 요지의 축사에 이어 "청춘은 나이나 기간에 있는 것이 아니라 마음가짐과 정열에 있다"라는 「사무엘 울만」의 시를 낭송하여 참석자들의 큰 박수를 받았다.

본 연합의 조기동 고문은 "나는 나이 50이 넘어서 노인복지사업을 시작했는데 벌써 25년이 지났다. 지금 자리가 잘 잡혀가고 있다. 그때 나이 많다고 일을 포기했으면 지금 얼마나 후회하고 있을까!"하는 격려사로 참석한 씨니어들에게 용기를 주었다. 대강당을 하루 종일 조건 없이 빌려준 조남호 구청장은 "서초구는 어르신이 비교적 많은 구이다. 어떻게 하면 이 어르신들이 편안하게 잘 살 수 있게 해 드릴까 하는 것이 중요한 구정 목표의 하나이다"라는 축사를 해주었다. 오후(3부)에는 뽀빠이 이상용 씨의 재미있고 익살스러운 사회로 춤과 노래의 향연이 이어졌다.
한국담배인삼공사, 한국통신(주)과 한국통신종합판매(주), 한국인삼진흥
(주), 의료기 세라젬(주), 인성내츄럴(주) 등이 협찬하고 여성경영자총회
(회장 이현자), 우먼타임스(사장 신숙희)가 후원했다.

「한마당」 잔치는 창립한 지 반년 만에 벌인 행사치고는 제법 규모도 크
고 프로그램도 다양했다. 언론(한겨레)에서도 큰 관심을 가지고 크게 보
도하여 주었다.

처음 해보는 일이라 회원 모두가 긴장했지만, 똘똘 뭉쳐 하나가 되어
준비한 덕택에 당일 행사는 제법 짜임새 있는 진행과 재미있는 내용을
갖춘 셈이었다. 아래는 한겨레신문이 행사 전날 본 연합의 하는 일을 비
교적 자세하고 성실하게 보도하여 준 내용이다.

한겨레신문 2001년 10월 30일

한국씨니어연합 신용자 회장
경로당 늘리는 게 노인복지 아닙니다
사회참여 · 새 인생설계 등 운동 모색

'아름다운 노후, 스스로 준비한다.' 고
령화 사회를 맞아 최근 활발히 전개되고
있는 실버운동이 노년문화의 새로운 지
평을 열어가고 있다. 지난 3월 창설된
한국씨니어연합도 인생의 경륜과 나름
의 전문성을 살려 노후를 직접 설계하는
것은 물론 지속적인 사회참여를 목표로
하고 있다. 이 단체를 이끌고 있는 신용

자(65) 회장은 "고령화 사회에서 경로당
을 몇 개 늘리는 식의 복지정책으로는
씨니어들의 다양한 욕구나 재능을 충족
시킬 수 없는 일"이라며 "과거와는 차원
이 다른 새로운 노인문화운동을 통해 퇴
직자들이 제2의 새 인생을 살 수 있도록
할 계획"이라고 말했다. 씨니어연합이
추구하는 활동방향은 1957년에 조직된

미국의 퇴직자협회(AARP)와 비슷하다. 세계 최대의 민간고령자단체인 이 협회의 업무는 퇴직생활에 필요한 정보제공부터 금융대출까지 수십 가지에 이르며, 회원 수가 무려 3천만 명이 넘는다. 협회는 이 조직의 힘으로 고용 상의 연령차별을 금지시키는 등 정부의 공공정책에도 큰 영향력을 발휘한다.

신 회장은 "사회적 자산이며 젊은이의 귀감이 돼야 할 씨니어들이 활력 있게 살 수 있도록 활동 터를 마련하는 일이 무엇보다 시급하다"며 "정책연구와 자원봉사 등 6~7개 분야의 동아리 활동을 통해 신노인문화운동을 펼쳐 보이겠다"고 말했다.

씨니어연합은 창립 첫 행사로 31일 오전 10시부터 서울 서초구청 대강당에서 '한국씨니어 한마당' 잔치를 연다. 김동일 이화여대 교수의 사회로 강재만 서초구 한의사협회 회장과 이태복 청와대 복지노동수석비서관의 주제 강연이 있고 회원 합창 등 공연이 이어진다.

(02)733-1447

홍대선 기자

◎ 인사말

존경하는 귀빈 여러분, 그리고 회원 여러분!

아름다운 결실의 계절에 이렇게 한자리에 모시게 되어 무한한 기쁨과 영광으로 생각하고 감사드립니다. 저희 씨니어연합이 21세기에 걸맞은 새로운 노인 문화 운동을 계획하여 올해 봄에 발족한 이후 참으로 많은 분들이 저희 활동에 공감하시고 참여해 주셨습니다. 도움을 주신 많은 분들과 회원 여러분을 모시고 진작에 잔치의 한마당을 열려고 했습니다만 오늘에 와서야 비로소 이렇게 모시게 됨을 송구스럽게 생각합니다.

오늘 이토록 화창하고 풍요로운 가을 산천을 보니 일 년 내내 농민들이 땀 흘린 노고에 자연은 정직하고 아름다운 결실로 보답해 주고 있다는 생각을 해봅니다. 우리들 역시 봄처럼 화사한 시절이 있었고, 여름처럼 열정과 의욕이 넘치는 젊은 시절이 있었습니다. 그때에는 이 자리에 모이신 모든 분들과 저 역시 몸을 아끼지 않고 열심히 일하였습니다. 그리고 그러한 우리의 노력은 지금 이 세대의 많은 사람들이 누리는 풍요로운 삶과 국민 생활의 향상이라는 모습으로 돌아왔습니다.

하지만 걷잡을 수 없이 빠르게 달려가며 변하는 세상사에서 언제부턴가 우리들은 '고령자'라는 반갑지 않은 호칭을 달게 되었고 점차 사회 일선의 저편으로 비켜서게 됨을 느끼게 되었습니다. 그러나 어느 사회나 길잡이 역할을 해주는 경륜을 가진 사람을 필요로 하며 그들이 버팀목으로 지탱해 줘야만 사회는 안정 속에서 번영을 지속할 수 있는 것입니다.

제2차 대전과 6·25전쟁 그리고 굴곡 많았던 현대사에서도 좌절하지 않고 꿋꿋이 버티며 사회를 지탱해 온 것처럼 우리들이 '씨니어'가 되었다는 사실이 우리를 좌절시킬 수는 없습니다. 오히려 우리가 겪은 경험과 지혜와 능력을 살려 아직 남아있는 긴 세월을 위해 이제 더욱 힘차게 제2의 인생을 보내고자 하는 결의를 다짐해야 하겠습니다.

이번 자리를 위해 특별히 바쁜 국정 시간을 쪼개어 특강에 응해 주신 이태복 대통령비서실 복지노동수석비서관님과 구청 강당을 하루 종일 선뜻 내어주신 조남호 서초 구청장님께 큰 감사를 드리며 다시 한 번 오늘 참여하여 주신 내빈 여러분과 회원 여러분께 깊이 감사드립니다.

2001년 10월 31일
한국씨니어연합 회장 신 용 자

행사집행을 책임지고 있는 원종남입니다.

한국씨니어연합 회원 여러분! 그리고 이 자리를 함께 하신 모든 내빈 여러분, 오늘 제1회 한국씨니어 한마당 행사에 참여하여 주신 것을 대단히 감사하게 생각합니다.

저는 어느새 씨니어의 대열에 끼는 나이가 되어 앞으로의 노년 생활을 어떻게 살아가게 될 것인가에 대하여 생각하고 고민하여야 되겠구나 하던 차에 한국씨니어연합의 회원으로 참여하여 우리들의 제2의 인생을 준비하는 신노인문화운동에 동참하게 되었습니다.

　동서고금의 어느 사회에서나 남녀노소가 다 함께 어우러져 살아가는 것은 순리 중의 순리라 할 것입니다. 그리고 이러한 순리에는 어느 한쪽을 소외시키거나 불공평하고 불리하게 취급하여서는 안 된다는 원칙이 포함되어 있는 것입니다.

　우리들은 지난날 피땀 흘려 오늘 이 나라의 사회, 경제적 기반을 닦아 놓았으며 인재 등을 키워 나라의 일꾼으로 배출하였습니다.

　그렇다고 하여 우리가 이 사회와 젊은이들의 무거운 짐 덩어리처럼 살아갈 수는 없습니다. 오히려 이들의 든든한 선배로서 믿음직한 후원자로 살아가야 한다는 다짐이 오늘 우리가 추진하고 있는 「신노인문화운동」의 원칙이며 방향입니다. 그런 뜻에서 부족하나마 정성을 기울여 마련한 자리오니 아무쪼록 뜻 있고 보람과 즐거움이 가득 찬 자리가 되도록 적극적으로 참여하시고 즐겨 주시기 바랍니다. 감사합니다.

씨니어 한마당 잔치
집행위원장 원 종 남

● 프로그램

제1부 : 개회식(10:30~11:00) 국민의례, 축사, 격려사, 내빈소개 /
　　　 진행 : 김종화(본 연합 부회장)
제2부 : 강연회(11:00~12:40)
　　　 주제(1) : "우리들의 「제2의 인생」 준비하면 걱정 없다"
　　　 연사 : 이태복(청와대 복지노동수석비서관)
　　　 주제(2) : "이렇게 하면 건강하게 오래 살 수 있다"
　　　 연사 : 강재만(서초구 한의사협회 회장)
　　　 진행 : 김동일(이화여대 사회학과 교수)

김종화 부회장
전　건국대학교
대외협력실장

중식(13:00~13:50)

제3부 : "한국씨니어연합 한마당" 잔치(14:00~15:30) / 진행 : 뽀빠이 이상용
    ○ 합창 : 새이웃합창단(단장 : 박경숙(본 연합회원))
    ○ 힙합 · 랩공연 : 한국 청소년 연맹 21세기 위원회 소속
                    대원고생(최승환 외 3명)
    ○ 무용 : 오작교무용단(단장 : 김민정)
    ○ 한국민요 : 산수유민요단(단장 : 오세란)

폐회(16:40)

● 출연진

〈초청 연사 - 이태복〉
1950년. 충남 보령 출생
국민대 법대, 고대 노동대학원 졸업
주간 노동자신문사 사장, 노동일보 회장, 그리스도신학대학 사회복지학 객원교수
역임
2001년 3월 26일 개각에서 청와대 복지노동수석비서관으로 임명됨

〈강연 사회자 - 김동일〉
서울대 법대 졸업, 켄터키대학교 사회학박사
미국 모헤드 주립대학교 사회학과 교수
이화여대 교수(노년 사회학), 청소년학회 회장(현)
차기(2002년 5월) 노년학회 회장

〈강재만〉
서초구 한의사협회 회장
백구 한의원원장
경희대학교 한의대 외래교수

〈3부 진행 – 뽀빠이 이상용〉

충남 대전고. 고려대 농대 임학과 졸업
중앙대 대학원(사회복지학과 졸업)
사회복지법인 한국 어린이보호 회장('77 ~ '99)
1973년 MBC TV 데뷔
현재 '인생은 아름다워(MBC TV)'
'굿모닝 실버(EBS TV)' 등 씨니어 프로그램 진행

〈오작교무용단〉

(단장 : 김민정, 부단장 : 홍보영)
주부들로 구성된 민간예술문화교류단체로 소외계층에게
우리의 문화를 알리고자 하는 이념으로 활동 중이며 단체
명은 견우직녀의 오작교를 상징하듯 상부상조의 교류를
중요시한다는 의미에서 붙여짐
2000년과 2001년에 민간외교 사절단으로 중국, 러시아에 파견되어 북한예술단
과 합동공연

〈새이웃합창단〉

(단장 : 박경숙)
이화여대 출신의 선후배로 구성된 합창단
현재 30여 명의 40~70대의 여성이 단원으로 구성
2001년 초에 연세대학교 100주년 기념관에서 제2회 새
이웃합창단 발표회를 가진 바 있음

〈산수유민요단〉

(단장 : 오세란 – 명창 성창순 씨의 수제자)
단체명은 작은 꽃이 모여 아름다움을 이루듯 단원이 모여
봉사하는 단체임을 의미
지난 3년간 크고 작은 행사에 봉사하고 있으며 2001년
한마음 운동 행사에 참가하여 많은 호응을 받은 바 있음

● 제2부 강연 요지

〈이태복 연사〉

주제 : "우리들의 제2의 인생 준비하면 걱정 없다"

한국도 이제 고령화 사회에 진입하여 노인 문제가 한 가정에 서부터 국가 차원의 복지정책 수립의 중요한 과제로 대두되고 있어서 정부에서도 이미 다방면으로 대책 마련에 심혈을 기울이고 있다. 우선 노인층 경로연금수혜자를 20만 명 정도로 늘리고 노인성 치매 환자의 전문 요양시설의 확충 계획과 노인 관련 프로그램을 위하여 노인전문가 및 각계각층의 관련 지도자와 협의 중에 있다. 노인들의 "제2의 인생"에 새로운 활력을 불어넣어 즐겁고 신명 나는 새로운 인생을 마련하는 계기를 부여하기 위하여 노인 관련 프로그램 속에 노인 일자리 찾기 운동을 필수적으로 접목시키는 방안도 연구 · 검토하고 있다. 그러나 더욱 중요한 것은 노인들이 자신의 여생을 스스로 아름답고 보람 있게 만들어 간다는 신념과 용기가 필요하다. 정부에서 계획하는 노인복지 정책을 긍정적인 자세로 지켜봐 주시기 바란다. 이런 의미에서 오늘 행사를 주관한 한국씨니어연합의 탄생은 매우 시의 적절하다고 판단되며 추진계획 및 실행이 매우 기대된다.

〈강재만 연사〉

주제 : "이렇게 하면 건강하게 오래 살 수 있다"

한국도 100세 이상의 노인이 전국에 수천 명이나 되는 시대를 살고 있다. 노인 인구의 증가는 노인에 대한 사회적 시각이나 노인들 자신의 의식 변화가 필수적으로 요청되는 시점에 왔음을 말한다. 이러한 사회적인 변화 추세에 따라 먼저 '노인' 대신 '어르신'이란 존칭으로 바꿔 쓰고, 노인 자신들이 보다 즐겁고 활기찬 제2의 인생, 청소년들이 존경하고 신뢰하는 신노인 즉 씨니어 씨티즌이 되기 위해 노력해야 할 것이다. 다음으로 보람찬 사회활동을 적극적으로 펼쳐 나가기 위해서는 무엇보다도 건강을 유지하기에 힘써야 할 것이다. 노인을 위한 건강요법을 소개한다.

1. 팔다리를 가급적 많이 움직이는 걷기운동을 즐겁게 하여 몸속의 녹슨 부분을 닦아낸다.

2. 음식은 체내 영양의 조화를 맞추기 위해 그 종류와 맛을 골고루 섭취하되 과식이나 편식을 피하고 소량으로 한다.

3. 마음을 편안하게 갖도록 대처하는 방법을 조화롭게 하며 특히 청소년을 이해하고 그들의 자문역이 된다.

4. 좋은 모임에 자주 참석하고 좋은 친구와 대화를 많이 나눈다. 이런 의미에서 한국씨니어연합 회원들에게 기대하는 바가 매우 크다.

● 『한국씨니어』에 바라며 『씨니어 한마당』을 축하합니다

〈오기형(연세대 명예교수)〉

나이가 많아도 할 일이 있어야 한다.

현재 우리나라의 65세 이상 고령 인구는 7.4% 정도이지만 40년 후에는 28%로 엄청난 비율이 될 것이랍니다. 이런 사태에 대비하여 우리가 지금 서둘러서 해야 할 일은 나이가 많아도 계속하여 일할 수 있도록 준비하는 일입니다. 80세가 넘은 저는 지금도 인터넷으로 토의하고 연구하면서 열심히 젊은이들과 어울리다 보니 건강하고 늙지 않는 것 같습니다. 저도 여러분들의 「신노

인문화운동」에 참여하여 봉사하고자 합니다.

〈권이종(청소년 개발원장 교육학박사)〉

한국씨니어연합의 전진·발전을 축하합니다

한국씨니어연합의 「신노인문화운동」은 소년 문화운동과 연결시켜 한국의 3세대 통합문화운동으로 확산 발전할 것으로 믿고 기대합니다. 씨니어들은 가장 중요한 교육의 기본인 가정에서 샘물처럼 솟아나는 지혜로 오늘의 청소년을 내일의 건전하고 자랑스러운 씨니어로 성장시키는 촉진제 역할을 할 것이라 확신합니다. 우리 청소년개발원은 한국씨니어연합이 신노인문화운동과 접목할 수 있는 조부모, 부모, 청소년의 탄탄한 3각대를 이루고 우리 사회의 평화와 발전의 디딤돌과 같은 역할을 할 수 있기를 기대합니다.

〈김수홍(천하장군 문화유적 답사회 공동대표)〉

한국씨니어연합이여 크게 빛나라!

풍성한 결실의 계절에 멋지게 펼쳐지는 첫 번째 '한국 씨니어 한마당' 잔치에 우리 모든 회원이 한자리에 모여 신나게 즐기면서 의미 있는 하루를 보내게 되어 정말 기쁩니다. 청년 시절에서 보면 미래였던 지금, 또다시 그때 그 시절의 심정과 꿈으로 우리의 미래를 설계하고 다짐해 보는 계기가 되어 더욱 설레는 오늘입니다. 그 꿈을 펼쳐주는 「한국씨니어연합」이여! 영원히 영광이 있으시라!

나이보다 더 중요한 것은 정신이요! 마음이다

한국씨니어연합 한마당 잔치를 진심으로 축하하며 창립한 지 1년도 채 안 되는 단체가 이러한 큰 행사를 치러낼 수 있다는 점을 높이 평가합니다. 한국씨니어연합이 신명 나게 살자는 잔치를 벌인다는 소식을 듣고 '나이보다 더 중요한 것은 정신이요, 마음이다' 라는 생각을 합니다. 온통 물신주의에 병들어 노인들은 생산력이 떨어진다며 모두가 외면하는 세상에 한국씨니어연합이 결코 씨니어는 무력하지 않다는 것을 보여주는 잔치를 한다는 사실이 아름답게 보입니다. 노화는 어느 한계까지는 선택입니다. 이 나라의 잘 사는 사람이나 젊은 주니어들이 씨니어를 어떻게 대하는가에 개의치 말고 아름답고 밝은 씨니어의 세계를 우리 다 함께 만들어 갑시다.

〈황재기(전 부산일보 편집국장, 본 연합 자문위원)〉

"Of the Senior, By the Senior, For the Senior"

씨니어 세대는 경륜과 지혜에 실질적 재력도 겸비, 사회적으로나 가정적으로 '어른' 이자 '기둥' 입니다. 그러나 지금 우리 사회에 조성되고 있는 저류엔 '연륜' 이 설 곳이 몹시 척박해지고 있습니다. 할 말은 많아도 속으로만 삭여야 하는 시대에 「한국씨니어연합」이 메마른 대지를 적셔주는 시원한 소나기처럼 나서서 '파워' 와 '목소리' 되찾기를 본격화하고 있습니다. 더구나 '인간 100세 시대' 의 실현이 목전에 다가온 지금, 퇴역이 아닌 현역으로 '2모작 인생'의 설계가 시급한 때에 「한국씨니어연합」이 문을 열기 위해 심혈을 쏟고 있어 기대가 큽니다.

〈김명제(고려대 사회교육원생 노인복지학과, 전 고교 교사)〉

즐거운 삶의 시니어

나의 제2 인생은 "건강한 사회생활을 통한 즐거운 삶"이라는 설계도를 마련하여 실천하고 있습니다. 아침 수영과 오후 걷기의 반복으로 근력을 다져가면서 새로운 정보와 지식의 습득을 위해 노인복지학(고려대 사회교육원)을 공부합니다. 그간 교직 생활에서 쌓은 경험과 노하우를 나를 도와주신 분들에게 보답하는 뜻에서 마을과 교회, 그리고 이웃과 사회에서 열심히 봉사활동을 펼쳐가며 활기찬 삶의 보람을 맛봅니다. 앞으로 한국씨니어연합의 회원으로서 보다 신명 나고 즐거운 활동을 펼쳐서 사회와 젊은이로부터 신뢰받고 존경받는 어르신의 본보기가 되고자 합니다.

● "한마당 잔치"에 대한 축하메시지(2001년 10월 31일)

〈한국씨니어연합 고문단〉

한국씨니어연합은 『신노인문화운동』의 선봉자입니다.

한국씨니어연합의 발전 · 성장을 격려하고 자축합니다.

● 김인숙 (한국여학사협회 명예회장/고 김상협 전 국무총리 부인)

- 김재순 (샘터 이사장/전 국회의장)
- 김현자 (전 국회의원/전 세계 YMCA 실행위원)
- 이인호 (국제교류재단 이사장/전 러시아 대사)
- 조기동 (한국 노인복지회 회장)

〈비회원 및 회원〉

한국씨니어연합의 성장 발전을 기원하며 제1회 『한국씨니어 한 마당』 행사를 축하합니다.

- 김근태 국회의원(민주당 최고위원)
- 김정숙 국회의원(한나라당)
- 김태홍 국회의원(민주당)
- 김화중 국회의원(민주당)
- 변해진 ((주)아이클릭 CEO / 전무이사)
- 신부용 교통환경 연구원 원장(녹색교통연합 공동대표)
- 신숙희 (우먼타임스 대표)
- 유재건 국회의원(민주당)
- 윤수경(사회공동모금회 사무총장)
- 윤여준 국회의원(한나라당)
- 윤장순(우당 장학회 이사장)
- 이무희(서예가)
- 이부영 국회의원(한나라당 부총재)
- 이현자(한국 여성경영자 총협회 회장)

- 인재근(김근태 의원 부인)
- 최 열(환경운동연합 사무총장)
- 최우숙(장재식 산자부 장관 부인)
- 한 영(여성기금 광주광역시 대표)
- 한인옥(이회창 한나라당 총재 부인)
- 홍소자(한승수 외교통상부 장관 부인)

〈본 연합 이사〉

한국씨니어연합의 신노인문화운동에 앞장서 우리들의 힘차고
보람 있는 노인생활의 기반을 마련하겠습니다.

- 회장 신용자(전 국회 여성특위 입법심의관)
- 집행위원장 원종남((주)한국 종합판매 대표)
- 감사 조희종(변호사)
- 부회장 오은영(재외동포재단 한민족여성네트워크 협력관)
- 부회장 김종화(전 건국대대외 협력실장)
- 김려옥(전 무학여고 교장, 현 걸스카우트 연맹 부총재)
- 김 윤(순천 명신대학교 서양화 교수)
- 김은경(GEO KOREA 대표)
- 노경자((주)한국인삼진흥 대표)
- 문일석(일간 펜 대표)
- 박경숙(새이웃합창단 단장)
- 손인춘((주)인성내츄럴 대표)

- 송순이((주)동운뉴테크 대표)
- 신정숙(주부 시인)
- 신중필(한국통신 진흥공사 상무)
- 심상기(시사저널 대표)
- 이승희((주)한신 재활복지 사업단 북부 지사장)
- 정명숙(교보생명 사이버센터 팀장)
- 최봉완(전 고등학교 교장, 현 인간개발연구원 원장)
- 홍양희(강북 일하는 여성의 집 원장)

2. 후원음악회

본 연합은 설립이념인 노인취업 활성화와 이를 현실적으로 추진하기 위한 기금마련을 위하여 5차례에 걸친 후원음악회를 가졌다.

제1회는 2003년 6월 17일 하얏트 호텔 그랜드볼룸에서 500여 명의 관객을 모시고 중·장년층의 인기가 매우 높은 소리꾼 장사익 님의 열창과 서울대 남성중창단의 합창, 본 연합 노경자 이사의 독창(소프라노) 등으로 화려한 무대가 열렸다.

제2회 후원음악회는 2006년 7월 7일 서울여성플라자 아트홀에서 60대 중반의 원로가수 김도향 님과 10대 후반의 천재 재즈 피아니스트 진보라 양이 출연, 본 연합이 지향하는 1~3세대의 어울림을 보여주는 무대로 진행되었다.

제3회 후원음악회는 원로가수 정훈희 님과 국악인으로 이름 높은 신영희 님의 출연으로 2007년 7월 12일 서울여성플라자 아트홀에서 열렸다.

제4회 트로트 가수로 한창 명성이 높은 이혜리 님의 출연으로 2008년 9월 22일 서울여성플라자 아트홀에서 열렸다.

제5회는 서울 여성 가족재단과 공동주최로 2009년 6월 13일 아름다운 한강 물이 흐르는 풍광 좋은 선유도 생태공원에서 2009년 평등가족 문화축제의 일환으로 참가하였다.

다섯번의 후원음악회는 본 연합의 형편으로는 그리 쉬운 일은 아니었지만 본 연합의 박현경 현 회장(당시 서울 여성가족재단 대표이사)의 적극적인 협조로 어렵지 않게 성사되었음을 알리고 다시 감사드린다.

1) 제1회 후원음악회(2003년 6월 17일)

2003년 6월 17일 하얏트 호텔 그랜드볼룸에 500여 명의 관중이 모여든 제1회 후원음악회는 참가자들을 깜짝 놀라게 하였다.

당시 세계적인 금융위기가 우리나라에도 영향을 크게 미치는 상황이어서 하얏트 호텔의 그랜드볼룸을 가득 채울 가능성은 거의 없었다.

그러나 협조자들의 적극적인 태도와 출연자들에 대한 기대가 커서 1천 명의 관객은 힘들었지만 500여 명이 참관하는 성과를 거두었다.

중년 이상의 팬을 많이 가지고 있는 소리꾼 장사익 님과 씩씩하고 중후한 음성의 서울대 남성중창단의 합창은 참관자들의 큰 박수와 감격을 낳았고 개그우먼 김미화의 능청맞은 진행과 곱게 차리고 나와 인사드리는 고 여운계 탤런트의 역할로 그 자리는 크게 빛났다.

70세가 넘어서 성악공부를 시작했다는 본 연합 노경자 이사의 소프라노 독창(푸치니의 '오, 사랑하는 나의 아버지')과 재정지원, 그리고 송순이 공동대표의 손 큰 재정협조는 이날의 음악회를 살리는 절대적인 요인

이 되기도 하였다.

후원 음악회는 아직 역사가 길지 않은 본 연합의 착실한 성장 모습을 잘 보여주는 행사였다.

이 음악회를 통하여 본 연합이 성장하는 모습과 지향하는 사업방향이 잘 알려져 후속 사업에도 큰 기대를 걸게 하였다. 이 음악회에 참석한 관객들과 출연자, 협찬자 모두가 흐뭇해 하는 모습을 보면서 본 연합의 공신력과 존재감이 빠르게 커지고 있음을 실감할 수 있었다.

2003년 6월 17일에 시내 하얏트 호텔에서 개최한 본 연합 제1회 음악회에 참관인으로 참여했던 탤런트 김수미(일용엄니) 씨는 크게 감동하였다며 자신도 어르신들의 취업 활성화를 돕고 싶다 하였다.

김수미 씨는 주변의 지인들과 탤런트들의 협조를 얻어 자신이 주관하는 "노인 취업 활성화를 위한 후원 바자회"를 강남 고속 터미널 지하 수입 명품 상가에서 7월 12~18일까지 5일 동안 열고 수입금은 본 연합에 기부하였다.

※ 여러 차례 사무실 이전으로 제1회 음악회 관련 초청 팜플렛, 축사, 회장 인사말, 관련 사진 자료가 없어졌음을 서운하게 생각한다.

2) 제2회 후원음악회(2006년 7월 7일)

제2회 후원음악회는 무더위가 기승을 부리는 2006년 7월 7일(금) 서울 여성플라자 1층 아트홀에서 열렸다.

60대 중반의 원로가수 김도향 님과 10대 천재 재즈 피아니스트 진보라 양이 함께 출연하여 본 연합이 지향하는 1세대와 3세대가 함께 어울려 즐겁게 노래하고 춤

추는 모습을 보여주는 좋은 밤이 되었다.

식전행사로 진행된 본 연합의 활동상을 알리는 동영상과 KBS, KTV 의 친절한 활동소개, 할머니와 아이들이 같은 옷을 입고 한 무대에서 흥

겹게 추어대는 꼭짓점 댄스, 올챙이송(아이들) 등은 재미있고 의미 있는 본 연합 홍보행사가 되었다.

● 프로그램

- 식 전 행 사 -

(사)한국씨니어연합 연혁 및 진행 중인 프로그램 소개 : (동영상) 18:20
1. 한국씨니어연합 연혁
2. 한국씨니어연합 활동사진
3. KBS, KTV 현장 활동 취재 (동영상)

할머니와 아이들의 어울림 놀이   18:30
1. 할머니와 아이들이 함께하는 춤 : 꼭짓점 댄스
2. 할머니와 아이들이 함께하는 노래 : 올챙이 송, 아빠 힘내세요! 그 외 2~3곡

인사 말씀   18:45
1. 본 연합 상임대표 신용자 회장 인사말
2. 본 연합 상임고문 장만기 회장 격려사
3. 변재관 노인인력 개발원 원장 축사

- 행 사 진 행 -

행사진행 : 이준용 (실버사업전문가 포럼 교육실장)   19:00 ~ 20:30

김도향	진보라
1. 바보처럼 살았군요	1. 아리랑(민요/진보라 편곡)
2. My way	2. Summer Time(G. Gershwin 작곡)
3. 봄날은 간다	3. 흑백사진 (진보라 작곡)
4. 굳세어라 금순아!	4. Two Of Us(진보라 작곡)
5. 화장을 고치고	5. 사막의 폭풍(진보라 작곡)
6. 사람이 꽃보다 아름다워	6. 도라지 + 뱃노래(민요/진보라 편곡)
7. 그건, 네!	7. Temptation(Tom Waits 곡)
8. 목이멘다	

이번 후원음악회는 세 분의 공동대표가 공동으로 행사집행 위원장직을 맡아 열심히 준비하였기 때문에 다른 어떤 때보다 원활한 진행이 가능했다.

음악회가 끝날 무렵 본 연합은 진보라 젊은 피아니스트에게 홍보대사직을 제의하여 흔쾌히 수락을 받고 임명장을 수여하였다. 한편 김도향 가수는 자신의 곡이 실린 CD를 현장 판매하여 그 수익금을 몽땅 본 연합의 교육기금으로 기부하였다.

홍보대사직을 수락하고 즉석에서 임명장을 받고 있는 진보라 양

행사장 입구에서 직접 자신의 앨범 CD를 팔고 있는 원로가수 김도향 님

◎ 공동집행위원장의 인사말

　이번 행사의 준비를 같이한 공동대표입니다.

　본 연합은 2001년 3월에 창립하고 2003년 3월에 사단법인이 된 민간단체로 우리나라의 신노인 세대가 건강하고 보람 있게 노년기를 살아갈 수 있게 하는 데 도움이 되는 프로그램을 개발·운영하는 단체입니다. 창립 첫해부터 회원의 날 잔치(2001.10.31.), 미국은퇴자협회(AARP)의 에스터 테스 칸자 회장 초청강연(2002.1.15.), 소리꾼 장사익 공연 후원의 밤 음악회(2003.6), 일용엄니 김수미 주관 본 연합 후원바자회(2003.7), 두 번에 걸친 노인 일자리 정책토론회 그리고 일본의 유명한 여성노인 운동가이며 '고령 사회를 좋게 만드는 여성회' 히구치 게이코 회장 초청 강연 등 주위 여러분들의 물심양면의 도움이 없이는 도저히 성사시킬 수 없는 행사들을 대과 없이 잘 치러냈습니다. 이번 후원음악회를 추진하고 준비하는 과정에서도 여러분들의 애정과 협력에 새삼스러운 고마움으로 일을 성사시킬 수 있었습니다. 감사합니다.

제2회 후원음악회 행사준비 위원장

원 종 남(본 연합 공동대표)

송 순 이(본 연합 공동대표)

구 하 주(본 연합 공동대표)

◎ 회장의 인사말

안녕하십니까! 상임대표 신용자입니다.

무더운 날씨인데 이렇게 많이 참석하시어 저희들의 행사를 격려하여 주셔서 대단히 감사합니다. 특히 바쁘신 시간을 쪼개어 참석해주신 조기동 고문님, 장만기 고문님, 변재관 원장님…. 일일이 말씀드리지 못하지만 여기 오신 모든 원로님들께 큰 감사를 드립니다.

오늘 이 행사가 이루어지기까지는 여성플라자 박현경 대표님의 순발력과 아름다운 협력이 큰 힘이 되었음을 이 자리에서 다시 한 번 감사드립니다. 본 연합이 개최하는 두 번째 후원음악회입니다. 60대인 원로가수 김도향 님과 10대의 천재 재즈 피아니스트가 함께 출연하는 뜻깊고 즐거운 행사입니다.

이번 행사가 결코 쉬운 일은 아니었지만 저는 밝은 희망과 따뜻한 사랑을 느끼면서 용기를 낼 수 있었습니다. 주변의 다양한 분들이 한결같이 우리가 다 같이 겪으면서 극복하여야 할 저출산, 고령 사회에 대해 적극적인 관심과 애정으로 협력해 주신 덕분입니다.

덕택에 6년 동안에 8번이나 사무실을 옮겨가면서도 좌절하지 않고 의연하게 계획된 프로그램을 지속하고 발전시켜 이제는 제법 자리잡혀가는 모습을 보여드리게 되었습니다. 특히 우리가 모두 염려하며 겁내고 있는 저출산, 고령 사회를 살아가는 데 조금이나마 보탬이 되는 것을 본 연합은 중점적인 활동으로 삼고 있습니다. 그 대표적인 것이 중 · 고령 여성인력의 보육 도우미 인력과 노인수발 도우미 인력화 양성 활용 프로그램이며 금년에 5번째의 교육프로그램이 진행 중입니다.

이 일을 해내기 위하여 저희들은 주위의 많은 분들께 손 내밀어 협력과 후원을 요청하고 있습니다. 때로는 무시와 핀잔을 받아 괴롭기도 하지만 "구걸을 해서라도 꼭 해야 할 일, 하고 있는 일이 있으니 나와 우리 회원들은 행복한 노년기를 살고 있다"는 변명 아닌 자부심을 가지고 이 일을 버티어 나가고 있으며 계속 발전시켜 나가고자 합니다. 오늘은 즐겁고 의미 있는 밤, 출연자 자체가 60대와 10대로 1~3세대가 어울려서 펼쳐나가는 어울림의 잔치입니다. 이런 아름다운 잔치를 또 준비하여 다시 여러분을 모시고 싶습니다. 계속 참석하시어 저희들을 격려해 주시어 희망과 사명감을 더하는 힘을 보태 주시기를 바라겠습니다.

다시 한 번 감사드립니다.

2006년 7월 7일
(사)한국씨니어연합 회장 신 용 자

이 음악회에는 80대 중반(서영훈 전 대한적십자사 총재)과 70대 후반의 (안필준 대한노인회 회장 등) 원로들이 참석하여 따뜻한 격려 말씀을 주셨다. 80대, 70대, 60대, 50대, 20대가 골고루 참여한 신나는 잔치가 되었다.

◎ 격려사

일하고 싶은 할머니를 위한 음악의 밤을 축하합니다.

서 영 훈
(재외동포 교육진흥재단 이사장 (전) 적십자사 총재)

(사)한국씨니어연합 신용자 회장님 그리고 여러분! 이런 뜻깊은 음악의 밤을 마련하느라 수고 많으셨습니다. 2001년 3월 창립총회에서 신용자 회장님의 부탁을 받고 격려와 축사의 말씀을 드린 지 벌써 5년이 지났습니다. 우리나라가 고령화 사회로 들어선 지 얼마 안 된 시점에서 노인에 대한 개념과 의식을 바꾸는 「신노인문화운동」 추진이 창립 목적이란 말에 아주 적

절한 시기에 뜻있는 일이라는 점을 칭찬하는 내용으로 축사를 하였습니다. 이번 음악회도 그 취지와 내용이 지금 우리 현실에 적합한 것으로 생각되어 축하와 격려의 박수를 보내고 싶습니다. 여성 노년 세대가 스스로 나서서 이웃의 손자 손녀세대를 잘 돌봐줄 수 있으면, 아이들의 엄마가 안심하고 직장생활에 열중할 수 있을 것입니다. 또한, 건강하고 지혜로운 할머니들에게는 가치 있는 일거리가 생겨서 좋고, 아이들도 할머니의 사랑을 체험하게 되니 일 석 3조, 4조의 효과를 기대할 수 있습니다. 아무쪼록 이런 좋은 일을 활성화시키기 위한 오늘의 행사가 재미있고 성공적인 음악회가 될 것을 기원하며 다시 한 번 축하드립니다.

뜻깊은 후원 음악회를 축하하고 격려합니다

안 필 준
((사)대한노인회 회장)

신용자 한국씨니어연합 회장님, 그리고 임직원 여러분! 무더운 날씨에도 불구하고 (사)한국씨니어연합이 여성노인들을 취업시키기 위한 후원음악회를 마련하게 된 용기와 결단에 큰 박수를 보냅니다. 앞으로 닥쳐올 우리나라의 저출산, 고령화 사회가 우리들에게 얼마나 큰 고통과 부담을 줄 것인가에 대하여는 아무도 확실하게 알 수 없습니다. 그러니까 더욱더 꼼꼼하고 현명하게 준비하여야 할 것입니다.

호랑이한테 물려가도 정신만 똑바로 차리면 살아난다는 옛 속담처럼 그 시대를 직접 살아가야 할 사람들이 모두 힘을 모아서 준비를 한다면 큰 걱정은 없겠지요. 그런 의미에서 한국씨니어연합이 마련하는 여성노인 취업 준비교육 기금마련 후원음악회는 더욱 뜻깊은 일이라 생각되며 60대의 원로가수와 10대의 천재 소녀 피아니스트가 같은 무대에서 우리들에게 보여줄 공연은 우리가 지향하는 미래의 과제, 즉 세대통합의 문화 만들기에도 도움이 되는 공연이라 생각합니다. 이 음악회 준비를 위하여 신용자 회장님과 직원이 하나가 되어 애쓰는 모습을 상상하며 다시 한 번 축하와 격려를 드립니다.

학습으로 자기가 자기를 태어나게 하자

장 만 기
(본 연합 고문, (사)인간개발연구원 회장)

우리나라의 중·고령 여성들을 대표하는 한국씨니어연합이 금년 여성주간 마지막 날 행사로 여성노인 취업 준비교육 기금마련 후원음악회를 원로가수로 존경받는 김도향 님과 신진 재즈 피아니스트 진보라 양이 함께 즐거운 밤 행사로 열게 된 것을 축하드립니다. 그리고 여러분과 함께 즐거움을 누릴 수 있게 된 것을 영광으로 생각합니다.

세상에 뛰어난 어떠한 훌륭한 사람도 '어머니' 라는 여성으로부터 태어나지 않은 사람은 없습니다. 오래되지 않은 지난날 가난했고 일자리가 없었던 한국사회가 이만큼 잘살게 된 것도 어머니로 불리는 여성들의 희생과 봉사 그리고 사랑으로 이루어진 것을 부정할 사람은 아무도 없을 것입니다. 대다수 우리 국민을 길러낸 시골의 학교들이 우리가 미처 알지 못하고 지나온 중에 저출산, 고령화 사회를 맞아 폐교가 되어버리듯이 우리를 낳아주신 우리 사회의 중·고령 여성들이 어느 사이에 무대 뒤로 물러서 잊힌 존재가 되어버린 듯한 현실을 우리는 지금 마음 아프게 목격하고 있습니다. 이분들의 수준 높은 경험과 지혜로 농익은 경륜을 되살려 우리가 지금 살고 있는 이 사회를 보다 활성화하고 생산적인 사회로 바꾸는 길을 찾아야 할 것입니다.

우리는 지금 어제의 다이아몬드가 오늘에 한낱 먼지로 퇴화해버리는 대변혁의 시대를 살아가고 있습니다. "변하라, 그렇지 않으면 죽는다. 배우라, 그렇지 않으면 패배하고 말 것이다. 지식을 더 넓히지 않는 사람은 퇴화되고 만다. 배우기를 마다하는 사람은 죽어 마땅하다."라는 말이 회자되고 있는 새로운 학습사회를 맞이하고 있습니다.

우리를 발전하는 삶의 무대에서 쫓아내고 있는 것이 나이 먹음의 늙음이 아니라 배우는 것을 중단함으로 경쟁력을 잃은 데서 오는 것임을 깨닫고, 늦었다고 포기하지 말고 자기를 새롭게 하여 학습하는 여성들의 활기찬 사회를 강조하는 좋은 자리와 기회가 되기를 바라면서 다시 한 번 축하를 드립니다.

3) 제3회 후원음악회(2007년 7월 12일)

7월이면 매우 뜨겁고 후덥지근한 장마철이다. 그럼에도 불구하고 본 연합은 많은 분들의 후원과 격려를 받으며 과감하고 활발한 세 번째 후원음악회를 열 수 있었다. 신용자 상임대표는 인사말에서 "저는 오늘 저녁에는 비가 오지 않게 해주세요."하고 간절한 기도를 올렸다고 했다. 비도 내리지 않고, 관람객도 많고 반응도 물론 좋았다. 행사 때마다 빠지지 않고 참석하여 따뜻한 격려 인사를 해주었던 고 여운계 홍보대사의 열의에 지금도 감사한다. 지난번 음악회 때 홍보대사가 된 진보라 양은 유학 중이라 격려의 인사만 보내왔다.

홍보대사 여운계	바쁜 생활을 핑계로 홍보대사로서의 깊은 관심과 애정을 더 많이 보내드리지 못했지만 언제나 사랑하고 격려하는 맘 변함없습니다. 세 번째의 후원음악회가 세 배의 성공을 거둘 것이라 확신합니다.	홍보대사 진보라	어르신들과 뜻을 같이하고 싶은 홍보대사 진보라입니다. 한국씨니어연합이 끊임없이 성장 발전하여 우리나라의 신노인문화운동의 든든한 발판이 될 것을 확신하고 기대합니다.

● 프로그램

- 식 전 행 사 -

(사)한국씨니어연합 연혁 및 활동의 이모저모 : 동영상	18:30
한국 실버문화예술단 할머니들의 모듬북 공연	18:40
할머니 선생님과 요요유치원 원아들의 어울림 놀이 : 한삼춤 외	18:50
할머니(본 연합 회원) 모델들의 맵시 자랑 패션쇼	19:05

인사 말씀 19:25
1. 신용자 (본 연합 상임대표)
2. 안필준 (대한노인회 대표)
3. 박현경 (서울특별시 여성가족재단 대표)

– 행 사 진 행 –
행사진행 : 오혜란 (서울특별시 여성가족재단 교류협력부 부장) 19:30~20:30
◇ 명창 신영희 판소리
◇ 정훈희 : 꽃밭에서, 안개 외

● 보조출연진 소개

–할머니의 모듬북 공연 (장정자 한국 실버문화예술단 단장)
해방 이후 우리나라 경제발전의 주역이었으나 지금은 소외당하고 있는 노인들에게
일할 기회와 희망을 줄 수 있는 환경을 만들고 싶다. 그래서 신 · 구세대가 함께 어
우러질 수 있도록 자질과 끼를 가진 할머니들이 모여 전국 공연에 나선다. 이들의
공연은 노인문화를 직접 만들어 실천하는 좋은 본보기가 될 것이다.

–할머니 선생님과 요요유치원 원아들의 어울림 놀이
본 연합의 할머니 선생님과 요요유치원 원아들이 한 무대에서 노래와 춤으로 1~3
세대가 아름답게 어울리는 모습을 자랑한다.

–할머니 모델들이 보여주는 멋진 패션쇼
실버패션쇼는 만 65세 이상의 실버세대를 패션모델로 내세운다. 수동적이 아닌, 적
극적인 자세로 자신의 삶을 경영해 나가는 모델들의 모습을 통해 이 시대의 진정한
실버문화를 표현한다. 의상이나 디자이너가 중심이 되는 여느 패션쇼와는 달리 실
버모델이 주인공인 실버패션쇼를 통해 실버세대의 숨겨져 있는 열정과 끼를 마음껏
발산할 수 있게 한다.
(본 연합 구하주 부회장이 대표로 활약하고 있다.)

◎ 인사 말씀

〈신용자, 원종남, 송순이, 구하주, 장용진〉

존경하는 안필준 대한노인회 회장님, 신용길 교보생명 대표이사님, 김득린 사회복지협회 회장님, 박현경 서울특별시 여성가족재단 대표님 그리고 여기 모이신 모든 귀빈 여러분, 회원 여러분! 더운 날씨에 이렇게 왕림하시어 저희를 축하하여 주시고 격려해 주셔서 크게 감사드립니다. 한국씨니어연합은 창립 이래 줄곧 우리나라의 신노인 세대가 건강하고 보람 있는 당당한 노년생활을 준비하는 프로그램을 개발·운영하고 있습니다. 오늘은 3번째 후원음악회 날입니다.

이런 프로그램을 「신노인문화운동」이라 이름 붙였고 이 운동의 최우선적인 과제는 건강한 노인에게 일자리를 마련하여 주는 것, 특히 중·고령 여성에게 일자리를 마련하여 주어야 한다는 것에 모두가 동의하고 있습니다. 중·고령 여성은 모두가 출산과 육아의 실질적인 체험과 어르신을 받들어 섬기어 온 경로 효친의 살아있는 경륜과 지혜를 쌓아온 보배 같은 인력입니다. 이들에게 알맞은 새로운 지식과 정보를 보태어 주면 어느 누구보다도 품격 있는 복지 종사 인력으로 활용의 성과가 높을 것이라고 확신합니다. 특히, 할머니들의 아이 사랑은 젊은 엄마들에게 맘 놓고 직장에서 일하게 해 줄 수 있고, 어린이들이 친할머니처럼 따르는 사이에 조부모의 사랑 체험과 3세대가 어울려 살아가는 정서 함양에 도움이 될 것이라 믿습니다. 일상생활 속에서 계속해오던 습관 같은 일을 사회적 인력화로 개발하여 취업으로 연결하면 할머니들의 일자리로 훌륭하게 활용될 수 있을 것입니다. 그야말로 일석삼조(一石三鳥) 아니, 일석사조(一石四鳥)의 시너지효과를 기대할 수 있는 방법이 아닐까요? 한국씨니어연합의 이러한 발상으로 올해 세 번째의 후원음악회를 마련하여 여러분들로부터 따뜻한 후원과 적극적인 호응을 얻고 있습니다. 본 연합의 이러한 뜻에 찬성하고 바쁜 일정과 프로그램을 모두 물리치고 출연에 응해주신 명창 신영희 님과 정훈희 가수님께 그리고 이번 음악회를 따뜻한 마음으로 협찬해주신 여러 기업체에 큰 감사 드립니다. 또한, 할머니들의 모듬북 공연과 실버패션쇼 그리고 아이들과 한 무대에 올라가 춤추고 노래했던 식전행사 출연자들께 모두 감사드립니다.

이와 같은 후원음악회를 여러분이 함께해 주신다면 내년, 후년 그리고 또 후년, 후년에도 할 것입니다. 오늘의 젊은 엄마들이 훗날 할머니로 승격하여 이 음악회를 후원하고 관람할 수 있도록 말입니다.

즐거운 시간으로 여름밤 더위를 식히시기를 빕니다. 감사합니다.

2007. 07
상임대표 신용자
공동대표 원종남, 송순이, 구하주, 장용진

● 축하메시지

〈안필준(대한 노인회 회장)〉

대한노인회 회장 안필준입니다. 한국씨니어연합의 세 번째 신나는 후원음악회에 참석하여 축사를 하게 되니 어느새 저도 스스로 신이 나는 것 같습니다. 한국씨니어연합의 신용자 회장을 비롯하여 임직원들이 이 음악회를 준비하느라고 이 더운 여름에 얼마나 비지땀을 흘렸을까 짐작이 갑니다. 진심으로 축하합니다. 우리들 노년세대가 간절히 바라고 소망하는 세상은 아무리 나이 들어 제 손으로 일상생활을 하기 힘든 처지가 되어도 돈

걱정 안 하고 가족들과 함께 손자 재롱을 보면서 평화롭게 살다가 세상을 떠나는 것입니다. 오늘 음악회가 우리들 노년세대, 특히 남성보다 오래 살게 되는 여성노인들이 남편을 잃고 혼자 살게 될지라도 외롭지 않고 당당하게 보람 있는 노년생활을 할 수 있도록 준비하는 교육 프로그램의 기초를 든든하게 다져 놓기 위한 기금마련 음악회라는 소식을 들었습니다. 대한 노인회 회장으로 고마운 마음과 든든한 기대를 가지고 한국씨니어연합의 오늘 행사를 격려하며 다시 한 번 축하드립니다. 오늘 프로그램을 보니 노년세대와 어린이 세대가 같은 무대에서 함께 노래하고 춤추고 할머니들의 난타 북 공연과 또 할머니들이 직접 모델이 되어 패션쇼를 벌인다고 하니 얼마나 재미있을까요. 오늘의 음악회가 크게 성공할 것을 확신합니다. 감사합니다.

〈신용길(교보생명 부사장)〉

우리 사회가 '골드시니어'를 위해 '예로부터 사람이 칠십을 살기는 드물다'라는 '인생칠십고래희(人生七十古來稀)'는 이제 옛말이 되었습니다. 칠십이라는 나이는 인생에 있어 '새로운 출발점'이며, 노년은 '또 하나의 인생'입니다. 우리 앞에 펼쳐진 인생의 제2막을 '어떻게 살아갈 것인가'는 마음먹기에 달려 있습니다. 60세이든 16세이든 마음이 젊어야 청춘이기 때문입니다. 나이가 드는 것은 우리 모두 피할 수 없는 숙명이지만 언제까지 청춘으로 사느냐는 것은 선택할 수 있는 것입니다. 최근 현역을 떠난 뒤에도 본인은 물론 후세대의 성장을 돕는 '골드 시니어'들의 활동이 눈부시다고 합니다. 노년층은 이제 더 이상 힘없는 존재가 아닌 식지 않는 열정과 풍부한 경험, 냉철한 식견을 가진 없어서는 안 될 존재가 되어가고 있습니다. 기회는 준비하는 자에게 온다고 합니다. 지금부터 준비를 한다면 우리는 누구나 존경받는 황혼, '골드 시니어'가 될 수 있습니다. 한국씨니어연합이 앞으로도 우리 사회의 '골드 시니어'들이 건강하고 보람된 삶을 영위해 나가는 데 훌륭한 동반자가 되어 주실 것으로 믿으며, 모두가 즐기는 아름다운 음악회가 되길 바랍니다.

〈이성규(서울복지재단 대표이사)〉

고령 사회로 진입하면서 노년의 삶에 대한 관심이 높아지고 있습니다. 어떻게 건강하고 활기찬 노후를 보낼 것인가는 비단 중·고령 여성뿐 아니라 우리 모두가 함께 풀어나가야 할 과제입니다. 최근 적극적으로 '제2의 인생'을 개척해나가는 어르신들을 뵐 수 있습니다. 새로운 것을 배우기 위해 구슬땀을 흘리시고, 자원봉사를 하시면서 자신보다 더 어려운 분들에게 도움을 주시는 분들은 여러분의 슬로건처럼 '사회적 자산, 젊은이의 귀감'입니다. 한편으로 일을 통한 경제적 안정과 사회참여를 도모하는 여성노인들의 욕구가 점점 늘어가는 현실에서 사회적 지원이 어르신들의 기대에 부응하지 못하고 있는 것이 현실입니다. 서울시는 현재 '여성이 행복한 도시' 프로젝트를 진행하고 있습니다. 살기 좋은 도시, 행복한 도시를 설계하는데 여성이 그 중심이 되는 것입니다. 저는 더 나아가 '여성이 행복한 도시, 서울'에 VIP로 여성 어르신들을 모시겠습니다. 여성 어르신들이 보다 큰 자긍심을 갖고 서울에서 일자리를 찾고 행복을 높여 나갈 수 있도록 최선을 다하겠습니다. (사)한국씨니어연합의 무궁한 발전을 빌며, 음악회에 함께 해 주신 모든 분들께 감사드립니다.

〈박현경(서울특별시 여성가족재단 대표이사)〉

(사)한국씨니어연합이 지난해에 이어 제3회 여성노인 취업준비교육 기금마련 후원음악회를 서울여성플라자에서 개최하게 된 것을 축하드립니다. 빠르게 다가온 저출산, 고령화 시대에 여성 노인들의 사회참여 확대는 우리에게 큰 자원이자 힘이 될 것이라고 생각합니다. 한국씨니어연합은 그동안 여성노인 인력의 활용과 신노인문화 창출에 중요한 역할을 담당하면서 이러한 사업의 중요성을 알리기 위하여 많은 노력을 해오셨습니다. 이번 음악회 또한 그러한 의미를 함께하는 뜻깊은 자리가 될 것이라고 생각합니다. 문화예술 분야에서 성공적인 씨니어로 활동하고 계신 정훈희 님과 신영희 님이 참여하시는 이번 음악회가 어느 행사보다 아름답고 의미 있는 공연이 될 것이라고 생각하며 신용자 회장님을 비롯한 임직원분들의 노력에 축하와 격려의 박수를 보냅니다.

〈유유상(요요유치원 원장, 동작유치원 연합회 회장)〉

제3회 여성 씨니어 취업기금 음악회를 공연하게 됨을 진심으로 축하드립니다. 한국씨니어연합 여러분께서는 이 시대가 절실히 요구하는 귀하고 뜻 있는 일에 이미 도

전하셨습니다. 도움의 손길이 요하는 곳에 시간과 열정을 나누어 주시고, 바람직한 방향으로 변화되어 가는 모습을 보며 기쁨을 키워 나가시는 씨니어연합이 되길 바랍니다. 오늘 이 자리에 요요유치원 EDu-care 반 유아 중 11명의 어린이들이 할머니들과 함께 어울림 놀이를 통하여 축하와 기쁨을 나눌 수 있게 기회를 주신 한국씨니어연합에 진심으로 감사드립니다. 앞으로도 최선을 다하시어 최고의 씨니어연합이 되기를 기원드립니다. 감사합니다.

4) 제4회 후원음악회(2008년 9월 22일)

● 입장권

트로트계를 빛내며 사랑받고 있는 이혜리 가수는 남다른 효녀로 알려
지고 있다. 이날 출연료(정말 얼마 안 되는)의 절반을 뚝 잘라 노인을 위
하여 써 달라며 기부하여 주었다.

● 홍보대사

〈탤런트 여운계의 인사말〉

　　　　　　　반갑습니다. 홍보대사 여운계입니다.

　　　　　　　자주 뵙지는 못하지만 이렇게 특별한 날이라도
와서 뵙게 되니 더욱 반갑습니다.

　　　　　　　우리 한국씨니어연합이 추진하는 「신노인문화운
동」에 동참해 주신 여러분께 큰절 올립니다.

　　　　　　　건강하시고 행복하시기 바랍니다.

*행사 때마다 밤길을 직접 운전하여 참석해 주는 여운께 홍보대사는 정말 마음
이 따뜻하고 친절한 홍보대사였다. 다시 한 번 감사하며 명복을 빈다.

〈정몽준 국회의원〉

　　　　아름다운 가을을 맞아 (사)한국씨니어연합이 주최하는 여성노인취업준비교육 지원 음악회가 열리게 된 것을 축하드립니다.

　　　　우리 사회는 이미 고령화 사회로 진입했습니다. 우리나라의 오늘이 있기까지 젊어서 열심히 일하신 노인분들이 더 행복하고 건강하게 사시도록 배려하는 것은 우리 모두의 책임입니다.

　"씨니어는 사회적 자산이며 젊은이의 귀감이다"라는 한국씨니어연합의 기본 이념에 동감합니다. 씨니어들의 오랜 경험은 이 시대의 젊은이들이 본받아야 할 좋은 것들입니다.

　씨니어들은 나이가 많다뿐이지 여전히 건강하고 생산적인 일을 할 수 있는 여력이 있습니다.

　씨니어들이 사회 활동을 열심히 할 수 있도록 돕는다면 우리 사회가 좀 더 밝고 아름다워 지리라 생각합니다.

　씨니어들의 건강을 돌보고 취업과 운동, 가정-법률문제 조언 등 폭넓은 활동을 하는 (사)한국씨니어연합에 대해 감사드립니다.

　신용자 상임대표를 비롯한 회원 여러분께 건강과 행복이 가득하시기를 바라며, 오늘의 음악회 행사가 참가자 모두에게 흥겨운 잔치가 되기를 기대합니다.

　*이날 제4회 후원음악회에는 주변의 많은 분들이 따뜻한 축화와 격려의 메시지를 보내 주셨다.

◎ 제4회 후원음악회 개회 인사말(회장단), 격려사

〈 신용자 상임대표 / 공동대표 원종남, 송순이, 구하주, 장용진 〉

"더도 말고 덜도 말고 한가위만 같아라." 우리 조상님들의 지혜롭고 정겨운 말씀을 되새기게 하는 풍성한 수확의 계절입니다. 이 좋은 계절에 (사)한국씨니어연합은 서울 여성가족재단의 적극적인 지원과 협조로 1~3세대가 함께 어울려서 놀 수 있는 즐거운 내용으로 꾸며진 「여성노인 취업준비교육 후원음악회」를 마련하고 여러분을 모시게 되었습니다.

이번이 4번째입니다. 본 연합이 여러 가지 힘든 일을 겪으면서 그래도 좌절하지 않고 오늘까지 버티어 올 수 있었던 것은 여러분의 따뜻한 관심과 격려, 그리고 참여해 주시는 열의 덕택이라 생각하고 여기 모이신 모든 관객분들에게 본 연합의 전 회원과 임직원을 대표하여 감사의 인사를 드립니다.

추석도 지났고 날씨도 선선하여 나들이하기 좋은 때입니다. 함께 모여 앉아 즐거운 어울림 잔치를 즐기면서 우리들의 노년생활이 건강하고 보람된 삶이 되는 성공적인 인생 수확을 설계하고, 준비하고, 실천하자고 다짐하는 자리가 되었으면 합니다.

이미 나이 들어 노년기에 접어든 사람 대부분은 제대로 준비 없이 자신의 노년기가 크게 길어지고 있다는 사실에 다행이라 생각하면서도 염려하고 불안할 것입니다. 「인생 60년」 시대의 짧은 노년기에서 「인생 80년」 아니 「인생 100년」의 장수를 누리게 된 행운의 노인이 된 우리들은 오래 사는 것이 문제가 아니라 어떻게 오래 사느냐 하는 구체적인 문제의식과 이에 따르는 생애 설계, 준비, 실천을 행동으로 옮겨야 할 때라 생각됩니다. 그런 관점에서 본 연합의 설립이념인 "우리나라의 21세기를 살아갈 노인을 위한 「신노인문화운동」"이 지향하고자 하는 방향과 실천방법의 초심을 버리지 않고 지속적으로 발전할 수 있도록 여기 이 자리를 같이하신 모든 관객분들의 적극적인 관심과 참여를 부탁드립니다. 특히 본 연합의 대표적인 프로그램인 "할머니와 아이들", "아이들이 있는 곳에 할머니가 간다."는 지금 우리 사회가 직면하고 있는 저출산 문제와 고령화 문제, 특히 여성노인 문제를 하나로 연결시켜 같이 풀어나가고자 시도하는 프로그램으로 오늘 이 음악회 내용에도 그 정신이 듬뿍 녹아 있다고 자부합니다. 여기 모이신 모든 분들께 본 연합의 프로그램에 동참해 주신 것에 큰 감사를 드리며 출연해주신 이혜리 가수님께 거듭 큰 감사를 드리며 다시 한 번 고맙다는 인사를 드립니다.

2008년 9월 22일

박 현 경〈서울특별시 여성가족재단 대표이사〉

(사)한국씨니어연합이 지난해에 이어 여성노인 취업준비교육 기금마련 음악회를 서울여성플라자에서 개최하게 된 것을 축하드립니다. 빠르게 다가온 저출산, 고령화 시대에 여성 노인들의 적극적인 사회참여 확대는 우리에게 큰 사회적 자원이자 힘이 될 뿐만 아니라 사회적 취약자인 여성노인 문제 해결에 큰 도움이 될 것이라고 생각합니다. 한국씨니어연합은 그동안 여성노인 인력의 활용과 신노인문화 창출에 중요한 역할을 담당하면서 이러한 사업의 중요성을 알리기 위하여 많은 노력을 해오고 있습니다.

이번 음악회 또한 그러한 의미를 함께하는 뜻깊은 자리가 될 것이라고 생각합니다. 이런 좋은 일에 서울 여성가족재단이 동반자가 되어 추진하게 되었음을 자랑스럽게 생각합니다.

가요계에서 큰 사랑을 받고 있는 인기 가수 이혜리 님의 참여로 이번 음악회가 어느 행사보다 더 아름답고 의미 있는 공연으로 여러분을 즐겁게 할 것으로 기대하며 신용자 회장님을 비롯한 임직원 및 모든 분들의 노고에 격려의 박수를 보냅니다.

2008년 9월 22일

● 프로그램

제4회 후원의 밤 음악회 2008. 9. 22 여성가족재단 1층 아트홀 / 사회 로리주희

동영상·····························사)한국씨니어연합 연혁 및 활동의 이모저모

"할머니와 아이들" 함께 춤추며 노래하자········할머니(본 연합 회원)와 요요유치
원 원아들
「엄마돼지, 아기돼지」, 「동화Song」, 「홀로아리랑」
1. 이혜리와 함께 사랑의 노래를·······························가수 이혜리
「당신은 바보야」, 「춤추는 밤」, 「12시에 만납시다」, 「혼자 사는 밤」 외
2. 인사말····························신용자((사)한국씨니어연합 대표)
3. 축사····························박현경(서울특별시 여성가족재단 대표)
4. 할머니 큰 북소리············· 한국 실버문화예술단(단장 장정자)
「북의 향연」
5. 우리의 노래가락·················· 한국 실버문화예술단(단장 장정자)
「금강산」, 「신풍년가」, 「진도아리랑」
6. 홍보대사 인사말····························· 탤런트 여운계
7. 아동들의 춤과 노래······························· NSSK(청운)
8. 쉘 위 댄스·························· 시립 동작노인종합복지관 실버댄스(체리)팀

본 연합의 행사에는 정치활동을 하고 있는 여성들이 매우 큰 관심을
보이고 있다. 그들이 앞으로 펼쳐 나가고 싶은 여성, 아동, 노인복지 정
책의 수련장처럼 받아들이고 있는 것 같아 진심으로 고맙게 생각한다.

● 축하메시지

〈손인춘 한국퇴역여군회 회장, (주)안성내츄럴 대표, 본 연합 이사, (현)새누리당 의원〉

　　　　　　　　　네 번째 열리는 이번 후원음악회를 스스로 자랑스럽게 생각합니다. 본인은 창립 당시부터 이사로 참여하면서 본 연합의 설립 취지와 목적인 「신노인문화운동」이 좀 더 적극적으로 속력을 내면서 발전하기를 간절히 바라면서 나름대로 열심히 참여하였습니다. 우리나라에서 NGO를 자력으로 운영하는 일은 우리나라의 사회적 취약자인 노인으로 살아가는 것만큼이나 어렵고 힘든 일임을 실감하고 체험하면서 그래도 지금까지 굳건히 버티어 오면서 본 연합을 지켜온 것은 신용자 회장님 이하 모든 임직원들의 피나는 노력의 결실이라 믿습니다. 이 나라의 할머니들이 정신적으로나 육체적으로 건강하고 보람 있게 손자 세대들과 어울려 다정하게 함께 살아갈 수 있는 저출산, 고령화 사회의 기반 구축이 바로 우리들이 바라고 지향하는 「신노인문화운동」이라 생각합니다. 우리 모두 초심(初心)을 버리지 말고 하나가 되어 「신노인문화운동」 추진, 발전의 견인차를 힘차게 끌고 나가자는 다짐을 합시다.

〈유지영 한국 여성경제인협회, 서울시지회 회장, (주)월간유아 대표이사, (현)새누리당 의원〉

　　　　　　　　　(사)한국씨니어연합과 서울 여성가족재단이 좋은 동반자가 되어 아름답게 펼치는 1~3세대 어울림 잔치로 후원음악회를 개최한다는 연락을 받고 신선한 충격과 함께 너무 반가웠습니다. 우리가 크게 염려하고 있는 저출산, 고

령화 문제의 해법을 어렵게만 생각하지 말고 서로 손잡고 의논하면서 잔 칫상 차리듯 풀어나갈 수 있지 않을까 하는 욕심이 생깁니다. 여성경제 인의 한 사람으로 그리고 유치원 경영자 대상의 전문 출판인의 입장에서 지금까지 중·고령 여성인력의 실용성에 대한 구체적인 관심이 모자랐 다는 반성을 합니다. 앞으로는 (사)한국씨니어연합의「신노인문화운동」 에 함께 참여하면서 "할머니와 아이들", "아이들이 있는 곳에 할머니가 간다." 등의 중요 프로그램에 적으나마 힘을 보태고자 합니다. 다시 한 번 이번 후원음악회를 축하드립니다.

〈이혜경 서울특별시 중구의회 운영위원장, (현)서울시 의원〉

이 아름답고 따뜻한 음악회를 진심으로 축하드립니다. 저는 중구의회 의원으로 일하게 되면서 지방의회가 하여 야 할 일, 그리고 그 의원이 해야 할 일들을 새로이 찾아 내고 실천하고자 나름대로 최선의 노력을 기울이고 있습 니다. 그러던 중「한국씨니어연합」을 알게 되었고 새로운 큰 것을 발견할 것 같아 흥분할 듯이 반가웠습니다. 우리나라의 당면 정책과제인 노인복 지, 아동복지, 장애인복지 등 모든 복지 과제를 시민 생활 문화와 관련 이벤트에 연결시켜 지역사회 주민문화로 확대 발전시킬 수 있겠다는 가 능성을 느끼면서 스스로 기뻐하고 있습니다. 복지와 문화가 사이좋게 만 나 서로 녹아서 하나가 될 수 있는 지역복지 생활문화를 경쟁적으로 발 전시키는 생활정치, 주민 정치에 앞장서는 멋쟁이 자치구 의원이 되고자 노력할 것입니다. (사)한국씨니어연합의 기본정신과 실천방향으로 알고 있는 「신노인문화운동」과 손잡고 같이 하고자 합니다. 다시 한 번 이 음악회를 격려하고 축하드립니다.

〈유유상 요요유치원 원장〉

(사)한국씨니어연합의 제4회 음악회를 축하드립니다. 특히 저의 요요유치원 원아들과 함께 어울려 춤추고 노래하는 '할머니와 아이들' 프로그램은 우리 아이들과 부모님 그리고 우리 유치원 직원들에게 큰 기쁨과 감동을 주는 프로그램입니다. 올해로 저희 요요유치원 아이들이 세 번째로 참여하게 되었습니다. 자랑스럽게 생각하며 앞으로도 기회가 주어질 때마다 적극 동참하려 합니다. '할머니와 아이들' 이란 말만 들어도 음악회 날 저녁에 우리 아이들이 할머니들과 함께 어울리는 모습이 떠올라 흐뭇합니다. 다시 한 번 축하드립니다.

5) 제5회 후원음악회(2009년 6월 13일)

여성노인 취업 활성화를 위한 후원음악회가 서울 여성가족재단과 공동주최로 2009년 6월 13일 선유도 생태공원에서 아름다운 잔치(평등가족문화축제)로 열렸다.

다섯 번째 후원음악회다.

초여름의 화창한 날씨에 유유히 흐르는 한강 물을 옆에 끼고 본 연합

회원들과 어린이들, 실버문
화예술단(단장 장정자)원들
이 신나게 어울려 재미있는
하루를 보냈다. 야외에서 열
리는 음악회 「나란히 나란
히」는 지난 몇 번의 음악회와
는 또 다른 흥취를 주었다.

◎ **인사 말씀**

　　오늘 이 잔치에 와 주신 모든 분들께 큰 환영과 감사의 인사 드립니다.
　　오늘은 우리 할머니와 아이들이 얼싸안고 춤추고 노래하며 여기 모인
모든 분들과 다 함께 흥겹게 즐기는 좋은 날입니다. 파란 하늘, 뜨거운 태
양 그리고 유유히 흘러 바다로 가는 선유도의 한강 물이 우리와 함께 즐기
며 격려하고 축복해주고 있는 것 같습니다.
　　예쁘고 씩씩한 「청운의 어린이들」, 그리고 본 연합의 아이 사랑 할머니
동아리인 「아사책」 회원님들! 연습하느라 수고 많으셨죠? 할머니들의 열정
과 멋스러움을 맘껏 자랑하는 실버예술단의 장정자 단장님과 그 단원님들!
노익장을 과시하는 웅장하고 아름다운 북소리가 벌써부터 귓가에 울리는
듯합니다. 이 자리를 마련해 주신 박현경 서울 여성가족재단 대표님과 기
부실천실업인의 「좋은사람들」에게 큰 감사를 드립니다. 이 잔치는 이렇게

힘을 모아 마련한 아름다운 자리입니다.

　오늘은 정말 좋은 날입니다. 한편 제1회(2003년) 후원음악회부터 매번 빠짐없이 따뜻한 맘으로 후원해 주신 「교보생명 신창재 회장님」과 「신용길 사장님」의 따뜻한 관심과 적극적인 후원에 감사드립니다. 그 후원 덕택에 본 연합은 무럭무럭 자라나 저출산, 고령화 사회에서 꼭 필요로 하는 할머니와 아이들을 위한 다양한 프로그램을 구체적으로 착착 진행시키고 있습니다. 이것이 5번째입니다. 여러분의 건강과 행운을 빌며 다시 한 번 감사 드립니다.

(사)한국씨니어연합 상임대표 신 용 자

공동대표 원 종 남, 장 용 진

2009년 6월 13일

4

정책토론회

1. 1차 정책토론회(2003. 11)

본 연합은 2003년 3월 15일 「사단법인 한국씨니어연합」으로 발전한 후 2008년 7월 23일까지 4차례에 걸친 노인복지 관련 정책 토론회를 열어 진지한 토론과 구체적인 정책제언의 자리를 마련, 본 연합의 꾸준한 성장 모습을 과시했다.

제1회는 2003년 11월 24일에 "노인 일자리 마련 정책토론회"라는 제목으로 한국신문회관 19층 기자회견장에서 가졌다.

본 연합과 한겨레신문, 한국 지역사회 씨니어클럽협회와 공동주최하고 본 연합이 주관하였다.

신용자 본 연합 회장이 진행하는 가운데 양철호(광주씨니어클럽 회장) 교수가 주제 강연을, 지정토론자로는 이정주((주)리크루트 사장), 안종주(보건복지부 보건복지 전문기자), 장지연(한국 노동연구원 부연구위원), 김창순(청와대 고령 사회 대책 비서관), 정용택(민주당 정책연구 실장) 등 관련 전문가들이 참여했다.

씨니어는 사회적 자산이며 젊은이의 귀감이다

노인 일자리 마련 정책토론회

일시 : 2003년 11월 24일 (월) 14:00~17:00
장소 : 프레스센터 19층 기자회견실
주최 : (사)한국씨니어연합
       (사)한국지역사회씨니어클럽협회
       한겨레신문사

초청의 말씀

인생의 열매를 알차게 남기고 싶은 아름다운 노년의 기대를 위협하는 빠른 속도의 우리
나라 고령화 진행은 우리 모두에게 이에 대처할 만한 준비의 시간을 주지 않은 채 「인
생 80년」의 장수사회를 이룩하였습니다. 고령화 사회의 노인복지대책 중 우선적인 과
제는 노인들의 일자리를 만들어 이들이 쌓아온 지식과 경륜을 활용하여 사회와 경제발
전에 기여할 수 있는 기회를 넓히는 일이라 생각합니다. 아직 건강한 노인들에게 적합
한 일자리를 다양하게 제공하여 퇴직 후 20~30년을 계속하여 보람 있게 살 수 있도록
하여야 합니다. 이번에 개최하는 "노인 일자리 마련을 위한 정책토론회"는 고령화 사회
에서 노인들이 일할 수 있도록 하는 방안과 지혜를 찾아내 정책에 반영시킬 수 있는 기
회로 삼고자 만든 자리입니다. 꼭 오시어 좋은 의견과 비판 주시고 우리들의 자랑스러
운 고령화 사회기반을 준비하는데 동참하여 주시기 바랍니다.

2003년 11월 24일
(사)한국씨니어연합 상임대표 신용자
(사)한국지역사회씨니어클럽협회 회장 지성희
한겨레신문사 사장 고희범

연락처 Tel : 826-4473, 823-3351 Fax : 823-3351
017-313-8636(김영식 사무국장)

후원 : 보건복지부, 여성부, 서울특별시
      리크루트사, 한국사회복지협의회
협찬 : 교보생명, 교보문고, 우리홈쇼핑, 실버마을

● 토론회 프로그램

등록 13:30~14:00

1부 개회식 14:00~14:30
개회사 : 지성희((사)한국지역사회씨니어클럽협회 회장)
인사말 : 고희범(한겨레신문사 사장)
축사 : 김득린(사회복지협의회 회장)
주제강연 : 양철호(동신대학교 사회복지과 교수, 광주씨니어클럽 회장)

휴식

2부 토론회 14:40~16:30
진행사회 : 신용자((사)한국씨니어연합 상임대표)
주제강연 : 양철호(동신대학교 사회복지과 교수, 광주씨니어클럽 회장)
지정토론 : 이정주((주)리크루트사 대표이사), 안종주(한겨레신문사 보건복지 전
문기자), 김창순(대통령비서실 고령 사회 대책 및 사회통합 비서관), 장지연(한국
노동연구원 부연구위원), 정용택(민주당 정책연구 실장)

3부 종합토의 16:30~17:00

폐회

행사장 복도에는 그동안 길지 않은 기간 내에 본 연합이 적극적으로
전개한 프로그램의 모습이 담긴 각종 사진을 전시하여 참가자들이 놀라
워하였다. 그중 하나를 소개하면 우리 할머니들이 참여하여 봉사하는 어
린이집의 어린이가 하트가 그려진 편지지에 "씨니어 할머니 사랑해요.
우리 정한(어린이집 이름)어린이들 잊지 마시고 또 와주세요."라는 문구

의 따뜻하고 귀여운 그림 사진도 있었다. 이 행사는 사회 각계에 본 연합을 널리 알릴 수 있는 매우 좋은 기회가 된 행사였다.

한겨레신문은 다음날(11월 25일) 신문에 세미나 내용을 자세하게 요약하여 크게 보도하여 주었다.

한겨레신문 2003년 11월 25일

24일 오후 서울 태평로 한국언론회관에서 한국씨니어연합과 한겨레신문사 주최로 열린 '노인 일자리 마련 정책토론회'에서 참가자들이 각 정당의 노인취업지원대책에 대하여 토론을 벌이고 있다. 김태형 기자 xogud555@hani.co.kr

노인 일자리 정책토론회

참석자, 주제강연 : 양철호 광주씨니어클럽 회장

토론자 : 이정주 ㈜리크루트 사장, 안종주〈한겨레〉보건복지 전문기자, 장지연 한국노동연구원 부연구위원, 김창순 청와대 고령 사회 대책 비서관, 정용택 민주당 정책연구 실장

고령화 사회를 맞으면서 노인복지와 함께 이들의 일자리 마련에 대한 관심이 높아지고 있다. 우리나라는 고령화 사회로 급속하게 이행해 왔지만 노인 재취업을 위한 정부 정책과 사회적 여건은 아직 미비한 상태다. 〈한겨레〉와 ㈜한국씨니어엽합, 한국지역사회씨니어클럽협회가 공동으로 24일 서울 태평로 언론회관에서 정책토론회를 열고 고령화 사회의 노인 일자리 마련 방안을 모색했다. 이날 토론회에서 참석자들은 고령화 사회에서 일어날 수 있는 다양한 문제를 해결하는 방안으로 노인들의 일자리 창출이 가장 중요하다는 데 의견을 모으고

이를 위한 제도적 장치 마련이 시급하다고 지적했다.

'생계형' 고용정책으로 '소득형' 복지 접근해야

◇양철호 회장 = 노인 일자리 정책을 수립하려면 '노인 일자리'에 대한 정확한 개념규정부터 이뤄져야 한다. 국내 고령자들의 연령대와 사회적 상황을 고려해 노인 일자리의 개념을 '60살 이상 인구의 활기찬 노년생활을 보장하고 그들의 경륜을 사회적으로 활용하기 위해 노동시장의 안과 밖에서 제공되거나 만들어지는 일자리'로 정의한다. 또 노인 일자리의 유형은 수입으로 생활을 꾸려야 하는 생계형과 용돈 정도의 수입을 원하는 사회 참여형, 단순 노동을 통해 어느 정도의 소득을 보장할 수 있는 부업형 등으로 분류할 수 있다. 노인 일자리의 정의와 유형이 정해지면, 재정지원과 교육의 필요성에 따라 일의 종류를 구체적으로 분류하는 작업이 진행돼야 한다.

◇장지연 부연구위원 = 노인 일자리 만들기란 과제는 사회 복지적 관점과 노동 시장적 관점 등 두 가지에서 신중하게 접근해야 한다. 정부의 노인 정책 집행과정에서 노동부와 복지부의 중복투자와 이로 인한 국가 예산의 비효율성을 불러올 수 있다. 생계형 일자리는 고용 정책의 대상이다. 따라서 노동부에 이런 일자리의 창출과 알선을 요구해야 한다. 소득형(사회 참여형) 일자리는 노인 복지적 측면에서 접근하는 것이 옳다.

◇안종주 전문기자 = 노인들이 공무원을 제외하면 대개 노령연금 대상에서 제외되어 있는 게 현실이다. 이 때문에 생활비와 치료비 등의 부담을 이기지 못한 노인 가계가 파탄을 맞는 일이 흔히 벌어지기도 한다. 노인복지와 일자리 만들기는 먼저 노인들이 조직적으로 나서서 목소리를 내야 한다. 이번 토론회를 노인 일자리 만들기 사업의 본격적인 출발점으로 삼을 수 있다.

경제정책차원서 보고 청년실업과 분리해야

기업의 조직구조를 수직적 문화에서 수평적으로 바꾸는 작업도 필요하다. 군대식 수직 문화 때문에 나이가 어리거나 예전에 부하로 있던 사람이 상사로 오면 직장을 그만둬 버리고, 이 때문에 '사오정', '오륙도', '삼팔선' 같은 말이 생겨났다. 보건복지부가 오는 2007년부터 공적노인요양서비스를 계획하고 있는데 이런 분야에 노인 인력을 활용할 수 있다.

◇정용택 실장 = 현재 국내 노인정책 수준은 겨우 연구 자료를 모으고 분석하는 초보적인 수준이다. 복지적 측면에서만 노인 일자리 만들기를 고민하면 성공할 수 없다. 경제 정책과 함께 가야 한

다. 청년실업이 심각한 상황에서 청년들의 일자리와 노인들의 일자리가 상충된다고 하지만 이는 별개의 문제로 접근해야 할 것이다.

◇이정주 리크루트 사장 = 우리나라는 고령화 속도가 워낙 빨라 이와 관련된 사회적 인프라나 정부 정책이 미흡한 상태다. 현재 고령 인력은 대부분 농업 등 1차 산업과 자영업 등 3차 단순 서비스직에 종사하고 있고, 또 대부분 생계 유지를 목적으로 일을 하고 있다. 즉 상대적으로 취약한 고령화 계층이 경제활동에 참가하고 있는 상황이다. 이런 생계형 고령자층에게는 사회 복지적 차원의 정책을 펴고, 풍부한 지식과 경제력을 가진 고령자는 중장기적으로 정년연장을 통해 경제활동에 참여토록 하는 방안을 따로 적용하는 게 바람직하다.

◇김창순 청와대 비서관 = 참여정부는 노인 문제를 해결하는 방안으로 노인들이 일을 하면서 소득과 보람, 긍지를 함께 얻는 게 가장 핵심적인 것으로 보고 있다. 고령화 사회에서 노인에게 일자리를 주는 것은 복지적 차원도 있지만, 국가인력관리 측면도 있다. 노동시장에서 일할 수 없는 노인들에게는 사회적 일자리를 마련하고, 노동 시장 안에서는 고용을 유지시키는 분위기를 마련하겠다. 또 기업의 연령차별적인 문화는 막아야 한다는 데 동의한다. 앞으로 정부는 오늘 토론에서 나온 제안들을 받아들여 노인정책을 달성할 구체적인 수단을 마련하겠다.

김성재 기자 seong68@hani.co.kr

2. 2차 정책토론회(2006. 4)

두 번째 정책토론회는 2006년 4월 14일 14시부터 국회의원회관 대회의실에서 김애실 여성가족위원장(한나라당 의원)과 공동주최로 "노인 일자리 마련은 이렇게"라는 제목으로 열렸다.

제1부(오전)에는 본 연합 창립 5주년 기념행사와 이에 따르는 축하 공연이 있었고 제2부(14시부터)에서는 정책토론회를 가졌다. 국회 주변을 화려하게 장식하고 한창 피어있는 벚꽃이 참석자들의 마음을 설레게 하였고 제1부가 끝나고 점심식사 후에는 벚꽃구경에 신바람이 났다.

이런 분위기에 물든 듯 본 연합 회장은 약간 상기된 모습으로 아래와 같은 인사말을 하였다.

◎ 신용자 회장 인사말

회원여러분! 반갑습니다. 그동안 건강하게 잘들 지내셨죠. 여의도 전체가 온통 벚꽃으로 감싸여 있는 이 화사하고 아름다운 계절에 민의의 전당이며 정치의 중심지 국회의원회관의 대회의실에서 회원님과 함께 창립 5주년 행사를 치르게 된 것이 너무나 감격스럽고 기쁩니다.

2001년 3월 30일 우리들이 한마음이 되어 "씨니어는 사회적 자산이며 젊은이의 귀감이다", "우리들의 노년생활 준비하면 걱정 없다"는 기본이념으로 우리들이 되고 싶어 하는 노년의 모습을 스스로 그리면서 한국씨니어연합을 창립하였습니다.

그리고 벌써 5년이 흘러 창립 5주년을 맞게 되었습니다. 그동안 많은 어려움과 고통이 있었지요. 외롭고 답답하고 고달픈 일이 한두 가지가 아니었습니다. 그 동안에 사무실을 여덟 번이나 옮겨 다니게 되었습니다. 그러나 좌절하지 않고, 포기하지 않고 버티어 오는 동안 우리들이 함께 그려놓은 우리 노인의 자화상 즉 "사회적 자산으로서 쓸모 있는 노인", 젊은이의 귀감으로써 "젊은이가 존경하고 본받고 싶은 노인"으로 살아가자는 우리의 노년 철학이 지금은 정부의 노인복지정책에 많은 영향력을 미치고 있으며 우리 한국씨니어연합의 각종 프로그램이 전국적으로 확산·발전하고 있습니다.

건강하고 일할 수 있는 중·고령(50~70세)인력을 아동보육 도우미(보조교사)로 개발양성 활용하면 '할머니에게는 일자리를', '어린이에게는 할머니의 따뜻한 사랑체험을', '일하는 젊은 엄마들에게는 안정된 직장 일을' 그리고 정부는 노인복지정책의 핵심과제인 "노인을 위한 사회적 일자리 제공"의 실효를 거둘 수 있다는 우리의 활동이념은 바로 현시점에서 정부가 지향하고 있는 정책의 방향을 제시한 것이라 자부합니다. 하늘은 스스로 돕는 자를 도우신다고 합니다. 나이가 많아 노인이 되어도 "되고 싶은 노인이 되어 살고 싶은 노년을 살아가고 싶다"는 열정으로 노년생활을 준비한다면 아름답고 당당한 노인으로 살다가 자기 삶에 대한 자부심과 충족감으로 생애를 살아갈 수 있다고 확신합니다.

　모든 성취와 성공은 열정을 가진 자에게 주어지는 선물이라 생각합니다.

　5주년이 지난 이 시점에서 다시 한 번 초심으로 돌아가 「우리는 사회적 자산이며 젊은이의 귀감」이 되는 고등 시민으로 한평생을 살아가자고 다짐합시다.

　해마다 건강한 모습으로 다 같이 만나서 우리들이 약속한 노년의 모습을 서로 자랑합시다. 감사합니다.

2006년 4월 14일

(사)한국씨니어연합 창립 5주년 기념식을 갖게 된 국회의원회관 대회의실에서

본 연합 상임대표 신용자

　본 연합 창립 5주년 기념식장에는 열린우리당 원내대표인 김한길 의원과 한나라당 원내대표인 이재오 의원이 직접 참석하여 정중하고 따뜻한 격려와 축사의 말씀을 주었다.

● 김한길 열린우리당 원내대표님 축사요지

　(사)한국씨니어연합의 다섯 번째 정기 총회를 진심으로 축하드립니다.

　한국씨니어연합은 지난 5년 동안 노인세대의 복지증진과 권익향상을 위해 헌신적으로 노력해 오셨습니다. 신용자 회장님을 비롯한 관계자 여러분의 노고에 진심으로 감사의 말씀을 드립니다.

지난해 4월 26에는 우리당의 주요한 총선 공약이었던 '저출산, 고령화 사회기본법'이 국회 본회의를 통과했습니다. 또한, 오는 2007년 7월 1일부터는 사회보험을 통해 치매, 중풍 등 노인질환에 대한 요양 서비스를 국가가 제공하는 「공적노인요양 보장제도」가 시행되게 됩니다. 이로써 건강하고 안정된 노후생활 및 노인생활 문화환경 개선, 건강 증진 및 의료제공을 국가와 지방자치 단체가 책임지고 집행하게 되었습니다.

저희가 무엇보다도 중요하게 생각하는 것은 어르신들께 일자리를 마련해 드리는 일입니다. '일자리가 최고의 복지'라는 말처럼 일하는 기쁨만한 것이 없을 것입니다. 특히 노년의 일자리는 경제생활뿐만 아니라 건강한 생활을 영위하기 위한 전제조건입니다. 참여정부와 우리당은 어르신들이 가지고 계신 경험과 역량이 묻히는 일이 없도록 노인 일자리 창출을 위해 노력해 가겠습니다. 현재의 노인세대는 지난 40년간 우리나라를 발전시켜온 주역입니다. 전쟁의 폐허를 딛고 '한강의 기적'을 일군 주인공입니다. 국가발전을 위해 젊음과 인생을 바친 분들입니다. 이분들을 정성껏 보살피는 것은 후대의 마땅하고 당연한 도리입니다. 우리당은 참여정부 임기 내에 노인요양과 복지증진에 획기적인 발전을 이루기 위해 최선의 노력을 다할 것입니다.

열린우리당(원내대표) 김한길 의원의 프로필

- 제15, 16, 17대 국회의원(현)
- 국회 운영위원회 위원장(현)
- 열린우리당 수도권발전대책 특별위원장(현)
- 열린우리당 열린정책연구원 이사(현)

● 이재오 한나라당 원내대표님 축사요지

올해 OECD 통계 연표를 보면 우리나라 평균수명이 76.9세(남자 73.4세, 여자 80.4세)로 이제 우리 사회는 인생 80년의 장수사회가 되었습니다. 이처럼 빠르게 진행되고 있는 우리 사회의 고령화는 노동 공급력을 감소시키고 소비를 침체시키는 등 심각한 과제를 던져주고 있습니다. 따라서 고령자의 노동시장 퇴장을 최대한 유예시키고 고령자에 적합한 취업알선 프로그램을 구축하는 고령인력 활용에 대한 적극적인 고용 확대 정책이 요구되는 시점이라고 생각합니다. 노인분들이 현장에서 당당하게 일하는 아름다운 모습이 결국은 국가발전이고 사회발전을 이루는 길입니다. 이것이 우리가 직면한 고령화 사회를 슬기롭게 헤쳐나가는 길입니다.

이처럼 어려운 때에 소외되고 고독한 노인분들의 삶을 건강하고 보람 있는 즐거운 인생으로 바꾸는 「신노인문화운동」을 위해 앞장서고 또한, 노인세대의 능력을 개발하고 사회참여를 적극적으로 도와 스스로 권익보호는 물론 국가나 사회발전에 이바지할 수 있도록 관심과 애정을 쏟고 계시는 한국씨니어연합의 신용자 대표를 비롯한 관계자분들께 진심으로 감사의 말씀을 드립니다. 그리고 우리의 선배이신 노인세대들의 오랜 경륜과 지식이 우리 사회의 귀중한 자산이 되어 올바른 길잡이 역할을 해주시기를 당부드리고, 또 어려웠던 그때 그 시절에 새로운 문화를 개척하고 발전시켰던 것처럼 스스로 사회적 변화에 맞는 새로운 노인문화를 창출하고 정착시켜 주시기를 진심으로 부탁드립니다.

다시 한 번 한국씨니어연합 창립 5주년을 진심으로 축하드리고 앞으로 노인분들의 즐겁고 행복한 인생 만들기가 되도록 더욱 다양한 프로그램을 개발하여 국가발전에 기여할 수 있게 되기를 바랍니다. 감사합니다.

한나라당(원내대표) 이재오 의원의 프로필
- 중앙대학교 경제학과 졸업
- 고려대학교 교육대학원 졸업
- 민주수호 청년협의회 회장
- 서울 민주 통일 민중 운동연합 의장
- 민중당 사무총장
- 제15, 16, 17대 국회의원

● 정책토론회 초청의 말씀 및 프로그램 안내

(사)한국씨니어연합 창립 5주년 기념

01

모시는 말씀

◆ 2006년 정기총회
◆ 활동보고 특별전시회
◆ 국회 여성가족위원회 위원장실 초청
　　　　　　　　　　　- 정책토론회

"노인 일자리 마련은 이렇게"

일 시 : 2006. 4. 14~15
장 소 : 국회의원회관 대회의실
연락처 : T 02)815-1922
　　　　 F 02)822-1921

(사)한국씨니어연합

늦은 봄날의 짙은 꽃내음이 어르신들께 바깥나들이를 유혹하는 듯합니다.

이 좋은 계절에 (사)한국씨니어연합은 창립 5주년을 맞이하여 2006년도 정기총회와 더불어 특별전시회를 개최하고자 합니다.

본 연합이 5년 동안 열심히 활동해온 다양한 실적과 회원님들이 현장에서 당당히 일하고 있는 여러 가지 아름다운 모습을 보여드리고자 합니다.

아울러 이때에 맞추어서 국회 여성가족위원장 김애실 의원은 「노인 일자리 마련은 이렇게」라는 제목의 정책토론회를 마련하고 여러분들을 정중하게 초청하고 있습니다.

이 의미 있는 자리에 꼭 나오셔서 좋은 의견을 나누시고 봄나들이도 즐기시는 기회가 되시기를 바랍니다.

감사합니다.

2006. 4월

(사)한국씨니어연합 상임대표 신용자
공동대표 원종남
송순이
구하주 드림

02

행사일정

본 연합 창립 5주년 기념행사

1. 2006년도 정기총회
   1) 일시 : 2006. 4. 14(11:00~12:20⟨10:30분부터 등록⟩)
   2) 장소 : 국회의원회관 대회의실
   3) 진행순서
      - 개회 선언(오전 11시)
      - 개회사 : 원종남 공동대표
      - 장만기 신임고문 추대와 격려사
      - 축사 : 김한길 열린우리당 원내대표(예정)
        이재오 한나라당 원내대표(예정)
      - 임원소개 및 인사 말씀 - 구하주 공동대표
        송순이 공동대표
      - 진행사회 : 김종화 본 연합 부회장
   4) 총회
      - 2005년도 사업보고 및 결산보고(홍양희 이사)
      - 2005년도 감사보고(김종화 부회장)
      - 의안상정 : ① 2006년도 사업계획(안) 및 예산(안) 승인
        ② 신임이사 인준 및 임기만료퇴임이사 보고
        ③ 본 연합 조직조정(안)승인
      5) 폐회선언 후 축하공연 - 어울림 예술단 단장
        (이대훈 본 연합 이원)
      - 중식(12:40~13:40, 국회 구내식당)

2. **본 연합의 다양한 활동상을 보여주는 전시회**
   1) 일시 : 2006년 4월 14일 10:00~15일 18:00 시까지
   2) 장소 : 국회의원회관 대회의실 입구 대형 홀
   3) 전시 내용 :
      - 2001~2005년까지 본 연합의 다양한 프로그램 및 회원 활동 모습 등
      - 본 연합 회원이 현장에서 활동하고 있는 모습(사진) 및 회원이 직접 제작한 NIE 작품, 구연동화 소품, 한자 예절 교재 등
      - 본 연합을 후원하는 각종 기업체를 위한 홍보관 운영

03

정책토론회

"노인 일자리 마련은 이렇게"

1. 일시 : 2006. 4. 14 (14:00~16:30)
2. 장소 : 국회의원회관 대회의실
3. 주최 : 국회 여성가족위원장 김애실 위원
4. 진행순서 :
   1) 개회선언
   2) 축사 - 김원기 국회의장
      신용자 (사)한국씨니어연합 상임대표
   3) 기조강연 - 김애실 국회 여성가족위원회 위원장
   4) 발제강연 - 변재관 한국 노인인력개발원장
   5) 사회 - 김태현 (본 연합 이사, 성신여대 심리복지학교수)
   6) 지정토론 - 이은영 의원 (열린우리당)
      고경화 의원 (한나라당)
      박하정 (보건부 저출산 고령사회 대책본부) 정책관
      신재명 (본 연합 이사, 상명여대 교수 복지학)
      김병철 (청주시청 노인복지전문가)

   7) 질의응답
   8) 폐회

● 행사안내 팜플렛 표지

제2부에서 기조강연을 맡은 김애실 위원장은 경제학자 교수 출신답게 최근 통계를 구체적으로 인용하는 수준 높은 학술적 내용의 정책 제언을 하였고 노인인력개발원장(변재관)은 발제 강연을 통하여 현재 추진되고 있는 노인 정책을 구체적으로 발표하였다.

제2회 국회 여성위원장(김애실 의원)실과
본 연합의 공동주최(2006. 4. 14)

● 기조강연 김애실 위원장 프로필

- 미국 하와이 주립대학교 대학원(경제학 박사)
- 한국외국어대학교 경제학과 교수
- 한국외국어대학교 경상대학장
- 한국 여성경제학회 회장
- 전국여교수연합회 부회장
- 대통령 경제자문 국민 경제자문회의 위원
- 국무총리실 정책평가위원회 의원
- 여성부 정책자문위원회 위원
- 국회 제17대 국회의원 여성가족위원회 위원장
- 저출산 및 고령화 사회대책 특별위원회 위원

● 토론회 진행사회 김태현 교수(본 연합이사) 프로필

- 한국씨니어연합 이사
- 성신여자대학교 심리복지학부 교수
- 한국 가족학연구회 회장
- 대통령자문 정책기획위원회 위원
- 한국가족상담, 교육연구소 소장
- 사단법인 한국 가족상담 교육단체협의 회장
- 성신여자대학교 생활과학대학 학장
- 성신여자대학교 교무처장
- 한국 여성학회 회장
- 한국 노년학회 회장
- 사단법인 한국씨니어연합 "일사랑 할머니 지원단" 공동대표

● 발제강연 변재관 노인인력 개발원장 프로필

- 변재관 외, '노인 일자리 사업 활성화 전략'
- 한국보건사회연구원, 2001
- 변재관 〈21세기 노인복지정책의 전망과 과제〉
- 노인복지연구 제14호, 2002
- 변재관 외, '참여형 지역복지 체계론', 나눔의 집, 2000
- 변재관 '노인과 경제', '노년학의 이해', '한국 노년학회 편'
- 대명문화사, 2002

● 지정토론 이은영 의원 프로필

- 서울대학교 법과대학 법학과 졸업
- 서울대학교 대학원 법학과 졸업(법학석사)
- 독일 튀빙겐대학교 법과대학 박사과정 졸업(법학박
  사)
- 한국외국어대학교 법대 부교수
- 일본 동경대학교 법문학부 객원연구원
- 한국외국어대학교 법대 정교수(현)
- 제16대 노무현 대통령 인수위원회 인수위원
- 대법원 사법개혁위원
- 한국민사법학회 회장
- 제17대 국회의원(열린우리당 현)
- 국회 법제사법위원회 위원(현)
- 열린우리당 제1정책 조정위원장(현) - 법사, 통일, 외교통상, 국방

● 지정토론 고경화 의원 프로필

- 이화여대 영문과 졸업
- 이화여대 대학원 사회복지학과 졸업(박사과정)
- 한나라당 보건복지 수석전문위원
- 국회 정책연구위원(1급)
- 국회 국민연금제도개선 특별위원회 위원(현)
- 국회 저출산, 고령화 특별위원회 위원(현)

- 한나라당 제6정책 조정위원장(현)
- 국회 여성가족위원회 위원(현)

● 지정토론 박하정 정책관 프로필

- 서울대 자연대 수학과 졸업(학사)
- 미국 산호세 주립대학 보건행정학과 졸업(석사)
- 대통령 비서실 보건복지비서관실 행정관
  (99. 12. 30 부이사관 승진)
- 보건복지부 기초생활보장심의관
- 보건복지부 인구노인아동심의관(05. 6. 13 이사관 승진)
- 현 노인정책관

● 지정토론 신재명 교수 프로필

- (주) 고시미디어(www.gosimedia.com) 인터넷 동
  영상 사회복지학 전담교수
- (주) 에듀스파(www.eduspa.com) 인터넷 동영상 사
  회복지학 전담교수
- 상명대 평생교육원 학점은행제 사회복지학전공 주임교수
- 명지대 사회복지대학원 사회복지학과 객원교수
- 경기도 공무원교육원 사회복지 연수교수

● 지정토론 김병철 프로필

- 충북대학교 농업기계공학과 졸업(1982년/농학사)
- 충북대학교 행정학과 졸업(2000년/행정학석사)
- 충북대학교 행정학과 박사과정 수료(현재)
- 청주시청 근무(1988. 5. 10 - 현재)

- 흥덕구청 공무원직장협의회 정책기획부장
- 충북일보 독자권익보호위원(2003. 6 - 현재)
- 저서 및 발표 논문(노인 일자리 사업의 바람직한 방향(2006년) 외 다수)

3. 3차 정책토론회(2006. 12)

   3번째 정책토론회는 2006년 12월 7일 열린우리당 유승희 의원과 본 연합이 공동주최하여 국회의사당 건물 내에 있는 귀빈식당에서 진행되었다.

   토론회 주제를 "중 · 고령 여성 인력 활용에 관한 정책토론회"로 정하여 유승희 의원(공동주최의원)이 발제강연을, 김태홍 국회 보건복지위원장과 문희 여성가족위원장의 축사, 장만기 본 연합 상임고문의 격려사가 있었다.

   ● 초청의 말씀 및 프로그램 안내

초청의 말씀

  한 해를 서둘러 마무리해야 하는 12월입니다.

  저출산과 고령화 사회문제 해결을 위한 해법을 바쁘게 찾아야 하는 때이기도 합니다. 이와 관련하여 중 · 고령 여성인력의 합리적인 활용은 저출산 문제 완화와 노인 일자리 창출 문제를 하나로 접목시켜 다양한 효과를 기대해 볼 수 있는 합리적인 방법이 아닐까요?

  일하고 싶은 수많은 건강한 할머니들이 갈 길을 못 찾아 헤매고 있는데 아무 대책도 마련하지 못한 채 이 해를 또 훌쩍 보낼 수는 없습니다. 그런 충정에서 유승희 의원실과 (사)한국씨니어연합은 공동 주최로 건강하고 일하고 싶은 할머니들에게 일자리를 마련해 줄 수 있는 정책적인 대안을 찾아보는 희망찬 토론회장을 마련하고 여러분을 모시고자 합니다. 바쁘신 시간 쪼개어 꼭 참석하셔서 우리 자신들을 위한 좋은 의견 주시기 바랍니다.

  가는 해를 알차게 마무리하시고 새해를 더욱 건강하고 활기차게 활동하는 복된 나날이 되시기를 기원합니다.

2006. 12

국회의원 유승희

(사)한국씨니어연합 상임대표 신용자

● 프로그램 순서

14:30 ~ 15:00 등록
15:00 ~ 17:00 인 사 말 ---신용자(본 연합 상임대표)
        축　사--- 김태홍(보건복지위원회 위원장)
           --- 문 희(여성가족위원회 위원장)
        격 려 사 ---장만기((사)인간개발연구원 회장, (사)한국씨니어연합 고문)
        사　회--- 이선자 교수(서울대학교 보건대학원, (사)한국씨니어연합 이사)
        발　제--- 유승희 의원(열린우리당 국회의원)
        지정토론--- 홍미영 의원(열린우리당 국회의원)
                김영란 박사(한국여성개발원 연구위원)
                김희형 서기관(노동부 고령자 고용팀)
                신재명 교수(국제신학대학원 사회복지학)
                이상인 사무관(보건복지부 노인지원팀)
        폐　회

제3회 국회위원 유승희 의원과 본 연합의 공동주최(2006. 12. 7)

본 연합 상임대표는 다음과 같은 요지의 인사말로 참석자들에게 감사를 표했다.

◎ 인사말

　존경하는 국회 보건복지위원회 김태홍 위원장님, 국회 여성가족위원회 문희 위원장님, 그리고 저희 고문이신 인간개발연구원 장만기 박사님, 이 세 분은 대한민국에서 제일 바쁘신 분들이신데 오늘 이렇게 시간 내어 축사 말씀 주셔서 크게 감사드립니다. 평소 노인복지 정책에 큰 관심과 애정으로 정책추진에 전력하시는 유승희 의원님! 저희 한국씨니어연합과 공동 주최하여 오늘 이 의미 깊은 간담회 자리를 마련해 주시는 데 선뜻 동의하고 협조해 주신데 대하여 이 자리를 빌어서 여러분 앞에서 감사드립니다. 우리나라의 속도 빠른 저출산, 고령화 사회로의 진행은 심상치 않은 양상으로 나타나고 있는데 이에 대처하는 정부정책은 너무나 포괄적이고, 피상적이고 소극적인 것 같은 생각이 듭니다. 우리나라의 할머니들은 할아버지들에 비하여 일하기를 좋아하고, 부지런하고 양보심 많으며 자신을 지나치게 내세우지 않는 겸손한 분들입니다. 이는 우리나라의 전통적인 남녀차별 제도와 관습이 할머니들을 이런 결과로 길들여 놓은 것이기도 합니다만, 우리 할머니들은 지금 우리가 염려하고 있는 저출산, 고령화 사회의 곳곳에서 대단히 활용가치가 높은 인력이라 확신합니다. 중 · 고령 여성 즉, 할머니 인력은 과거를 회상하기보다 살아갈 앞날을 더 걱정하고 준비하여야 할 분들로 매우 현실적이고, 실리적인 면이 강하여 현실 적응을 잘할 수 있는 분들입니다. 고령화 사회가 무엇인지 저출산이 무슨 뜻인지 그 의미도 잘 모르는 채 집 안에 머물러 힘을 다하여 아이를 낳아 키우고 교육을 시켜 시집, 장가보내면서… 한편으로는 노부모를 정성껏 모시다가 떠나 보내드리고 나니 어느덧 자신이 흰머리의 할머니가 되었습니다. 50세 이상의 우리나라 여성들은 대개 할머니라고 불리는 이름으로 가족의 어른이고, 사회의 어르신이 되었으나 그들이 있어야 할 자리는 없습니다. 그리고 자신들이 막연히 기대하고 믿었던 할머니의 높았던 위상은 이미 전설적인 얘깃거리가 되어가고 있습니다. 자신은 못 배우고 가난하여도 자식만 성공시키면 그것이 바로 자신의 성공이라고 믿었던 시대는 이미 지나갔습니다. 각자가 건강하고, 일할 수 있는 데까지 일을 하면서 자립적으로 노년기 생활을 준비하고 실천해야 하는 시대임을 스스로 인식하고 행동하여야 합니다. 개인적인 차원에서는 물론이고, 정책적인 차원에서 이들에게 노년생활 준비를 구체적으로 할 수 있도록 지원하는 정책을 서둘러 마련해야 할 때라고 생각합니다. 오늘 이 자리는 바로 이 할머니들의 문제를 공론화하고, 할머니들을 주인공으로 하는 정책적인 지원에 대하여 이야기를 나누어 보자는 의미의 자리입니다. 유승희 의원님의 발제강연에 이어 홍미영 의원님, 노동부 김희형 서기관님, 보건복지부의 노인지원팀 이상인 팀장님, 사회복지학계에서 두각을 나타내고 있는 신재명 박사님 그리고 여성노인에 대해 깊은 연구를 하시는 여성개발원의 김영란 박사님 등 노인 정책계에서 골고루 참석하셨습니다. 그리고 노인 복지학계의 원로이신 전 노년학회 회장이시며 서울대학교 보건대학원 교수이신 이선자 교수님께서 사회를 맡아 주심을 든든하게 생각합니다. 근래에 와서 며칠이 멀다하고 저출산, 고령화 사회문제를 주제로 하는 각종 토론회와 간담회가 꼬리를 물고 있습니다. 그러나 저출산, 고령화 사회의 어느 곳에도 차지하고 앉을만한 자리가 없어 갈 곳을 잃고 방황하는 할머니들을 주인공으로 내세우고 정책적인 지원방안을 논의하게 되는 자리는 아마 오늘이 처음이 아닐까 싶습니다. 매우 의미 있는 자리이며 잘 골라낸 주제의 토론회 자리라고 자부합니다.

날이 빨리 가고 있습니다. 달이 바쁘게 지나가고 있습니다. 그리고 이 해가 다 가고 있습니다. 그래서 "나도 늙어서 자립하여 살아갈 수 있는 길을 가르쳐 주시오."하는 할머니들의 「아우성」 같은 부르짖음에 아무도 귀 기울이지 않은 채 정부가 일방적으로 밀고 나가는 노인복지 정책인 노인 일자리 정책이 확정되고 시행되기 전에 오늘 이 자리에서 나누어질 의견에 관심을 갖고 귀를 기울이는 기회가 되기를 빕니다. 오늘의 딸과 며느리는 내일의 어머니이며 오늘의 어머니는 내일의 할머니입니다. 「할머니」라는 이름이 명예롭고 존경스럽게 인자한 모습으로 계속 살아갈 수 있도록 구체적인 사회적, 정책적 지원 대책이 꼭 필요한 시대라고 생각합니다. 여기 참석하신 모든 분들께 다시 한 번 감사의 말씀 드리며 어렵게 마련한 이 자리가 「중·고령 여성인력 활용」을 위하여 좋은 정책적 대안이 마련되는 값진 자리가 되기를 기원합니다.

감사합니다.

2006년 12월 7일 (사)한국씨니어연합 회장 신용자

◎ 축 사

김태홍(국회 보건복지위원회) 위원장

여성인력, 그중에서도 중·고령 여성인력의 사회참여를 높여 경제활동에서의 성비 불균형을 해소하고, 국가 경제력을 강화하는 방안을 모색하는 세미나가 열리게 된 것을 매우 뜻깊게 생각합니다. 최근 들어 여성의 사회참여가 활발해지고 있다고는 하지만 우리나라 여성의 경제활동률은 53% 정도로 '97년 49%에서 소폭 상승한 수준이며 OECD 국가 평균 60.1%에 비해 아직 낮습니다. 이는 우리 사회에 구직과 직장 내 승진 등에서 여성들에게 불리한 구조가 여전히 존재한다는 반증이기도 합니다. 특히 60세 이상 노인 중 여성의 월평균 소득은 29만9천 원으로 남성의 78만3천 원에 비해 턱없이 부족한 것이 현실입니다. 주지하시다시피 우리나라의 저출산, 고령화 현상은 세계적으로 유례없이 빠른 속도로 진행되고 있어 이 같은 고령 인구의 성별 소득 불균형은 더욱 심화될 전망입니다. 이에 따라 정부는 여성, 노동, 복지 등 관련 부처 공동으로 다양한 대책을 수립하고 있습니다. 보건복지부도 금년 1,106억 원의 예산을 투입, 8만 개의 노인 일자리 창출사업을 추진하고 있으며 내년에는 11만 개로 확대하는 등 매년 2~3만 개의 일자리를 공급해나갈 계획입니다. 또한 '08년 도입을 목표로 상임위에서 논의하고 있는 노인수발보험제도가 시행되면 여성들이 수발 전문인력으로서 참여하는 길도 열릴 것입니다. 여성가족부는 지난 7월 '여성인력개발종합계획'을 통해 서비스직뿐 아니라 대기업, 공공기관 등 전 분야에 걸친 여성인력 활용을 추진하고 있습니다. 하지만 무엇보다 여성 고령인력에 대한 사회적 인식의 전환이 시급하다고 할 수 있으며 지속적인 정책적 지원 또한 필요하다고 생각합니다. 경제 활동에서 우리 사회의 남녀 불평등은 상당히 오랜 기간을 거치며 축적된 것으로 이는 여성의 취업에 대한 별도의 지원책이 왜 필요한 것인가를 말해주는 이유이기도 합니다. 출발점이 같지 않아 이미 큰 차이가 나버린 상황에서 주어지는 기회의 평등은 결국 그 의미가 바랠 수밖에 없기 때문입니다. 그런 의미에서 오늘 세미나가 중·고령 여성인력 활용정책의 나갈 바를 제시하는 이정표가 되기를 기원합니다. 저 역시 국회 보건복지 위원장으로서 앞으로 이 같은 문제를 깊은 관심을 가지고 지켜볼 것을 약속드리며 끝으로 오늘 자리를 마련하신 신용자 한국씨니어연합 회장님과 유승희 의원님을 비롯한 관계자 여러분의 노고에도 깊은 감사를 드립니다. 감사합니다.

2006. 12. 7

◎ 축사

문희(국회 여성가족위원회) 위원장

안녕하십니까? 국회 여성가족위원회 위원장 문희 의원입니다. 먼저 "중·고령 여성노인 인력 활용에 관한 정책토론회"를 공동개최하는 신용자 회장님과 유승희 의원님, 토론회의 성공적 개최를 진심으로 축하드립니다. 신용자 회장님이 2001년 3월에 창립하면서 외로운 길을 들어선 지 벌써 5년이 넘었습니다. 주변에서 '과연 제대로 할 수 있을까?' 하는 의문을 갖는 것도 사실이었습니다. 그러나 마치 벽돌을 차곡차곡 쌓듯이 내실 있게 씨니어연합의 틀이 잡혀가고 있습니다. 이 자리를 빌려 격려의 박수를 보냅니다. 어느 언론사와의 인터뷰에서 "쓰레기도 재활용하면서 왜 아직 쓸만한 노인들을 미리 폐기처분하려 합니까" 하던 말이 생생합니다. 우리 사회가 어느 때부터인가 과거에 경륜으로 인정하던 나이를 마치 퇴출의 기준으로 삼는 분위기가 되었습니다. 사회에서는 물론 가정에서조차 어른이 대접받지 못하는 사회가 되고 있습니다. 이러다 보니 새로운 사회문제가 나타나고 있습니다. 과거 대가족 시대에서는 경험하지 못한 육아와 보육의 문제입니다. 급기야는 저출산 문제로까지 발전하여 미래를 불안하게 하고 있습니다. 오늘의 주제는 '저출산, 고령화 현상을 올바로 진단하고 그 대안으로 중·고령 여성인력을 효율적으로 활용해 노인 수발 도우미와 아동 도우미로 활용하여 저출산의 문제와 고령화의 문제를 함께 해결해나가자'는 내용으로 알고 있습니다. 가정 내에서 1세대, 2세대, 3세대가 살아가면서 풀어가던 문제를 이제는 사회가 세대를 끌어안고 풀어나가야 할 때라고 해석합니다. 합리적이고 결과가 기대되는 대안입니다. 그러나 가정에서 여러 세대가 함께 살면서 감당해야 했던 갈등을 사회에서는 어떻게 풀어나갈 것인가가 과제라고 생각합니다. 아무쪼록 오늘 토론회에서 지혜로운 해법을 찾아 세대를 아우르는 정책대안이 나오기를 진심으로 기대하며 어려운 여건 속에서 꿋꿋하게 씨니어연합을 이끌어 오시는 신용자 회장님 이하 임직원 여러분들의 노고에 감사드리며 제 인사를 마치겠습니다. 감사합니다.

2006. 12. 7

◎ 격려사

장만기 (사)인간개발연구원 회장, (사)한국씨니어연합 상임 고문

존경하는 김태홍 보건복지위원장님, 문희 여성가족위원장님 그리고 유승희 의원님을 비롯하여 이 자리에 함께 하신 모든 분께 오늘 우리 한국씨니어연합과 유승희 의원님이 공동주최로 마련한 매우 의미 있는 정책간담회에 참석해 주신 데 대하여 크게 감사드립니다. 그리고 한국씨니어연합의 신용자 회장님을 비롯한 모든 회원님들께 염려스런 우리나라의 저출산, 고령화 현상에 대처하여 협력하겠다는 결의로 적절한 시기에 적절한 방법과 내용의 「신노인문화운동」을 스스로 추진해 나가는 용기와 열정 그리고 저

력에 대하여 큰 박수와 격려를 보냅니다. 솔직히 저는 한국씨니어연합에 대한 얘기를 처음 들었을 때 '공무원으로 한평생 무난히 살아온 신 회장이 겁 없이 어려운 일을 벌여 놓았구나, 잘 버티어 나갈 수 있을까?' 하는 진심 어린 걱정을 해왔습니다. 그런데 오늘 보통사람들은 감히 엄두도 못 내는 국회의사당 안에 있는 귀빈식당에 당당히 자리를 잡고 국회의원 관계 공무원 관련 연구학자 및 관련 NGO 회원이 이마를 맞대고 "중·고령 여성인력(50~70세의 할머니)을 양성·활용하여 저출산, 고령화 사회 문제의 걱정거리를 덜어낼 수 있는 정책적 대안을 마련하자"는 취지의 간담회 자리에 와 보니 그 걱정이 크게 줄어듭니다. 뜻이 있는 곳에 길이 있고, 하늘은 스스로 돕는 자를 돕는다는 것이 진리라 생각합니다. 2007년 8월이면 제 나이 70이 됩니다. 70 노인이 된 셈이지요. 그러나 저는 앞으로 30년 동안 저의 「제3의 인생」을 구상하고 준비하느라 늘 많은 생각과 계획을 하고 있습니다. 지난 70년 동안 정말 바쁘게 열심히 사느라 이렇게 세월이 빨리 가는 것을 느끼지 못했습니다. 10년 전 환갑을 맞았을 때 벌써 환갑이라는 나이에 부끄럼 같은 것을 느꼈었는데 그 후, 벌써 10년이 지났습니다. 10년이면 강산도 변한다는데 이 10년 동안에 성공적인 「나의 제3의 인생」을 살아야 한다는 구상과 준비에 그전과 또 다른 생각과 마음을 갖게 되었습니다. 2006년이 다 가기 전에 70살 이후 「제3의 인생」을 어떻게 잘 살아갈 것인가에 대하여 생각하면서 지금까지 건강하게 열심히 살게 해주신 하나님께 감사기도 드립니다. 지난 「인생 60년 시대」에는 60세 이후의 인생을 「제2의 인생」이라 생각하며, 덤으로 사는 인생으로 여기는 풍조가 있었지만, 지금은 「인생 80년 시대」 아니 「인생 100년 시대」를 우리는 눈앞에 두고 「제3의 인생」을 더 늦기 전에 확실히 준비하자고 권하면서 저의 「제3의 인생」 준비도 게을리 하지 않겠습니다. 「제1의 인생」과 「제2의 인생」은 나 자신만의 인생이 아니었다고 생각합니다. 「제1의 인생」은 부모로부터 혜택받아 살아간 인생, 「제2의 인생」은 가족과 사회에 얽히고 꽁꽁 묶어서 살아야 했던 인생이라면 앞으로 30~40년간의 「제3의 인생」은 나 자신이 선택하고, 결정하고, 준비하여 살아가는 「나 자신의 인생기」라 할 수 있을 것입니다. 얼마나 멋있고 자유로운 인생 기간입니까! 우리다 같이 모든 용기와 열정을 다하여 「제3의 인생」을 준비합시다. 오늘 이 자리는 중·고령 여성 즉 50세 이상의 할머니로 불리는 당당하고 아름다운 여성들이 「자신의 제3 인생 설계」를 준비하는 일에 도와달라고 국회의원, 공무원, 학자 등을 골고루 섞어 모시어 놓고 서로 의견을 나누는 자리입니다. 우리 할머니들은 할아버지들에 비하여 너무나 힘들고 부자유스럽게 지난 인생을 살아오느라 자신의 삶을 선택하고, 결정하고 준비하는 일이 서투르고 힘들 수밖에 없을 것입니다. 이런 때에 서로 비슷한 사람끼리 모여서 힘을 합하여 의논하고 배우면 그 준비가 훨씬 더 잘 될 것이라 확신합니다. 이 준비를 더 잘하기 위하여 가족과 사회 그리고 국가의 적극적인 지원이 필요한 것은 말할 것도 없는 일이기 때문에 오늘 이 자리는 정말 의미 깊고 중요한 자리입니다. 틀림없이 좋은 의견과 결론이 나올 것을 믿고 기대하며 다시 한 번 여기 오신 모든 분들께 박수와 격려를 보냅니다.

감사합니다.

2006. 12. 7

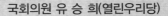

◎ 발제강연 요지

국회의원 유 승 희(열린우리당)

중 · 고령 여성인력[50~70세] 활용 확대를 위한 정책제언

존경하는 김태홍 국회 보건복지 위원회 위원장님, 문희 여성가족위원회 위원장님, 오늘 조촐하지만, 의미 깊은 내용의 이 간담회에 바쁜 시간을 틈내어 축사 말씀을 주셔서 대단히 감사합니다. 그리고 이 자리에 참석하시어 오늘 우리가 논의하는 토론의 중요성과 긴요성을 인정하고 토론에 참가해주신 분들, 지정토론회 참석자 여러분께 감사하다는 말씀을 드립니다.

저희 국회의원들이 추진하고자 하는 일은 모두 그 정책의 수요자이자 국민인 바로 여러분이 이해하고 동의하고 지원해 주실 때에 비로소 그 본래의 의미와 목적이 달성되는 것입니다. 저는 국회의원의 한사람으로 그리고 여성의원이며 여당의원의 한사람으로 오늘날 우리 국민이 간절히 바라고 기대하는 여성정책추진의 우선순위는 어떻게 정해져야 하는 것인가에 대하여 깊이 생각하고 고민하지 않을 수 없습니다. 국회의원이라면 이런 고민은 남 · 여, 여 · 야의 입장을 떠나 당연한 공통적인 고민일 것입니다. 이런 문제와 관련하여 오늘 (사)한국씨니어연합과 공동주최로 "중 · 고령 여성인력 활용을 위한 정책간담회"를 가지게 된 것은 매우 뜻깊은 일로 기쁘게 생각하면서 신용자 회장을 비롯하여 이 간담회 준비를 위하여 애써주신 분들께 감사드립니다. 특히 정책당국에서 참여해 주신 분들은 지금 한창 이 해의 마무리 작업에 바쁜 시간임을 생각할 때 미안한 마음을 전하며 협조해 주신데 대하여 감사드립니다.

우리나라는 지금 세계에서 가장 빠른 속도로 저출산, 고령화 사회로의 길로 달음질치고 있습니다. 2001년에 고령화율 7.1%, 합계 출산율 1.47명으로 개막된 우리나라의 고령화 사회가 2006년 현재는 고령화율 9.5%, 합계 출산율 1.08의 놀라운 수치를 보여주고 있습니다. 고령화율 9.5%는 아직 그렇게 염려할 만한 수치라고 생각되지 않습니다. 이웃 나라 일본은 2006년 현재 이미 21%의 초고령 사회로 진입되었고, 이미 10년 전 (가입 일자 1996. 10)에 OECD 회원국이 된 우리나라의 고령화율은 OECD 국가 중에 최하위 수준이니까요. 1960년대에 이미 평균 고령화율이 8.7%에 달하고 있었던 OECD 국가는 1980년 8.0%, 1990년 12.4%, 2000년에는 13.7%로 고령 사회(14%)의 문턱까지 가 있는데 우리는 아직 10.0% 미만입니다. 고령화율이 문제가 아니라 이미 고령자가 된 노년세대가 어떤 상황으로 구성되어 있으며 그들의 삶의 질은 어느 수준인가를 잘 파악하여 사안에 따라 이들이 노년기에 활기차고 보람 있는 인간다운 생활을 준비할 수 있도록 지원하는 국가 차원의 적극적인 정책추진이 시급합니다.

저출산 문제는 정말 심각합니다. 2000년에 합계 출산율이 1.47로 세계에서 가장 낮은 수준은 아니었는데 2005년부터는 가장 낮은 수준으로 전락하여 1.1로, 2006년 현재는 1.08까지 또 내려갔습니다. 서울의 일부 지역과 지방도시의 일부에서는 0.67, 0.71, 0.72까지 내려간 곳도 있는 것으로 나타나고 있습니다(통계청 2006년 발행 : 2005년 인구통계 통계연보 총괄, 출생, 사망 편). 모든 국민과 사회와 정부가 지혜를 짜내고 힘을 모아 출산력을 높일 수 있는 환경 즉, 젊은 여성들이 아이를 낳고 싶은 환경, 아이를 낳아 기르고 가르치는 것이 즐겁고 보람 있다고 생각할 수 있는 환경, 임신, 출산, 양육하는 사회로 만들어 나가는 다양한 지원정책이 마련되고 추진되는 환경 만들기에 나서야 할 때입니다.

이와 관련하여 우리 사회와 정부가 좀 더 서둘러 집중적인 노력을 기울여 가임여성이 출산을 기피하지 않게 하는 환경조성의 일환으로 더욱 적극적인 육아지원정책이 마련되어야 합니다. 육아지원 정책은 무엇보다 먼저 아이를 맘 놓고 맡길 수 있는 보육시설(어린이집, 유치원)을 확충, 확보하는 것이며 그와 못지않게 질 높은 보육종사자를 양적으로도 확보하는 일이라 할 것입니다. 그런 관점에서 대학과정에서 보육학을 전공한 보육교사의 확보가 중요하며 이 보육교사들이 최선을 다하여 아이를 보육하는 데 전념할 수 있도록 보조하고 지원하는 일도 중요한 일입니다.

오늘 (사)한국씨니어연합과 공동주최하여 마련된 간담회에서는 오늘날 우리나라의 가장 중요한 현안 문제로 떠오르고 있는 저출산 문제와 고령화 사회문제를 하나로 접목시켜 해결 방안을 모색하는 데 도움이 되리라고 믿어지는 중·고령 여성(50~70세)인력을 양성 활용하는 정책적 대안 마련을 논의하기 위한 것입니다.

감사합니다.

4. 4차 정책토론회(2008. 7)

본 연합이 정한 관련 구호 "아이들 있는 곳에 할머니가 간다"는 부제의 정책토론회가 2008년 7월 23일 서울 프레스센터 19층에서 열렸다.

● 행사안내 팜플렛 표지

2008년 7월은 유난히 더위가 기승을 부리는 여름이었다. 얼마 전에 일어났던 안양 어린이 유괴 살인사건은 엄마, 아빠, 할머니, 할아버지가 더위도 잊은 채 분노와 불안에 떨게 했고 모든 국민의 걱정이 되었다.

이런 때 정부는 근본대책을 확고하게 마련하기보다는 범인 잡기에 급급했고 고작 내놓은 대책이란 아무의 눈에도 차지 않는 수준에 멈추고 있었다.

본 연합은 창립 당시부터 노인(씨니어) 특히 할머니들의 출산, 육아의 지혜로운 경험과 부모를 섬기는 심성을 잘 활용하여 건강하고, 일하고 싶고, 일할 수 있는 씨니어 특히 여성 씨니어의 인력을 사회가 활용할 수 있는 도우미 인력으로 양성 활용하여 그분들의 노년생활을 당당하고 보람 있게 자립시키자는 생각이 설립의 근본 취지인 동시에 활동 방향이었다.

2002년에 처음으로 정부(여성부)와의 공동협력사업으로 고령(50~70세)의 인력양성과 활용방안은 여러 가지 기초이론, 현장실습, 시범사업을 착실히 시행하여 좋은 결과를 얻어 낼 수 있었다. 수강생 중에는 이미 이곳저곳 현장에서 부탁을 받고 열심히 일하는 할머니들이 제법 많아지고 있었다.

정부는 해마다 7월이면 많은 예산을 퍼부어 「여성주간」이라는 일회성 행사를 거창하게 실시하고 있었다. 그러나 60세 이상의 여성은 참가의 범위 밖에 있었고 어디에도 낄 자리가 없었다.

지금 "장수시대, 100세 시대"가 열리고 있는데 전 인구의 5% 이상을 차지하고 있는 65세 이상의 할머니들은 완전히 「정책혜택의 소외계층」이 되어버렸다.

이런 현실을 꾸짖으면서 본 연합은 스스로 "할머니를 위한 여성주간"이란 명칭을 붙여 여성부로부터 약간의 예산을 지원받을 수 있었다.

이때를 놓치지 않고 할머니들에게 관심을 많이 불러일으킬 수 있는 천주교 서울대교구(교구장 염수정 대주교) 산하의 "서울 시니어아카데미"와 공동주최할 수 있도록 주교님을 설득시켜 쾌히 승낙을 받았다. 천주교 산하 집단의 직접 참여만으로도 큰 도움이 된다고 믿었기 때문이다.

이번에도 교보생명(사장 신용길 박사)에서 500만 원의 협찬금을 선뜻 내어 주었고 여성부에서도 500만 원의 예산을 지원했다.

이 심포지엄이 남들에게 구경시키기 위한 껍데기 행사가 되지 않도록 알차게 전문성이 강한 학자, 현장 책임자들을 발표자로 모셨다.

본 연합이 그동안 추진해 온 프로그램의 내용과 현장 활동을 자랑하는 동영상도 제작하여 행사 전에 상영, 참석자들의 공감대를 넓혔다.

협찬을 흔쾌히 승낙해 준 동아일보의 "김학준" 회장은 행사장에 직접 나와 애정 넘치는 격려사를 해주셨고 협찬을 약속한 동아일보는 그날의 심포지엄 실황을 큼지막하게 기사화하여 참석지 못한 사람들에게도 골고루 알려주는 역할을 아끼지 않았다.

본 연합이 주관한 행사로는 상당한 규모와 내용을 갖춘 자랑스러운 심포지엄이 되어 당시 국민의 가슴을 아프게 했던 "안양 어린이 유괴 살인 사건"의 아픈 기억을 약간은 치유할 수 있었으리라 믿고 싶다.

천주교 서울대교구 시니어아카데미를 대표하여 박광순 이사가 격려사를, 박현경 서울 여성가족재단의 대표이사가 공동주최자의 입장에서 개회사를 하였고 본 연합의 상임대표와 공동대표가 공동명의로 인사말을 하였다.

◎ 인사말

(사)한국씨니어연합 상임대표 신용자
공동대표 원종남, 송순이, 구하주, 장용진

무더운 날씨에도 아랑곳없이 이 자리에 참여하신 내빈 여러분과 오늘 심포지엄에서 발표를 맡아주신 강사님을 비롯한 모든 분들께 감사드립니다.

특히 오늘 이 뜻깊은 심포지엄을 적극 도와주신 변도윤 여성부 장관님, 김학준 동아일보 회장님, 신용길 교보생명 사장님께 큰 감사의 말씀 드립니다.

우리는 지금 심각한 문제를 발생시키면서 빠르게 달려가는 저출산, 고령화 사회의 당사자로 살아가고 있습니다. 이는 저출산, 고령화 사회의 문제가 어느 특정 계층의 문제가 아닌 모든 국민의 문제라는 뜻입니다. 따라서 이 문제의 해결을 위하여 국가와 기업 그리고 지역사회가 힘을 모아 적극적인 대처방안을 마련하여 실시해야 할 것입니다. 우선 쉽게 할 수 있는 일, 가능성이 확실한 일, 꼭 필요한 일, 그리고 가장 우선적으로 해야 할 일부터 헤아려서 추진해야 할 것입니다. 그런 관점에서 「우리 동네 아이 지킴이와 할머니 인력 양성 활용」의 구상은 매우 현실적이며 실용성 있는 정책적 대안이 될 것이라 믿어집니다. 어설픈 출산장려 정책에 앞서 이미 태어나 자라고 있는 아이들을 안전하고 건강하게 보살피며 든든한 일꾼으로 성장시키는 일과 일맥상통합니다. 그리고 이러한 일에는 출산, 육아의 지혜와 체험을 갖춘 건강한 중·고령 여성을 재훈련시켜 적극 활용 하는 것이 남성보다 훨씬 오래 살게 되면서 이렇다 할 노년준비가 되지 못한 중·고령 여성을 위한 적절한 일자리 마련의 효율적인 정책이라 생각합니다. 아울러 젊은 취업모들이 안심하고 아이를 낳아 기르며 살고, 아이 기르는 것을 즐거워하는 훌륭한 대안이 될 수 있을 것입니다. 일석이조(一石二鳥) 아니 일석삼조(一石三鳥)의 정책적 대안이 되지 않을까요! 이런 욕심과 희망으로 이 심포지엄을 구상하고 기획하여 실천하게 되었습니다. 이 심포지엄을 계기로 일하는 엄마들이 아이 때문에 직장을 그만두게 되어 국가와 사회를 원망하고 아이를 부담스러워 하는 일이 없어지는 「여성이 일하기 좋은 사회 환경」 조성에 한 발자국 더 가까이 다가서게 되기를 기대합니다. 감사합니다.

2008년 7월 23일

공동주최 박현경 대표자의 인사말

우리의 아이들을 안전하게 돌보기 위해 추진되는 「우리 아이 지킴이 프로젝트」와 일하고 싶어 하는 중·고령 여성의 활발한 사회활동 참여를 논의하기 위해 이번 심포지엄을 개최하게 된 것을 매우 뜻깊게 생각합니다. 세계 최저 수준의 출산율과 급속한 고령화는 이미 우리 사회가 안고 있는 가장 시급한 문제 중 하나로 대두되었고 그 해결책 마련을 위한 많은 논의와 정책들이 만들어지고 있습니다. 이번 심포지엄은 저출산의 주된 요인 중 하나인 여성들의 일, 가정 양립을 어렵게 하는 아동 보육부담의 문제를 해결하고, 중·고령 여성들에게 적합한 일자리 창출을 통해 경제활동 참가의 기회를 제공할 수 있는 방안을 모색해 보고자 마련한 자리입니다. 최근에 증가하고 있는 어린이 대상의 범죄로부터 우리 아이들을 보호하고, 여성으로서 노인으로서 이중고를 겪으며 노후대책 마련에 취약하지만, 경제활동 욕구가 있는 중·고령 여성들을 지원하기 위한 사업으로 「우리 아이 지킴이 프로젝트」가 적극적으로 추진될 수 있도록 고견을 주시기 바라며 앞으로도 많은 관심과 참여를 부탁드립니다.

감사합니다.

박광순 서울 시니어아카데미 이사의 인사말

우리나라는 현재 노인 인구 12%의 고령화 사회입니다. 현대사회의 고령화 추세는 평균 수명의 연장과 노인층 인구가 증가함에 따라 건강한 노령기의 인구도 증가하게 되고 노인의 욕구 변화에 따라 다양한 사업 역할의 통합적인 접근이 요구되는 현실입니다. 또한, 경제발전으로 인한 현대사회의 생활 수준 향상은 노년기의 기본적 욕구보다 질적 수준의 향상을 요구하게 되고 삶의 보람을 느끼면서 안정된 생활을 누리고자 하는 욕구로, 안정되고 보람된 노후생활을 보낼 수 있는 관심이 높아지고 있습니다. 이에 오늘 할머니를 위한 여성주간행사의 첫걸음으로 "우리 아이 지킴이 프로젝트와 할머니 인력 활용방안" 심포지엄을 여성부 지원으로 개최하게 됨을 기쁘게 생각합니다. 복잡하고 다양한 현대사회의 안전 사각지대에 노출되어있는 어린이들을 지키고 보살피는 일에 할머니 인력을 활용하는 것은 이 시대가 요구하는 바람직한 생명 존중의 본보기가 될 것입니다. 심포지엄에서 제안하게 되는 「할머니 인력 활용방안」이 할머니에게 일거리를 만들어 주어 인권존중 의식이 높아지게 될 것으로 생각합니다. 또한, 여성노인인력을 사회에서도 활용할 수 있는 좋은 방안이 될 것입니다. 더불어 어린이의 생명을 안전하게 지키는 일에 여성노인의 역할이 주어진다면 가족 간에 사랑과 세대 간의 화합을 이루는 사회적인 의식을 조성하고 자리매김하게 되는 중요성을 다시 인식하게 되리라 생각합니다. 노인들의 노인복지향상과 활기찬 노년기를 만들어가기 위해 애정을 다하는 (사)한국씨니어연합, (사)서울 시니어아카데미, 서울특별시 여성가족재단 관계자 여러분에게 격려를 보냅니다. 그리고 심포지엄을 위해 보이지 않는 곳에서 많은 도움을 주신 분들께 감사 인사를 전하며 여성노인인력의 활기차고 신나는 노후생활을 기대해봅니다.

감사합니다.

2008년 7월
박 광 순

이 심포지엄에서는 김태현(성신여대 교수, 본 연합 이사) 교수가 기조강연을, 박영란(강남대 사회복지학과) 교수, 김성천(중앙대 아동복지학과) 교수, 성기옥(중부교육청장) 박사, 홍승아(여성정책연구원) 연구위원, 서영주(서울산업대학교 취업복지과) 과장, 보육대상 아동의 어머니 등의 열띤 토론과 알찬 질의응답이 있었다.

● 심포지엄 관련 신문기사 요약

여성노인문제와 어린이 지킴이 문제에 큰 관심을 나타낸 여성신문은 취재기자를 참석시켜 심포지엄 내용을 소상히 소개했다.

여성신문 2008년 8월 1일

아동 대상 범죄 예방 여성노인 인력 활용방안 모색 세미나

우리 아이 지킴이, 할머니 일자리 블루오션

이날 세미나에는 박영란 강남대 사회복지학부 교수(왼쪽에서 셋째)와 신용자 한국씨니어연합 상임대표(넷째), 성기옥 중부교육청장(맨 오른쪽) 등이 참석해 토론을 전개했다. 현장에는 70여 명의 중·고령 여성들이 참석해 일자리 사업에 대한 깊은 관심을 보였다.

잇단 아동 대상 범죄를 예방하기 위해 여성부가 지역사회 안전망 구축 사업으로 '우리 아이 지킴이 프로젝트'를 추진하는 가운데, 이 프로젝트에 유휴 할머니 인력을 활용하자는 논의가 활발히 진행되고 있다.

한국씨니어연합(상임대표 신용자)은 지난 23일 서울 중구 프레스센터에서 '우리 아이 지킴이 프로젝트와 할머니 인력 활용방안' 세미나를 열고 50~70

세 중·고령 여성 인력 40명을 모집, '우리 동네 아이 지킴이 할머니' 시범사업을 위한 교육을 진행해 왔다. 오는 8월 말 실습까지 수료하고 나면 할머니들은 자신이 거주하는 지역의 어린이집이나 유치원에 다니는 아이들의 등·하굣길을 안전하게 지켜주고 귀가 후 부모가 돌아올 때까지 돌봐주는 역할을 하게 된다. 또 식사관리, 숙제시키기, 옛날이야기 해주기 등 아이에게 필요한 전반적인 돌봄 서비스를 제공한다.

김성천 중앙대 아동복지학과 교수는 "부모의 생업 종사로 장시간 동안 집안이나 놀이터 등지에 혼자 방임되는 아이들은 범죄에 노출될 위험이 높다"며 "지역사회의 주민(여성 노인)이 아이들의 등·하굣길 동행과 방과 후 보호를 맡아주는 것은 아동 보호를 사회가 공동으로 책임진다는 의미도 가진다"고 말했다.

전춘애 서울시 건강가정지원센터 가족교육팀장은 "많은 워킹맘들이 아이를 맡길 곳이 없어 시부모나 친정 등 주변 사

등·하굣길, 방과 후 보호 할머니 특성에 적합
지역사회 협력·지속적인 재원 마련이 과제

이날 기조강연을 맡은 김태현 성신여대 심리사회복지학부 교수는 "여성의 평균수명은 남성보다 7년 정도 길지만, 60세 이상 여성 가구주의 빈곤율은 남성보다 13% 정도가 높고 65세 이상 경제활동 참가율은 22.7%로 남성(42.0%)의 반 수준"이라며 "건강한 여성 노인에게 경제활동의 기회를 주어야 한다"고 강조했다.

특히 세미나에 참가한 전문가들은 '우리 동네 아이 지킴이 할머니' 사업이 중·고령 여성들에게 생애 주기 특성에 맞는 적합한 사회참여의 기회를 제공하는 것에서 나아가 사회 전체에 도움이 되는 보람 있는 일이라는 것에 큰 의미를 두었다.

람들의 도움을 받아야 하는 어려움을 겪고 있다"며 이 사업이 맞벌이 부부에게 대안적인 양육지원 서비스를 제공할 수 있다고 강조했다.

전문가들은 '우리 동네 아이 지킴이 할머니' 사업이 성공을 거두기 위해선 사업의 내용이 보다 구체화될 필요가 있으며, 특히 지역사회의 협조와 재원 마련에 집중해야 한다고 입을 모았다.

박영란 강남대 사회복지학부 교수는 '우리 동네 아이 지킴이 할머니' 서비스의 전달체계가 지역사회의 다양한 인프라를 활용해 구축돼야 한다고 지적했다. 그는 "이번 사업이 지역사회를 중심으로 추진되는 이상, 지자체와 주민자치센터, 종교시설, 지역사회복지관, 건강가정지

원센터 등 다양한 관계 기관들과 협약을 통해 사업의 효율성을 높일 필요가 있다"고 강조했다.

여성 노인들의 급여와 재원 마련에 대한 논의도 이뤄졌다.

성기옥 서울중부교육청 교육장은 "이번 사업과 성격이 비슷한 교육인적자원부 '3세대 하모니 교육정책'의 경우 반응은 상당히 좋지만, 하루 4시간에 월 30만 원이라는 적은 지급액 때문에 애로점이 있다"며 이번 사업도 여성 노인 인력에게 줄 수 있는 임금이 얼마만큼인지 면밀히 따져봐야 할 것이라고 조언했다.

이에 대해 박영란 교수는 "대기업 사회공헌 기금, 여성부 여성인력지원 기금, 복지부 아동 안전 지킴이 관련 기금 등이 총체적으로 연결될 수 있도록 해야 하고, 서비스 이용자에게도 일정 부분 비용을 부담하게 하는 방안을 고려할 필요가 있다"고 말했다.

정종보 한국노인인력개발원의 국장은 "현재 기획재정부에 2009년도 노인 일자리 사업비 예산을 심의하고 있다"며 "내년도 사업계획서를 미리 작성해 정부의 예산을 확보할 수 있다"고 조언했다.

이와 함께 전문가들은 ▲서비스의 수요자와 공급자를 연결하는 기관 설립 ▲온라인 인력풀 마련 ▲바우처 시스템 연결 등을 과제로 제시했다.

주혜림 기자
hrju617@womennews.com

오래전부터 본 연합의 활동에 큰 관심을 갖고 취재해 온 노년시대 신문은 기사제목부터 본 연합의 심포지엄의 취지에 꼭 맞는 표현으로 큼지막하게 보도했다.

노년시대 2008년 8월 1일

"우리 아이 지킴이 프로젝트 일석삼조"

일하는 여성은 육아문제 해결
중·고령 여성은 일자리 생기고
아이들은 할머니 따뜻한 사랑

'할머니 인력 활용방안' 심포지엄

박영란 교수(가운데)가 중·고령 여성 인력을 활용한 우리 아이 지킴이 프로젝트 운영 방안에 대해 발표하고 있다.

중·고령 여성 인력을 활용한 우리 아이 지킴이 프로젝트를 활성화하기 위해서는 가정을 비롯해 복지관, 주민자치센터 등 지역사회의 다양한 인프라를 통해 어린이 지킴이 서비스를 제공할 수 있는 공간을 마련해야 한다는 지적이다. 또 정부를 비롯해 모금단체 및 대기업 등에 중·고령 여성을 위한 예산 지원을 요청, 재원육성 교육 등 체계적인 발판을 마련해야 한다는 주장이 제기됐다.

강남대학교 박영란(사회복지학부) 교수는 7월 23일 서울 프레스센터 기자회견장에서 열린 '우리 아이 지킴이 프로젝트와 할머니 인력 활용방안' 심포지엄에서 이 같은 내용을 발표했다.

우리 아이 지킴이 프로젝트는 중·고령 여성을 대상으로 보육보조교사 양성 교육을 통해 어린이 유괴, 성범죄를 예방하고 안전한 보육서비스를 제공키 위한 목적을 두고 있다.

박영란 교수는 "최근 불거져 나온 어린이 유괴 및 성범죄로 인해 이들에 대한 안전과 보호에 관심이 확대되고 있다"며 "이번 프로젝트가 육아 경험이 풍부한 중·고령 여성인력을 활용해 어린이들의 안전망 역할은 물론 일자리까지 창출할 수 있어 기대가 높다"고 말했다.

우리 아이 지킴이 프로젝트 기대효과로는 ▷보육대상아동(0~11세) 안전보장 ▷중·고령 여성 일자리 창출 ▷일하는 여성 육아 부담 해소 ▷어린이─조부모 유대 관계 조성 ▷민간단체 협력체제 구축 ▷우리 아이 지킴이 프로젝트에 기업 참여 등을 제시했다.

박 교수는 우리 아이 지킴이 프로젝트가 보육시설을 이용하는 가정뿐만 아니라 보육제도의 사각지대에 놓여 있는 어린이 보호망 역할을 톡톡히 할 것으로 전망했다.

박 교수는 "2006년 통계청 자료를 분석한 결과, 직장 여성(25~34세)은 모두 139만여 명의 자녀를 두고 있었다"며 "이 가운데 71.2%인 99만여 명의 자녀는 어린이집을 다녔고 27.6%는 조부모가 돌보는 것으로 조사됐다"고 설명했다.

이에 따라 박 교수는 중·고령 여성 인력을 활용한 우리 아이 지킴이 프로젝트를 활성화시키기 위해서는 가정이나 주민자치센터, 경로당, 종교시설, 지역

사회복지관, 건강가정지원센터 등 지역 사회의 다양한 인프라를 통해 어린이 지킴이 서비스를 제공할 수 있는 공간을 마련해야 한다고 주장했다.

이와 함께 정부를 비롯해 모금단체 및 대기업 등을 대상으로 중·고령 여성을 위한 노인 일자리에 대한 예산 지원을 요청, 재원육성 교육 등 체계적인 발판을 마련해야 한다고 강조했다.

한편, 이날 행사를 주최·주관한 한국 씨니어연합(상임대표 신용자)은 '우리 동네 아이 지킴이 할머니' 사업을 통해 우리 아이 지킴이 프로젝트와 할머니 인력 활용에 앞장서고 있다.

이 사업은 일하는 여성들이 육아부담을 줄일 수 있도록 육아 경험이 풍부한 중·고령 여성들의 인력을 활용해 어린이들의 안전한 등·하교와 부모가 귀가할 때까지 가정에서 돌볼 수 있도록 하기 위해 마련됐다.

이에 따라 한씨연은 50~70대 여성을 대상으로 지난 5월 대상자를 모집해 8월까지 유아 놀이지도, 사고에 대처하는 간호와 응급처치, 놀이지도, 손유희, 동화구연, 마술놀이 등의 교육을 시행하였다. 교육을 이수한 중·고령 여성은 각 지역 어린이집, 유치원, 공부방, 가정 등에 파견돼 1일 4시간씩 시간당 5,000원 상당의 보수를 받게 될 예정이다.

우리 동네 아이 지킴이 할머니들은 앞으로 맞벌이 가정이나 자녀를 돌보기 힘든 가정에 파견하게 된다.

또 방과 후 부모가 퇴근해 들어올 때까지 혼자 있는 어린이를 위해 보호하는 등 서비스 사각지대인 틈새 시간을 활용해 보육서비스를 제공할 예정이다. 신용자 상임대표는 "이 사업을 통해 중·고령 여성의 일자리 마련은 물론 맞벌이 가정의 여성이 안심하고 일할 수 있고, 어린이들 또한 할머니의 따뜻함을 느낄 수 있어 1석 3조의 효과를 볼 수 있을 것"이라고 말했다. 문의 02-816-1922.

이미정 기자 mjlee@nnnews.co.kr

당일 심포지엄에 참석했던 사람들은 그 행사의 본뜻과 내용에 큰 감명을 받고 그 느낌을 적극적으로 표현하는 축하메시지를 보내왔다.

● 신용길(교보생명 사장)

안녕하십니까, 교보생명 신용길 사장입니다.

「우리 아이 지킴이 할머니 인력 활용방안」을 논의하는 심포지엄을 크게 축하드리며 그 뜻에 적극 공감합니다. 저출산, 고령화 사회의 문제 해결이 쉽지 않은 세기적 과제로 크게 부각되고 있는 상황에서 사회의 직접 대상자라 할 수 있는 분들이 직접 나서서 이 무더운 여름에 뜻깊은 행사를 벌이는 것을 지켜보며 크게 감동하고 있습니다. "盡人事待天命"이라 했는데 이렇게 스스로 한 걸음씩 나아가다 보면 저출산, 고령화 문제 해결에 큰 도움이 될 것이라 확신하며 이런 좋은 일에 교보생명이 동참하게 됨을 큰 보람으로 생각합니다. 앞으로는 좀 더 많은 기업이 적극 참여하여 우리나라가 "아이 기르기 좋은 사회", "아이 낳아 기르는 것이 자랑과 보람이 되는 사회", "일과 육아의 양립이 어렵지 않은 사회"를 이루는 데 기여할 것을 기대합니다.

● 유지영(월간유아 발행인, 여성경제인협회 서울시지회
    장, 현 새누리당 국회의원)

「우리 아이 지킴이 할머니 인력 활용방안」의 취지에 적극 공감하며 오늘날 우리 사회의 출산율은 줄어들고 초고령 장수노인은 급속히 늘어나는 저출산, 고령화 사회에 꼭 필요한 프로그램이라고 생각됩니다. 전국의 유치원 경영자, 보육교사 및 학부모를 대상으로 하는 「월간유아」를 오랫동안 발행하면서 육아와 관련된 가슴 아픈 고충을 접하게 됩니다. 이번 심포지엄이 정책화되면 젊은 일하는 엄마들에게 아기 하나 더 낳고 싶은 마음이 생길 것 같습니다. 일하는 엄마들과 이들을 적극 도와주는 모든 단체, 기업들 그리고 관련 정책 당국이 다 같이 한 맘이 되어 큰 힘을 보태면 우리들이 바라는 아이 낳아 기르는 보람과 행복을 느끼는 「일과 육아의 양립」이 어렵지 않은 사회를 만드는 데 큰 성과가 있을 것이라 확신합니다.

● 이혜경(서울시 중구의회 의원 행정보건위원장)

이번 심포지엄 소식은 정신이 번쩍 들도록 반가웠습니다. 제가 딸 셋을 데리고 외국에서 살며 겪었던 일들이 주마등처럼 지나갔습니다. 그래도 선진국에는 다양한 프로그램과 방법들로 어린이를 맡아 돌보아주는 제도들이 있어서 일하는 엄마가 비교적 쉽게 활동할 수 있었음을 떠올립니다. 귀국해서 사회활동을 하면서 우리나라에도 다양한 육아지원 프로그램이 도입되기를 간절히 바라고 있던 차였기에 본 행사가 더욱 반가웠습니다. 「우리 동네 아이 우리가 지킨다」는 취지에 적극 공감하며, 구의원으로서 제 지역(중구)의 육아지원정책이 서울 시내의 어떤 지역보다 앞서가고 훌륭하다는 정평을 받을 수 있도록 구의원으로서의 역량을 최대한 발휘하도록 노력하겠습니다.

● 이종남(서울특별시 건강가정지원센터 관장)

오늘날 우리 사회의 가정환경은 급변하고 있습니다. 특히 맞벌이 가정, 편부모 가정, 조손가정, 다문화(국제결혼)가정 등 그 형태는 매우 다양하고 복잡합니다. 이런 상황에서는 부모들의 사회적응도 매우 힘들 것인데 더구나 일하는 엄마의 「일과 육아의 양립」은 얼마나 어렵겠는가 하는 실감이 납니다. 이번 심포지엄에서 「우리 동네 아이 우리가 지킨다」는 슬로건은 매우 신선한 표현 같습니다. 건강가정지원센터는 육아지원사업이 큰 비중을 차지하고 있으므로 본 취지에 동의하면서 우리 아이 지킴이와 할머니 선생님의 큰 성공을 위하여 최대한으로 협조하고자 합니다.

● 유유상(요요유치원 원장, 서울 동작구 신대방동 소재)

이번에 「우리 아이 지킴이와 할머니 인력 활용」이라는 주제로 심포지엄을 갖게 된 것을 매우 반갑게 생각합니다. 그리고 이런 좋은 프로그램을 공동으로 주최하는 (사)한국씨니어연합, (사)서울 시니어아카데미와 서울특별시 여성가족재단의 대표님들께 크게 감사드립니다. 지금은 아이들을 다 키워버린 어르신들은 잘 모르실 것입니다. 요즘 엄마들의 「육아와 직업의 양립」을 위한 현장은 전쟁터 같습니다. 저는 그 현장을 날마다 지켜보면서 언제까지 일하는 엄마들이 이런 고통을 짊어지고 가야하는 것일까 라는 생각에 막막함을 느낍니다. 이번 심포지엄을 계기로 희망을 느끼며 「육아와 일」의 양립대책이 한 걸음 다가서길 기대합니다. 유치원 경영자의 한사람으로 할머니 선생님과 원아의 엄마들을 연결시켜 드리는데 최선을 다하겠습니다.

국제명사
초청강연회

1. AARP(미국은퇴자협회) 에스터 T. 칸자 회장 초청강연회 (2002. 1. 15. 조선호텔 그랜드볼룸에서)

21세기에 알맞은 한국적 「신노인문화운동」을 펼친다는 당찬 노년 철학을 내세우며 2001년 3월 30일 창립 선언을 하게 된 한국씨니어연합은 창립 당시부터 우리보다 수십 년 앞서서 고령화 사회를 경험하고 있는 선진국들의 '노인운동' 실상을 살펴보고 싶었다.

그중에도 1958년에 설립된 미국의 AARP(미국은퇴자협회)는 2000년 회원이 3,500만 명이나 되는 세계에서 가장 큰 그 규모로 그 활동범위가 넓은 단체이다.

역사와 사회적 배경이 크게 다른 미국이지만 노인이 되면 앞으로 어떻게 살아갈 것인가에 대한 사고방식과 생활태도를 전문적인 노인단체가 앞장서서 지도하고 안내한다는 것은 너무나도 중요한 일로 한국씨니어연합은 AARP의 실상을 구체적으로 살펴볼 수 있는 기회를 엿보고 있었다.

그 기회가 2002년 1월 15일 한국은퇴자협회(KARP) 창설을 기하여 축하차 내한하게 된 에스터 T. 칸자 회장을 모시고 AARP의 이야기를 직접 들을 수 있는 기회가 되었다.

이 강연회는 KARP 주명룡 회장의 적극적인 협조로 이루어졌다.

AARP는 1958년에 설립된 단체로 1947년 고교 교장직에서 은퇴한 Ethel Percy Andrus 박사가 설립한 미국퇴직교사협회(NRTA)가 그 효시이다.

은퇴한 교사들의 연금, 조세, 건강보험문제 등을 다루기 위하여 1947년에 NRTA를 설립한 Andrus 박사는 AARP의 창설과 운영을 통하여 종래의 "병약하고, 돈을 벌 수 없이 쓰기만 하고 얼마 못살다 죽을 쓸모 없는 사람들"이라는 노인에 대한 편견을 뒤집고 아직 20~30년 더 건강하게 활동하면서 과거에 쌓아온 지식과 경륜을 활용, 사회와 국가발전에 기여할 수 있는 고등 시민(Senior Citizens)이라는 개념으로 바꾸어 놓는데 절대적인 역할을 하였다.

AARP는 1958년 창립 이래 그동안 미국사회가 가지고 있던 정치적, 경제적, 사회적 편견과 싸우면서 은퇴자들을 위한 권익 신장, 제도 개선에 큰 역할을 함으로써 미국 은퇴자들뿐 아니라 세계의 은퇴자들이 부러워하는 단체로 성장하고 있다. 2001년 회원 3,500만 명의 초대형 순수 민간단체로 미국을 비롯한 전 세계 은퇴자들에게 당당하고 아름다운 제2의 인생을 살기 위한 길잡이 역할을 하고 있다.

74세의 나이로 2000년에 AARP의 회장으로 당선된 칸자 회장은 미시간주의 보건의원, 고령자협회 지역사무소 전무이사, 특별대책위원회 의장, 입법회의 편집위원, 국가선거위원회 의장, 정보위원회 이사 등 다양한 공직경력을 가지고 있으며, 2000년에 3,400만 명의 회원을 거느리는 AARP의 회장으로 당선되었다.

74세의 나이로 2000년에 AARP의 회장으로 당선된 테스 칸자 회장은 조선일보와의 인터뷰(2002. 1. 14)에서 "노인이 된다는 것은 드디어 원하는 대로 인생을 재창조할 수 있는 시기가 되었다는 의미이며, 나이는 단지 숫자일 뿐 인생은 자신이 만들어 가는 대로 이루어진다. 소신을 갖고 긍정적인 태도로 건강과 경제력을 가지고 있으면 은퇴 후의 제2의 인생을 멋있게 창조할 수 있다"고 힘주어 말하고 있다.

58세에 사회의 직장에서 취미 삼아 하던 스테인드글라스를 사업화시켜 성공한 사업가로도 알려진 칸자 회장은 올해 80세의 전 수영선수인 남편 알렉스 칸자 씨와 이번에 같이 내한하였다.

● 강연회 식순

사회 : 이지연(방송인)

- 개회선언 및 국민의례(김종화 본 연합 부회장)
- 사회자 인사(이지연 전 KBS 아나운서)
- 인사말(신용자 본 연합 회장)
　　　　(주명룡 KARP 회장)
- 환영사(이인호 본 연합 고문)
- 축사(유재건 의원)
- 강연(에스터 T. 칸자 AARP 회장)
　주제 : "AARP의 어제와 오늘 그리고 한국씨니어에 바란다."
　통역 : 손선희(한국동시통역연구소 통역사)
- 축가(이은희 여사)
- 반주(박태란 여사)
- 축배건의(김현자 본 연합 고문)
- 만찬
- 폐회

이지연(KBS '아름다운 실버' 전담 MC)

이지연 진행자

"언제나 청춘"의 MC 이지연입니다. 반갑습니다. 너무 반가운 분들이 많이 오셔서 좀 떨리기까지 하네요.

지금부터 AARP 에스터 테스 칸자 회장의 강연회를 시작하겠습니다. 이 강연회는 한국씨니어연합과 대한은퇴자협회의 공동주최로 열리게 되었습니다. 조선일보사, 보건복지부가 후원을 하고 교보생명, 한국종합판매, 동운뉴테크가 협찬을 해서 귀한 자리를 마련하였습니다.

한국씨니어연합은 우리나라 최초로 21세기적 신노인문화운동을 추진하겠다는 포부를 가지고 창립된 단체입니다. 오늘 칸자 회장님의 좋은 말씀을 듣고 앞으로의 발전과 프로그램 운영에 큰 도움이 될 것이라 확신합니다. '내가 나이가 들고 병들면 누가 나를 돌봐줄 것인가', '나이 들고 외로울 때 누가 나하고 대화를 나누어 줄 것인가' 등등 우리들의 노년생활문제에 대한 걱정들이 오늘 이 강연을 통하여 좀 덜어질 수 있을 것이라 기대합니다. 그런 말씀을 듣고자 칸자 회장님을 모시게 된 것입니다.
그럼 먼저 한국씨니어연합의 신용자 회장과 KARP의 주명룡 회장의 인사 말씀이 차례로 있겠습니다."

행사장을 가득채운 참석자들

본 연합으로부터 선물 받으며 즐거워하는
에스터 T. 칸자 AARP 회장

◎ 인사말

신 용 자 상임대표

존경하는 테스 칸자 AARP 회장님 내외분, 한국노인문제연구소 박재간 소장님, 한국 노인복지회 조기동 회장님, 유재건 의원님, 한국노년회학회 전 회장 고양곤 교수님, 현 회장 최성재 교수님, 차기 회장 김동일 교수님. 이 자리에 왕림하여 주심에 큰 감사를 드립니다. 그리고 김인숙 고문님, 김현자 고문님, 이인호 고문님, 그리고 우리 한국씨니어연합 회원님 오늘 이 뜻깊은 자리에 참석하여 주셔서 대단히 감사합니다.

저희 씨니어연합은 "씨니어는 사회적 자산이며 젊은이의 귀감이다", "우리들의 노년생활 준비하면 걱정 없다"라는 기본정신의 슬로건을 내걸고 "21세기적 신노인문화운동"을 펼쳐 나가자는 결의와 함께 2001년 3월에 창립된 신생 단체입니다.

우리나라는 세계 어느 나라보다 빠른 속도로 산업화 발전에 의한 경제성장을 이루었고 또 그보다 더 빠른 속도로 고령화 사회가 진행되고 있습니다. 아울러 전통적으로 경로사상과 효친사상의 튼튼한 기반으로 이루어진 대가족 제도가 이러한 사회변화 때문에 흔들리고 무너져가고 있는 실정입니다.

그러나 다행히 우리나라는 고령화 문제의 현상이 아직 시작에 불과하기 때문에 지금부터 연구하고 씨니어 자신과 정책당국이 서둘러 착실한 준비를 해나가면 선진국에서 경험한 시행착오의 아픔을 줄일 수 있다고 믿습니다.

나이 먹는다는 현상과 늙어서 살아가야 하는 방법 등에 대한 생각의 변화가 사회의 변화를 따라가지 못하고 있는 것입니다. 그래서 사회제도의 마련은 물론이고 먼저 씨니어들이 서둘러서 노년생활에 대한 발상의 전환과 행동의 혁신을 꾀하여야 한다고 생각합니다. 우리 한국씨니어연합은 「신노인문화운동」이라는 제목으로 이런 일들을 추진하고자 만들어진 단체입니다. 그런 의미에서 이미 50여 년 전부터 고령화 사회의 문제점을 잘 파악하고 확실한 행동방식에 따라 은퇴자의 권익 신장과 그들의 삶의 질을 향상시키는 운동을 추진하면서 3,500만 명이라는 어마어마한 숫자의 회원을 확보하고 있는 단체인 AARP는 우리에게 큰 가르침과 많은 모범을 보여주고 있습니다. 그런데 오늘 이 자리에 바로 AARP의 회장님을 모시고 "AARP의 어제와 오늘 그리고 한국 씨니어에게 바란다"는 제목의 말씀을 직접 들을 수 있게 되어 저는 이 자리를 책임지고 마련한 사람으로서 큰 자부심과 영광된 생각으로 여러분께 인사드리는 것입니다. 테스 칸자 회장님 그리고 알렉스 칸자님 와 주셔서 정말 감사합니다. 여기 왕림하신 모든 분이 그렇게 생각하고 기뻐할 것입니다. 대단히 감사합니다.

2002. 1. 15.

◎ 인사말

주명룡(KARP 대한
은퇴자협회 회장)

한국씨니어연합의 신용자 회장님, 그리고 임직원 여러분.

이 자리를 마련하시느라 얼마나 고생이 많으셨습니까. 이 자리를 빌어 감사드립니다.

그리고 유재건 선배님. 저는 뉴욕에 살면서 한국에서 오는 소식을 통하여 선배님의 소식을 가끔 듣곤 했는데 이 자리에서 직접 뵙게 되어 정말 반갑습니다.

한국씨니어연합이 2001년 3월에 창립되었는데 저희는 1996년에 뉴욕에서 만들어져 회원이 약 3천 명 되는 단체로 활동중입니다. 하지만 한국에서는 어제 창립총회를 하였으니 한국씨니어연합 보다 더 꼬마인 셈입니다.

오늘 특별히 칸자 회장님을 모시고 "AARP의 어제와 오늘 그리고 한국 씨니어에게 바란다"는 제목의 강연회를 마련해 준 한국씨니어연합의 회장님과 임직원 여러분께 진심으로 감사드립니다.

저는 뉴욕에서 살면서 언젠가는 50세가 넘는 사람들을 위하여 봉사해야겠다는 생각을 가지고 있었기 때문에 뉴욕에서 KARP를 설립하여 6년간 키워왔습니다. 이제 한국에 와서 활동하게 되었으니 여러분 잘 지켜봐 주시길 바라며 한국씨니어연합과 여러 가지 일을 같이 할 수 있는 기회가 되도록 도와주시기 바랍니다. 이번 만찬을 할 수 있도록 애써주신 신용자 회장님께 다시 한 번 감사의 말씀을 전합니다. 감사합니다.

2002. 1. 15.

◎ 환영사

이인호 본 연합 고문
(국제교류재단 이사장)

신용자 회장님, 주명룡 회장님, 감사합니다. 그리고 이런 자리를 갖게 된 것을 축하드립니다. 칸자 회장님! 멀리에서 우리에게 좋은 말씀을 해주시기 위해 이렇게 와 주셔서 너무 감사드리며 환영합니다.

"한국씨니어연합"이라는 단체명은 '노년' 또는 '노인' 하면 왠지 거부감을 느끼고 기가 죽는 것 같아서 '노인' 이라는 말은 쓰지 말자고 회원들이 요구하여 생각한 끝에 찾아낸 것으로 '씨니어' 라는 말을 쓰게 된 것입니다.

오늘날 우리 과제 중의 하나로 우리말로 자랑스럽게 우리를, 즉 50세 이상의 고령자를 부를 수 있는 그런 단어를 생각해내야 할 것 같습니다.

칸자 회장님께서 오늘 좋은 말씀을 해 주실 것 같은데 제가 이렇게 크고 훌륭한 모임에서 환영사를 하게 되어 영광스럽습니다.

오늘 이 자리 우리들의 모습은 결코 삶을 다 살았다고 생각하는 사람들의 모습이 아닙니다. 삶의 의미를 깊이 생각하면서 즐길 수 있는 성숙한 삶의 모임이라 생각하며 우리 시대를 충실하게 사는 사람으로서 자기의 경험을 바탕으로 지혜를 열어가며 세상을 살아간다면 청년기 때보다도 훨씬 보람된 삶을 살게 되지 않을까 생각합니다.

오늘 이 자리가 그런 삶을 살고자 노력하는 사람들의 모임이라 생각되며 칸자 회장님의 말씀에서 많은 도움을 얻을 수 있을 것이라 믿어집니다. 감사합니다.

◎ 축사

유재건 의원
(본 연합 회원)

　　여러분 새해 복 많이 받으십시오. 오늘 아침 신문에서 칸자 회장님의 기사를 읽었습니다. 정말 놀라웠습니다. 우리나라에서도 총인구 중 20% 정도가 50세 이상이기 때문에 이들의 재고용 창출이라든가 고령화 사회문제에 대한 해결책 마련이 그 어느 때보다도 필요한데, 보다 적극적으로 대처하신 미국에서의 경험을 얘기하신 내용의 신문기사를 읽고 감동했습니다.

　수동적으로 안주하는 것이 아니라 보다 적극적으로 참여하고 우리 경험을 자산으로 총동원해서 '뒤로 물러서지 말자' 그리고 '당신은 할 수 있다'는 한편의 설교를 듣는 것 같은 잔잔한 감동을 받고 왔습니다. 와서 보니 조간신문에 난 사진보다 더 젊어 보이십니다.

　제가 평소에 좋아하는 '사무엘 울만'의 '청춘'이라는 글로 축사를 대신할까 합니다.

청 춘

－사무엘 울만 －

청춘이란 인생의 어느 기간이 아니라 마음가짐을 말한다.
장밋빛 볼, 붉은 입술, 나긋나긋한 무릎이 아니라
씩씩한 의지, 풍부한 상상력, 불타오르는 정열을 가리킨다.
인생이라는 깊은 샘의 신선함을 이르는 말이다.

청춘이란 두려움을 물리치는 용기,
안이함을 선호하는 마음을 뿌리치는 모험심을 의미한다.
때로는 20세 청년보다는 60세 인간에게 청춘이 있다.
나이를 더해가는 것만으로 사람은 늙지 않는다.

이상을 버릴 때 비로소 늙는다.
세월은 피부에 주름살을 늘려가지만
열정을 잃으면 영혼이 주름진다.
고뇌, 공포, 실망에 의해서 기력은 땅을 기고
정신은 먼지가 돼버린다.
60세든 16세든 인간의 가슴 속에는
경이에 이끌리는 마음,
어린애와 같은 미지에 대한 탐구심,
인생에 대한 흥미와 환희가 있다.
우리 모두의 가슴에 있는 '무선 우체국'을 통해
다른 사람들과 하느님으로부터
아름다움, 희망, 격려, 용기, 힘의 영감을 받는 한
그대는 젊다.
영감이 끊기고, 영혼이 비난의 눈으로 덮이며
비탄의 얼음에 갇힐 때
20대라도 인간은 늙은이지만
머리를 높이 치켜들고 희망의 물결을 붙잡는 한,
80세라도 인간은 청춘으로 남는다.

여기 모이신 청춘남녀 여러분, 행복하십시오.

본 연합의 AARP 에스터 T. 칸자 회장 초청강연회는 조선호텔 그랜드 볼룸에서 화려하게 개최되었다.

한국 동시통역연구소의 손선희 통역사가 통역하고 KBS의 노인프로그램 담당 이지연 아나운서가 진행을 맡아 격조 높은 행사의 모습을 보여주었다.

에스터 T. 칸자
회장의 열강하는 모습

● 칸자 회장의 강연 요지

안녕하십니까. 오늘 이 자리에 서게 되어 기쁩니다. 이 자리에 오신 모든 분들이 노년의 풍부한 삶을 위해서 많이 노력하고 계신 것을 보고 저는 뿌듯함을 느낍니다.

그리고 다시 한 번 KARP의 주명룡 회장님께 감사드립니다. 덕분에 한국에 처음 방문하게 되었는데 굉장히 뜻깊고 기쁩니다.

아까 이인호 박사님의 말씀 중에 저희는 '인생을 이제 마치는 입장이 아니다' 라고 중요한 말씀을 해주셨습니다. 신용자 회장님 말씀처럼 한국의 고령화가 급속하게 진행되지만, 다행히 다른 서구 국가에 비해서는 늦게 시작되었기 때문에 한국은 '다른 국가의 시행착오를 피해갈 수 있다' 라고 생각합니다. (중략)

은퇴라고 하는 것은 그동안 해 왔던 한 가지 일을 그만둔다는 의미일 뿐이고 은퇴는 여러 번 할 수 있다고 저는 생각합니다. 더군다나 요즘 신세대, 젊은 세대 같은 경우에는 여러 번 은퇴를 하고 새로운 일을 시작합니다. 계속 일을 하고 싶기 때문에 은퇴하고 새로운 일을 하고, 은퇴하고 새로운 일을 하고…. 이렇게 여러 번 은퇴를 하다 보면 '아, 이제 더 이상 이렇게 할 힘이 없다' 라고 느낄 땐 80~90세가 넘을 거라고 생각을 합니다.

신 회장님도 은퇴를 끝이 아니라 시작이라고 말씀하신 적이 있으신데요. 오늘 여러분께 남기고 싶은 메시지가 그것입니다. 제가 일하고 있는 미국은퇴자협회의 새로운 세대는 기존의 전통적인 방식의 은퇴를 하지 않을 것이라는 점을 점점 더 강하게 느끼고 있습니다. 일생동안 해오던 일을 마치더라도 공부를 계속하거나 자원봉사를 통해서 새로운 삶을 영위하고자 하는 경우가 많습니다. 예전처럼 은퇴를 하면 그저 앉아서 지켜보는 수동적인 입장을 원치 않고 있습니다.

이제 미국은 50세로 접어드는 인구가 7,600만 명입니다. 저희 협회에 가입할 수 있는 연령이 50세 이상이기 때문에 이렇게 많은 사람들이 50세에 접어들었다는 것은 저희 협회 입장에서 굉장히 큰 도전이었습니다. '이렇게 엄청난 사람들이 50세에 접어들었으니 우리 협회에 가입하겠구나' 를 느끼고 나서 두 가지 큰 책임을 느끼게 되었습니다.

첫 번째는 일단 스스로 저희 협회의 모습을 변화시켜야 했습니다. 어떻게 변화 시켰냐 하면 고령화에 대한 근본적인 이미지를 바꿔 나가기 시작했는데 고령화라고 하는 것이 끝이 아니라 50세 이상이 되어도 활기 있는 생활을 할 수 있고 보람 있는 삶을 영위할 수 있다는 이미지를 만듦으로써 50세에 접어든 미국인에게 새로운 기회를 열어 주고자 했습니다.

저희가 하고자 하는 얘기는 비록 50세가 되더라도 앞으로 남은 인생이 3~40년, 길게는 50년 이 될 수 있다는 것입니다. 대한은퇴자협회에서도 말씀드렸지만 남은 인생을 가지고 어떻게 보장을 하느냐라는 질문을 했는데, 저는 거기에 대해서 자신 있게 이렇게 얘기했습니다.

　50세가 되면 이미 많은 것들을 가지고 있는 상태가 된다는 겁니다. 50세를 살았기 때문에 지혜도 있고, 능력도 있고, 기술도 가지고 있고 그동안 소중한 가족이라는 것도 꾸려왔습니다. 제 생각으로는 50세가 되면 이제는 스스로 꿈을 하나 가지고 그 꿈을 달성하도록 노력하는 시점이라고 생각합니다. 50세가 되더라도 스스로 자신감만 있다면 얼마든지 새로운 삶을 또 한번 시작할 수 있다고 믿습니다. 하지만 이런 고령기에 가능한 한 큰 의미를 찾기 위해서는 여러 가지 기회가 마련되어야 하고 이런 기회를 마련해 주는 것이 바로 한국씨니어연합과 한국은퇴자협회, 그 외의 다른 단체들의 역할이라고 생각합니다.

　미국사회에서도 한때 이런 식으로 한 사람의 인생을 나눈 적이 있었습니다. 한국사회에서도 비슷한 인식이 있을 거라 생각하는데, 사람의 생애를 크게 세 가지로 청년기(학교에서 교육을 받아야 하는 시기)와 성인기(일, 가정을 꾸려나가는 시기)와 노년기(앉아서 보기만 하는 시기)로 생각한 적이 있었습니다. 하지만 순차적으로 나누던 인생의 단계가 역전되고 있습니다. 나이를 불문하고 새로운 일을 할 수 있습니다. 공부할 수도 있고, 50세가 넘은 여성들이 출산도 하는 기이한 일들이 나타나고 있습니다. 한 가지 분명히 말씀드릴 것은 나이라는 것은 우리가 하고 싶은 것을 가로막는 장애물이 아니라는 것입니다. 저와 저의 남편이 살고 있는 플로리다는 40년 전에 조성된 따뜻한 지역입니다. 따뜻하기 때문에 많은 분들이 은퇴한 후에 플로리다로 이주하고 계십니다. 플로리다의 평균연령은 54세로 이곳에서는 나이가 아무런 문제가 되지 않습니다. 제 주위를 보면 80세 이상이 된 사람들도 일을 계속하고 학교로 돌아가서 공부하는 경우도 있고, 공직에 출마하는 경우, 자원봉사활동을 하는 경우, 가고 싶은 곳에 여행을 다니는 등 그야말로 자기 하고 싶은 대로 다하고 사는 사람들이 많습니다. 자기사업을 꾸려나가거나 창의력을 발휘해서 소설을 쓴다거나 그림을 그리는 분들도 계시고 성장할 수 있는 모든 일들을 나이에 상관없이 하고 있습니다.

제가 직접 경험을 했기 때문에 말씀드릴 수 있는 것은 나이가 장애가 아니라고 생각하면, 나이는 결코 장애가 아니라는 겁니다. 그런 의미에서 한국씨니어연합과 한국은퇴자협회 외에 여러 단체들이 큰 책임이 있다고 말하고 싶습니다. 노년기를 보람 있게 보낼 수 있는 그런 기회들은 모임이나 단체에서 만들어 주어야 한다고 말씀을 드렸는데, 지금부터는 실제로 이런 단체들이 만들어 줄 수 있는 일에 대해 몇 가지 말씀을 드리고자 합니다.

미국의 문화 중 하나가 자원봉사입니다. 자원봉사라고 하는 것은 무료로 일을 해주기는 하지만 상당히 큰 보람과 즐거움을 줄 수 있는 기회입니다. 어제 저에게 질문을 던지던 젊은 기자 중 한 사람이 "왜 자꾸 자원봉사에 관해 얘기를 하느냐", "자원봉사가 대체 무엇이냐", "자원봉사를 통해 할 수 있는 일이 무엇이냐"라는 식으로 질문을 했습니다. 거기에 대한 대답은 무엇이든지 자원봉사가 될 수 있다는 겁니다. 어린이들에게 책을 읽어 주는 것이 자원봉사가 될 수 있고, 환자가 있는 집에 방문해서 환자와 얘기를 나누는 것도 자원봉사가 될 수 있고, 집 없는 사람들을 위해 집을 지어주는 것도 자원봉사일 수 있고, 저처럼 은퇴자협회의 회장을 맡는 것도 하나의 자원봉사가 될 수 있습니다. 자원봉사를 통해 남이나 지역사회를 돕는다면 여러분의 인생에 보람을 얻으실 수 있는 기회가 될 것입니다.

잠시 인구분포에 대해서 말씀드리겠습니다. 제가 보기에도 한국사회의 고령화 속도는 참으로 놀랍습니다. 제가 맞는지 모르겠지만 지금 현재 65세 이상 인구의 비율이 7.2%가 넘는 것으로 알고 있습니다. 하지만 16년, 17년 안에 굉장히 큰 폭으로 늘어날 것이고 얼마 안 가 65세 이상의 비중이 25%를 넘을 것이라고 들었습니다. 이미 다른 국가들이 비슷한 경로를 앞서 겪었고 이렇게 고령화가 되면 여러 가지 변화가 나타나는데 이런 변화를 이미 겪은 국가들이 있습니다.

한 기자가 다른 질문을 했는데 고령인구가 사회에 큰 부담이 되지 않느냐는 질문이었습니다. 고령화가 사회에 큰 부담이 되는지, 부담이 되지 않는지는 사회의 제도적 장치가 마련이 되어 있느냐 아니냐에 따라 다르다고 생각합니다. 저희 부부는 한 달에 수표를 두 장 받습니다. 한 장은 정부에서 나오는 연금이고 다른 하나는 저희가 일을 해서 벌어들이는 소득입니다. 우리 같은 미국인들은 수입원이 있고, 소비자 입장에서 계속 소비를 하고 있기 때문에 미국이 고령화 사회가 되었음에도 불구하고 활기를 잃지 않고 역동적인 사회로 계속 유지되는 것입니다. 한국에서도 이런 제도가 마련되는 것이 중요합니다.

다음으로는 건강보험이 제대로 마련되어 있어야 합니다. 미국 같은 경우 건강보험제도가 상당히 미비하고 특히 어려운 경우는 무료 장기의료가 필요합니다. 미국사회에서는 한국의 전통사상인 효 사상이 없습니다만 가족이 스스로 부양을 하는 그런 경우는 있습니다. 저도 오랫동안 친정어머니 간병을 했습니다.

이렇게 미국에서도 가족 내에서 간병을 할 수 있지만, 이것을 지탱해 줄 수 있는 가족적 기반이 없는 경우에 이것을 대신해 줄 수 있는 사회적 제도가 없는 것은 큰 문제가 됩니다.

마지막으로 드리고 싶은 말씀은 여성의 평균수명이 남성보다 길다는 점입니다.

미국과 마찬가지로 한국에서도 여성의 평균수명이 남성보다 긴 것을 확인했습니다. 미국의 많은 여성들은 빈곤한 상태에서 여생을 마치게 됩니다. 나이 들어 늙어서 병들기 전에 재산이 다 소진되기 때문에 마지막 여생을 빈곤하게 살게 되는 안타까운 경우가 많은데 최근 미국에서는 사회보장제도의 민영화를 주장하는 사람들이 많습니다. 이럴 경우 그것이 특히 여성 노인들에게 얼마나 큰 영향을 줄 것인가에 대해서 저희 단체가 경각심을 가지고 검토하고자 노력하고 있습니다.

특히 여성의 경우 빈곤하게 여생을 마치는 경우가 많아 이런 것도 한 가지 큰 문제라는 점을 알려 드립니다.

제가 AARP 회장이기 때문에 저희 단체에 대해서 말씀드리고자 합니다.

저희 단체는 회원 수가 3,500만 명의 큰 단체로 미국인 중 50세가 넘는 사람들의 절반이 저희 회원이라 생각하시면 이해하기 쉬우실 겁니다. 저희 단체의 사명은 고령 인구의 삶을 보다 풍요롭게 하는 것과 고령화의 이미지를 바꾸는 것입니다. 저희 단체는 공동사회, 지역사회에 참여하여 역동적으로 살게 하는 것을 중요하게 생각하며 활동하고 있습니다. 고령 인구의 안전과 행복증진을 위해서 많은 노력을 하고 있고, 또 미국 전역에 60개의 지부조직을 가지고 운영하고 있습니다. 저희가 고령 인구의 삶을 풍요롭게 만드는 4가지 방법이 있습니다.

1. 교육사업
2. 후원회(대변해 주는 역할 – 정보사업, 회원의 이익을 위한 대변 등)
3. 사회봉사(주로 자원 봉사자들을 통해 이루어짐)
4. 회원혜택(보험혜택, 의료혜택 등 다양한 혜택이 회원에게 주어짐)

이런 방법이 제대로 실현된다면 50세 이후를 편안하게 살 수 있을 것이라 믿습니다. 그리고 우리는 스스로 어떤 일을 하고 싶은지 차근차근 생각하고 실천해 나가야 합니다. 우선 필요한 것은 돈과 건강입니다. 자기 관리를 잘못해서 건강을 잃을 것 같으면 지금이라도 당장 생활습관을 바꾸어야 합니다. 그래서 무엇보다도 먼저 필요한 것은 사고의 전환입니다. 한번 은퇴를 하면 끝나는 것이라 생각하지 말고 새로운 일을 찾을 수 있고, 새로운 일을 시작할 수 있다는 적극적인 사고로의 전환이 필요합니다.

제 나이가 74세입니다. 아직도 저는 하고 싶은 일이 줄줄이 많습니다. AARP에서 일한 지난 16년이 인생에서 가장 보람된 시간이었고, 이제 3개월 후면 회장의 임기는 끝나지만, 이 사회에서 계속 일할 것이고, 그다음은 동화작가로 일하고 싶습니다. 노년기라는 것은 큰 도전을 할 수 있고 창의력을 발휘할 수 있는 기회이며 스스로 재탄생할 기회라고 생각합니다.

대단히 감사합니다.

강연이 끝난 후 만찬에 앞서 이은희 여사(소프라
노, 상도동 성결교회 합창단원, 성악전공)의 축가
가 박태란 씨(잠원성당 오르가니스트)의 반주로 이
어졌고, 김현자 본 연합 고문의 축배건의로 아름답
게 마무리 하였다.

축배건의하는
김현자 고문

축가부르는 이은희 여사

강연회 참석자들

에스터 T. 칸자 AARP 회장과 통역자 손선희, 에
스터 T. 칸자 AARP 회장 남편 알렉스 칸자와 주
명룡 씨

2002년 1월 15일에 감행한 AARP 회장 초청강연회는 본 연합에 대단
히 긍정적인 평가와 기대감을 주었다.

테스 칸자 AARP 회장은 강연 중에 신용자 본 연합 회장의 인사말을 3
번이나 인용하면서 큰 기대감과 칭찬을 아끼지 않았다.

행사가 끝난 후 귀국한 칸자 회장은 감사의 편지를 다정하게 보내왔다.

AARP 본부에 본 연합에 대한 이야기를 잘 전달하겠다는 내용과 함께 간단한 선물도 보내왔다.

이 강연회는 본 연합이 설립된 지 1년이 채 안 된 시점에서 감행한 큰 용단의 결과였으며, 원종남, 송순이 공동대표를 비롯한 이사들의 아낌없는 협조와 참여 회원의 열정적인 봉사는 물론 유재건 의원, 故 김동일 박사, 고양곤 교수, 이인호, 김현자 고문 등의 따뜻한 관심 표명도 행사를 빛내는 데 큰 도움을 주었다.

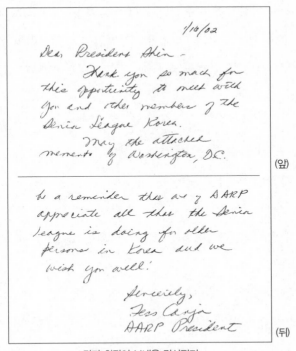

(앞)

(뒤)

칸자 회장이 보내온 감사편지

2. 일본 히구치 게이코(樋口惠子) 회장 초청강연회
(2004. 11. 25. 롯데호텔에서)

2004년 11월 25일 본 연합은 일본의 "고령 사회를 좋게 하는 여성회"의 창립자이며 현 이사장인 히구치 게이코(樋口惠子) 선생 초청강연회를 가졌다. 창립 후 두 번째로 시행한 국제적 유명인사 초청강연회다.

이 강연회를 계기로 본 연합은 평소에 계획해 오던 "일사랑 할머니 지원단" 발단식도 가졌다.

● 히구치 게이코 초청강연회
- 일사랑 할머니 지원단 발단식

본 연합은 지난해 11월 25일 일본의 유명한 여성노인운동가이며 평론가인 히구치 게이코(樋口惠子) 선생 초청 강연회를 롯데호텔에서 성황리에 열었다.

히구치 게이코 선생은 1982년 '고령 사회를 좋게 하는 여성회'를 창설, 대표가 되어 현재까지 일본 여성노인의 권익신장 운동에 앞장서는 분으로 일본에서뿐 아니라 세계적으로도 널리 알려진 저명인사다. 또한 이날 본 연합은 '일사랑 할머니 지원단' 을 설립, 발단식을 가졌는데 이 지원단은 일하고자 하는, 일할 수 있는, 일하여야 할 중 · 고령 여성을 지원하기 위한 전문가 자원봉사 집단이며 대표로 본 연합 신용자 상임대표와 김태현 성신여대 교수가 공동으로 선임되었다.

이날 강연회에는 김용익 고령화 및 미래사회위원회위원장의 격려사와 안필준 대한노인회 회장의 축사 및 인기 가수 유열씨의 축가와 본 연합의 홍보대사인 여운계씨의 특별 인사말 등 다채로운 내용으로 꾸며졌다.

①여운계 본 연합 홍보대사
②찬조출연한 유열 가수
③김태현 교수(성신여대) 본 연합 이사
④행사가 끝난 후 히구치 선생을 모시고 본 연합 회원 참석자와 함께
⑤축사하는 김용익 "고령화 및 미래사회위원회" 위원장

– 히구치 게이코(樋口恵子) 선생과의 만남

2004년 11월 25일 두 번째 국제 강연회를 계기로 본 연합의 신노인문화운동 프로그램의 일환으로 추진된 "일사랑 할머니 지원단" 발단식을

하였다.

본 연합이 2001년 3월에 창설되어 「신노인문화운동」이라는 국내 최초의 노인복지 프로그램을 진행하여 많은 사람들로부터 찬사와 기대감을 얻었다.

이에 부응하여 우리보다 훨씬 앞서가며 고령화 사회를 경험하고 있는 선진국의 노인운동 상황을 구체적으로 살펴보기 위하여 2002년 1월 미국은퇴자협회(AARP)의 에스터 테스 칸자 회장을 초청하여 AARP의 현실적인 내용을 자세히 들을 수 있었을 뿐 아니라 본 연합의 설립취지와 기본정신, 추진되고 있는 프로그램 등을 구체적으로 알려주어 긍정적인 반응과 기대감을 느낄 수 있었다.

한편 우리와 비슷한 문화권에 있는 일본에서 추진되고 있는 노인운동 특히, 여성을 중점적으로 다루고 있는 노인운동은 본 연합에 필요한 많은 점을 배울 기회라 여겨졌다.

일본의 "고령 사회를 좋게 하는 여성회"는 1982년에 히구치 게이코 선생이 창립한 단체로 고령화 진행 과정에서 일어나는 여러 가지 문제들이 젊은 여성에게 너무나 큰 부담을 주는 불합리한 점을 개선하기 위한 사회운동으로 출발했으며 고령 사회의 당사자인 여성노인지도자층이 앞장서서 만들었고 정부의 노인 정책에 지대한 영향력을 미치고 있다.

본 연합은 우리보다 앞서가며 고령화 사회에서 일어나는 사회적인 문제를 해결하고 있는 선진국의 사례를 구체적으로 회원과 지도자들에게 알려줄 기회를 마련하기 위하여 2004년 11월 히구치 게이코 회장을 초청할 수 있는 기회를 만들어 보았다. 회장(신용자)은 사신(私信)을 보내 히구치 회장과 서면으로 대화를 시작하며 기회를 엿보고 있었다.

마침 7월 9일 오사카에서 치르는 친척 아들의 결혼식에 초청을 받은 우리 내외는 그 기회에 히구치 회장과 만날 약속을 잡을 수 있었다.

오사카 제국호텔에서 치르는 호화판 결혼식에 참석하여 만찬까지 즐기고 다음 날 조찬 중 오사카에서 한국 노인을 중심으로 운영하고 있는 노인요양 시설 '고향의 집' 윤기(尹基) 이사장을 소개받아 윤 이사장과 동행하여 오사카의 고향의 집을 방문하면서 히구치 선생 방문 예정을 알렸더니 친절하게 히구치 선생을 소개, 방문에 큰 도움을 받게 되었다.

2004년 7월 동경(東京)의 무더위는 살인적이었다. 36°~37°를 오르내리는 혹독한 더위 속을 남편과 함께 헤매며 초행길인 신주쿠(新宿)의 골목길을 찾아갔을 땐 이미 약속 시간보다 5분가량 늦어 있었다. 히구치 회장은 손님 맞을 준비를 다 해놓고 아라이 사무국장과 앉아 기다리고 있었다.

남편과 동행한 우리 부부에게 특별한 친밀감과 관심을 갖는 듯 대화시간은 재미있게 1시간을 넘겼다. 본 연합의 부탁도 흔쾌히 받아들여 주었다.

마침 그해 11월에 한국여성개발원과 공동주최하는 심포지엄의 주제 강연 차 방한

2004년 7월 12일 오후 3시 신주쿠의 골목에 있는
히구치 회장의 사무실을 방문한 기념사진
(왼쪽부터 히구치 회장, 본 연합 신용자 회장, 아라이 사무국장)
*사무실은 매우 비좁았다. 손님이 앉을 의자도 없어
바닥에 앉아야 했다. 정리가 덜 된 관련 자료가
사무실 대부분을 차지하고 있었다.

예정이던 히구치 회장은 그 기회에 본 연합의 초청에 응하여 일본 노인 문제의 현실과 본 연합의 이야기를 나누기로 약속하여 주었다.

강연료가 없는 조건을 조금도 서운해하지 않고 승낙하여 준 것에 매우 고마웠다. 히구치 회장 초청강연회는 이렇게 하여 2002년 1월의 AARP 회장의 초청강연회와 마찬가지로 본 연합의 경제적 부담 없이 비교적 수월하게 이루어졌다.

"고령 사회를 좋게 하는 여성회"의 히구치 회장은 일본의 노인복지 정책에 절대적인 영향력을 미치는 막강한 여성지도자다.

본 연합은 이 기회에 그동안 계획해 오던 "일사랑 할머니 지원단"의 발단식을 겸하여 참석자들 특히, 일본 측 참석자들에게 많은 감동을 주었다.

강연회를 겸한 만찬장에는 당시 일본에서 한창 인기가 높던 "겨울연가"의 출연자 유열(가수)의 찬조출연 축가로 일본 팬들로부터 열렬한 박수를 받았다.

히구치 회장은 그날의 감동을 귀국 후 모 잡지 2005년 2월호 "이달에 만난 사람(히구치 게이코)"에서 "일사랑 할머니 지원단"과 7월 12일에 방문했던 우리 부부 이야기를 아주 친절하게 소개해 주었다. 이날의 만남은 2007년 6월에 열린 히구치 회장이 주최하는 국제 심포지엄에 본 연합회장을 지정토론자로 지명, 초청하는 데까지 이어지고 그 후에도 기회가 있을 때마다 안부를 나누는 사이가 되었다.

2007년 6월 30일에 개최된 "고령 사회를 좋게 하는 여성회" 주최의 국제 심포지엄은 히구치 회장이 2006년에 아사히 신문사가 수여하는 큰 상인 "사회복지상"을 수상한 기념으로 히구치 회장이 받은 상금을 가지고 추진한 국제 심포지엄이다.

제목은 "여성이 말하는 아시아의 고령 사회"이며 동경(東京)의 번화가에 있는 아사히(朝日)홀에서 천여 명이 참석하여 하루 종일 토론한 의미 있는 국제적 고령 사회 관련 심포지엄이다.

이 심포지엄에서 본 연합은 "인생 100년, 고령 여성의 활약이 세계를 만든다" 주제인 「제3분과」에서 지정 토론자로 참여하여 본 연합의 "할머니 인력 개발과 활용"에 대한 추진 방법에 큰 박수를 받았다.

○ 제1분과 : 일본과 한국의 개효제도를 둘러싼 동향

후루이치 켄이치(후생노동성 보건국 보건 과장), 이계경(한국 한나라당 국회의원), 좌장 - 오키후지 노리코(沖藤典子)여성회 부이사장 작가), 윤기(尹基, 본명 다우치 모토이, 사회복지법인 '고향의 집' 이사장, 이노

"제3분과 참여자" 사진
왼쪽부터 아츠리 마사코, 박현정(서울 여성대표, 현 본 연합 회장), 신용재(본 연합 대표, 현 이사장), 히구치 게이코(고령 사회를 좋게 하는 여성회 이사장-좌장), 도나타 · 엣샌브로이히(독일 청소년연구원 주임 연구원), 나카니시 토요코(고령 사회를 좋게 하는 여성회 교토 대표)

제3분과에서 발표하는 신용자 본 연합 회장

우에 유미코(井上由美子, 교수)

ㅇ 제2분과 : 좌장 - 소헤이 다카코(교수), 이연숙(한국 한나라당 전
의원), 토미야스 요시코(당 여성회 북 규슈 대표), 미즈타 노리코(죠사이
국제대학 이사장)

ㅇ 제4분과 : 개호관련 노동자를 생각한다.

좌장 - 하라 히로코(교수), 나이타 유키(후생노동성 사회원호국 복지
기반 인재 확보대책 실장), 다케노부 에미코(아사히 신문 편집위원), 스
즈키 노부에(나가사키 웨스래얀대학 현대 사회학 교수, 문화인류학), 오
이시데냐프랑시아살빠시온, (필리핀 출생, 1886년생, 요코하마병원에서
원내개호봉사)

※참고

하구치 이사장(개회자)의 개회인사 요약

21세기는 아시아의 고령화가 급격히 진행되는 세기이다. 먼저 일본을
필두로 지금은 한국, 중국 등이 빠르게 일본을 따라오고 있다. 구미제국
과 문화적 배경이 다른 아시아지역의 고령화를 풍요롭게 창조하기 위하
여 여성들이 서로 대화하고 정보를 공유하여 네트워크를 넓혀가고 있다.
현재 더욱 뜨거운 화제, 중요한 과제에 대하여 모두가 이야기해 보자.

※제3분과에 보내는 메시지 : 21세기는 고령 여성의 존재가 결정적인
의미를 갖는다. 말하자면 「오바아상 - 할머니의 세기」라고 하여도 좋을
만하다. 전 인구의 4분의 1 가까이 점유하는 대세력이다. 2050년의 미래

에서 오늘을 본다면 젊은 여성의 삶 방식이 분명해진다. 생애를 통하여 사회에 참여하고 직업에 능력을 발휘하여 지역과 가정을 지탱하는 세대 간 교류의 중심이 될 고령 여성이야말로 금세기 빛의 원천이라 본다.

히구치 게이코 회장은 1932년생으로 1956년 동경대학 문학부 미술사 학과를 졸업하고 동경대학 신문연구소 본과 수료 후 시사 통신사, 캐논 주식회사 등을 거쳐 평론가로 활동하며 2003년 3월까지 동경가정대학 명예교수 "여성과 일의 미래관 초대 관장" 등을 지냈다.

히구치 회장은 일본의 빠르게 발전하는 고령화 사회가 일으키는 사회 적 문제가 여성에게 지나친 부담을 준다는 현실을 개혁, 시정하기 위하 여 여성 자신의 자각과 역할이 절대적으로 필요하다는 인식으로 1982년 "고령 사회를 좋게 하는 여성회"를 창설하여 일본의 고령화 사회가 여성 에게만 큰 부담을 안기지 않는 사회로 발전시키기 위한 정책을 제안하고 이끌어 가는데 절대적인 역할을 하고 있다. 현재(2004년)는 고령 사회 NGO 연대 협의회 대표로 활약하면서 정부 정책 심의회 심의위원, 지방 분권 추진위원회 위원, 총리부 남녀 공동 참여 심의위원, 내각부 남녀 공 동참여회의위원, 일과 육아 양립지원 전문 조사회 회장, 후생노동성 사 회보장 심의 위원회 위원 등 다양한 고위직 자문을 맡아 활약 중이다.

주요저서로『단 한 번의 여자의 인생』,『잘 늙을 줄 아는 사람, 잘 모르 는 사람』,『여자의 일생 칠전팔기』,『이렇게 늙어가고 싶다』등 수많은 저 서를 펴내고 있으며 일본의 막강한 우파 대표인 이시하라 신타로우 동경 지사와 맞서 동경도지사에 출마한 적도 있다.

◎ 격려사

고령화 및 미래사회위
원회 위원장 김용익

존경하는 신용자 한국씨니어연합 회장님,
그리고 이 자리에 함께하신 내외귀빈 여러분!

오늘 매우 뜻깊고 중요한 자리에서 여러 귀빈을 모시
고 축하의 말씀을 드리게 된 것을 영광으로 생각하며,
이런 기회를 마련해 주신 한국씨니어연합에 진심으로
감사드립니다.

우리나라는 빠른 속도로 진행되고 있는 저출산, 고령화 현상에 대처할
만한 적극적인 대책을 서둘러 마련하여야 할 때입니다.

우리 고령화 및 미래사회위원회가 중심이 되고 관련 중앙부처, 각계 전
문가 등이 참여하여 "고령 사회에 대비한 국가전략"을 마련하고 있습니다
만, 이러한 정책의 마련과 추진은 정부의 힘만으로는 불가능합니다.

이 문제에 대한 해법은 직접 당사자, 즉 자녀를 출산할 젊은 남녀와 고
령자 및 예비 고령자, 자신들이 적극적으로 참여하여 이를 실현시켜 나가
도록 힘을 모아야 한다고 생각합니다.

이러한 때에 우리보다 30년이나 먼저 고령화 사회를 경험하며 단계적으
로 다양한 정책을 마련, 시행함으로써 상당한 성과를 보고 있는 일본의 히
구치 게이코(樋口恵子) 선생을 모시고 말씀을 듣게 된 것은 무척 뜻깊은
일이라 생각됩니다.

2000년 4월부터 시작된 일본의 개호보험제도 그리고 최근의 육아지원
정책인 「소자화 대책 플러스 원」 정책 등에 선생께서는 고령 사회 정책에
절대적인 영향을 미치고 있는 것으로 들었습니다. 따라서 오늘 이 자리는
우리나라의 저출산, 고령화 대책을 서둘러 마련해야 할 책임을 맡고 있는
저에게도 매우 의미 있고 귀한 자리가 되리라 생각합니다.

그리고 2001년 창설 당시부터 「신노인문화운동」의 깃발을 내걸고 "가장
먼저 실천되어야 할 '노인복지'는 노인 일자리 마련"이라고 주장해 온 한

국씨니어연합이 이 자리를 마련하게 된 것은 매우 자연스러운 일이라 생각하며, 이런 자리를 정부가 앞장서서 도와드리지 못한 점 죄송스럽게 생각합니다.

또한, 오늘 발족된 「일사랑 할머니 지원단」은 오늘 이후 저출산, 고령화 사회의 충격을 완화시킬 수 있는 좋은 프로그램으로 할머니들을 지원하는 훌륭한 일을 해 주실 것을 기대하며, 진심으로 축하드립니다.

다시 한 번 히구치 게이코 선생과 이 자리를 같이 한 모든 분들께 감사드립니다.

◎ 인사 말씀

존경하는 히구치 게이코(樋口惠子)선생님, 그리고 공생복지재단 윤기 이사장님, 오늘 귀한 손님을 많이 모시고 "고령화 사회와 여성의 일"이라는 우리들의 당면과제의 말씀을 들을 수 있는 기회를 주신데 대하여 크게 감사드립니다.

그리고 바쁘신 중에도 시간을 내어주신 내빈 여러분들께 감사의 인사드립니다.

본 연합은 창립 당시부터 "가장 중요한 노인복지는 노인에게 일자리를 주는 일이며 특히 노년기의 여성에게 일자리를 주어야 한다"는 확고한 신념으로 이번에 「일사랑 할머니 지원단」을 만들어 일할 수 있는 할머니, 일하고 싶은 할머니들이 씩씩하게 일할 수 있도록 구체적인 지원을 하기로 하였습니다. 이 지원단은 각계의 전문인, 대표자 등의 지도자를 비롯하여 할머니들의 노후를 사랑하고 염려하는 깊은 관심과 애정을 갖고 있는 남녀노소로 구성됩니다. 20세기 과학기술이 우리에게 안겨준 최상의 선물인 장수시대를 비참한 노후가 되지 않도록 보람되고 아름다운 노년을 만들기 위한 것입니다.

일본은 1970년에 이미 고령화 사회가 시작되어 여러가지 문제가 일어나고 있었습니다. 이에 히구치 게이코 선생님께서는 1892년에 「고령화 사회를 좋게 만드는 여성회」를 창립하여 고령화 사회에서 여성의 역할과 기능을 강조하고 그 위상을 높이는 데 앞장서 지금도 계속하여 왕성한 활동을 하고 계십니다.

고령화 사회는 경제적 선진국에서만 겪고 있는 문제로 어쩌면 사치스런 걱정인지도 모릅니다. 아시아 지역에서는 일본, 한국, 대만, 싱가포르 등 몇몇 나라에서만 일어나는 현상입니다. 고령화 사회는 노력의 방향을 조금만 바꾸어 안정되고 행복한 노년생활을 누릴 수 있도록 대책 마련과 실천을 위하여 온 국민과 정부 그리고 기업이 함께 노력한다면 어렵지 않게 극복할 수 있는 문제가 아닐까요?

오늘 히구치 게이코 선생님의 강연은 이런 질문에 대한 직·간접적인 해답과 시사점을 저희들에게 크게 주실 것을 확신합니다.

다시 한 번 강연을 허락하여 주신 히구치 게이코 선생님을 비롯하여 이 자리에 함께하신 모든 분들께 크게 감사드립니다.

2004년 11월
상임대표 신용자
공동대표 원종남, 송순이

◎ 일사랑 할머니 지원단 취지문

김 태 현

– 낭독 장혜경(한국여성개발원 연구위원)
– 김태현(한국노년학회 회장, 성신여대 교수 「일사랑
할머니 지원단」 설립추진위원장)

급속하게 진행되고 있는 우리나라의 저출산, 고령화 현상은 우리 국민 모두가 껴안고 의연하게 대처해나가야 할 시대적인 과제입니다. 이러한 고령화 시대를 지혜롭게 대처해나가기 위해서는 다방면의 노력이 필요하지만, 무엇보다도 노인 개개인의 건강하고 활기찬 삶이 중요합니다. 노인들의 건강하고 즐겁고 보람된 삶은 남녀노인들의 생애 경험과 개인적 특성을 존중하여 보다 잘 이루어질 수 있을 것입니다.

「일사랑 할머니 지원단」은 우선적으로 일하고 싶은 할머니들을 대상으로 일할 수 있는 분야의 발굴과 일을 잘할 수 있는 인력으로서 양성될 수 있도록 지원하기 위한, 각계각층의 지도자 모임입니다. 「일사랑 할머니 지원단」의 목적은 일을 통하여 행복한 노후를 만들어 가고자 하는 50대에서부터 70대의 여성들이 할 수 있는 일감을 개발하고 이들 여성들이 적극적으로 참여할 수 있게 함으로써 소득을 얻고 또한 당당한 고등 시민으로서 지역사회 복지증진에 이바지할 수 있도록 하는 데 있습니다.

따라서 「일사랑 할머니 지원단」은 "할머니와 아이들 프로그램을 비롯하여", "외로운 노인 및 도움을 필요로 하는 일반노인을 위한 프로그램", "장기입원환자 등을 위한 좋은 친구들 프로그램" 등으로 다양하게 전개될 것입니다. 「일사랑 할머니 지원단」의 모든 프로그램은 학습과 실천을 통해 노년기를 살아가는 아름답고 멋진 노인이 될 수 있도록 준비하는 프로그램으로 마련되어 시행될 것입니다.

여성노인들의 활기찬 삶의 모습은 실질적인 새로운 노인문화를 정착시키는데 크게 기여할 것이며 이를 위해 「일사랑 할머니 지원단」은 열심히 정진하겠습니다. 보다 깊은 관심으로 동참해 주시고 적극적으로 성원하여 주실 것을 부탁드립니다.

2004년 11월

(사)한국씨니어연합 일사랑 할머니지원단 추진위원 일동

※ 추진 위원장

신용자(본 연합 대표), 김태현(본 연합 이사, 성신여대 교수, 한국노년학회 회장), 원종남, 송순이(본 연합 공동대표), 서명선(한국여성개발원 원장), 서은경(존타회장), 손인춘(㈜인성내츄럴 대표), 신중필(한국통신진흥 상무), 신재명(상명대학원 교수), 심상기(서울문화사 회장), 안경렬(서울대교구부주교몬시뇰), 윤보현(국제절제협회한국총본구 수석 부회장), 이민경(서초 여성인력개발센터 관장), 이인자(강북여성인력개발센터 관장), 이재숙(서초의원 원장), 이창미(서울시 보육정보센터 소장), 이한순(조흥은행 여성 동우회 회장), 이헌재(한국 여성경영자 총협회 회장), 장계화(용산 여성인력개발센터 관장), 장혜경(한국 여성개발연구위원), 정명숙(㈜한국씨니어연합 이사), 정현주(강북여성발전센터 소장), 조양규(J&G 글로벌 대표), 조순태(국제여성총연맹 한국 본회 회장), 지성희(㈜한국노인인력지원기관 협회 회장), 최봉환(서경대학교 교수), 한경자(㈜한국유치원총연합회 회장), 한춘희(농협중앙회 여성지원팀장), 홍양희(각 당 복지재단 상임부회장), 황영자(㈜한국보육시설연합회 회장)

● 일사랑 할머니 지원단

(사)한국씨니어연합은 일하고 싶어 하는 할머니들, 일해야 하는 할머니들을 지원하기 위하여 「일사랑 할머니 지원단」을 만들었다.

○ 일사랑 할머니 지원단이란

(사)한국씨니어연합의 주요 사업으로 일하고 싶은 할머니가 일할 수 있도록 지원하기 위한 각계각층의 지도자 모임이다.

○ 주요 목적

– 할머니들에게 적합한 일을 모색하여 맞춤식 할머니 인력을 양성한다.

– 할머니(50~70세)들이 잘할 수 있는 일을 현장적응 실무교육 및 현장실습을 통해 시행한다.

○ 주요 프로그램

– 할머니와 아이들 프로그램

– 외로운 노인 및 도움을 필요로 하는 일반 노인을 위한 프로그램

– 장기입원환자 등을 위한 좋은 친구 되기 프로그램

– 노인을 위한 동년배 상담사 양성 활용

– 신노인문화운동 촉진

– 전통문화 기능전수자 양성 활용을 위한 교육연수 프로그램 등

○ 전망

앞으로 보다 더 다양한 프로그램 개발을 통해 각 프로그램의 학습과 실천프로그램을 확산시킴으로써 노년기를 살아가는 아름답고 멋진 노인이 될 수 있도록 준비하는 데 큰 도움이 될 것이다.

다음은 2004년 11월 25일 롯데호텔 사파이어룸에서 가졌던 히구치 게이코 회장의 강연내용을 본 연합 회장이 번역하여 실은 글이다.

● 고령화 사회와 여성의 일
-일사랑 할머니 지원단 발단식에 즈음하여

히구치 게이코(일본 고령 사회를 좋게 하는 여성회 회장)

"일사랑 할머니 지원단"의 발단식에 참석하게 된 것을 큰 영광으로 생각하며 지원단 출범에 대하여 맘속 깊이 축하드리는 바입니다. 21세기는 고령 여성이 기운차게 살아가지 않으면 안 되는 시대입니다. 의욕 있는 고령 여성들이 일하지 않으면 그리고 이들에게 일자리 마련을 위한 시스템을 만들지 않으면 우리들 할머니가 행복하게 살아갈 수 없을 뿐 아니라 사회 전체가 활기를 잃고 위축되어 버립니다. (중략)

21세기는 세계적인 고령화 시대입니다.

그중에서도 아시아의 고령화가 두드러지고 있는데 먼저 일본이 그 선두를 달렸습니다. 그리고 21세기를 맞이한 지금 다른 아시아 제국, 특히 한국과 중국이 일본을 웃도는 속도로 고령화의 길을 돌진하고 있습니다. 고령화 사회가 되면 어느 나라에서나 여성의 수명이 더 길며 경제적으로 가난한 입장에 놓이고 있습니다. 이런 여성이 오랜 노후를 살아가야 하는데 이를 해결하기 위해서는 젊은 시절부터 남녀평등의 교육, 여성이 직업적 경력을 쌓아 자립할 수 있는 직업적 능력을 몸에 지닐 수 있는 교육, 직장에서의 남녀평등, 일과 육아를 양립시킬 수 있는 정책 등 주로 노동의 분야에서 여성의 지위 향상이 장기적인 전제라는 것은 말할 필요도 없습니다. 그러나 지금 서둘러서 하여야 할 일은 당장 일하기를 원하며 일을 필요로 하는 고령 여성에게 일자리를 개발하여 제공하는 일입

니다. 우리들 고령 여성들은 일을 사랑합니다. (중략)

일(직업) – 그것은 경제적 자립의 최대 수단이며 자기계발, 자기실현의 장이며 인간에게 가장 유효한 사회 참여와 사회 공헌의 장입니다. 인간은 남녀를 불문하고 연령에 상관없이 일을 할 권리와 책임이 있습니다.

여성이 미리 자립할 수 있는 조건을 획득하면서 할머니가 된다고 한다면 그들은 고령이 되어도 어떤 일을 하고 있을 것입니다.

우리들 일하는 할머니들은 사회의 유효한 자산입니다. 뛰어난 재능으로 일하는 할머니가 세계에 많아지면 세계는 '빈곤의 여성화'에서 구제됩니다. 한일여성은 그 꿈을 같이 하면서 걸어갑시다. 그 꿈이야말로 차세대 외국의 여성들과의 가교역할을 할 것입니다. (후략)

번역 : 신용자 상임대표

강연이 끝난 후 참석자들의 기념촬영

다음글은 히구치 회장이 2005년 2월 호 잡지에 실은 글을 본 연합 회장에게 편지로 알린 글이다.

내용은 "신용자 님, 지난번 강연 내용이 정리된 보고서를 보내주셔서 감사합니다. 여기 보내는 잡지는 독자 전원이 회원제로 그 회원은 주로 기업경영자나 지방의회의원 또는 지방자치체 장들입니다. 이 잡지에 제가 지난번 강연회의 내

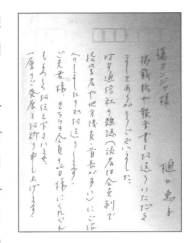

용과 강연회 전에 찾아왔던 일을 실었습니다. 그래서 그 잡지를 보내드립니다. 신 회장님의 남편과 그 친구들에게도 전해주세요. 더욱더 발전하시기를 기원합니다.

히구치 게이코(樋口惠子)2005. 03"

다음글은 2004년 11월 25일 본 연합이 주최한 초청강연회를 마치고 귀국한 히구치 회장이 일본의 시사평론(이 잡지는 전국의 정치의원, 자치단체장, NGO 대표 등이 회원이 되어 구독하는 시사 잡지임) 2005년 2월호에 "이달에 만난 사람"으로 지명되어 집필한 글로 "우리는 일·한의 공동응원단장"이라는 제목으로 본 연합 신용자 회장을 소개한 글을 번역한 것이다.

시사평론(時事評論) 2005.2
이달에 만난 사람

*히구치 게이코(樋口惠子) 동경가정대학 명예교수
/ 고령 사회를 좋게 만드는 여성회 회장
*신용자(한국씨니어연합 상임대표)

"우리들은 일·한 공동응원단장"

섣달이 임박한 무렵, 한국의 서울에서는 「일을 사랑하는 할머니 지원단」의 발족식이 거행되었다. 그 주창자가 한국씨니어연합의 상임대표인 신용자씨다. 신씨는 오랫동안 국가공무원으로 일하면서 남녀평등의 추진역, 한국여성개발원의 간부직 등을 맡아 일해왔다.

정년 후 신씨가 대표를 맡고 있는 사단법인이 중심이 되어 고령 여성에게 보육이나 개호의 연수를 시켜 일자리를 제공하고자 하는 시도가 이번의 「일사랑 할머니 지원단」이다.

할머니란 여성노인 즉 「오바아상」이다. 대상연령은 50~70세라고 한다.

그날 한국의 유명한 롯데호텔에는 여성지도자들 약 200명이 모여 회비 10만원의 자선만찬회를 열었다. 나는 그때 마침 한국에서 개호보험관계의 국제회의에 참석할 예정이었기 때문에

자원봉사로 기념강연을 할 수 있었다.

이 자리에서 찬조출연으로 노래를 불러준 「겨울연가」의 가수 유열씨와 함께 사진을 찍은 것은 큰 소득이었다.

고령 여성의 취직은 남성의 그늘에 가려서 눈에 잘 띠지 않지만 한·일 모두 절실한 문제이다. 특히 한국에서는 아직 연금제도가 잘 정착되어있지 않았기 때문에 고령자의 생계는 대부분 자식들의 송금에 의존하고 있다. 일본에서는 연금제도가 성숙되어 있지만 수급액은 남녀간에 큰 격차가 있다.

국제비교조사에 의하면 한·일의 고령여성은 다른 선진국에 비해 취업의욕이 많이 높다. 일본 국내의 조사에 의하면 고령 남성의 취로희망이유의 제 1손위는 「건강을 위하여」인데 여성의 경우에는 「생활비를 벌기 위해서」이다.

작년여름 신씨는 「지원단」 설립을

위한 자료수집과 나와의 면담 등 여러 가지 일로 일본을 방문하였다. 60대인 신씨의 일본어는 썩 잘하는 편은 아니어서 70대에 들어선 남편이 통역하여 주는 것이 보기 좋았다.

정년후 처의 활동을 연장자인 남편이 열심히 돕고 있는 것이다.

일본의 지독한 더위 속을 약간 뚱뚱하고 둥근 얼굴의 신씨는 오사카에서 동경으로 문자 그대로 동분서주하고 있었다.

남편이 열심히 옆에서 도와주고 있다고 신씨는 자랑한다. "학습과 실천프로그램을 확대시켜 짐 덩어리가 되는 노인이 아닌 당당한 시민으로 살아가는 멋있는 노인이 되려는 것입니다. 그러려면 일이 필요합니다."라고 말한다.

"필요는 발명의 어머니라는 말이 있으니까"라고 나는 응답하였다.

강연회를 계기로 신씨와 나는 한·일 「일사랑 할머니들」의 공동지원단장의 책임을 맡은 셈이다.

〈신용자 역〉

6

2002년도 주요사업

1. 2002년도 주요사업

본 연합의 집요하고 강력한 추진력으로 2002년도 여성부와의 공동협력사업을 통해 "고령 여성(50~70세)인력의 활용 방안과 시범사업"이 선정되었다. 단체 설립 후 처음으로 획득한 정부의 지원사업이었기에 선정된 기쁨은 말할 수 없이 컸다.

단체 운영의 역사가 짧아 경험도 전혀 없고 전문 인력도 없는 가운데 간사와 회장의 피나는 노력으로 제안서를 마련했다.

사회적으로 직업을 가져본 경험이 없는 할머니들에게 직업 교육을 시킨다는 것은 결코 쉬운 일이 아니었다. 때문에 본 연합은 「첫째」 우리가 살아가야 할 고령화 사회는 어떤 사회인가에 대한 이해를 높이기 위하여 "세계에서 가장 빠른 속도로 달려가는 한국의 고령화"라는 항목에서 "고령화 사회의 의미와 다른 나라의 고령화 사회의 모습", "여성이 특별히 관심을 더 갖고 노인 준비를 하여야 할 이유" 등을 통계적으로 비교하여 설명함으로써 이해를 높였다.

「둘째」 "왜 노인 문제는 여성문제인가?"라는 항목에서 우리나라의 역사적, 사회적 배경을 자세히 설명하고 그 가운데서 여성의 위치는 서둘러 스스로 노년생활을 준비해야 한다는 점을 강조했다. 그리고 「셋째」는 한국씨니어엽합의 「신노인문화운동」이란 어떤 운동인가를 자세히 인식시켜 여성노인의 노년생활 준비가 절대적인 중요한 과제임을 강조하며 교육과정을 기획하고 시행하였다.

2001년은 우리나라의 국민들이 고령화 사회가 장차 어떤 문제를 몰고 올 것인가에 대한 정보도 없고 인식도 안 되어 있어서 어려운 일이 한두 가지가 아니었다.

정부도 사회도 여성들이 특별히 노년생활을 서둘러 준비하여야 한다는 인식이 없으니까 이와 관련된 전문가도 없었고 관련된 선행 연구 자료도 전무하였다.

본 연합이 직접 생각하고, 찾아보고 준비하여 교육 과정을 마련했다. 다행히 교육에 참가한 할머니(사실은 할머니라 할 수 없을 정도로 젊고 씩씩했다)들은 대단한 관심과 열정으로 수업에 임하여 교육과정 진행이 활기차고 재미있었다. 이것도 처음 겪는 현상이었다. 이런 어려운 과정을 겪으면서 제1회 "할머니 인력 활용방안과 시범사업"의 프로그램은 주변의 큰 관심과 칭찬을 받아 가면서 현장 실습까지 훌륭하게 수행하였다.

● 한국씨니어연합 2002년도 사업계획

(1) 고령 여성(50세 이상의 전문직 퇴직여성)인력의 활용방안 및 시범사업

• 2002년도 여성부 공동협력사업으로 한국씨니어연합이 신청한 과제 「고령 여성(50세 이상의 전문직 퇴직 여성) 인력의 활용방안과 시범

사업」이 채택되어 그 과제를 4월부터 착수하였다.

- 이들 퇴직 여성 중 희망자를 선발하여 일정한 교육훈련과 현장실습을 이수시킨 후 일부는 영유아 교육 도우미 인력으로, 일부는 도움을 필요로 하는 고령자 도우미 인력으로 취업할 수 있는 방법을 개발할 것이다.

- 이 프로그램은 4~6월까지 기본계획 및 구체적인 수행방법과 교육내용을 결정하고 8월~9월까지 교육 훈련, 10월까지 현장실습, 11월에는 종합보고서 작성, 제출의 순서로 진행시킨다.

(2) 씨니어 책사랑 운동의 추진

한국씨니어연합 회원이 중심이 되어 「씨니어 책사랑 운동」을 주요 프로그램으로 추진할 계획이다. 급변하는 사회변화 속에서 독서의 생활화를 통해 젊은 세대들의 존경받는 멋진 씨니어가 될 뿐만 아니라 성숙한 고등 시민으로서의 의식 함양에도 필요한 일이며, 신노인문화운동에 적합한 운동으로 사료되어 적극 추진할 계획이다.

(3) 씨니어의 일자리 만들기

- 일할 수 있는 기능을 가진 건강한 퇴직자(50~70세)들이 자신이 쌓아온 기량과 경륜을 활용할 수 있도록 취업활동이나 봉사활동의 기회를 마련하기 위한 프로그램이다.

- 이들 퇴직자들에게 적절하게 일할 수 있는 조건과 이들 씨니어 인력을 활용할 수 있는 기업들(작은 기업들)로 양분하여 양쪽의 기본 욕

구조사를 실시, 방향과 방법을 정할 예정이다.
- 기본조사는 씨니어 인력을 활용, 실시하여 잠정적이나마 씨니어들에게 일거리를 제공하고자 한다.

(4) 동아리 활동의 지원, 활성화

회원들의 개인적인 취향과 관심에 따라 동아리별로 아래와 같은 활동을 할 수 있도록 적극 지원하고자 한다. 동아리 종류는 다음과 같다.
- 건강의 유지 및 질병 예방을 위한 건강 관련 동아리
- 보람을 느끼며 건강하고 즐겁게 살아가게 하기 위한 각종 문화, 문예창작 취미활동 및 여가활동 관련 동아리
- 사회복지 및 지역복지 증진을 위한 봉사활동 관련 동아리
- 씨니어에게 알맞은 역사, 문화유적 탐방, 테마 여행 등 관련 동아리
- 법률, 재산관리, 소비생활 등 씨니어들에게 발생하는 각종 문제에 관한 상담활동 관련 동아리
- 씨니어들에게 정보화 사회 적응을 돕기 위한 IT 관련 동아리

● 2002년도 사업보고

(1) 미국은퇴자협회 회장 초청강연

2002년 1월 16일에는 AARP 회장 에스터 T. 칸자 여사의 초청강연회를 가져 「신노인문화운동」의 방향정립과 국제적 정보를 교류하는 계기가 되었다.

(2) 정기총회 및 창립 1주년 기념행사

2002년 5월 29일 정기총회 및 창립기념행사에서 송순이 (주)동운뉴테크 대표이사를 공동대표로 선임하고 200여 명의 회원 및 초청인사가 참석한 가운데 창립 1주년을 기념, 2부에서는 김성순 국회의원의 「우리나라 신노인정책은 이렇게」라는 주제 강연과 겨레 하나 합창단, 예림무용단의 축하공연이 있었다.

(3) 2002년도 여성부 공동협력사업 완수

「고령 여성인력의 활용방안 및 시범사업」을 주제로 수행한 여성부 공동협력사업은 4월 19일에 착수하여 5~6차례의 전문가 워크숍을 거쳐 총 40시간의 교육을 마친 교육생을 배출하여 현재 10여 명이 현장에서 활동 중이다.

(4) 소식지 제5호 발간

본 연합의 소식과 정보를 알리는 뉴스레터가 2002년도의 3호, 4호에 이어 제5호가 발간된다. 계속하여 협조해주신 (주)교보문고와 (주)세라젬 의료기에 감사드린다.

(5) 국제적 교류

노인복지사업의 세계적 동향을 파악하기 위하여 유럽 6개국 노인 관련 시설 시찰단에 본 연합의 신용자 상임대표가 2002년 11월 6일~17일까지 참가하였다.

(6) 홈페이지 제작 · 운영

사이버공간에서 씨니어 커뮤니티 구축과 「신노인문화운동」의 확산을 위하여 심우정 드림스카이 대표의 협조로 우리의 홈페이지가 시범운영 되고 있다. 사이버공간에서도 씨니어들의 활약을 기대한다.

www.seniorleague.co.kr

◎ 2002년 공동협력사업 계획서

1. 신청사업명
○ 일반과제 : 고령 여성인력 활용방안과 시범사업

2. 사업목적
1) 50세 이상의 건강하고 일하기를 원하는 전문성 기능을 보유한 고령 여성 (50~70세)의 DB 구축과 고령 여성인력 활용방안의 기본 틀 마련
2) 50세 이상의 여성인력을 아동보육 도우미, 노인수발 도우미 등의 전문적인 도우미로 양성하고 활용하여 50세 이상의 고령 여성인력의 고용창출과 아울러 30~40대 취업모의 고용을 안정시키는데 기여하고자 함

3. 사업추진 기간
○ 2002년 4월 ~ 2002년 12월

4. 사업추진방법
1) 제1단계(4월)
- 21세기 장수시대의 노인복지와 고령 여성인력의 활용(총론)에 대한 기본 틀 만들기
- 각 팀의 과제수행자가 모두 참여한 합동 워크숍을 통하여 책임 수행할 과제와 업무 및 역할 분담 후 팀별 과제에 대한 대체토론
2) 제2단계(5~6월)
- 분과 팀별로 워크숍(3회)을 통하여 만들어진 책임과제의 기본 틀에 대한 연구발표 및 팀별 보고서 작성

3) 제3단계(8월~12월)
-시범사업 시행
* 8월 - 시범사업 참여자 모집 및 사업홍보
* 9~10월 - 시범사업 교육실습(준비교육 40시간, 현장실습 6일간 연수)
　　　　 시범사업은 과제 연구에 의해 선정된 「방과 후 아동지도」,
　　　　 「초고령 노인수발 도우미」 과제 등 2개 과제를 선정하여 우선
　　　　 적으로 시범 시행한다.

- 교육생 모집 공고 -
한 국 씨 니 어 연 합
아동·노인 도우미
실무교육생 모집
「2002년도 여성부 한국씨니어연합 공동협력사업」
교육목적 : 여성의 노년생활 준비를 위한 직업개발
교육기간 : 2002년 9월 25일~10월 18일 (매주 월, 수, 금 오전 2~5시)
모집대상 : 50세~70세 여성
모집일시 : 2002년 9월 1일(월)~9월 19일(금)까지
모집인원 : 인원 - 50명(선착순, 수강료 20,000원, 교재비 포함)
　　　　　*현장 도우미 파견 시 소정의 실습비 지급(현장실습 6일)
교육장소 : 여성플라자 2층 세미나실(지하철 1호선 대방역 3번 출구, 도보 2분)
교육내용 : · 21세기 장수시대와 노년생활
　　　　　 · 노인 도우미 과정 및 기능
　　　　　 · 노년기의 가족관계 및 상담
　　　　　 · 아동보육 도우미 과정 및 기능
　　　　　 · 건강과 질병 관리
　　　　　 · 기타-체조, 레크리에이션, 현장, 문화답사 등 다양한 수업 진행
*접수방법 : 전화 및 팩스, E-mail
　접수처 : 한국씨니어연합 사무실
　주　소 : 서울시 서초구 서초3동 1601-2 그린빌오피스텔 1104호
　전　화 : 02-586-1473~4　팩　스 : 02-586-1474
　E-mail : seniorsclub@hanmir.com

● 2002년도 사업추진 토론회 현장(2002년 4월 10일 여성개발원에서)

선행 연구자료가 전무한 최초의 사업이었기 때문에 가능한 한 관계 전문가들과의 토의를 통하여 사업의 기본 틀을 만들었다.

보건복지부의 노인정책 실장 김동일 이화여대(사회학) 교수, 상명대학 사회복지학과 교수 등이 참여했다.

아동 · 노인도우미 실무교육 수료식
공동협력사업과제 : 고령 여성(50~70세)인력의 활용방안과 시범사업(수행기간 : 2002년 4월~2002년 12월)

● 2002년도 여성부와 공동협력사업 실습장 스케치

■ 도우미 실무교육(2002. 9. 25~10. 28)

①② 도우미 실무교육을 받고 있는
교육생들
③④ 프레스플라워 강좌

■ 현장실습(2002. 10)

①② 복지관 및 시설견학
③ 현장실습(양로원 파견)
④ 실습 후 간담회

■ 수료식(2002. 10. 28)

① 수료증 수여식
② 신용자 상임대표의 인사말

아동도우미 현장실습과 어린이집 원생의 그림일기

어린이들이 좋
아했다. 고사리
손으로 할머니
선생님께 편지
를 써서 드렸
다.

● 기대효과

• 평균수명이 남성보다 7~8년 더 길뿐 아니라 50세 이상의 고령 인구 중 여성 인구가 100만 명 이상(2000년 현재) 더 많은 우리 현실에 대처하여 고령 여성 각자가 자발적, 구체적으로 노년생활을 준비하게 하는 전기점을 만든다.

• 50세 이상의 고령 여성에게 '나는 할 수 있다' 는 자신감을 가지게 하고 「제2의 인생」을 준비 하게 하는 구체적인 방안을 제시한다.

• 고령 여성인력을 활용할 수 있는 기회를 제공함으로써 젊은 취업모 (30~40대)에게는 고용안정을 기하고 50세 이상의 고령 여성에게는 고용을 창출 확대하여 제공할 수 있을 것으로 기대된다.

이 사업은 본 연합이 계획하여 추진해 온 50세 이상 70세 미만의 일할 수 있는 여성의 취업을 촉진시켜 여성들이 스스로 자신의 노년생활을 준비하는 데 도움을 주고자 하는 사업으로 여성부의 2002년 공동협력사업으로 선정되어 여성부의 예산지원을 받아 차질 없이 수행하고 최종보고서 제출을 서두르고 있다. 사업의 시행과정에서의 중점은 50세 이상의 일하고자 하는 여성들을 취업시킬 수 있는 프로그램의 기본 틀을 마련하고 그 기본 틀에 의한 교육-현장실습-취업으로 연계시키고자 하는 것이다.

이 프로그램에는 이화여대 김동일 교수(노인 사회학)와 한국여성개발원의 박영란 박사(노인복지)가 처음부터 끝까지 참여하여 차질 없이 진행하는 데 큰 도움을 주었다. 4월 19일에 착수하여 관련 학자, 관계 전문가들과 5~6차례 전문가 워크숍을 거쳐 마련된 교육과정표에 따라서 8월에는 교육생을 모집하고 9월~10월 28일까지 총 40시간의 교육을 마친 29명 중 10여 명이 현장에서 활동 중이다. 이 프로그램이 성공하면 50세 이상의 여성에게는 고용 창출을, 30~40세의 젊은 엄마에게는 고용 안정이라는 두 마리 토끼를 잡는 효과를 기대한다.

● 2002년도 여성부 공동협력사업 완수

- 사업과제 : 고령 여성인력(50세~70세)의 활용방안 및 시범사업
- 시행기간 : 2002년 4월 19일~12월 15일

2002년 4월 19일 전문가와 관련 연구자 참석, 합동오리엔테이션 및 워크숍을 시작으로 수차례에 걸친 팀장 회의, 전문가 회의를 거쳐 실무자 교육프로그램을 확정했다.

현장 실습하는 교육생들

◎ 교재를 발간하면서…(2002년 교재 발간사)

요즘 사회문제로 크게 대두 되고 있는 우리나라의 노인 문제 중에서 특히 여성 노인의 문제를 생각하고 염려하는 한국씨니어연합은 이번에 여성부의 지원으로 「2002년도 여성부 공동협력사업」, 「고령 여성(50~70세)인력의 활용방안과 시범사업」의 프로그램을 시행하게 되어 당면문제 인식에 대한 확산과 자신감을 키우는 기회가 되었다.

주로 50대 중반에서 60대 여성들이 참여하게 된 이번 프로그램의 실무교육 과정에서 보여준 교육 참가자들 즉, 교육생과 강사 및 본 연합 스태프들의 성의와 열의는 감동할 만한 것이었으며 그래서 이 프로그램은 일회용으로 그치거나 시험용으로 제한하여서는 안 되겠다는 책임감과 자부심을 갖게 되었다.

강의를 담당하여 주신 강사분들의 진지한 강의 태도와 성의 있는 강의안 등은 수강생 이외에 좀 더 많은 사람에게 공유할 수 있어야 한다는 생각을 굳혀주어 이 강의안들을 빠짐없이 모으고 거기에다 참고자료(제3부)를 보태어 한 권의 교육용 교재로 발행하여 교재로 널리 활용할 수 있도록 한 것이다. 처음 이 프로그램을 기획할 단계부터 교재개발 계획을 염두에 두고 있었지만, 강의안 자체로 교재의 내용을 구성한다는 것은 미지수였고, 빠듯한 예산과 인력의 부족으로 교육과정 수행과 교재 발간이 크게 어려웠던 것이 사실이지만 그래도 교재를 탄생시키게 된 것은 수강자와 모든 강사 그리고 본 연합의 스태프들 덕택이며 이런 용기를 갖게 한 직접적인 동기는 여성부에서 본 연합에 이런 프로그램을 지원하여 준 것에 있다.

이 프로그램이 끝날 때까지 아낌없는 후원을 해주신 여성부의 대회 협력국 서명선 국장님, 가까이에서 애정 어린 협력을 아끼지 않은 원종남, 송순이 두 분 공동대표님과 모든 이사님 그리고 밤늦게까지 수고해 준 성미경, 송윤경 간사와 교재 편집에 큰 힘을 보태준 김영식 사회복지사님께 감사드린다.

2002년 12월
한국씨니어연합 상임대표 신 용자

　　2002년 10월 최초로 추진한 "정부와의 공동협력사업", "고령 여성
(50~70세)활용방안과 시범사업 프로그램"은 본 연합과 교육에 참가한
회원들에게 새롭고 신선한 희망을 주는 계기가 되었다. 교육프로그램의
실무교육(현장실습 교육)을 마친 회원과 본 연합직원들이 즐거운 한마음
으로 '면목 사회복지관'에서 실습 교육을 마치고 그 인근의 인공폭포로
이동하여 담소를 나누며 즐거운 시간을 보냈다.

2. 창립 1주년 기념행사

창립 1주년 기념행사가 2002년 5월 29일 국회의원회관 소회의실에서 개최되었다. 장소 관계로 3월 30일의 기념식을 5월 29일에야 가질 수 있었다.

신용자 회장의 개회인사와 원종남 공동대표의 진행으로 총회에서 송순이 이사를 공동대표로 선임하였다. 이어서 김성순(민주당) 의원의 "우리나라 신노인 정책은 이렇게"라는 특강과 각 당 복지재단 김옥자 이사장의 축사, 겨레 하나 합창단(주부합창단), 예림무용단의 찬조출연과 다과회로 끝을 맺었다.

◎ 창립 1주년 인사말

존경하는 김성순 의원님, 김옥라 각 당복지 이사장님, 김현자 고문님을 비롯한 내빈 여러분과 한국씨니어연합 회원 여러분, 오늘 한국씨니어연합 창립 1주년을 기념하는 이 자리에 함께하여 주신데 대하여 크게 감사드립니다.

"씨니어는 사회적 자산이며 젊은이의 귀감"이며 "우리의 제2의 인생 준비하면 걱정 없다"는 구호와 함께 신노인문화운동을 추진하겠다는 결의로 한국씨니어연합을 설립한 지 벌써 일 년이 넘었습니다.

일 년이 결코 긴 세월은 아니지만, 그동안에 저희 실무진을 비롯한 회원 모두가 이런저런 어려운 일들을 겪어나가면서 그래도 좌절하지 않고 차근차근 앞으로 가고 있음은 우리 단체에 대한 큰 관심과 애정을 기울여 주시는 여기 계신 모든 분들 덕분이라 생각하며 다시 한 번 감사드립니다. 정년 퇴직을 하고 나서도 "우리는 노인이 아니다! 값비싼 지식과 경륜을 지닌 사회의 원로이며 선배인 고등 시민"이라는 이념과 자부심으로 이루어진 단체가 우리 「한국씨니어연합」입니다.

우리가 앞으로 살게 될 고령화 사회는 어차피 자신의 노후생활을 스스로 책임지며 살아가야 할 사회라 생각할 때 우리들의 이러한 자부심과 결의는 자신들이나 사회를 위하여 크게 도움이 되는 자세라고 믿습니다. 그런 시각으로 이미 노년기를 맞게 된 우리들은 불확실하고 불안한 미래를 걱정하기 이전에 준비하여 계획적으로 살아갈 수 있는 미래, 즉 우리들의 안정되고 아름다운 「제2의 인생」을 준비하는데 각 개인과 나라가 힘을 모아서 서둘러야 할 때라고 생각합니다.

마침 오늘 국회 내에서 미래지향적인 신노인정책을 입안하는 데 심혈을 기울이고 계신 김성순 의원님께서 추진하고 계시는 "정책적 의지"를 말씀해 주시기로 되어 있어서 이 자리는 더욱 값지고 의미 있는 자리가 될 것이라 믿습니다.

생각해보면 "우리는 결코 노인이 아니다"라고 아무리 큰소리친다 해도 우리들은 이미 젊은이가 아닙니다. 젊은 시절은 훌쩍 지나갔고 노년기를 향하여 달음질하는 이 시점에서 우리 씨니어들은 숙연한 마음가짐과 자세로 현실을 직시하고 인정하면서 과연 우리가 이제부터 무슨 일을 하여야 할 것인가, 꼭 하고 싶은 일과 할 수 있는 일은 어떤 일인가? 등을 신중하고 조심성 있게 판단하고 가려내어 쓸데없는 시간 낭비를 줄여야 할 것입니다.

우리 씨니어들은 이제 과욕을 부릴 때가 아닙니다. 지나간 좋았던 시절에 집착하지 말고 아울러 불확실한 미래를 두려워하고 겁내지도 말고 우리들의 능력에 맞는 방법을 찾아서 미래 생활을 설계하고 준비하는 자세와 지혜를 사회와 후배들에게 보여줌으로써 우리들은 존경받는 젊은이의 귀감이 될 수 있어야 합니다.

한편 신노인정책 입안을 위하여 고심하시는 분들께 당부와 함께 요청 드리는 말씀은 노인이기를 거부하고 사회적 자산인 고등 시민으로 살려고 노력하는 씨니어들에게 알맞은 적극적인 노인정책, 즉 씨니어가 존중되고 활용되는 정책 그래서 씨니어들이 행복할 수 있는 정책을 마련하는데 좀 더 적극적인 노력을 해달라는 것입니다.

이런 관점에서 한국씨니어연합은 다 같이 다음 사항을 다짐하고 약속하십시다.

첫째
우리 회원들은 자주 만나야 합니다.
자주 만나 얼굴을 맞대고 우리의 공통주제에 대하여 논의하고 합의하는 자리를 마련합시다.

둘째
우리들은 힘을 모아 씨니어들이 할 수 있는 일, 하여야 할 일들을 만들고 찾아내어 실천하는 데 앞장섭시다.

셋째
한국씨니어연합은 씨니어들이 품고 있는 문제점들에 대하여 애정과 관심을 갖고 상담을 통하여 해결하는 방법을 찾는 데 노력합시다.

넷째
씨니어 책사랑 운동을 통하여 더욱 멋있고 존경받는 고등 시민이 됩시다.

2002년 5월 29일
한국씨니어연합 상임대표 신용자
공동대표 원종남

한국씨니어연합 창립 1주년 기념행사 안내

일시 : 2002. 5. 29 오후 2시

장소 : 국회의원회관 소강당

주최 : 한국씨니어연합

```
┌ 1부 : 정기총회
│ 2부 : 기념특강(우리나라의 신노인정책은 이렇게…)
│      〈김성순 의원〉
│ 축하공연
└ 다과회
```

후원 : 문화관광부, 한국노년학회, 우먼타임스(주)
협찬 : 교보문고(주), 세라젬의료기(주), 동운뉴테크(주), 한국종합판매(주), 한국인삼진흥주식회사

예림무용단의 축하공연
1주년 기념식에 찬조출연한 예림무용단

김성순 국회의원의 「우리나라 신노
인정책은 이렇게」라는 특별강연

겨레하나 합창단의 찬조출연 모습

2003년도 주요사업

1. 2003년도 주요사업

2003년은 본 연합이 새로 태어난 해이다.

2001년에 창립하여 2년 동안 사회적으로 정책적으로 공인받는 단체, 즉 사단법인이 되기 위한 노력을 힘껏 기울여 왔다.

전문 인력의 부족으로 정부가 바라는 수준의 행정력, 연구력 등 집행 능력도 부족하였지만, 그보다 더 급하고 중요한 것은 재정난이었다.

2002년 1월 15일 AARP 에스터 T. 칸자 회장 초청강연회를 성공적으로 치러내어 정책 당국자를 비롯한 노인 관련 학자들의 놀라운 칭찬과 기대감이 갑자기 커지고 있는 가운데 특히, 송순이 공동대표의 재정적인 지원은 본 연합이 공인받는 사단법인으로 태어나는데 절대적인 역할을 해 주었다.

2002년 11월 24일 사무실을 동작구 대방동 서울여성플라자로 옮기고 나서 비록 1년간이지만 안정감을 가지고 세상에 버젓이 내놓을 수 있는 다양한 프로그램을 과감하게 수행하면서 2003년 3월 15일에 서울시로부터 '사단법인 한국씨니어연합'이라는 공식 명칭을 인정받게 되었다.

3월 20일에는 2002년도 정부(여성부) 공동협력사업에 이어 제2회 공동협력사업으로 고령 여성(50~70세) 인력의 개발·활용 및 현장파견 사업이 활발하게 추진되어 오늘의 할머니들이 일자리의 개념을 확실하게 인식하는 기초 작업을 적극 추진하였다.

4월 30일에는 여성부에 이어 서울시 여성발전기금사업으로 '내 고장의 사회복지 기반은 지역의 장년 여성이 앞장선다'는 제목으로 서울 전역에 산재되어 있는 여성인력 개발센터와 공동추진을 도모하며 본 연합이 타 단체와 공동추진하기 위한 최초의 시도를 감행했다.

5월에는 서울시가 주최하는 제1회 실내취업박람회(코엑스 태평양홀)에 단독 부스를 배정받아 존재감을 높이고 본 연합 회장은 서울시의 부탁으로 '노인들은 일하고 싶다', '일해야 한다', '일할 수 있다'고 외치는 특강을 했다.

6월에는 '노인취업 활성화를 위한 후원의 밤'으로 국내의 인기 소리꾼 장사익 선생을 출연시키고, 서울대 남성중창단도 출연하여 관객을 즐겁게 하였다. 본 연합의 분수에 맞지 않는다는 비아냥도 받았지만 하얏트 호텔 그랜드 볼룸에서 500여 명의 관객을 모시고 성황리에 끝났다.

본 연합은 2003년 3월 15일 자로 드디어 서울시로부터 사단법인 승인을 받았다. 설립된 지 2년 만이다.

사단법인으로 발전·성장하여 사회적으로나 정책적으로 당당하게 정부가 선정하는 지원사업, 모집사업 등 정책사업을 취득하기 위한 경쟁에 참여할 수 있게 되었다.

때문에 본 연합의 설립목적인 「신노인문화운동」의 실천 프로그램이 어엿하게 정부가 지원하는 프로그램에 참여할 수 있게 되어 회원과 직원들에게 큰 힘과 용기, 긍지를 가지고 일하게 되었다.

아래는 각계에서 보내온 사단법인 출범 축하 메시지를 추려서 소개한다.

● 한국씨니어연합의 사단법인 출범 · 창립 2주년을 축하합니다.

〈김현자 본 연합 고문〉

씨니어연합이 창립 2주년을 맞게 된 것을 진심으로 축하합니다. 이 운동이 이제 사단법인으로 공신력을 인정받게 되고 정부의 프로젝트에도 활발히 참여하는 등 위상이 날로 확고해지는 것을 기쁘게 생각합니다. 지금 사람들은 원하든 원치 않든 간에 장수시대를 살고 있습니다. 80은 보통이고 90을 넘긴 분들도 주위에 흔히 볼 수 있습니다. 노후의 삶을 위해서는 각자가 더 늙기 전에 스스로 준비하는 것이 중요합니다. 그런 의미에서 얼마 전 씨니어연합이 개최한 '고령 여성(50~70) 인력 활용을 위한 교육' 연구 토론회는 뜻이 깊었습니다. 계속 노인들에게 희망과 용기를 주는 단체로 발전하시기를 기원합니다.

〈박재간 한국노인문제연구소장〉

씨니어들이 할 수 있는 일, 하여야 할 일들을 만들고 찾아내서 실천하는 데 앞장서자는 슬로건을 내걸고 그간 여러 가지 일을 해온 바 있는 한국씨니어연합이 드디어 국가로부터 그 업적을 높이 평가받아 사단법인체로 인가받게 된 것을 축하합니다.

최근 사회구조가 산업화, 도시화, 핵가족화 사회로 급변하면서 노인들 중 많은 분들은 자랑스러운 경험, 지식 능력을 보유하고 있지만, 사회적인 역할을 상실하고 여가투성이의 생활을 강요당하고 있는 것이 오늘의 현실입니다. 일반적으로 노인들은 무위 무용의 상태일수록 고독감, 고립감 또는 무료함을 느끼게 되고 이러한 상황이 오래가면 결국은 자신들은 불행하다는 감정을 갖게 됩니다. 따라서 노인들이 무료함의 고통에서 벗어나 유용감을, 자신의 존재의미를 느낄 수 있는 역할을 찾아내야 할 것입니다.

한편 노인들은 또래끼리 동아리를 만들어 독서클럽 운영, 교양강좌개설이나 건전한 취미, 오락 등의 활동 프로그램을 마련해 보는 것도 좋을 것입니다. 그런 의미에서 현재 한국씨니어연합이 수행하고 있는 프로그램 사업은 사회적으로도 높이 평가되어야 할 것이며 앞으로 이 운동은 전국적으로 확대되어 나가야 할 것으로 봅니다.

〈여운계 탤런트, (사)한국씨니어연합 홍보대사〉

무대 위에 서 있는 사람에게는 다른 사람이 누릴 수 없는 몇 가지 특권

이 있다. 이것이 아마 내가 버릴 수 없는 '배우'라는 직업에 대한 애정이고 매력일 것이다. 이 특권을 누리는 대가도 톡톡히 치러야 하는 것이 또한 배우의 특권이요 의무라 할 것이다. 때로는 내 나이보다 2~30년이나 젊게 살아보고 또 때로는 30년이나 더 늙은 인생으로 살아본다.

특히 '불행한 노인의 삶'을 연기하면 그 불행이 나 자신의 것인 양 처절하게 가슴 저려 하면서 '노인 문제…정말 중요하구나!' 하고 통감한 적이 한두 번이 아니다. 평소 내가 좋아하던 신용자(고려대 선배) 회장의 간청을 물리칠 수 없었던 이유도 있지만, 우리나라의 노인복지향상에 도움이 될 수 있다는 점을 기대하며 홍보대사로서의 임무를 맡게 되었는데 솔직히 어깨가 무겁다. 그러나 이제 나 자신이 고령화 사회의 주역인 당사자이니 열심히 해 보려 한다. 나 자신의 밝고 건강한 제2의 인생준비를 원한다는 뜻에서….

● 한국씨니어연합 2003년도 활동

*2003년 정부지원사업 성공적으로 수행

2003년 여성부 공동협력사업으로 선정된 '고령 여성(50~70세)의 인력 활용방안 및 현장실습교육'을 성공적으로 수행하여 40여 명의 수료생을 배출했다.

*노인취업활성화 프로그램 실적의 이모저모(2003년도)

본 연합은 노인의 일자리 창출과 관련하여 특히 취업조건이 남성보다 훨씬 불리한 사회적 여건에서 살고 있는 할머니들의 노년생활 준비 방안 마련에 집중된 관심과 노력을 기울여 왔다.

이와 관련하여 2002년~2003년도 2번에 걸친 여성부와의 공동협력사업에서는 '고령 여성(50세~70세) 인력 활용방안과 시범사업' 프로그램을 원만하게 끝마치고 현재는 비록 소수이기는 하지만 교육과정을 이수한 회원의 활용요청이 끊임없이 이어지고 있어 본 연합이 시행한 프로그램의 타당성과 성과에 자부심을 갖게 한다. 향후 이 프로그램을 더욱 보강·확대하여 지속적으로 시행될 수 있도록 최선의 노력을 할 것이다.

노인 도우미 : 권태현 회원이 양천노인 종합 복지관 치매단기 보호센터에서 활동중

어린이집 아동 도우미 : 이영화 회원은 성결어린이집, 이행자 회원은 아현어린이집에서 아동 도우미로 활동중

기타 : 한영자, 최정자, 최금희, 오청자, 고월덕 회원 등은 수시로 요청해오는 선물용 상품 포장작업(단기간)에 참여하여 재미있게 일하고 있다.

◎ 회장 인사말

신용자 상임대표　원종남 공동대표　송순이 공동대표

회원여러분!

5월은 "계절의 여왕"답게 아름답고 좋은 계절입니다.

이 좋은 계절을 오래오래 건강하게 즐길 수 있도록 우리 모두 힘을 모아 밝은 노년생활준비를 해야할 때인 것 같습니다.

세계에서 가장 빠른 속도로 달려가는 우리나라의 고령화 진행은 「인생 50년 시대」를 「인생 80년 시대」로 발전시켰으나 소자녀 장수사회의 노인문제를 준비할 틈을 주지 않았습니다.

2000년에 65세 이상의 고령인구 337만 명(7.1%)이 해마다 20만여 명씩 증가, 2002년에는 7.9%인 377만 명이 되었습니다.

고령자들이 모두 행복하고, 건강하고 즐겁게 일할 수 있는 정책은 이 세상 어떤 나라에도 없습니다. 이미 60~70년 전부터 고령화 사회를 위한 튼튼한 사회보장제도로 노인복지정책을 추진하며 복지선진국임을 자랑하던 서구 선진국들도 근래에는 정책 추진 성과의 한계를 인정하고 수정보완에 나서고 있습니다.

UN이 1999년을 「세계노인의 해」로 정하면서 "고령화 문제는 다차원적이고 다분야에 걸친 다세대간에 얽혀있는 일"로 접근하여 해법을 찾아야 한다고 권고한 것은 고령화 문제 해결의 어려움을 말해주는 것이겠지요. 그런데 경제 성장발전 제일주의에만 온갖 노력을 기울여 온 우리나라의 노인사정은 더 많은 문제를 품고 있을 수밖에 없지요. 이런 현실상황에서 "씨니어는 사회적 자산이며 젊은이의 귀감, 우리들의 제2의 인생 준비하면 걱정 없다"는 구호와 함께 「한국씨니어연합」 창설에 적극 동참하신 여러분은 건강하고 당당한 밝은 노년생활을 실천적으로 준비하는 선각자로 자부할 만합니다.

"늦었다고 생각 할 때가 가장 빠른 시작"이라는 말처럼 고령화 속도가 제아무리 빨라도 그보다 더 빠른 속도로 노년을 준비하는 당사자들의 집요한 노력과 실천에는 따라갈 수 없을 것입니다.

그런 뜻에서 작년 총회에서 우리가 다 같이 약속한 다음의 몇 가지를 다시 한 번 다짐합시다.

첫째, 우리들은 자주만나 얼굴을 맞대고 우리들의 공통적인 문제들을 털어놓고 의논합시다.

둘째, 우리들은 힘을 모아 씨니어들이 할 수 있는 일, 해야 할 일을 찾아내고 만들어 실천하는데 앞장섭시다.

셋째, 「씨니어 책사랑 운동」에 적극 참여하여 청소년으로부터 존경받고 사회에 기여하는 멋진 씨니어가 됩시다.

이런 약속을 지키기 위하여 우리 한국씨니어연합은 회원들이 언제나 모여서 토의할 수 있는 회의실, 독서와 담소를 즐길 수 있는 독서실, 노후자립 기금마련에 도움되는 "신나는 장터(매주 금요일의 바자회)"를 실시하고 있으며 여성부와 서울시의 지원사업인 직업교육훈련 프로그램도 열심히 하고 있습니다.

본 연합의 창립 2주년을 맞으면서 저희들이 열심히 추진해온 사단법인 승인도 받게 되었으니 더욱더 열심히 일하겠습니다.

"씨니어들이여!

우리의 길은 우리 힘으로!

한 걸음 더 나아가는 씨니어들이여!

용기를 잃지 말고 우리의 길을 찾아 서로 힘을 합해 손에 손잡고 힘차게 나아갑시다!!

2003년 5월

(사) 한국씨니어연합 상임대표 신 용 자

공동대표 원 종 남, 송 순 이

본 연합은 설립 직후부터 사단법인 등록을 위하여 부단한 노력을 하였다. 설립역사가 짧아 쌓아놓은 프로그램 실적도 부족했고, 특히 재정적으로 취약하여 사무실도 여기저기 옮겨 다녀야 했다.

그 중에도 사단법인이 되기 위한 기본재산(5천만 원 이상) 마련의 길은 까마득했다. 그런데 송순이 당시 공동대표가 선뜻 5천만 원을 마련해 주어 가장 어려운 문제가 해결되었다. 사단법인 등록을 위한 여러가지 어려웠던 일이 마음 아프게 기억난다.

송순이 전 공동대표님께 다시 한 번 감사드린다.

2. 씨니어 책사랑 운동 개시

본 연합 사무실을 서초동에서 동작구 대방동 서울여성플라자로 옮기게 되어 활용할 수 있는 다양한 공간이 생겼다.

이런 환경을 이용하여 본 연합은 설립 초부터 계획해 온 '씨니어 책사랑 운동'을 착수하였다.

본 연합의 설립취지인 「신노인문화운동」은 노년세대가 젊은 세대들로부터 존경과 사랑을 받고, 닮고 싶어 하는 멋진 씨니어로 살아갈 수 있게 하는 데 목적이 있다.

씨니어들이 책을 많이 읽어 젊은 세대를 이해할 수 있는 필요한 정보와 지식을 얻게 되는 것이야말로 신노인문화운동의 모습 중 중요한 하나의 일일 것이다.

특히 책사랑 운동 개막식에서 '씨니어 책사랑 운동의 큰 의미'라는 제목의 이용남(전 한성대 총장, 현 도서관 협회 회장) 교수의 특강은 이 운동에 참가하는 회원들을 크게 고무시켰다.

김현자 본 연합 고문과 변도윤 여성플라자 대표의 축사도 우리가 추진하는 책사랑 운동에 커다란 격려와 용기를 주었다.

 이 운동은 준사서 교육을 통하여 여성플라자 안에서 상설 책방을 열었고, 더 발전하여 2005년에 발족한 '아이를 사랑하는 책 읽는 할머니(아사책)'와 2011년부터 노동부가 노인 일자리로 적극 지원하는 '도서관 사서 도우미'로 발전하여 노인 일자리로 각광을 받고 있다.

● 씨니어책사랑 운동이란

이용남교수
(전 한성대 총장,
현 도서관협회 회장)

「신노인문화운동」의 일환으로 추진되는 이 독서문화운동은 씨니어들의 고등 시민의식 고양과 청소년으로부터 존경받는 멋진 씨니어로 나이 들어가려는 문화운동이다.

 이 운동은 그동안 본 연합이 꾸준히 추진하여 지난 2월 21일 여성플라자 4층에서 개막되었다. (주)교보문고가 1,000여만 원 상당의 책장과 도서를 협찬하고 샘터사, 정우사, 현암사, 이헌재(여경총회장, 본 연합 이사)님 등이 기증한 일천여 권의 장서를 모아놓고 50여 명의 본 연합 회원과 축하객이 함께 자리하였다. 특히 「씨니어 책사랑 운동의 큰 의미」라는 이용남(전 한성대 총장, 현 도서관협회 회장) 교수님의 특강과 김현자 본 연합 고문, 변도윤 여성플라자 대표의 축사는 우리가 하고자 하는 책사랑 운동에 큰 격려와 용기를 주었다.

「씨니어 책사랑 운동」은 도서관리 특별교육을 받은 본 연합 회원 10여 명이 날마다 출근하여 30여 명의 책사랑 독서손님들을 맞아들이고 있다. 「씨니어 책사랑 운동」에 뜻을 모아주신 모든 분께 감사드린다.

본 연합의 '씨니어 책사랑 운동'이 사회 각계에 알려지자 각계의 저명 인사들로부터 이 운동에 대한 찬사의 메시지가 쇄도하였다.

● 씨니어 책사랑 운동에 큰 박수를 보냅니다.

〈폴 신(Paull H. Shin 한국명 : 신호범) 미 워싱턴주 상원의회 부의장〉

 한국씨니어연합이 창립 1년 만에 씨니어들을 위한 독서운동을 추진한다고 하니 한국씨니어연합 회원의 열정과 추진력에 큰 박수로 격려합니다. 독서는 남녀노소 모두에게 매우 중요하고 필요한 일로 인생의 길잡이 역할을 책만이 바르게 해 준다고 믿고 있는 저에게는 힘들 때나 외로울 때 독서가 일상생활처럼 되어 있습니다. 이제는 고달픈 직업의 일에서 해방되어 자기 자신을 위하여 시간을 투자할 수 있는 씨니어들이 좋은 책을 많이 읽으며 살아가는 모습은 젊은이들에게 매우 존경스럽고 아름답게 비추어지리라 믿습니다. 저는 오래전부터 AARP(미국은퇴자협회)에 적극적으로 참여하면서 이 단체가 하는 일에 큰 고마움을 느끼고 있습니다. 한국씨니어연합도 많은 회원으로부터 이처럼 큰 호응을 받고 있으리라 믿으며 이번에 추진하는 독서운동이 더욱 많은 사람으로부터 격려와 찬양을 받는 계기가 되기를 바랍니다. 저도 미국에서 이 운동에 동참하여 더 많은 책을 더 열심히 읽어 더 많은 시민으로부터 사랑받는 정치인이 되고자 노력할 것입니다.

〈김명제(고려대학교 노인복지연구회 사무국장)〉

　　사람의 삶에 대한 다양한 모습과 그 지혜는 자신의 체험을 통해서 직접 터득하기도 하지만 때로는 독서를 통해서 경험하는 경우가 더 많은 것으로 알고 있습니다. 더구나 체력의 한계를 의식해야 하는 노년층에 있어서의 독서는 자신의 여생을 보다 의미 있고 아름답게 꾸며가는 데에 하루 일과의 매우 중요한 필수적 프로그램이라 할 수 있다고 봅니다. 독서를 통해 좋은 친구도 만날 수 있고, 사회문화의 변화에 동조할 수도 있으며, 지난날의 자기반성과 회한의 눈물을 흘릴 수도 있을 것입니다. 아울러 동화를 읽고 어린이에게 옛날얘기를 들려주면 다정한 할머니가 될 것이며, 시각장애로 책을 읽을 수 없는 이에게 무지개 마을의 아름다운 영상을 떠올리게 해 줄 수도 있을 것입니다. 병마에 시달리는 환자에게 들려주는 낭랑한 책 읽는 소리는 명의(名醫)가 조제한 영약(靈藥)보다 더 건강 소생의 효과를 줄 수도 있을 것입니다. 씨니어들이 늘 책을 가까이하면 사회적인 소외(疎外)로부터 해방되어 진정한 자유를 맛보시는 한편, 독서를 통해 사회문화 발전에 기여하고 청소년으로부터 존경받는 격조 높은 고등시민으로 더욱 빛날 것입니다.

〈김동일(이화여대 교수 · 한국노년학회장)〉

　　우리나라 사람들만큼 소득수준이나 교육수준에 걸맞지 않게 책을 읽지 않는 국민들도 드물 것이다. 학생들은 시험공부 하느라 독서 할 시간이 없고 직장인들은 생업에

쫓겨 책 읽을 생각은 엄두조차 못 낸다. 겨우 고등 교육을 받은 젊은 가정주부들 가운데 그래도 책을 읽는 사람들이 좀 있어 다행스러운 정도다. 아무리 정보화 사회의 영상 매체 시대라 하더라도 책을 읽지 않으면 우리의 교양은 쇠퇴하기 마련이다. 마침 한국씨니어연합이 노인들을 대상으로 하는 독서운동을 벌이기로 했다 한다. 정말 반가운 일이다. 우리 노인들 가운데는 교육수준이 높은 독서인구가 많이 있다. 책을 읽으면서 장수시대에 걸맞게 자신의 교양을 쌓게 되는 것은 말할 것도 없고 책을 통해 쌓은 교양과 지식을 젊은 사람들에게 틈나는 대로 전수해줄 수 있는 위치에 있기도 하다. 정부나 언론기관들도 이 노인독서운동의 후원에 적극 참여하고 있다 하니 더더욱 고맙고 다행스러운 일이다. 우리들의 나이 든 어르신들이 읽고 싶은 책을 마음대로 읽을 수 있는 사회적 지지의 확산에 씨니어연합은 앞장서서 노력해 주길 기대한다. 브라보! 씨니어연합.

〈김수홍(본 연합 자문위원 · 천하장군 공동대표)〉

'내 생애 최고의 선물'은 올해 초등학교에 입학한 외손녀로부터 받았다. 사회생활을 마치고 집에 들어앉기 무섭게 직장에 다니는 큰딸아이의 18개월 되는 외손녀를 맡아 꼭 만 5살까지 그 아이를 키워주었다. 요즈음 엄마들은 남의 아이에게 뒤지지 않나 싶어 영재교육이다 조기교육이다 앞다퉈 시키다 보면 너나 할 것 없이 아이 교육에 열을 올려 보통 아이들도 3~4세부터 한글도 읽고, 쓰기는 예삿일이고 동화책까지 쭉쭉 읽어 내려간다.

나의 손녀도 예외는 아니어서 내가 읽고 싶은 책을 사러 책방엘 갈라치면 좋아라 쫓아와서 수십 번은 이 책 저 책 만지다가 가장 조그마한 동화책을 골라든다. 손녀딸과 책방을 드나들며 새로 선보이는 책들과 만나는 시간은 참으로 귀중하고 행복한 시간이다. 외손녀의 별명은 '리틀 장모'이다. 사위가 지어준 별명인데 시장이나 서점에 가려면 꼭 메모를 한다든가 책상에 앉아 글씨를 쓰는 모습이 내 모습 그대로란다. 그러던 그 손녀가 올해 내 생일에 '할머니 생일 축하해요, 할머니는 이 세상에서 가장 아름다워요. 왜냐구요? 책 읽는 모습이 너무 예뻐요. 그래서 사랑해요.' 라는 글을 카드에 또박또박 써서 보내왔다. '아름답다' 라는 그 말은 무엇과도 바꿀 수 없는, 오래 간직될 최고의 선물이었다.

● 제2회 2003년 여성부 공동협력사업 프로그램 진행

지난해에 이어 '고령 여성(50~70세)의 인력 활용방안 및 현장 실습교육'을 준비하는 심포지엄이 전문가 회의를 거쳐 9월 1일 개강을 하였다. 이번 교육생은 지난봄 실버취업박람회에 참여하여 교육 참가를 신청한 씨니어를 중심으로 구성된 자발적인 참여자들로서 "무엇이든 할 수 있다"는 굳은 의지와 각오로 진지하고 열띤 수강 모습을 보여주고 있다. 교육생들은 지난 8일부터 5일간의 현장실습교육에 들어갔다.

2003년 제2회 여성부 공동협력사업

신용자 회장의 특강시간

수강생들의 진지한 모습

2003년 10월 아동 · 노인 도우미 실무교육 수료식

〉〉 2003년 6월 17일

노인취업 활성화를 위한 음악회(장사익, 서울대 남성중창단 출연)

소리꾼 장사익의 멋들어
진 열창 모습

서울대 남성중창단의 합창하는 모습

노경자 이사의
소프라노 열창 모습

진행을 맡은 김미화 개그우먼과 단상에
올라가 진행자를 돕고 있는 탤런트 김수미

일용엄니(탤런트 김수미)의 노인취업 활성화를 위
한 후원바자회. 2003. 7.14~19일(5일간)

>> 2003년 11월 24일

제1회 노인 일자리 마련 정책토론회(한겨레신문과 공동주최)

토론자들의 진지한 모습

>> 회원들의 단합을 위한 제천 금수산 등반대회 및 현장견학

본 연합 회원들의 단합을 위하여 2003년 11월 2일 충북 제천의 금수산
등반 모임을 가졌다. 청풍명월의 고장인 제천의 가을 단풍을 즐기는 등
반 대회에서 이수미자, 이행자, 이영화 님이 정상까지 완주는 노익장을

과시하는 좋은 기회가 되었다. 이어 12월 11일에는 유료 양로시설인 유당 마을, 청원 허브랜드 및 고려인삼 공장의 현장견학도 가졌다.

회원들의 단합을 위한 제천 금수산 등반대회 및 현장견학

3. 서울시 여성발전기금 지원사업

● 지역 복지기반조성을 위한 장년 여성의 참여방안 – 프로그램 착수

"우리 고장의 복지는 우리 스스로 맡는다." 지방분권시대의 시민의식 고양을 위하여 마련된 이 프로그램은 각 지역의 장년 여성이 스스로 나서서 복지현장에 참여하자는 의식과 행동을 촉진시키기 위

장년 여성사회참여방안 워크숍

한 프로그램이다. 이번 일은 각 지역(구청)의 여성·복지담당 행정관 및 여성인력개발센터의 관련 담당자와 여성중간지도자들이 직접 참여하여 지도력 있는 장년 여성을 복지현장으로 유도하는 방안을 논의하게 된다.

● 2003년도 서울시 여성발전기금 지원사업
사업명 "내 고장의 사회복지 기반은 장년 여성이 앞장선다."

2003년 당시만 하여도 장년 여성(50세 이상)의 사회참여에 대한 인식은 매우 낮은 시점에 있었다.

50세 이상의 장년(씨니어)을 회원 대상으로 정하고 「신노인문화운동」의 해야 할 일을 탐색하던 본 연합은 앞으로 장수하는 노인이 점점 더 늘어날 전망이며 기혼여성의 취업활동도

비례하여 증가할 추세인데 이들 장년 여성(50세 이상)들이 해야 할 일을 자신이 살고 있는 지역사회를 중심으로 찾아낸다는 것은 의미 깊고 보람된 일이라 판단하였다.

몇몇 스태프들과 의논 끝에 서울시 일원에 분산되어 있는 여성인력개발센터를 거점으로 장년 여성 자신이 살고 있는 지역의 복지기반을 조성하는 데 앞장서게 하자는 의견에 일치를 보았다.

결과는 '반쪽의 성공'이라 할 수 있을 정도였지만 그 의미는 날이 갈수록 설득력 있는 프로그램으로 그렇게 발전하고 있다고 본다.

본 연합은 서울시에서 인정받은 예산의 규모 내에서 10개의 여성인력개발센터에 일정액(40만 원으로 기억됨)의 예산지원과 본 연합이 기획, 마련한 프로그램의 공동협력을 요청했으나 쉬운 일은 아니었다.

그 당시의 상황으로는 무모하다고 할만치 엉뚱한 생각이라는 평도 받았지만, 결론적으로는 장년 여성이 살고 있는 지역을 떠나지 않고 마음 놓고 사회복지 사업의 기반 조성에 참여할 수 있는 매우 합리적인 판단을 본 연합이 앞장서서 하게 되데 대하여 자부심과 긍지를 느끼게 한다.

"내 고장의 사회복지 기반은 장년 여성이 앞장선다"는 2003년도 서울시 지원 여성발전기금 사업은 본 연합이 추진한 매우 의미 있고 보람 있는 사업이었다.

"장년 여성은 누구인가?" 자녀양육의 바쁜 기간이 어느 정도 끝나고 남편의 사회적 지위도 자리 잡힌 주부들이다.

그들은 살고 있는 자신의 동네가 살고 싶은 동네, 떠나고 싶지 않은 동네, 자랑스러운 동네이기를 절실히 바라는 그 지역의 주역들이다. 육아의 바쁜 기간이 지나고 살림이 안정된 이들이 나서서 우리 동네 살기 좋은 동네, 우리 주민 행복한 주민, 우리 동네 어린이 행복한 어린이, 우리 동네 어르신들 행복한 노인이기를 모두 바라고 있을 것이다.

이런 중요하고 절실한 문제를 이 지역의 장년 여성이 앞장서서 문제 제기하고 실천에 나선다면 얼마나 바람직한 일인가!

이 과제를 본 연합이 기획하고 서울시의 예산지원을 받아 추진했으나, 여러 가지 어려운 일이 가로막고 있었다. 그러나 본 연합은 사업을 위한 근본적인 발상을 실천에 옮겨보는 용기를 행동화한 것이다.

이 사업의 결과를 보고하는 보고서도 발간하여 사업의 근본 취지와 이 사업이 계속하여 추진될 수 있기를 바라는 바를 내용에 담았다.

● 보고서의 목차

이 프로그램의 성공적인 추진을 위한 준비로 각 여성인력 개발센터의 대표자 및 실무자를 초청하여 여성플라자 교육실에서 지역 여성(장년)의 참여촉진 발상에 대한 워크숍을 가졌다.

이 워크숍에는 각 지역 여성인력센터의 대표자 및 이 운동에 뜻을 같이하는 전문가들이 한자리에 모여 이 운동에 대한 타당성과 시대적, 사회적 요청을 논의하였다.

프로그램의 취지와 방법에 대하여는 상당한 공감대를 이루었으나 각 인력개발센터의 책임자들은 자신의 업무 과중을 우려해 실현 과정에서의 호응도는 높지 않았다. 그러나 이 프로그램은 지방화 시대의 지역복지 사업에 어렵지 않게 접근할 수 있는 인력개발과 활용을 위하여 지역의 장년 여성이 중요한 개발의 보람과 가치가 있는 대상임을 미리 지적하고 지향한 프로그램으로 큰 의미를 부여할 수 있다는 자부심을 갖게 되었다.

◎ 2003년도 여성발전기금 지원사업 보고서

"내 고장의 사회복지 기반은 장년 여성이 앞장선다"

어느새 2003년의 한 해가 저물고 내년을 재촉하는 매서운 추위가 바쁘게 살고 있는 사람들을 더욱 서두르게 합니다.

해마다 12월이면 아쉬움을 남기며 하루하루를 보내게 되지만 그래도 2003년 12월은 우리 한국씨니어연합에게는 빠른 걸음으로 뛰어온 지난 1년이 흐뭇하게 느껴집니다.

정말 정신없이 바쁘게 지나면서 일도 많이 했습니다. 그래서 2004년에는 더 많은 일을 할 수 있을 것 같습니다.

특히 본 연합의 2003년도 사업 중 '서울시 여성발전기금 지원사업'인 "각 지역의 장년 여성이 자신의 지역복지 발전에 앞장서자"는 제목의 프로그램에 큰 의미를 부여하고 싶습니다.

그동안 본 연합이 「신노인문화운동」의 일환으로 추진하고 있는 장·노년 인력 활용 촉진 운동이 서울시 일원에 분산되어 있는 여성인력개발센터와 협조망을 구축하여 사업을 착수하였다는 사실은 본 연합과 모든 회원에게 고무적인 일이며 우리가 추진하고 있는 여성노인 또는 장년 여성인력 활용에 큰 도움을 줄 수 있는 계기를 마련한 것이라 자부합니다.

21세기는 여성이 주인이 되는 시대입니다.

21세기는 지역사회가 스스로 발전하는 기반을 마련하는 시대입니다. 그리고 21세기에는 갖가지 문제를 안고 있는 고령화 사회이며 이 문제들은 여성의 손길이 닿을 때 해결의 길이 열릴 수 있는 문제들이라 생각합니다.

그런 뜻에서 이번에 본 연합이 수행한 '2003년도 서울시 여성발전기금 지원사업'은 의미 있는 일이었다고 자부합니다. 그리고 여성발전과 지역발전을 기대할 수 있는 프로그램이라 생각하며 이 사업을 수행할 수 있도록 지원해 주신 서울시 복지여성국장을 비롯하여 여성정책과 신면호 과장님과 관련 공무원에게 모두 감사드립니다. 또한, 본 연합이 불편 없이 이 프

로그램을 수행할 수 있도록 세심한 관심을 기울여 주신 (재) 서울여성의
변도윤 대표님과 관계 직원들에게도 감사드립니다.

　2004년에는 더 많은 일을 좀 더 잘할 수 있도록 많은 사람들의 관심과
협조를 부탁드리며, 여러분 모두 새해 복 많이 받으세요.

2003년 12월
(사)한국씨니어연합 상임대표 신용자

8

2004년도 주요사업

1. 2004년도 주요사업

씨니어는 사회적 자산이며 젊은이의 귀감

(사)한국씨니어연합소식

발행처 사단법인 한국씨니어연합
서울시 서대문구 미근동 00번지
조은방송빌딩 2층
발행 및 편집인 신용자
발행일 2004년 5월 20일
전 화 02)393-4472~3
팩 스 02)393-4464
홈페이지
www.seniorleague.or.kr

SENIOP LEAGUE KOREA MAGAZINE 제7호

친애하는 회원 여러분!

"계절의 여왕"으로 불리는 푸르른 5월도 훌쩍 지나고 무더운 여름이 시작됩니다.

폭염의 더위, 지루한 장마, 엄동의 겨울…. 모두가 인간이

원종남 공동대표

신용자 상임대표

송순이 공동대표

견딜만한 자연의 섭리이며 즐거운 변화라 생각됩니다. 인간의 생로병사야말로 창생 이래 변함없는 자연의 이치이지만 시대의 발전과 변화에 따라 이 과정을 겪어나가는 방법과 내용이 인간에게 상당히 유리하게 변해가고 있습니다. 우리들 자신이 맘먹고 행동하기에 따라서는 생로병사의 한평생을 현명하게 준비하고 즐기며 대처할 수 있는 시대가 된 것입니다.

(사)한국씨니어연합은 2001년 창립 당시부터 "씨니어는 사회적 자산이며 젊은이의 귀감", "우리들의 노년생활 준비하면 걱정 없다"는 기본이념으로 엄동의 겨울과 길고 지루한 폭염의 여름을 잘 견디어 나가며 어언 3년여의 세월이 지나고 있습니다.

그동안 두 번에 걸쳐 여성부 공동협력 사업인 '고령(50~70세) 여성 인력의 활용방안 및 시범사업'은 두 번 다 좋은

성과를 보이고 있습니다. 특히 아동보육 도우미 회원들은 봉사를 요청받은 유치원이나 어린이집에서 "씨니어 할머니 사랑해요"라는 귀여운 어린이들의 인사가 끊임없으며 치매 센터나 노인요양원 등에서도 성실한 봉사로 본 연합 회원의 자질과 교육프로그램을 자랑하고 있습니다.

본 연합의 교육을 받은 회원들은 자주 이곳저곳의 작은 기업으로부터 요청을 받고 현장에서 성실한 일솜씨를 보여주고 있습니다. 이러다 보면 우리 회원들의 일자리가 점점 늘어나고 활용되어 씨니어들이 사회적 자산으로서의 가치가 훌륭히 검증되겠지요.

2004년에는 좀 더 어려움을 겪더라도 더 많은 씨니어 일꾼들을 길러내어 본 연합이 목표로 하는 노인의 취업촉진 활동의 참된 모습을 보여드리고자 합니다.

어린이에게 재미있는 옛날이야기를 들려주고, 동화책을 읽어주며 미술관, 박물관, 공원에도 같이 가 놀아주고, 유치원, 어린이집 아이들의 등·하교 길 지켜주기 등 우리 사회의 미래인 어린이를 밝고 안전하게 지켜주는 많은 일들을 도우미 할머니, 할아버지들이 할 수 있게 될 것입니다. 그리고 연로하신 노인분들을 찾아가 이야기 동무, 식사 동무, 산보, 시장가기 동무 등으로 보살피는 노인 도우미의 큰 역할도 기대됩니다.

이런 일들은 그동안 살아오면서 쌓아온 경륜과 지혜가 풍부한 우리 씨니어 회원들이 그 누구보다도 잘할 수 있는 보람되고 중요한 일이라 확신합니다. 그리고 우리 사회의 희망인 어린이들이 밝고 안전하게 자랄 수 있도록 밑거름이 되어주는 지혜와 아량이 큰 씨니어들이 가장 잘할 수 있는 일이라고 다시 확신하면서 회원님들의 적극적인 참여와 지원을 거듭 부탁드립니다. 감사합니다.

(사)한국씨니어연합
2004년도 정기총회에서

상임대표 신용자
공동대표 원종남
공동대표 송순이

사무실을 2004년 1월 31일 서대문구 미근동 8, 좋은 방송국 빌딩 2층으로 이전했다. 시설이 낡고 허름하고 불편한 가운데서도 본 연합 임직원은 좌절하지 않고 프로그램에 대한 열정과 희망을 소식지에 실어 참여 회원들을 격려하였다.

1) 2004년도 주요사업의 새로운 추진 실적

2004년 1월 31일 입주계약 기간이 만료되어 본 연합은 어김없이 또다시 집 없는 설움에 빠졌다. 다행히 회원 중 한 분이 서대문구 미근동에 있는 전 좋은 방송국 빌딩에 사무실로 쓸 만한 곳이 있다 하여 주저 없이 그곳으로 옮기기로 했다.

개발계획에 의한 철거를 앞둔 건물이라 곳곳에서 문제점이 드러났다. 하지만 극장과 방송국 시설로 활용하던 시설이라 공간도 넓고 본 연합이 활용할 수 있는 여유 공간도 많았다.

2층 한 모퉁이에 자리 잡은 본 연합의 사무실은 냉난방은 물론 비가 줄줄 새는 악조건이었다. 그러나 본 연합은 좌절을 모르는 단체…. 그곳에서 2004년도 총회를 치르고 갖가지 새로운 프로그램을 기획하고 추진하는데 전력을 다했다.

2003년도에 이어 3년째 연속되는 여성부 공동협력사업으로 '노인을 위한 종합 상담사 양성 프로그램'이 채택되어 노인이 노인을 위하여 상담 봉사하는 또래 상담(peer counseling) 프로그램을 국내 최초로 계획, 추진하여 50여 명의 교육생이 참여하는 성과를 거두었다.

이 프로그램은 현재 노노(老老)케어 프로그램 정책의 시초가 되었다.

4월에는 그해 2월에 새로 발족한 대통령 직속 「고령화 및 미래사회위원회」의 김용익 위원장(서울의대 교수)과 본 연합 신용자 회장의 "노인정책에 관한 일문일답"의 간담으로 위원회와 본 연합의 친분을 쌓았다.

5월에는 본 연합이 2002년부터 실시하고 있는 할머니 선생님 양성 프로그램을 "할머니와 아이들"이라는 이름으로 '서울시 유치원 연합회' 프로그램과 공동협력의 MOU를 체결하여 할머니 선생님들이 유치원에서 일할 수 있는 길을 열게 되었다.

7월에 본 연합 신용자 회장이 직접 동경 사무소를 방문하여 일본의 '고령 사회를 좋게 하는 여성회' 히구치 게이코(樋口惠子)회장의 초청강연회를 성사시키고 11월 25일에 롯데호텔 사파이어 룸에서 성대한 국제강연회를 열었다.

이 강연회에는 인기가수 유열 씨가 참여하여 축가를 불러주어 일본 방문객 여성들의 열렬한 박수를 받았다. 가수 유열 씨는 무료로 찬조출연을 해주었다.

홍보대사 여운계(탤런트) 씨와 김용익 위원장의 축사도 매우 관심을 끌었다.

본 연합의 두 번째 국제적 유명연사 초청강연회는 매우 빛나는 행사였다. 이날 본 연합이 추진해온 '일사랑 할머니지원단'도 발족되어 히구치 회장을 감동시키고 놀라게 하였다.

8월의 지독한 여름 더위에 사무실을 종로구 경운동 천도교회관으로 이전한 후에는 사업에 더 큰 열기가 샘솟는 것 같았다.

2) 2004년도 활동사항

● 2004년도 여성부 공동협력사업

본 연합은 2002년도부터 연속하여 여성부 공동협력사업을 선정 받아 착실하게 수행하였고 현재는 2004년도 사업진행에 열중하고 있다. 이번 사업은 '노인을 위한 종합상담사 양성교육 프로그램'으로 '노인이 노인을 위하여 상담'한다는 점에 중점을 두고 있다. 지난 5월 4일 전문가 워크숍을 개최하였으며 이어서 상담사 양성교육이 6월 21일부터 시행될 예정이다.

회원 여러분의 적극적인 협조와 참여 부탁드린다.

● 노동부 사회적 일자리 창출사업에 참여

노동부가 취업 취약 계층에게 일자리를 제공하기 위하여 시행하는 '사회적 일자리 창출사업'에 본 연합이 '고령자 적합형'에 선정되어 서대문구와 동작구 2개 지역에서 회원 5명이 취업 중이다. 서대문 지역에는 2개소의 어린이집에서 '아동보육 돌보미'로 파견되어 일하는 중이며, 동작지역에는 '도서관리 및 독서지도사'로 서울여성플라자에서 활동 중이다. '사회적 일자리 창출사업'은 앞으로 본 연합의 회원 및 교육생들의 취업기회 확대에 큰 몫을 할 것으로 기대된다.

● 탤런트 김수미 씨에게 감사패 수여

작년 6월 탤런트 김수미 씨가 본 연합의 '노인취업 활성화 프로그램'을 지원하기 위하여 주최한 바자회와 그 수익금을 본 연합에 기부하여 주었다. 이 도움에 대한 감사의 표시로 본 연합은 감사패를 제작, 전달하였다.

● 실버취업박람회 참여

서울시가 주최하는 '제3회 실버취업박람회'가 6월 17~18일 2일간 삼성동 코엑스 인도양홀에서 열린다. 본 연합은 3회 연속 참여하게 되며 담당부스에서는 (주)웰프와 (주)한국종합판매상사, (주)M2Bio 등의 기업 구인활동을 대행하여 실버취업 확대에 기어코자 한다.

● 「할머니와 아이들」 프로그램 추진

본 연합이 계속 추진해 온 아동보육 돌보미 사업은 「할머니와 아이들」이란 제목의 프로그램으로 확대하여 다양하게 수행할 방침이다. 우선 6월 중에 유치원 연합회 및 어린이 시설연합회, 여성

어린이집에서 신나게 봉사하는 할머니 교육이수자

인력개발센터의 관계자들이 함께 논의하는 간담회를 갖고 구체적인 프로그램을 마련하게 된다.

이 간담회는 인력의 수요자 측인 유치원 연합회, 어린이집 연합회 관련자와 인력의 공급측인 본 연합과 여성인력개발센터관련자 및 정책관련자가 자리를 같이하여 이 프로그램의 타당성과 상호협력사항을 논의하게 된다. 이 프로그램은 유치원이나 어린이집에서는 물론 일반가정의 어린이나 초등학교 저학년을 위한 프로그램 개발도 준비할 것이다.

3) 노인을 위한 종합 상담사 양성 프로그램

2004년 여성부와 공동협력사업으로 시작한 이 프로그램은 우리나라에서 최초로 시도한 노인 '또래 상담(peer counseling)' 방법이다. 남성보다 가정적으로 사회적으로 제도적으로 불리하고 억울한 입장에서 태어나고 자라서 노인이 된 오늘의 여성노인들은 자신의 길어진 노년기를 감당하기 힘든 문제로 안고 살아가야 하는 경우가 많다.

이런 시점에서 학식 있고 건강한 일할 수 있는 여성노인을 또래 노인을 위한 상담사로 양성하는 교육은 참가자들의 열렬한 호응을 받았다.

2004년 3월에 전문가 워크숍을 거쳐 구체적인 커리큘럼을 만들고 전문 강사를 섭외하여 6월부터 10월까지 이론 및 실무교육 100시간을 이행하고 본 연합의 인증 자격증을 수여하였다.

사무실 사정이 좋지 않아 서초동 주니어센터 강의실, 용산 여성인력개발센터 강의실, 서울시 유치원 연합회 강의실 등을 전전하면서 50여 명의 수강생들은 100시간의 교육과정을 착실하게 이수하고 인증 자격증을 받는 수료식에서 눈물을 흘리며 기뻐하였다.

아이 기르고, 살림하고 어른 섬기는 일 등 사람을 알뜰하게 돌보고 사랑하는 일은 여성노인의 일자리로 적합하다는 본 연합의 판단으로 설립 초부터 할머니들을 돌보미 인력으로 양성하고자 한 노력은 요즘에 와서는 매우 적절한 판단이었다고 스스로 자부한다.

노인 종합상담사 교육은 현 상황에서 너무나 시급하고 필요한 문제이지만 노인 문제의 심각성에 등한시했던 정책당국이나 복지기관에도 선행 연구사례가 거의 없어 본 연합은 다양한 경로와 인맥을 동원, 몇 차례에 거듭하여 전문가의 자문·협의 과정을 거쳐 위에서 나타나는 순서에 따라 구체적인 교육을 실시할 수 있었다. 가난하고 병약한 독거노인이 급증하고 있는 우리 현실에서 또래의 대상자를 찾아 사정을 들어주고, 도와주고 싶어 하는 교육생들은 강의실을 찾아 떠돌이처럼 다니면서도 열의를 잃지 않았고 그 결과 수강신청자 50명 중 48명이 수료하는 좋은 결과를 보여주었다.

노인 종합상담사 양성 프로그램을 성공적으로 수행하기 위하여 본 연합은 관계전문가를 초빙하여 강의안을 작성하게 하고 이 강의안에 따라 충실한 교육과정을 수행하였다.

이 교육은 점진적으로 확대·발전하여 2007년부터는 정부가 지원하는 노인소비자 상담사 양성 프로그램으로, 2008년에는 여성노인을 위한 소비자 상담사 양성 프로그램으로 발전하였고, 2013년부터는 이들 소비자 상담사들이 직접 출연하는 소비자 고발 사회극 「샤우팅 맨」으로 발전하였다.

한편으로는 여전히 "할머니와 아이들"을 연결시키는 노인 일자리 사업으로 발전 · 확대를 거듭하고 있다.

● 노인을 위한 종합상담사 양성 프로그램
　(2004년 보건부 지원사업, 참여인원 50명)

강의에 열중하는 수강생들

노인을 위한 종합상담사 수료식

노인을 위한 종합상담사 교육과정을 이수한 회원님과 기념사진

◎ 여성부와의 공동협력사업 제3차 사업보고서를 내면서

2002년에 이어 본 연합은 이번에 세 번째 여성부와의 공동협력사업 보고서를 하나의 교재용 자료집으로 묶어서 정리하여 발간하려 합니다.

2002년도 공동협력사업으로 「고령 여성(50~70세) 인력의 활용방안 및 시범사업」, 2003년도 「고령 여성(50~70세) 인력 활용을 위한 실무교육 및 현장실습」의 프로그램을 계획하고 실시하는 동안 나름대로 많은 애로점이 있었습니다.

"젊은이의 실업이 큰 문제인 이 시점에서 웬 50세 이상의 나이 든 여성 인력 활용이냐"는 부정적인 시각이 너무나 컸기 때문입니다.

우리나라의 저출산, 고령화의 속도가 너무나 빠르게 진행되고 있어서 이에 대한 대처 방법은 그보다 더 빠른 속도를 내면서 마련해야 하는데 이렇다 할 구체적인 대안 마련이 보이지 않습니다.

더구나 지금의 50세 이상의 여성들은 철저한 남녀차별의 환경에서 태어나 성장했고 노년기에 접어들면서도 자신의 생애를 걱정하고 계획할 구체적인 준비를 할 만한 여건이 마련되지 않았던 세대로, 이들을 위한 노년준비는 더 시급할 것입니다.

우리나라의 고령화 사회는 「인생 50년」을 「인생 80년」 아니 「1세기 인생」으로까지 장수할 수 있는 사회환경을 마련하고 있습니다.

그러나 이들 장수하는 노인이 안심하고 80살, 90살까지 살아갈 수 있는 구체적인 준비가 개인은 물론이고 국가 차원에서도 아직 제대로 틀이 잡히지 않고 있습니다. 우리나라가 지나온 사정이 그럴만한 형편이 못 된다는 것으로 책임을 돌릴 수는 없습니다. 국가적인 차원에서나 개인적인 차원에서 서둘러서 구체적인 노년생활 준비를 하여야 할 때이며 여성노인의 경우에는 여러 가지로 더욱 심각한 현실입니다.

그런 관점에서 본 연합은 2001년 창립 당시부터 "우리들의 노후 우리가 스스로 준비하자"고 주장하였으며, 그중에서도 여성의 노후준비를 더 구체적으로 준비시켜야 한다는 확신으로 프로그램을 준비하고 수행하여 왔습니다.

그 첫 번째 것이 2002년도 사업이고, 그 두 번째는 2002년도 후속 사업인데 그 덕택으로 프로그램에 참여했던 여성들이 지금은 정부의 노인을 위한 사회적 일자리와 연결되어 이곳저곳의 현장에서 칭찬을 받으며 일하고 있습니다. 그 수가 너무 적어서 안타깝지만….

세 번째 사업은 「노인이 노인을 위한 상담기초 교육」입니다. 이미 노년기에 접어든 분들의 가치관을 갑자기 바꾸는 일은 쉬운 일이 아닙니다.

전통적인 가치관으로 남편과 자식에 의존하여 한평생을 살아간다는 계획으로 살아온 여성노인들인데 돌봐줄 자식도 없고, 남편은 이미 세상을 떠나 버리고…등등 살아갈 길이 막연하거나 그 밖에도 갖가지 문제를 껴안고 아무에게도 털어놓지 못하는 노인 특히 여성노인이 얼마나 많을까요?

이런 점을 생각하여 우선 여성노인(50세~70세)에게 상담사 교육을 시켜 또래의 여성을 위한 상담역할을 할 수 있도록 하는 프로그램을 마련하여 또래의 여성노인들이 동병상련의 정으로 서로의 문제를 털어놓고 의논하는 터전을 마련하고자 하는 것입니다.

정부가 계획하여 추진하고 있는 건강가족 복지정책과도 밀접한 관계가 있다고 생각합니다.

수강생들의 열의와 강사 여러분의 성의 있는 교육으로 30℃가 넘는 무더위 속에서도 예정된 교육과정을 모두 잘 마치고 지금은 본 연합이 발급하는 인증 자격증을 드리는 일만 남았습니다.

본 연합의 프로그램이 계속적으로 순탄하게 수행될 수 있게 적극 지원하여 주신 여성부 임직원을 비롯한 담당 책임자와 교육 프로그램을 잘 수행케 해 주신 강사 여러분께 크게 감사드리며 10개월 가까이 이 프로그램의 시작과 마무리에 끝까지 최선을 다한 본 연합 스태프들에게 수고했다는 칭찬과 고맙다는 인사를 드립니다.

이 프로그램이 정부의 여성노인 정책 입안에 참고가 되는 성과를 기대하며 이 자료집을 열심히 준비하였습니다. 감사합니다.

2004. 11. 23
신용자((사)한국씨니어연합 상임대표)

◎ 김용익 · 신용자 대담

고령화 및 미래사회
위원회 위원장
김용익

(사)한국씨니어연
합 상임대표
신용자

참여정부(노무현 정부)는 2004년 2월 9일 대통령 직속 정책자문기구로 「고령화 및 미래사회위원회」를 창설하고 김용익 서울의대 교수를 초대위원장으로 임명하여 본격적인 고령화 사회 정책을 추진하고 있다.

다음은 2004년 4월 김용익 위원장과 본 연합 신용자 상임대표의 현 정부의 노인복지 정책에 관한 일문일답의 내용이다.

신용자 상임대표 : 위원장님의 취임을 진심으로 축하드립니다. 본 연합의 회원 일동은 이번에 발족된 귀 위원회에 큰 기대를 걸고 있습니다. 귀 위원회가 구체적으로 추진하고자 하는 저출산, 고령화 사회의 기본정책에 대하여 간단히 듣고 싶습니다.

김용익 위원장 : 출산력 제고는 인구문제 해결에 가장 근본적인 방법이나 자녀 양육문제와 여성노동력 확보 문제가 상충됩니다. 여성들의 경제 · 사회활동과 출산 · 양육이 양립할 수 있도록 양성평등정책, 가사노동 분담, 출산 및 양육의 사회적 지원을 병행하여, 여성과 남성, 가족과 정부가 공동노력을 해야 할 것입니다. 또한, 고령화는 막을 수 없는 현상이기 때문에 노인들이 건강하고 실제로 일을 할 수 있도록 하는 것이 무엇보다도 중요합니다. 따라서 정부는 건강보장 정책을 통해 고령자도 75세 이상까지 일을 할 수 있도록 건강상태를 유지하며 재교육, 직업훈련 등을 통하여 새로운 직업에 종사할 수 있도록 해 드려야 할 것입니다. 이것이 노인들이 가장 원하는 노후보장 대책일 것입니다. 위원회에서는 국민연금, 경로연금 등 노후소득보장을 강화해 나가고, 일자리 창출, 여가 · 문화, 주거보장 등 노인복지 전반에 대책을 강구해 나갈 것입니다.

신용자 상임대표 : 본 연합의 기본이념은 "씨니어는 사회적 자산이며 젊은 이의 귀감이다", "우리들의 노년생활 준비하면 걱정 없다"입니다. 귀 위원회가 추진하는 정책 중 구체적으로 어떤 분야에 본 연합의 프로그램(신노인문화운동이라고 함)과 연계되는 부분이 있을까요?

김용익 위원장 : 부모에 대한 효도와 웃어른에 대한 공경은 세계가 부러워하는 우리 한국의 고유 전통이었으나, 시대가 변하면서 이러한 경로효친의 미덕이 점차 사라져 가고 있어 안타깝습니다.

이와 같은 소중한 가치를 현대사회에 맞는 경로효친의 가치로 승화·발전시켜 나가야 할 것입니다. 가족단위의 효가 아니라 젊은 세대가 고령 세대를 부양하는 사회적 효가 필요한 시대입니다.

이를 위해 위원회에서는 새로운 효 문화 개념을 정립하고 노인세대와 다른 세대 간의 공동체험 기회제공을 위한 세대간 교류 프로그램의 개발 시행 등 세대 간 이해증진 강화를 위한 노력을 기울이고 있습니다. 또한, 고령화 문제는 무엇보다 문화가 바뀌어야 합니다.

노인들이 낮게 평가되는 분위기를 바꾸어 노인들이 실제 생활에서 활동할 수 있도록 성원하는 분위기를 만들어야 하며, 그렇지 못한 노인들에게는 공적 소득보장제도 등을 통하여 국가가 책임지는 정책구현이 필요합니다. 이런 정책적 방향은 귀 연합의 신노인문화운동과도 직·간접의 관련이 있다고 봅니다. 일할 의욕과 능력이 있는 어르신은 최대한 일할 수 있도록 충분한 일자리를 만들어 제공할 계획입니다. 특히 할머니들이 살아오면서 터득한 지혜와 어려움을 극복해 나가는 인내력은 지금 이 시대에 더 활용되어야 할 소중한 사회적, 문화적 자산이라 생각합니다. 이런 자산을 활용할 수 있는 많은 일터가 마련될 수 있도록 노력하겠습니다.

– 우선 고령자 고용을 촉진하기 위해 「정년퇴직자 재고용 장려금 제고」를 신설하고 시간제 고용 등 다양한 고용형태를 확산하며

– 둘째, 노인의 능력·경험 등 특성을 고려한 재교육·훈련을 통하여 숲·생태 해설, 문화유산 해설, 실버택배, 산모 도우미, 간병인 등 일자리를 제공하고 있습니다.

– 시·도별로 실버취업박람회를 정기적으로 개최하여 취업정보 제공 및 상담을 통한 취업을 확대시키고

– 국민연금관리공단에 설치한 노인인력센터 등을 통해 노인 일자리를 창출하고 알선해 드리는 등 노인취업촉진 정책에 힘쓰고 있습니다.

신용자 상임대표 : 우리나라 여성의 수명은 남성보다 8년 가까이 더 깁니다. 그리고 여성들은 남성보다 상대적으로 불리한 사회적 여건에서 출생, 성장, 노년화되고 있습니다. 여성노인을 위한 특별지원정책이 반드시 필요하다고 생각되는데 위원장님의 소견 말씀 듣고 싶습니다.

김용익 위원장 : 위원회는 기본적으로 양성 간, 세대 간의 평등 및 사회통합과 연대를 활동의 기본방향으로 삼고 있습니다. 2003년 65세 이상 고령인구 성비는 65로

– 즉, 여성 100명당 남성인구는 65명으로 여성이 35명이나 더 많으며 고령화되어 갈수록 여성이 더 많아지고 있습니다. 따라서 노인, 특히 여성노인들이 건강하게 살아가실 수 있도록 공적 노인요양보장제도를 조속히 도입하고, 평생 건강관리체계구축, 생활체육 활성화, 공공보건의료 확충 등을 통해 건강유지 · 증진대책을 강구할 계획입니다. 여성노인 단독세대의 경우 소득수준이 남성노인에 비해 열악하므로

–국민연금 등 공적연금, 경로연금, 퇴직연금, 국민기초생활보장제도 등을 포함한 노후소득보장체계 구축 등 각종 노인복지를 확충해 나갈 것이며, 경로당, 노인복지회관 등이 흔히 남성노인들만의 전유물이 되는 일이 많아 여성노인의 공간을 따로 만들어 불편이 없도록 하는 등 여가 · 문화대책을 강구해 나갈 계획입니다.

신용자 상임대표 : 친절하고 구체적인 답변에 감사드립니다. 하시는 일 크게 성취하시고 건강하시기 바랍니다. 감사합니다.

2004년 4월

2005년도 주요사업

1. 2005년도 주요사업

2005. 4. 12 세종문화회관
컨퍼런스홀 전문가 토론회

한 해 동안 사무실을 두 번이나 옮겨 다녔으나 2005년에도 2004년 못지않게 다양한 프로그램의 실적을 올렸다.

2004년 한 해를 고난과 함께 비교적 화려하게 마감하고 2005년 3월에는 성신여자대학교 건강가정복지센터(관장 김태현 교수)와 5년간 공동프로그램운영 협약(성신여대 총장 명의로)을 맺고 재정지원을 받아 2005년도 여성부 지원 "할머니 보육 도우미" 양성 교육을 확대하여 할머니들의 일자리 접근이 더 쉬워졌다.

이 프로그램을 위해 4월 12일에는 어린이집, 유치원, 보육교사, 아동교육 전문가 등이 다수 참여하는 전문가 토론회를 개최하여 아동보육 관계자들에게 본 연합의 실상을 제대로 알리게 되었다.

4월 29일에는 천안시 입장농협 주부모임과 자매결연을 맺고 현장을 방문하여 전통 메주로 담은 된장 뜨기와 쑥 캐기 봉사 등 재미있는 농촌 봉사의 기회도 가졌다.

5월에는 책사랑 운동에 참여했던 회원들이 스스로 모여 "아이들 사랑 책 읽는 할머니(아사책)"라는 예쁜 이름을 붙인 독서모임(회장 박정옥)을 만들어 할머니 선생님이 현장에서 아이들을 가르칠 수 있도록 구체적인 지식과 교구 만들기 등의 기능을 익혀 아이들 곁으로 다가갔다.

　교육과정을 이수한 회원들에게는 여기저기의 유명 어린이집에서 파견 요청도 자주 들어 왔다.

　8월에는 경운동 천도교회관 사무실에서 또다시 짐을 꾸려 마포구 공덕동 성지빌딩 14층으로 사무실을 옮겼다.

　이곳에서 어린이를 가르치는 신문 활용 교육(NIE), 어린이에게 생활한자와 생활예절을 가르치는 할머니 전문 강사를 양성하는 교육프로그램이 적극적으로 시행되었다. 교육장이 없었기 때문에 보따리 장사처럼 여기저기 빌려야 했지만, 열심히 하였다.

　9월 30일부터 10월 3일까지 마포구청이 주최하는 "제1회 와우북 페스티벌"에 참여를 요청받아 "할매가 읽어주는 동화", "할머니가 보여주는 깜짝 마술" 등으로 본 연합 회원들의 "끼"를 맘껏 발휘하여 아이, 어른 모두가 열광했다.

　박홍섭 구청장도 현장에 나와 할머니들에게 격찬과 격려를 아끼지 않았다.

◎ 인사말

　　그동안 인사를 자주 못 드려서 죄송스럽게 생각합니다. 초여름의 더위가 심상치 않고 장마도 급하게 왔습니다. 우리 다 같이 건강에 조심하십시다.

　　"씨니어는 사회적 자산이며 젊은이의 귀감", "우리들의 노년생활 준비하면 걱정 없다."

　　이 표어는 본 연합이 2001년 3월 30일 창립과 함께 단체창립의 기본 이념으로 마련한 것입니다. 우리들 씨니어 세대는 우리나라 고령화 사회의 고령자 제1세대로 이 사회의 당사자이며 주역입니다.

　　우리들 씨니어 세대가 건강하고 보람 있게 즐거운 노년 생활을 할 수 있는 사회가 바로 밝은 고령화 사회, 건강한 고령화 사회이며 이러한 사회를 만드는 데 우리들 당사자는 물론 정부와 기업과 일반시민이 함께 어울려 노력하고 참여하여야 할 것입니다.

　　이와 같은 각오로 창립한 지 어언 5년째! 그동안 극심한 재정운영난으로 5번이나 사무실을 옮겨 다니면서도 뜻을 굽히지 않고 오늘에 이르고 있습니다. 본 연합의 임직원들은 잠시도 흐트러짐 없는 정신과 자세로 다양한 프로그램을 마련하여 열심히 시행하고 있습니다. 2002년부터 4년 연속하여 정부(여성부)와 서울시의 여성발전기금 지원 프로그램을 시행하여 일하고자 하는, 일할 수 있는 중·고령 여성인력의 개발, 훈련, 취업촉진을 위한 교육훈련사업을 정부보다 앞서가며 추진하여 정책당국과 협력 기업들의 호응이 차차 커지고 있습니다.

　　또한, 본 연합의 기본 이념이 담긴 목적사업의 일환으로 창립 첫해부터 계속하여 이벤트성 행사도 자주 가졌습니다. 즉 2001년 10월 31일 제1회 회원의 날 행사(씨니어 한마당 잔치), 2002년 1월 16일 미국 AARP(4천만 명의 회원을 가진 전 미국은퇴자협회)회장 초청강연, 2003년 6월 17일 노인 취업 활성화를 위한 후원의 밤 음악회, 2003년 7월 일용엄니(김수미) 주최의 노인 취업 활성화 후원바자회, 2003년 11월 노인 일자리 창출 정책토론회(한겨레 신문사, 전국 씨니어클럽협회 공동주최), 2004년 11월 일본의 「고령 사회를 좋게 하는 여성회」 대표 히구치 게이코(樋口惠子)초청 강연회 등의 큰 행사를 계속적으로 겁 없이 벌이면서 오늘에 이르고 있습니다. 작년의 강연회를 준비하는 과정에서 많은 전문가들이 참여하여 본 연합의 취업촉진 활동을 지원하기 위한 "일사랑 할머니 지원단"이란 전문가 집단을 탄생시켰고 앞으로 본 연합의 프로그램을 더욱 활성화시키는데 적극 지원하게 될 것입니다. 그 밖에도 성신여대 가족건강복지센터와 공동 협력프로그램 시행(5년간)협정, 농협과 자원봉사 자매결연(경기입장지역농협) 등 대외적으로도 활동을 넓혀가고 있습니다.

이와 같이 장족의 발전을 할 수 있었던 것은 모두가 회원님들의 끊임없는 관심과 참여로 가능하여지는 것이며 이에 힘입어 저희 연합 임직원은 잠시도 긴장을 풀지 않고 소임을 다하고자 최선을 다하고 있습니다.

본 연합이 추진하는 고령화 사회에 대처하며 앞서가는 생각과 실천방법이 실효를 거두어 정부의 고령화 사회 정책입안에도 많은 영향을 미치게되어 내년부터는 우리들이 지적하고 제시하며 주장해온 현실적인 프로그램이 정책으로 채택될 가능성이 높아지고 있습니다. 이런 모든 활동은 회원님들의 아낌없는 성원과 적극적인 참여로 이루어지는 것입니다.

회원님들께서는 지난날보다 더욱더 적극적인 관심과 애정으로 참여하여 우리들 자신의 고령화 사회를 밝게 건설하는 데 조금이나마 힘을 보태도록 노력하십시다.

감사합니다.

2005년 6월

(사)한국씨니어연합 상임대표 신용자
공동대표 원종남, 송순이

어린이들!
할머니 선생님 따라
해보세요.

어린이들!
동화책 재밌죠?

옛날에—
호랑이가아—
할머니 선생님 재미있어요!

어린이들!
신문을 이렇게 오려서
여기에 붙여 모으면…
무엇이 될까요?

차를 마실 때는
어떻게 앉아서
어떻게 마셔야 하죠?

어린이집 (청량리 소재
한신어린이집)
실습을 마치고…
아야! 재미있고 신난다!

쉿! 할머니들은 목하 NIE 전문강사 수련 중!

드디어 이야기 한자, 예절 할머니들의 교육수료식!

여봐라! 할머니 마술사 여기 계신다!
(2005년 9월) 와우북 페스티벌 현장

박홍섭 구청장님! 놀라셨죠?

● 2005년 보육 도우미 할머니 선생님 양성 교육

　2005년도 사업(보육 도우미 할머니 선생님 양성 교육)은 본 연합이 2002년도부터 시작하여 단계적으로 구체화시킨 기획과 프로그램이다. 본 연합이 주요사업으로 지정한 할머니 선생님 양성과 역할에 대한 소신, 자신감, 그리고 실천의 구체적인 내용을 후배들에게 전하기 위하여 비교적 많은 분량의 교육 자료를 소개할 필요를 느꼈다. 비전문기관인 본 연합이 본질에서 벗어나지 않고 정석의 교육을 계획하고 추진하여 평가한 자료이기 때문이다.

●목 차

제1부 : 머리말
– 발간사
– 2005년 공동협력사업 결과보고
– 설문조사분석 결과

제2부 : 교육자료

기본 과정
1. 영유아 발달의 이해
   정영자(한양유치원 원장/안산시 유치원 연합회 회장)
2. 현장중심의 영유아 발달과 대화법
   임현순(제나유치원 원장/안양 대림 대학 유아교육과 겸임교수)
3. 영유아의 안전과 생활지도
   민선기(송죽어린이집 원장/서대문구 어린이집 연합회 회장)
4. 어린이집과 유치원의 일상
   안영주(주디유치원 원장)
5. 동화구연의 이론과 실제
   이영희(동화유치원 원장/색동 어머니회 동화구연가회 회장)
6. 신나는 마술
   함민희((사)색동회 색동어머니회 동화구연가/한국마술인 협회 회원)
7. 종이접기
   이명자(한국종이접기협회 안산지회장)
8. 인형극
   이숙자(색동어머니회 동화구연가/색동극단 배우)

심화 과정
1. 어린이 건강관리
   박인순(대체의학, 두뇌요법사)
2. 장애아, 병약아에 대한 이해와 돌보기
   주정일(한국놀이치료학회 고문)

3. 사례 중심의 어린이 건강안전교육
   임현순(제나유치원 원장)
4. 보육 도우미와 아동 간의 상호작용
   민선기(송죽어린이집 원장/서대문구 어린이집 연합회 회장)
5. 안는 법, 마사지, 목욕 법, 약 먹이는 법
   조경자(백합유치원 원장)
6. 재활용품을 이용한 만들기와 꾸미기
   임현순(제나유치원 원장)
7. 구연동화
   이영희(동화유치원 원장/색동어머니회 동화구연가회 회장)
8. 인형극
   이숙자(색동어머니회 동화구연가/색동극단 배우)

◎ 발간사(네 번째 여성부와 공동협력사업 결과 보고서)

첫눈으로는 너무나 많은 눈이 내려 곳곳에서 일어나고 있는 폭설 피해 소식이 미처 겨울 살이 준비를 제대로 하지 못한 사람들의 근심을 크게 합니다. 대자연의 큰 힘 앞에서는 언제나 무릎을 꿇어야 하는 인간의 기술과 문명의 한계를 인정하고 더욱 겸손해지라는 교훈으로 삼아야 할 것 같습니다.

너무나 빠르게 진행되고 있는 우리나라의 고령화 사회에 대한 준비도 마찬가지라 생각됩니다.

우리 국민의 평균 수명이 2005년 현재 78.2세라는 놀라운 장수사회가 되었는데 이 장수 기간을 각자가 마음 놓고 당당하게 살아가기 위해 준비는 물론이고 국가의 정책도 아직 변변치 못합니다. 거기에다 평균 출산율 1.16이라는 세계 최하위의 출산율은 우리나라의 본격적인 고령화 발전과 장수 노인을 위한 대책에 대하여 염려를 넘어 겁을 내며 두려워하고 있습니다.

"목마른 자가 우물 판다"는 우리나라 속담이 있습니다.

역사 이래 한 번도 경험해 보지 못한 새로운 시대인 고령화 사회를 제일 먼저 경험하며 살아가야 할 지금의 노년 세대(씨니어 세대)들은 지난 세월을 살아오는 동안 쌓아온 경험과 지혜를 되살려 우리네의 노년기를 당당하고 보람 있게 살아갈 수 있도록 준비하고 실천하는 데 스스로 앞장서야 할 때인 것 같습니다.

그리고 이 준비와 실천이 지금의 청장년들이 겁내고 있는 저출산, 고령화 사회가 안고 있는 문제 해결에도 도움이 되는 적극적인 참여와 생산적 활동으로 이어지도록 노력해야 할 것입니다.

이 노력은 본 연합과 정책당국이 공동으로 수행하여야 할 일이며 회원 여러분은 이 노력의 성과가 더욱더 알차게 나타나도록 적극적으로 참여하여 지원하여야 할 것입니다.

2001년 본 연합의 창립 이래 계속 주장해 온 "씨니어는 사회적 자산이며 젊은이의 귀감", "우리들의 노년생활 준비하면 걱정 없다"는 본 연합의 기본이념을 구호로 표현한 것으로 우리나라의 고령화 사회 제1세대이며 당사자인 오늘의 씨니어들의 노후준비에 대한 자세이기도 합니다.

지난날 살아오면서 쌓아온 지혜와 경륜은 우리가 살아가야 할 본격적인 고령 사회를 살아가는데도 꼭 필요한 삶의 지혜가 될 것입니다.

본 연합과 본 연합의 모든 회원들은 앞으로 졸지에 다가올지도 모르는 폭우에도 폭설에도 굴복하지 않고 의연하게 살아갈 수 있는 지혜로운 노년이 되기 위하여 앞장선 선구자라는 자부심을 가져도 좋을 것입니다.

벌써 네 번째 여성가족부와의 공동협력사업 결과보고서의 발간사를 쓰면서 본 연합과 회원님들의 단합된 모습에 다시 한 번 감사드리며 계속적으로 적극 지원하고 배려해 주시는 여성가족부 당국자 여러분께 큰 감사 드립니다.

뜨거운 여름날 땀을 뻘뻘 흘리며 빠짐없이 교육과정에 참여하신 회원 여러분과 그 뒷바라지에 최선을 다한 본 연합 사무국 직원에게도 고맙다는 말 드립니다. 추위에 조심하시고 새해에는 더욱 건강하고 행복한 모습의 만남을 약속하며 다시 한 번 감사드립니다.

2005년 12월 5일
(사)한국씨니어연합 상임대표 신용자

2. 2005년도 사업추진 방법

본 연합의 상당한 수준의 기획과 진행, 그리고 프로그램 집행 내용을 추려서 소개한다.

1) 사업설명서

(1) 사업목적

① 빠르게 진행되고 있는 고령화의 속도에 비해 남성보다 훨씬 더 취약점이 많은 여성노인을 위한 노년 준비프로그램이 없는 실정에서 결코 짧지 않은 노년을 계획하고 준비할 수 있는 기회 및 프로그램의 제공

② 중·고령 여성들이 자신의 노년을 생산적으로 보람되게 보낼 수 있도록 설계, 자신을 인적자원으로 개발하여 도약할 수 있도록 계기 마련

③ 풍부한 육아 경험과 식견을 지닌 중·고령 여성들을 보육 도우미로 양성하여 현재 보육서비스의 사각지대인 이른 시간, 늦은 시각 보육을 맡게 하여 취업모들의 육아 부담을 덜어주고 결과적으로 출산력 증진에 기여

④ 할머니와 영유아 세대 간의 일상적인 생활접근을 통해 아동의 정서

적 안정감 형성 및 신가족문화로의 발전 추진

(2) 사업별 개요

구 분	대상/지역	시 기	내 용	목 표	참여인원
중·고령 여성의 아동 보육 도우미 양성워크숍	보육관계전문가 및 본 연합스태프/서울 (서울여성플라자)	3월 22일	중·고령 여성을 아동 보육 도우미로 양성하여 적극적으로 활용될 수 있도록 현실에 맞는 프로그램 구축을 위한 토론회	중·고령 여성을 아동 보육 도우미로 양성 활용함에 대한 타당성 검증	40명
중·고령 여성의 아동 보육 도우미 양성 및 활용 프로그램 구축을 위한 토론회	보육 관계자, 노인 문제관계자, 언론인, 일반인, 중·고령 여성/서울 (세종문화회관 컨퍼런스홀)	4월 12일		중·고령 여성 고유의 장점을 살리고 도우미의 역할을 현실적으로 해낼 수 있는 양성 프로그램의 내용 구축 및 프로그램의 타당성 홍보	100명
아동 보육 도우미 양성교육	중·고령 여성/서울(유치원 연합회 서울지회)	~8.23~9/13 ~10/11~10/31	중·고령 여성을 위한 아동 보육 도우미 양성교육	과거 육아 경험에서 축적된 지혜와 재교육을 통해 기능적 장점을 살리고 자신의 적성에 맞는 실기 분야 발견, 현장 응용력과 순발력 훈련	32명
실습(1차, 2차)	중·고령 여성/서울 및 수도권	~9/15~9/29 ~11/1~11/12	양성과정을 통해 습득한 이론 및 실기를 현장에서 활용하는 아동 보육 도우미로서의 시범활동	보완점 발견, 자체평가 가능한 관점 갖기	32명
평가 및 수료	중·고령 여성/서울	~11.16 ~11.30	교육 및 실습에 대한 평가와 수료	차별화된 보육 도우미로서의 긍지 갖게 됨	32명
결과보고서 제작		11월	사업에 대한 전체 내용	프로그램 홍보, 취업 연결	

2) 사업내용 및 추진전략

(1) 중·고령 여성의 아동 보육 도우미 양성 및 활용 프로그램 워크숍 시행

① 노인에게 있어 일자리의 필요/중요성, 여성 노인의 일자리 유형 논의

② 노인 문제 전문가, 보육전문가, 일자리 연계기관, 직업훈련기관 관계자들이 노인 일자리와 보육의 상호보완 되는 점 논의

③ 중·고령 여성에게 세대 교류프로그램인 보육 도우미의 적합성 논의

④ 저출산/ 고령화 시대에 시의 적절한 프로그램임에 대한 합의점 도출

(2) 중·고령 여성의 아동 보육 도우미 양성 프로그램 구축을 위한 토론회

① 중·고령 여성 고유의 정서와 아이 사랑을 바탕으로 안정되고 믿을 수 있는 보육인력 양성에 중점을 둔 프로그램의 필요성 도출

② 중·고령 여성의 보육경험에서 터득한 지혜와 요즘 흐름에 맞는 방법론을 잘 조화시킨 차별화된 보육 도우미의 방향 설정

③ 중·고령 여성에 대한 종래의 편견을 없애고 아동 보육 도우미로 활용하여 저출산 문제를 해결할 수 있는 한 역할 분담자로의 사회적 인식변화 필요

④ 중·고령 여성이 보육시설에서 아동 보육 도우미로 활동할 수 있는 정책적 지원의 필요

(3) 아동 보육 도우미 양성 교육

① 개요

- 노년준비와 일자리 마련이 절실한 중·고령 여성(50세~70세)을 아동 보육 도우미로 양성하여 양질의 보육을 제공하고 보육사각지대의 문제점을 해결하는 역할을 할 수 있도록 교육

- 교육 수료 후 즉시 현장투입이 가능하도록 2차에 걸친 현장실습과정 실시로 일에 대한 자신감 부여

② 교육내용 및 일정

- 기본과정 : 8월 23일 ~ 9월 13일 30시간 이론 및 실기 교육

  9월 14일 ~ 9월 29일 12시간 실습

- 심화과정 : 10월 11일 ~ 10월 31일 30시간 이론 및 실기 교육

  11월 1일 ~ 11월 12일 12시간 실습

  ※총 60시간 이론 및 실기 교육 24시간 실습

- 교육내용

  · 단순한 보호의 차원을 넘어 정서적 안정과 교육에 중점을 둔 강의 구성

  · 현장성을 살려 어린이집, 유치원 원장들로 구성된 강사진 활용

  · 사례 중심과 구연동화, 마술, 인형극 등의 실기교육 포함

- 실습 : 수료 후 현장투입이 즉시 가능하도록 한 24시간의 현장실습 과정

3) 추진실적 및 사업의 기대효과

(1) 네트워크 형성
① 워크숍과 토론회를 위한 홍보를 통해 노인종합사회복지관을 비롯한
　노인문제관련 기관과 보육관련 기관과의 네트워킹을 하는 계기가 됨
② 네트워킹을 통해 여성가족부 공동협력사업과 보육정책에 대한 인
　지도를 높임

(2) 중·고령 여성 아동 보육 도우미에 대한 인식 확산
① 워크숍, 토론회에 대한 홍보과정과 참여과정을 통해 폭넓은 홍보가
　되었으며 자료배포로 중·고령 여성이 아동 보육 도우미로 활동하
　는 것의 타당성에 대한 인식 확산

구 분	참여인원 구성	참여인원 수	홍보 대상	배포자료 수	홍보방법
워크숍	보육, 노인문제관련 전문가, 직업훈련기관실무자 등	40명	회원, 노인 및 보육관련 유관기관, 직업훈련기관	70부	전화 및 메일 홍보
토론회	언론인, 보육관련, 노인문제관련 정책입안자 및 관련 시설 실무자, 직업훈련기관 관계자, 중·고령 여성, 일반인 등	100명	일간지, 보육 노인관련 월간지, 복지관, 보육 및 노인 관련 기관 및 단체, 회원	250부	보도자료, 공문, 안내문 발송

(3) 아동 보육 도우미 양성 교육
① 홍보
- 서울 시내 55개 전철역 내 시민 게시판에 14일간 포스터 부착 및 리

플렛 배포 : 포스터 110부 부착 리플렛 200부 배포

– 서울 시내 25개 구청에 포스터 발송 → 구내 각 동사무소에 부착협
  조요청 : 포스터 750부, 리플렛 200부 발송

– 3차에 걸친 인터넷 홍보 : 관련 단체 및 시설(생협, 여성단체, 여성
  회관, 복지관, 구청 홈피, 베이비시터 관련 업체)

– 보도자료 발송 : 각 일간지, 유아 관련 잡지, 노인 관련 신문(여성신
  문 840호 조선일보 8월 3일 자, 서울여성 뉴스레터 8호에 게재)

② 교육

– 기본/심화 과정 수료 인원 : 총 32명

– 출석률 : 평균 80% 개근수료자 : 15명(47%)

③ 2006년 사업과의 연계성

– 지역별 인프라 구축의 기반 형성 : 2006년 사업과 연계를 위해 강
  동, 구로, 군포, 수원, 마포 지역의 중·고령 여성으로 구성된 보육
  인프라 구축하여 동아리 모임 지속(강동 팀장 : 장경희, 구로 : 전영
  자, 군포 : 이경남, 수원 : 홍춘희)

– 지역별 팀장의 정보수집 활동 : 2006년 사업을 위해 지역별 팀장들
  이 보육정보 탐색, 공유

④ 차별화된 중·고령 아동 보육 도우미로의 경쟁 가능성

– 개별수요자와의 콘택트를 통해 보육 도우미로 양성된 교육생들에
  대한 호감과 신뢰를 표시함

4) 계획대비 추진실적

시 기	사업계획	추 진 실 적
3월	○ 프로그램 계획 - 자문회의 시행/ 사업방향 확정 - 워크숍 개최	○ 자문위원단 구성 - 신용자(본 연합 상임대표) 김태현(성신여대 가족건강복지 실장), 김려옥(서초 주니어센터 원장), 이인자(강북여성인력개발센터 관장), 신재명(상명대학원 사회복지과 교수), 김선우(성신여대 가족건강복지센터 연구원) - 1차 자문회의 : 참석(김려옥, 김태현, 이인자, 신재명, 김선우, 신용자, 정승혜, 송혜란) · 전반적인 사업일정, 장소확정 워크숍 및 토론회 방향, 참석자 논의 · 보육현장의 실정과 욕구 파악, 현장에 맞는 커리큘럼 기획하여 교육시행, 중·고령 여성이 아동 보육 도우미로서 발휘할 수 있는 장점, 중·고령 여성이 활동할 수 있는 보육틈새시장 파악 ○ 2차 자문회의 : 참석(신용자, 김태현, 김선우, 지혜숙, 사공혜숙, 정광옥) - 워크숍에 대한 준비, 역할 분담, 자료준비 - 토론회에 대한 논의 : 홍보 대상 파악하여 사전 홍보와 사후 자료 배포 - 토론회 홍보 준비 : 관련 단체, 일간지, 육아 잡지 담당 기자 리스트 업, 보도자료 작성 ○ 토론회 홍보 시작 : 보도자료, 안내문 발송 ○ 3차 자문회의 : 참석(신재명, 김려옥, 이인자, 신용자, 정승혜, 송혜란) - 토론회에 대한 논의 : 주제발표자 및 순서, 참석자 확정, 실제 보육 도우미 경험 사례자 섭외, 사설베이비시터업체 홍보 / 빔 프로젝터, 노트북, 참고자료, 원고의뢰 등 준비물 점검 ○ 토론회 인터넷 홍보(1차) : 종합사회복지관, 보육업체, 유치원, 어린이집, 씨니어클럽, 노인의 전화 등 관련 기관 홈페이지 통한 인터넷 홍보 ○ 4차 자문회의(워크숍 준비회의) : 참석(신용자, 김려옥, 김태현, 김선우, 신재명, 이인자, 정승혜, 송혜란) - 워크숍 준비점검/역할 분담 - 토론회 홍보상황/참석자 섭외 상황점검

시 기	사업계획	추 진 실 적
		○ 중·고령 여성 인력을 보육 도우미 인력으로 양성, 저출산 현상을 해결할 수 있는 보육서비스 향상에 기여하는 보육 도우미로 활용하기 위한 워크숍 / 장소 : 서울여성플라자 NGO 센터/ 일시 : 2005년 3월 22일 오후 2시/ 참석: 신용자, 김태현, 이인자, 임현순(제나유치원 원장), 이종선(경기유치원 원장), 민선기(송중어린이집 원장, 신재명 외 참관자 40명 : 참여 인원 52명
4월	○ 프로그램 계획 – 토론회 개최	○ 토론회 준비 회의 :참석 : 최효원, 김영미, 정승혜, 송혜란 ○ 토론회 홍보(2차) : 인터넷 2차 홍보 /보도자료 발송 ○ 5차 자문 회의 : 참석(이인자, 김영미, 신용자, 정승혜, 송혜란) : 토론회 준비사항 점검/ 토론회 1차 홍보에 대한 반응 파악/역할 분담/ 참관자로 직장어린이집, 유치원위탁운영업체 등에 홍보 ○ 중·고령 여성의 아동 보육 도우미 양성 및 활용을 위한 토론회 / 장소 : 세종문화회관 컨퍼런스 홀/일시 : 2005년 4월 12일/사회 : 김태현/ 격려사 : 김용익(고령화 및 미래사회 위원회위원장) 기조강연 : 변재관, 발제 : 손지미, 최효원 토론자 : 이창미, 이종선, 민선기, 신재명, 임현순 보육 도우미 사례 발표: 강금주, 김이자, 정무임 : 서울시 보육정책 관계자, 복지관. 육아 잡지사, 자활 기관, 일반 참석자 등 100여 명 참관 : 참여 인원 100명 ○ 실습지 섭외 미팅 :참석 : 이종선(경기유치원 원장), 임현순(제나유치원 원장), 정승혜, 송혜란
4월	○프로그램 내용 확정/ 커리큘럼 확정	○ 중·고령 여성의 아동 보육 도우미 양성 교육을 위한 커리큘럼 회의(1차) :참석: 이창미(서울시 보육정보센터 소장), 이종선(경기유치원 원장), 신용자(본 연합 상임대표), 정승혜(사무국장) : 강사 콘택트/교육 일정, 실습 일정 논의 ○ 홍보 포스터부착 협조 의뢰(지하철공사)
5월	○ 사업 홍보 및 교육생 모집 준비	○ 커리큘럼 회의 (2차) : 참석 : 이창미, 이종선, 신용자, 정승혜, 송혜란

시 기	사업계획	추 진 실 적
5월	○ 사업 홍보 및 교육생 모집 준비	: 6~8월에 1차 교육 시행 예정 계획을 강사들 일정, 실습 적정시기와 무더위, 여름 휴가, 교육장 사정을 고려하여 1차 교육 : 8월 23일, 2차 교육 : 10월 11일로 일정 변경하기로 결정 ○지하철공사로부터 역내 시민 게시판에 포스터 부착 허가 승인(55개 역 내/14일간) ○아동 보육 도우미 수요처 미팅 : 유치원 위탁 경영업체인 한솔 교육 방문 아동 보육 도우미에 대한 수요처 욕구 파악 ○ 유치원, 어린이집 원장 미팅 : 솔샘유치원, 명랑어린이집 미팅
6월	○ 양성 교육 준비	○ 6차 자문회의 : 아동 보육 도우미 커리큘럼 확정/ 교육장 확정(사업과의 연계를 위해 유치원 연합회로 결정) ○강사 섭외 완료 ○포스터 및 리플렛 디자인 의뢰 ○포스터 부착지 리스트업 시작 : 서울시 내 각 구청 및 복지관 등 ○포스터/리플렛 납품
7월	○ 프로그램 홍보	○인터넷홍보(1차) : 여성회관, 노인복지관, 교회, 각 구청 홈페이지 등 ○보도자료 발송 시작(1차) ○포스터 발송 준비 작업 ○지하철역 내 시민 게시판 포스터 부착/리플렛 배포 ○인터넷 홍보(2차)/보도자료 2차 발송 ○강사미팅 / 강의안 의뢰 : 강의 방향 논의(이론 위주 보다는 현장적응력 높이기, 실기 교육 중점, 사례 위주로 세세한 부분 강의)
8월	○ 프로그램 준비 ○ 교육생 모집 ○ 프로그램 세부 준비	○실습처 섭외 : 어린이집과 유치원으로 분류 ○교육희망자 접수 시작 ○ 3차 인터넷 홍보 ○ 교재제작/필요 양식 준비/오리엔테이션 준비 ○ 오리엔테이션 : 8월 22일 ○ 기본교육 시작

시 기	사업계획	추 진 실 적
9월	○ 실습준비/기본 교육 시행	○ 실습지 확정/ 실습협조요청공문발송 : 현정, 경기, 제나, 한양, 주디유치원 중앙청사, 성북구청, 송중, 한신, 샘물어린이집 ○ 기본교육 완료/실습평가서 준비 ○ 1차 실습 : 9/14~9/29
10월	○ 심화 교육 실시	○ 심화 교육 시작 ○ 지역별 동아리 구성 준비
11월	○ 심화 과정 완료 2차 실습 ○ 현장실습자 자체평가회의 ○ 평가회의 시행 ○ 수료식 ○ 2006년도 사업 준비 – 지역별 동아리 조직 – 정보/자료 수집 ○ 결과보고서 제작	○ 2차 실습 : 11/1 ~ 11/12 ○ 현장실습자 자체평가회의 : 11월 10일/11월 11일 ○ 평가회의 – 11월 16일 오후 2시 – 장소 : 서울여성플라자 세미나실 – 참여 인원 : 35명(교육생 25명, 강사 5명, 스태프 5명) – 설문조사 시행 ○ 추가교육(11월 28일, 29일) : 교육생들의 희망에 따라 구연동화에 대한 추가교육 시행 ○ 수료식(교육생 32명, 스태프 5명 + 내빈 6명) – 11월 30일 오후 2시 – 장소 : 서울시 보육정보센터 교육실 ○ 시장조사 및 구직연계 – 계속 조사 및 탐색 중 – 4명 취업/계속 연계 중 ○ 지역별 동아리 결성/팀장 선발 : 강동, 구로, 군포, 수원, 마포 지역 조직 ○ 교육생별 개인 파일제작 중 : 구직활동하고 있는 교육생들을 위해 교육내용과 수료를 증명하는 파일 제작 ○ 보육 관련 기관과의 홈피상 배너교환 추진 중 – 서울시 보육정보센터, 유치원 연합회, 생협 등 ○ 결과보고서 제작(100부) : 유관단체에 배포

5) 사업추진성과

O 중·고령 여성들의 현실에 맞는 교육복지의 기회부여

- 전 교육생 모두 이러한 교육의 기회가 있음에 대해 감사해 하며 성실하게 임함(평균 출석률 80%, 개근수료자 47%, 중도탈락 3명)

- 자체 설문조사 분석 결과를 보면 총 응답자 23명 중(평가회 참석한 설문대상자 25명) 프로그램의 내용에 대해 '만족한다'(13명)와 '매우 만족'(8명)이 91%를 차지

- 일반인들로부터 내년도 교육시행 여부에 대한 문의와 교육 희망자들이 다수 있었음

O 참가한 교육생들 자신감 획득

- 이번 프로그램을 통해 자신의 변화된 모습을 발견했고 자신감을 얻었다는 응답이 총 응답자 중 21명(91%) 차지

O 2006년 사업을 위한 지역별 인프라 구축의 기반 형성

- 총 5 지역 (강동, 구로, 군포, 수원, 마포)

O 믿음이 따르는 보육 도우미의 양성

- 비영리단체가 여성가족부의 후원으로 양성한 아동 보육 도우미라는 점에 호의적인 반응

- 구로, 노원 생협으로부터의 지속적인 파견의뢰(8월부터 일시적인 보육의뢰가 꾸준히 있으며 현재까지 총 10명 파견/ 좋은 반응으로 지속적 의뢰가 있을 전망) : 이외의 생협이나 여성 단체에도 홍보를 하여 지속적인 수요처 늘릴 예정

○ 고유한 장점을 지닌 보육 도우미의 양성

– 중·고령 여성들이 지닌 특성과 현장성 있는 교육이 조화를 이뤄 특성 있는 보육 도우미로의 전망

○ 교육과 실습을 통해 보육시설 관련 기관과의 네트워크 형성

– 실습 처로 활용한 유치원 5곳, 어린이집 5곳과의 연결, 정보 교환

● 아사책(아이들 사랑 책 읽는 할머니)모임 발족

본 연합은 2002년 6월에 신노인문화운동의 일환으로 「씨니어 책사랑 운동」을 추진할 것을 결의하고 구체적인 준비에 들어갔다. 그 후 사무실을 시내 대방동에 있는 서울여성플라자로 옮긴(2002. 11) 후 그 안에서 장소를 제공받고 교보문고에서 책과 서가를 기부받으면서 이 운동이 구체적으로 추진되었다. 먼저 교보문고를 비롯한 여러 곳에서 기부받은 책을 교보문고가 제공한 훌륭한 서가에 진열하여 여성플라자 3층(사무실)과 식당 입구 복도에 설치하고 이 책을 방문객들이 쉽게 이용할 수 있도록 참가 회원들에게 준사서 교육을 시행하였다. 국내 도서관계의 최고 권위자들이 참여한 준사서 교육은 어렵지 않게 회원들에게 도서를 분류, 정리하여 대출과 반납 업무를 쉽게 처리할 수 있게 훈련시켰다. 이 운동이 기반이 되어 2005년 4월에는 책사랑 운동이 전개되었으며 이들의 주력사업은 어린이집, 유치원, 일반가정의 어린이들에게 재미있는 동화책을 읽어주는 "이야기 보따리 할머니", 책 읽는 소리를 들어가며 어린이들이 편하게 잠들게 하는 "무릎 팍 할머니"가 되는 일이었다. 이런 프로그램이 언론에 알려지자 선풍 같은 반응이 쏟아졌다.

먼저 동아일보 2005년 5월 9일 자 A21면에 관련 사진과 함께 "할머니가 동화 들려줄까" 하는 내용으로 친절하게 소개되었다.

그 후 연이어 보도된 각종 언론의 반응은 오늘까지 「아사책」 회원들이 끊임없이 노력하고 지속하는 모임으로 더욱 발전하게 하였다.

● 아이들과 어울려 책 속에 빠져 사는 할머니들

〈아이들 사랑 책 읽는 할머니 모임(아사책) 회장 박정옥의 인사말〉

한국씨니어연합의 「아사책」이 신노인문화 창출에 앞장선 지 3년이란 세월이 흘러갔다. 흰 머리는 염색으로 연륜을 가리고, 몸매는 옷으로 날개를 달고, 얼굴은 화장으로 요조숙녀가 될 수 있으나 우리의 마음만은 자기 스스로 노력하지 않으면 변화시킬 수 없다. (사)한국씨니어연합에 몸담으면서 바쁜 여정이 시작된다. 안정된 저출산, 고령화 사회를 위하여 젊은이들은 일선에서, 우리 할머니들은 뒤에서 힘을 모아야 한다. 핵가족 사회에 결핍되기 쉬운 가족 사랑과 따뜻한 가슴의 정겨움을 할머니들과 나눌 수 있다. 1~3세대 정 나누기를 통하여 대화 없는 요즘 아이들의 말벗과 TV가 친구인 아이들에게 할머니들의 동화 한 편은 책 한 권을 읽는 것보다 더 많은 효과를 가져올 수 있다. 이와 같은 역할을 본 연합 아사책 할머니들이 하고 있다. 아사책 회원들은 일인다역을 해내느라 항상 바쁘게 살고 있다. 매주 목요일에는 어김없이 대방동 여성플라자에 모인다. 자기 전문지식을 기반으로 또 다른 분야를 개척하기 위해서다.

어린이들 앞에 서기 위한 예절, 동화구연, 손유희, 한자, NIE, 전래동요놀이, 유아다례등을 서로 배우고 깊이 익히기에 바쁘다. 동화구연을 위한 소품 만들기, 마술 등 다기능인을 위한 연찬이 쉴 새 없이 돌아가고 있다. 아사책 회원들은 각 분야에서 활동하는 분들이 대다수이다. 유치원, 어린이집, 문화센터, 예절원, 복지관, 학교 등 유아에서 어르신까지 우리가 필요한 곳이면 언제든지 달려갈 대비가 되어 있도록 연구하고 있다. 또한, 대외적인 강사로 활동하는 회원도 있다. 특히 장애학생, 치매 어르신을 위해 활동하는 분도 있다. 바쁜 가운데도 어떤 행사가 있으면 적극적으로 참여하는 열성 할머니들이다. 최근에는 강동구가 설치한 강동 어린이 회관에서도 봉사하고 있다. 강동 어린이 회관은 강동구청에서 직영으로 운영하는 영유아를 위한 문화공간으로 그 시설이 잘되어 있다. 회원 자격은 어린이를 사랑하는 50세 이상의 건전한 여성이라면 누구든지 가입할 수 있다. 특히 씨니어들을 환영한다.

● 2005년 5월 25일 수요일 시니어스 타임즈 종합 제93호

시니어스 타임즈 2005년 5월 25일

할머니, 옛날애기 하나 들려주세요~
「아이들 사랑 책 읽는 할머니 모임」

"어흥~나는 호랑이다~너는 누구니?", "전 생쥔데요. 여기가 어디죠?"

한 강사가 광주리로 만든 호랑이와 쥐 가면으로 번갈아 가며 얼굴을 가리고 구연동화 강의에 열을 올리고 있다. 진지한 눈빛으로 강의에 열중하며 때론 메모를, 또 때론 가볍게 율동을 따라 하는 학 생들은 놀랍게도 60쯤의 할머니들이다.

성신여대에서 하는 구연동화 스터디에 참가한 20여 명의 학생은 지난 4월 초에 발족한 한국씨니어연합 소속 '아이들 사랑 책 읽는 할머니 모임'의 회원들, 대부분이 전직 교사나 오랜 사회활동을 해

온 이들로 구연동화 전문교육을 받아 유치원이나 어린이집에서 동화를 들려주는 '이야기 할머니', 영아에게 자장가를 들려주는 '베개 할머니'로 자원봉사를 하기 위해 이 자리에 모인 것이다.

이미 이들 대부분은 씨니어연합을 통해 보육교사 자격증과 예정강사 자격증을 가지고 있어 이와 같은 전문교육을 이수할 경우 아이들을 위한 강사로서의 역할을 더 잘해 낼 것으로 보고 있다. 뿐만 아니라 100시간의 교육을 통한 노인 종합상담사와 실버케어스 자격증까지 가지고 있어 독거노인이나 재가노인들을 위한 말벗 봉사까지도 할 수 있는 고급인력들이다.

전직 중·고등교사인 김송자(70) 씨는 "구연동화 수업을 한차례 받은 적 있지만, 정확히 익히기 위해 이 모임에 가입했다"며 "일주일에 한 번 외손자·손녀들에게 동화를 읽어주는데, 너무 재밌어하고 즐거워해 보람을 느낀다"고 말했다.

또 그는 "좀 더 전문적으로 익혀 외부 어린이들에게 가르칠 수 있는 기회가 빨리 왔으면 한다"면서 "아이들이 좋은 이야기, 좋은 동화를 듣고 자라면 정서가 풍부해지기 때문"이란다.

할머니들은 "표정과 목소리도 풍부해야 하며, 이야기도 재밌게 이끌어야 한다. 그러기 위해서는 우리가 동화를 많이 읽고 사랑해야 한다"며 연령별로 책을 나누어 읽기 실습도 병행하고 있다. 지혜숙(60) 씨는 "전문 봉사활동을 통해 즐거운 노후는 물론, 숨어 있는 자신의 끼를 발견할 수 있는 좋은 기회"라며 "저출산, 고령화 시대에 앞서 정부가 원하는 적극적인 노인상을 우리가 이끌고 있는 것 같아 자부심도 크다"고 말했다.

회장을 맡고 있는 박정옥(63) 씨는 "신노인문화 창출을 위해 전 회원이 똘똘 뭉쳐 다양한 교육 이수도 게을리하지 않는다"며 "현재 시행 중인 한자 교육과 NIE(신문 활용 교육)를 통해 봉사를 위한 전문강사 양성에 힘을 기울일 것"이라고 말했다.

● 책 읽는 할머니 모임에 대한 언론의 뜨거운 반응

한국씨니어연합 회원들의 동아리 모임으로 발족한 '아이들 사랑 책 읽는 할머니모임'이 2005년 5월 9일 자 동아일보에 소개된 후, MBC 라디오의 〈손석희의 시선집중〉, 여성신문, 유아잡지 「앙팡」(2005면 7월호 게재 예정), KBS 1라디오 '안녕하십니까? 송관수입니다.' (5월 26일), 인터

넷 TV인 CGN TV(5월 21일 방영), 씨니어스 타임즈(5월25일자 게재), 울산MBC 라디오 '와이드 울산(6월 11일 방송)' 등 여러 방송 매체에서

아사책 회원들의 활기찬 모습

앞다투어 취재하여 방송하고 있다. 덕분에 아이들에게 좋은 이야기를 들려주기 위해 구연동화 교육, 한자 예절 교육, NIE 교육을 받느라 바쁜 일과를 보내고 있던 우리 회원들이 더욱더 바빠졌다고 한다. 시간이 없어 점심을 전철에서 빵으로 해결하기도 한다는데, 그런 열의가 아이들에게 그대로 전달되길 바란다.

아사책 회원들은 모임을 스스로 만든 뒤 이 모임을 운영하기 위해 회칙을 의논하고 합의하여 선정, 그에 따라 이끌어 나가고 있다.

회 칙

1. 본 회의는 "한씨연 아사책 모임"이라 칭함 (아이들 사랑 책 읽는 할머니 모임-아사책)
2. 목적
 - 아이가 엄마와 나누었던 최초의 사랑을 이어나가고 '따뜻한 이야기' 로 할머니에 의한 보육을 느낌(돌봄)
 - 동화책이 없던 시절 할머니 품에서 혹은 무릎을 베고 누워 이야기를 듣다가 스스르 잠이 들곤 했던 순수한 정서를 요즘의 아이들에게 전해주는 역할
 - 어릴 적부터 컴퓨터와 무조건적으로 친해지는 요즘 아이들을 책과 친해지게 도와주어 인터넷이 야기하는 정서적인 폐해를 예방

- 핵가족화되면서 소멸되어가고 있는 할머니, 할아버지에 대한 역할을 알려주고 "정 나누기"를 알게 함
3. 회원자격 : 씨니어연합 회원으로서 어린이 독서를 지도할 수 있는 사람
4. 임원 : 회장 1명, 부회장 약간명, 고문 약간명, 회계 1명, 서기 1명
5. 회비 : 회원가입시 10,000원을 납부하고 필요에 따라 회비를 거두기로 함

한씨연 아사책 모임 임원(2005. 04)

회장 – 박정옥 / 부회장 – 조문자, 이순, 지혜숙, 조옥증, 정경희 / 고문 – 김송자 / 총무 – 임창섭 / 회계 – 이경란 / 서기 – 주순호

● (사)한국씨니어연합이 2002년부터 여성부, 서울시의 지원으로 운영한 교육과정을 통해 다음과 같이 수료생들을 배출

〉〉 2002년 아동·노인 도우미 교육 수료생(29명) : '아동(노인) 도우미의 역할과 기술' 등 총 30시간 수료

서광자(회장) 강순자 고미숙 김남정 김순동 김은순 김종숙 박태진 박종화 박정숙 손숙자 서명숙 신경섭 송길호 송군자 임영자 우순자 이영희 이옥자 조인상 조선옥 정종주 정무임 황옥례

〉〉 2003년 아동 도우미 교육 수료생(10명) : 아동심리 상담 등 이론 88시간 실습 30시간 총 118시간 수료

고월덕 류지순 오청자 이연호 이영화 이행자 정무임 최금희 최정자 한영자

〉〉 2003년 노인 도우미 교육 수료생(28명) : '노인 및 장애인 심리' 등 이론 92시간 실습 30시간 총 122 시간 수료

장영금(회장) 권태현 김옥분 박현숙 박희숙 배길자 송보경 유정순 윤정희 이광자 이귀저 이수미자 이일님 이정애 장정자 정군자 조길자 조철순 차온자 최귀옥 최애열 황필숙 구선녀 김상효 안정희 염애자 조선옥 최하자

>> 2004년 노인 종합 상담사 교육 수료생(49명) : '노인문제 상담' 등 이론 92시간 실습 50시간 총 100시간 수료

서광자(회장) 강금주 구미숙 구자영 권경해 김경희 김명수 김명옥 김미용 김송자 김영희 김옥소 김재왕 김정옥 김창숙 김혜숙 남영희 박애숙 박정옥 박정자 방희장 사공혜숙 신민정 신승숙 신옥주 어영수 윤영자 윤진곤 이순 이경란 이봉순 이수자 이옥희 이현숙 이혜은 임창선 장인월 정경희 정광옥 정명예 정채환 정해선 조문자 주순호 지혜숙 최경숙 최영숙 한동남 함선옥

>> 2005년 한자 · 예절 전문강사 양성과정 교육생(36명) : 이론 및 실기 70시간

장영금(회장) 강도순 김미자 김순자 김신자 김영자 김영희 김임수 김정원 김정자 김혜란 박두자 변영희 엄원순 우미라 유옥재 이귀저 이영수 이영희 이인영 이정애 이정화 이창구 임병우 정복실 정상희 정숙재 정운순 정춘자 정화자 조문자 조유자 최정자 현호연 홍종남

>> 2005년 NIE(신문 활용)전문강사 양성과정 교육생(24명) : 이론 및 실기 총 70시간

지혜숙(회장) 강금주 김경순 김기덕 김송자 김신선 김유미 김정순 남선옥 문명숙 문추자 박용순 박정옥 성의순 안경숙 유혜숙 윤한옥 이경애 이현숙 이화선 정경희 정금례 정무임 황영숙

● (사)한국씨니어연합 / 성신여대 가족건강 복지센터 공동 프로그램

》 2005년 1차 여성시니어 아동 도우미 교육 수료생(24명) : '아동심리의 이해' 등 총 30시간 수료

고월덕 김경희 김남정 김명수 김명순 김명옥 김송자 김영희 김이자 박정옥 사공혜숙 사순애 서광자 손숙자 송인순 염애자 유윤희 이귀례 이경란 이순 이영희 조유자 주순호 지혜숙

》 2005년 2차 여성시니어 아동 도우미 교육 수료생(21명) : '아동심리의 이해' 등 총 30시간 수료

김신선 김임수 김옥한 문명숙 문추자 박용순 변영희 양순덕 이경애 이경자 이인영 이영수 임후남 윤하옥 정상희 정숙재 정옥순 정운순 조경미 홍주희 홍종남

물심양면으로 기울인 노력에 비하면 교육 수료생의 숫자와 현장 활동가의 수가 그리 많다고는 볼 수 없으나 그들이 보여주는 노후 생활 설계에 대한 희망과 꿈, 이들의 역할이 정부 정책에 미치는 보이지 않는 영향력은 대단한 것이었다고 확신한다.

2006년도 주요사업

1. 2006년도 주요사업

1월에 마포구 성지빌딩에서 또다시 동작구 대방동 서울여성플라자로 사무실을 옮기게 되었다. 그곳에서 4년 동안은 정말로 안정된 프로그램을 펼 수 있었다.

4월 12일, 본 연합 창립 5주년 기념행사 겸 김애실(여성가족위원회 위원장)과 공동주최로 "노인 일자리 마련은 이렇게"라는 정책토론회를 국회의원회관 대회의실에서 열었다.

마침 벚꽃이 한창 예쁘게 필 때라 전국 곳곳에서 토론회 참가 겸 국회 근처의 벚꽃구경을 위해 모여든 인원으로 토론회는 성황을 이루었다.

오전에는 본 연합 창립 5주년 기념축제를 벌이고 오후에는 정해진 정책토론회가 열렸다.

김한길 민주당 원내대표와 이재오 한나라당 원내대표가 오전 기념식에 축사를, 김원기 국회의장이 오후 정책토론회의 축사를 하는 거창한 행사였다.

4월 20일에는 할머니 선생님의 활동반경이 더 넓어진 찾아가는 공부방 할머니 선생님, 한자 · 예절 전문 강사, 이야기 보따리 할머니 선생님 양성이 빈틈없이 이루어졌다.

이러한 활동이 정부로부터 평가되어 "제2회 가정의 달" 행사에서 신용자 회장이 본 연합을 대표하여 표창장을 받았다.

6월에는 본 연합이 계속 주장해온 유치원, 어린이집 원아 등·하원 지킴이 및 학습 도우미 할머니 교육이 현장 실습과 함께 시행되었다.

해마다 7월에는 정부가 많은 예산을 들여서 전국적으로 거창하게 거행하는 '여성주간' 행사가 있다. 양성평등의 깃발과 여성 복지증진의 깃발은 화려하게 휘날렸으나 정작 60년대 이후의 현장 활동에서 밀려난 노년기의 여성이 느끼는 여성주간 행사는 남의 나라 잔치 같았다. 이들 노년세대가 젊은 날에 이루어 놓은 여성운동의 성과나 희생적인 봉사 정신을 행사에 반영시킬 기미는 어디에서도 찾아볼 수 없었다.

이에 노인의 당당한 노년생활과 복지를 주장하는 본 연합은 여성주간을 의식하고 7월에 "제2회 여성노인 취업준비 교육기금마련" 후원음악회를 열었다. 원로 인기가수 김도향(60대 후반)과 10대 후반의 재즈 피아니스트 진보라를 출연시켜 우리들의 깊은 뜻을 반영시키고자 하였다.

60대와 10대 출연자의 어울림, 찬조출연도 할머니 선생님과 어린이들이 함께 어울려 춤추고 노래하는 잔치로 본 연합이 추구하는 신노인문화운동의 새로운 모습으로 치러졌다.

9월에는 "할머니 선생님(교육보조교사)은 어떤 선생님이어야 하는가?"를 본 연합이 주장하며 바라는 할머니 선생님, 다시 말하면 할머니 선생님이 신명 나고, 어린아이들이 할머니를 잘 따르고 좋아하며 아이들 부모 특히 젊은 엄마들과 어린이 보육을 담당하고 있는 유치원과 어린이집의 운영자, 보육교사가 모두 좋아하는 선생님의 자질을 가져야 한다는 뜻에서 '할머니 선생님 현장 활동지침서'를 마련했다. 이 지침서 마련을 위하여 관계 전문가 20여 명이 참여, 함께 토론하고 토의하여 합의한 결과를 가지고 만들었다.

9월 7일에는 서울시와 서울시 여성재단이 공동주최하는 '여성취업 창업 기업박람회'에 참여하여 본 연합의 단독부스를 배정받아 적극 참여했다. 본 연합의 할머니 선생님들은 현장에 마련된 어린이 보호 부스에서 그동안 갈고 닦은 어린이 돌보는 일을 실감 나게 할 수 있었다.

12월에는 한국씨니어연합 가정봉사원 교육원이 설립되고 이어서 동작구청이 인증한 노인복지센터가 설립되어 운영하게 되었다.

국회회기가 다 끝나고 있는 12월 7일에 국회의원 유승희(민주당) 의원과 공동주최로 "중 · 고령 여성인력 활용방안에 관한 정책토론회"가 국회 귀빈식당에서 열렸다.

김태홍 국회 보건복지 위원장, 문희 여성가족위원회 위원장이 축사했다. 2006년도 정신없이 여러 가지 실적을 거두는 바쁜 한해로 지나갔다.

2006년 4월 12일 창립 5주년 기념총회 및 전시회(국회의원회관 대회의실에서)

오전의 기념축제에 찬조출연한 소리꾼들

김원기 국회의장의 정책토론회 축사

김애실 여성가족위원회(국회) 위원장의
기조강연

유승희 의원과 공동주최한 정책토론회(2006.
12. 7) 국회 귀빈식당에서

2006년 6월에 시행된 "유치원, 어린이집 원아 등·하원 지킴이" 모습이다. 할머니들이 어린이를 차에서 내려주고 집 앞까지 데려다 주고 있다.

제2회 여성노인 교육기금마련 후원의 밤 공연 모습이다.

할머니와 아이들이 같은 복장을 하고 무대 위에 올라가 신나게 춤추고 있다. 2006. 7. 7

공연이 끝난 후 출연진과 본 연합 임원들의 기념사진 2006. 7. 7

● 2006년 7월 1일 본 연합의 교육프로그램인 보육보조교
 사의 자질과 기능에 관한 활동지침 마련을 위한 전문가
 간담회 (재) 서울여성플라자 세미나실에서

전문가들의 진지하고 열띤 토의장 모습   의견발표를 준비하는 참가 전문가들

● 2006. 11 할머니 선생님(보육보조교사) 현장 활동지침서
 발간

본 연합은 창립 당시부터 여성노인의 삶의 질을 높이기 위한 기본적인
기능과 정신에 알맞은 일자리로 어린이집이나 유치원의 보조교사 역할
이 적합하다는 확신을 가지고 있었다.

이에 2002년도부터 여성노인(50~70세)의 일자리 개발 방침에 따라
유치원, 어린이집의 보육보조교사를 이들의 일자리로 선정하고 이 여성
노인들이 아이들과 아이들의 부모 그리고 이들을 맡아 교육하고 있는 현
장의 선생님들이 좋아하고 흔쾌히 받아들일 수 있는 보조교사로서의 자
질을 갖추게 하는 '현장 활동지침서'를 만들어 그 내용을 휴대용 수첩에
등재하여 교육수료생 할머니들과 관계 정책기관에 배포하였다.

이 지침서는 본 연합의 기획안에 따라 현장전문가(유치원 연합회장,

유치원장, 한국보육시설고문, 여성가족부 보육정책담당관, 어린이집 원장, 아동 미술지도사, 지역아동센터장, 교보문고 직원)들을 한자리에 초치하여 진지한 토의와 심의 결정 과정을 거쳐 현장의 전문성을 갖춘 지침서로 작성했다고 자부한다.

소액의 예산을 연말 가까이 배정받아 예산과 시간 부족 등의 어려움이 있었으나 참여자들의 진정과 성의로 제법 현장감과 전문성을 갖춘 지침서가 되었다.

예산 부족으로 독립적인 수첩 제작이 불가능하여 시판되고 있는 수첩의 지면을 활용해야 하는 어려움은 있었으나 참여자들의 확고한 의지와 협력으로 제법 내용을 갖추어 할머니들이 익혀야 할 현장지침을 성의껏 실었다.

2006년 9월에 전문가 토론과 내용 심의 결정 과정을 거쳐 2006년 11월 30일 제작을 완료하여 연말 안에 할머니 선생님과 관계 현장에 배포, 할머니 선생님들이 자질과 자격을 갖춘 검증된 선생님들임을 알리려 최선의 노력을 다하였다.

● 할머니 선생님(보육보조교사) 현장 활동지침서(2006. 9)

(사)한국씨니어연합은 노인들이 건강하고, 즐겁고 당당하게 노년기를
살아갈 수 있도록 일거리와 일자리를 마련하는「신노인문화운동」을 열심
히 시행하고 있다.

할머니 선생님 교육은 그 중 중요한 부분이며 이들이 현장에서 즐겁게
일하고 당당한 위치에서 대우받을 수 있도록, 현장에서(아이들과 선생
님) 가장 필요한 일을 배우고 익히고 준비하게 하여야 한다는 뜻에서 "현
장 활동지침서"라는 책자를 마련하였다. 이 지침서는 어린이집, 유치원
관련 전문가들이 모여 토의하고 심의하여 만들었다.

● 할머니 선생님(보육보조교사) 현장 활동지침서

○ (사)한국씨니어연합은 어떤 단체인가

저출산, 고령화 사회로 인한 전통적인 가족제도가 무너지고 핵가족화 되면서 '노년생활'은 자녀에게 의존하고 살아갈 수 없게 되었다. 고령자 스스로가 자신의 노후를 책임지고 자립적으로 살아가야 할 사회가 된 것이다.

이런 시점에서 (사)한국씨니어연합은 2001년 3월에 우리나라의 신노년 세대가 '건강하고 즐겁고 보람 있는 노년생활'을 준비할 수 있도록 「신노인문화운동」을 펼쳐나가자는 뜻을 모아 2001년 3월 30일 50세 이상을 중심으로 한 중산층 남녀로 구성된 민간 단체를 창립하였다.

(사)한국씨니어연합은 특히 중·고령에게 일자리를 마련해 주는 일이 그들의 노년생활 준비에 매우 필요한 일이라 판단해 이 방법의 하나로

아동보육 도우미나 노인요양보호사 또는 노인상담사로 양성·활용하는 프로그램을 적극 추진하고 있다.

(사)한국씨니어연합은 정관 4조에 의거하여

1) 노인의 복지와 건강증진 및 재취업활동지원에 관한 일

2) 노인을 위한 도우미 교육 및 활용에 관한 일

3) 그 외 필요한 프로그램과 본 연합 운영을 위한 비영리 수익사업을 수행한다.

● **전문가 토론에서 집중적으로 토의하고 심의 결정하여 책자에 게재한 지침서 내용**

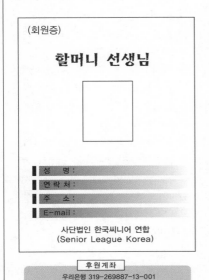

(회원증)

할머니 선생님

성 명 :
연 락 처 :
주 소 :
E-mail :

사단법인 한국씨니어 연합
(Senior League Korea)

후원계좌

우리은행 319-269887-13-001
사단법인 한국씨니어연합

할머니 선생님(보육보조교사) 현장 활동지침서
할머니 선생님은 이런 선생님들입니다

● 할머니 선생님은 아이들뿐 아니라 어린이집이나 유치원 운영에 크게 도움을 줄 수 있는 분들입니다. 따라서 원장님과 선생님이 사전에 의논하고 합의하여 할머니 선생님께 부탁하는 일의 범위 안에서 활동하여야 합니다.

● 할머니 선생님은 상근하는 보육교사가 아니고 어디까지나 보조교사로 지정된 날과 지정된 시간에만 일하는 시간제 선생님입니다.

● 할머니 선생님의 출·퇴근 시간은 약속된 날짜와 시간에 맞추어 꼭 지켜야 합니다. 부득이한 사정이 있을 경우에

는 적어도 이틀 전에는 원장님께 연락 드려야 합니다.

- 할머니 선생님은 자상하고 친절하며 자기 책임을 다할 줄 아는 분들입니다.
- 원장님, 보육교사 선생님, 학부형으로 인한 사소한 문제점이나 섭섭한 감정을 이유로 아이들을 기다리게 하거나 마음의 상처를 주어서는 안 됩니다.
- 할머니 선생님은 필요할 때는 수시로 거리감 없이 원장님이나 선생님께 문의하고 확인하는 것을 부끄럽다거나 열등감을 갖지 말고 어른스럽게 상의할 수 있어야 합니다.
- 할머니 선생님은 아이를 가르치는 방법이나 수준을 그 원의 방침에 따르기 위해서 수업계획서(시간표)를 사전에 마련하여 원장님께 제출하도록 합니다.

할머니 선생님은 이렇게 다짐하고 약속합니다.

- 할머니 선생님은 스스로 몸도 마음도 건강하여야 합니다.
- 우리는 우리나라 저출산, 고령화 시대의 제1세대 할머니들입니다. 우리의 노년생활이 건강하고, 보람되고 즐거운 노년이 되도록 실천력과 자립심을 보여주는 「자랑스러운 할머니 선생님」, 「본받을 만한 할머니 선생님」이 되고자 노력합니다.
- 우리는 도움을 받는 할머니 보다는 다른 사람에게 도움을 주고 베풀 수 있는 할머니 선생님이 되고자 노력하는 자랑스러운 할머니 선생님들입니다.

어린이와 선생님, 원장님, 그리고 엄마들 모두가 좋아하고 따를 수 있는 선배로서의 심성과 지혜와 기능을 더욱 익혀갑니다.

- 할머니 선생님은 살아오면서 경험하며 익혀온 육아의 경험과 지혜를 충실하게 활용하여 보육보조교사로서의 자질과 기능을 발휘하고자 합니다.
- 우리는 보육보조교사인 할머니 선생님의 충실한 현장 활동이 우리나라의 염려스러운 저출산 문제를 풀어나가는 데 조금이나마 도움을 줄 수 있으며 우리들의 일거리를 얻는 데도 도움이 된다는 긍지로 일하고자 합니다.
- 할머니 선생님이 열심히 일하면 어린이에게는 할머니의 사랑 체험을, 할머니들에게는 자랑스러운 일자리를, 엄마들에게는 아이 걱정 덜고 안정된 직장 일을, 보육교사에게는 과중한 업무를 덜어주는 일을 그리고 정부에는 노인 일자리 정책 추진에 도움을 주는 여러 가지 효과를 낼 수 있다는 확신을 가지고 더욱 충실한 마음으로 현장 활동을 할 것입니다.
- 할머니 선생님들의 보육보조교사 활동이 정부가 추진하는 매력 있는 사회적 일자리와 노인의 일자리로 인정받도록 최선의 노력을 다하도록 할 것입니다. 할머니 선생님으로서의 충실한 활동은 젊은이들에게 우리들의 아름답고 건강한 노년생활의 모습을 보여주어 존경과 사랑받는 할머니, 닮고 싶은 할머니로 기억되게 할 것입니다.

보육보조교사의 필요성

오늘의 젊은 엄마들은 대부분 직장에 나가서 일하기 때문에 엄마 손이 필요한 귀여운 아이들을 하루 종일 어린이집이나 유치원에 맡겨야 합니다.

이 어린이들을 보육교사 선생님이 착실하고 성의 있게 보살피고 가르쳐주지만 한 분의 선생님만으로는 여러 아이를 동시에 보살피기 힘든 상황이 일어날 수 있습니다.

그래서 할머니 선생님들은 선생님의 손이 미쳐 닿지 못할 경우 매우 소중하고 필요한 일을 하게 됩니다.

할머니 선생님은 사전에 보육교사와 원장님의 요청에 따라서 충실하고 자상한 활동을 할 수 있습니다.

- 할머니 선생님은 어린이의 안전을 지켜주는 파수꾼 역할을 합니다. '어린이는 움직이는 빨강 신호등'이라는 말이 있습니다. 끊임없이 움직이고 장난치는 귀여운 아이들을 항상 옆에서 보살피고 지켜주어야 안전사고를 예방할 수 있습니다. 교사가 여러 아이들로 인해 미처 손쓰지 못하게 되는 아이들을 빈틈없이 보살펴 주는 도우미가 어린이집, 유치원에 꼭 있어야 합니다.
- 어린이들을 안아주고, 토닥거려 주고 칭찬하며 성의껏 보살펴 주면 할머니 선생님과 정이 들고 잘 따르게 되어 하루 종일 떨어져 있는 엄마를 찾는 마음이 줄어들 것입니다.

할머니 선생님은 이런 일을 할 수 있습니다.

- 어린이들 간의 다툼을 슬기롭게 진정시켜 줍니다. 아이들은 천진난만하여 자주 다투지만 금방 잊고 같이 잘 어울리는 항상 맑고 깨끗한 어린이들입니다. 심하게 싸우다가 상처를 내지 않도록 잘 지켜주어야 합니다.
- 올바른 식사예절과 습관에 도움을 줍니다.
- 바른말, 고운 말을 배우고 사용할 수 있도록 할머니 스스로가 실천하여 보여줍니다.
- 어린이들의 '응아, 나 쉬'도 잘 돌봐 줍니다.
- 옛날이야기, 옛날 놀이를 같이 배우며 놀아 줍니다.
- 새로 나온 장난감 이름, 갖고 노는 법, 특징, 위험성도 스스로 잘 배우고 살펴가며 어린이와 같이 놀아줍니다.
- 할머니 선생님은 어린아이들의 금방 싫증 내고 산만해져 돌발적인 행동을 하려는 아이들의 특성을 재미있고, 흥미롭고 신기한 시간을 보낼 수 있도록 하여야 합니다. 그러기 위해서는 정기적으로 더 배우고 다시 배우고 연습하는 것을 게을리하지 말아야 합니다.

이런 보충교육은 할머니 선생님 회원에 한하여 (사)한국씨니어연합이 계획적으로 마련할 것입니다.

할머니 선생님 역할

- 할머니 선생님은 보육교사나 원장님보다 어르신이지만 교사가 아닙니다. 어

디까지나 보조교사라는 입장을 잊지 말고 너그럽고 겸손하게 활동하여야 합니다.

- 어린이와 교사가 따르고 존경하는 할머니 선생님이 되기 위하여 구체적인 기능과 지혜를 길러내는 방법의 하나로 회원끼리 토의하고 보고하고 실습할 시간을 마련하는 것이 바람직합니다.

본 연합이 협조 하겠습니다.

할머니 선생님의 아이들 지도

- 어린이가 건강하고 씩씩하게 자라는 데 도움을 주는 할머니 선생님이 되기 위해서는 스스로 건강하고 씩씩한 모습을 보여줄 수 있도록 육체적으로나 정신적으로 노력을 기울여야 합니다.
- 복장은 밝고 화사하게 어린이가 좋아하는 색깔로 단정하고 단순하게 차려 입도록 합니다.
- 아이들이 덥석 달려들면 다정하게 안아줄 수 있도록 날카로운 액세서리, 짙은 화장, 굽 높은 신발은 삼가는 것이 좋습니다. 되도록 출근과 동시에 편안한 가운과 실내화로 갈아입고 다정한 첫 인사로 아이들과의 만남을 시작하고, 아이들의 눈높이에 맞추어 아이들의 말씨로 인사를 나눕시다.
- 아이들이 재밌어한다고 생각되면 반복해서 얘기해 주고, 전에 한 번 했던 내용이라도 표현을 다양하게 바꿔가면서 해주면 아이들은 더욱 좋아하고 이해하게 됩니다. 아이들은 스스로 알게

되었을 때 자신감을 갖게 됩니다.

- 할머니 선생님의 의욕과 욕심이 지나쳐 한꺼번에 너무 산만해질 수 있습니다. 아이들이 집중하고 재미있어할 만한 적당량을 정하여 조정합니다.
- 원아들의 상태를 정확히 파악해서 그 속에서 소외된 아이들이나 아픈 아이들에게 더 많은 관심과 사랑을 베풀어야 합니다.
- 아이가 중심이 되고 그 아이들 뒤에서 도와주는 일에 더 신경 써주는 따뜻한 심성과 할머니다운 지혜로 아이들을 대합니다.
- 체벌은 절대 안 되며 지나친 훈계보다는 칭찬으로서 아이들의 사기를 높여 줍니다.
- 명령이나 지시하는 듯한 말투보다는 '~해볼까?', '~해볼래?' 등의 따뜻한 제안과 권유어를 많이 사용합니다.
- 다른 친구들과 비교하지 않습니다.
- 언어 사용은 표준어를 사용합니다.
- 잘했다고 상 줄 때는 사탕보다는 칭찬하기, 안아주기 등 정서적 보상 방법을 많이 이용합니다.

위에서 다짐한 여러 가지 약속과 이 약속을 지키고자 최선의 노력을 기울이는 할머니 선생님의 현장 활동은 최고로 아름다운 할머니 선생님의 모습입니다.

감사합니다.
2007.
(사) 한국씨니어연합

권 장 도 서

교보문고가 할머니 선생님에게 추천하는
어린이를 위한 재미있고 유익한 이야기책, 그림동화책, 아름다운 동시 등

유아 추천도서

0세에서 4세까지 추천도서

제 목	작가명	작가명
무엇이 무엇이 똑같을까	이 미 애	보림
짝짜꿍 짝짜꿍	김 혜 진	웅진닷컴
열두 띠 동물 까꿍놀이	최 숙 희	보림
뭐야 뭐야	신 혜 은	사계절
손이 나왔네	하야시 아키코	한림출판사
동물극장	베네딕트 게에	중앙출판사
아빠하고 나하고	유 문 조	돌베개어린이
스팟 안녕?	에릭 힐	베틀북
혼자서도 잘 입어요	도 연	삼성출판사
잘자라, 우리 아가	존 버닝햄	비룡소
기차 ㄱㄴㄷ	박 은 영	비룡소
곰 사냥을 떠나자	마이클 로젠	시공주니어
아빠는 너를 사랑한단다	버지니아 밀러	문진미디어
친절한 친구들	후안 이춘	한림출판사
괴물들이 사는 나라	모리스 샌닥	시공주니어
난 토마토 절대 안 먹어	로렌 차일드	국민서관
세밀화로 그린 보리 아기 그림책	이태수	보리
어디만큼 왔나?	조은수	웅진닷컴
응가 하자, 끙끙	최민호	보림
구름빵	백희나	한솔교육

5세에서 7세까지 추천도서

제 목	작가명	작가명
사계절	존 버닝햄고	시공주니어
누구나 눈다	미 타로김	한림출판사
주먹이-두껍아 두껍아 옛날옛적에2	중 철	웅진닷컴
똥벼락	김 희 경	사계절
똥떡	이 춘 희	언어세상
끼불지마	강 무 홍	한길사
씨앗은 무엇이 되고 싶을까	김 순 한	천둥거인
선인정 호텔	브렌다 기버슨	마루벌
마고 할미	정 근	보림
훨훨 간다 옛날 옛적에 1	권 정 생	국민서관
난 형이니까	후쿠다 이와오	아이세움
반쪽이	이 미 애	보림
고양이	현 덕	길벗어린이
바빠요 바빠	윤구병 이태수	보리
세상에서 제일 힘센 수탉	이 호 백	재미마주
시리동동 거미동동	권 윤 덕	창비
오소리네 집 꽃밭	권 정 생	길벗어린이
지하철은 달려온다	신 동 준	초방책방
구렁덩덩 신선비	김 중 철	웅진닷컴
까막나라에서 온 삽사리	정 승 각	초방책방

할머니 선생님을 위한

▌비 상 연 락 망

1) 본 연합 사무국
전화 : 02)815/816-1922, 팩스 : 02)822-1921

2) 근 무 처

----

3) 가장 가까이 사는 회원 연락처

----

4) 가입한 보험회사 전화

▌상해보험증번호

(상해보험은 본 연합의 전화원에 한하여 단체 가입을 하게 됩니다.
보험료는 수익자 부담입니다)

11

2007년도 주요사업

1. 2007년도 주요사업

2006년도 12월 말까지 눈부시게 바쁜 각종 다양한 프로그램을 잘 끝내고 2007년에도 정신없는 일정이 시작되었다.

첫째, 2006년도부터 계획되었던 가정봉사원 교육이 1월부터 시작되어 2월에는 보건복지부가 지정하는 가정봉사원 파견센터가 설치되어 3월 16일, 보건복지부가 지정하는 노인 돌보미 봉사 기관으로 지정받아 교육과 현장 활동의 연결이 확실하게 되고 있다.

둘째, 2005년 3월에 체결된 성신여대 건강복지 지원센터와의 업무협약으로 그동안 다양한 내용의 할머니 선생님 양성 교육을 시행하였는데 이번에는 정부가 실시하는 "노인 돌보미 바우처 제도와 독거노인 생활지도사 워크숍"을 본 연합과 성신여대 가족건강복지센터가 공동으로 성신여대 강당에서 5월 31일에 개최하였다.

셋째, 7월 12일에는 "한국씨니어연합의 여성 주간행사"로 제3회 여성노인 취업교육 기금마련 후원음악회를 서울여성플라자 아트홀에서 개최하였다.

원로인기가수 정훈희 님과 유명한 판소리꾼 신영희 씨가 펼치는 즐거운 밤이었다. 요요유치원생들이 참여하여 우리 할머니 선생님들과 함께 신나게 노래하고 춤추며 즐거워했다. 많은 관객들이 참석하여 축하해주고 함께 즐겼다.

넷째, 본 연합은 2004년부터 정부(보건복지부)의 지원을 받아 노인에게 절실하게 필요한 상담봉사를 제공하기 위하여 또래 상담사 양성 교육을 시행한 바 있다.

노인 특히 독거노인들이 가장 쉽게 당하는 소비자 피해는 스스로는 도저히 해결할 수 없는 위중한 피해 상황으로 이런 상황은 날로 심해지고 있다. 본 연합은 2007년도 지원사업으로 노인소비자 상담사가 노인 일자리로 활동할 수 있는 프로그램을 시행하여 큰 호응을 받고 있다. 한국 정보 문화원의 지원을 받아 노인소비자 이용 정보 웹 사이트도 만들었다.

다섯째, 여성부와 서울시의 여성발전기금사업으로 보육보조교사 양성 활용과 유치원, 어린이집 원아 등·하원 지킴이 역할을 하는 할머니 학습 도우미 양성 교육도 하였다. 한편 보건복지부가 시행하고 있는 저소득층 노인지원을 위한 바우처 서비스를 가정봉사원 인력 활용 사업으로 적극 시행하여 계속 진행하고 있다.

여섯째, 연말에는 동작구청의 지원을 받아 독거노인을 비롯한 인근 저소득층 노인을 모셔 동지팥죽과 다과를 곁들인 송년회를 베풀었다. 지역 아동센터의 어린이들이 함께하여 재롱을 부린 흐뭇한 잔치였다. 초대받은 노인들은 "생전 처음 받아보는 대접"이라며 감격했다.

● 보건복지부지원 중·고령 여성의 경제참여 촉진을 위한 "노인소비자보호 상담사" 양성 교육

2007년 보건복지부 교육내용

목차

◎ 이 교재를 내면서

신 용 자 (사)한국씨니어연합 상임대표

사람이 나이 들어 노인이 되면 가장 힘들고 겁나는 일은 가족을 비롯하여 주변 사람들로부터 소외되는 일이라 합니다.

오늘의 노인들 특히 이미 장수하고 계시는 할머니들은 지난날 살아오시면서 힘든 일, 속상한 일, 억울한 일 모두를 가슴에 묻은 채 참고 살아온 분들이 많습니다. 가슴 속에 뭉쳐 있는 이 한을 풀어야 하는데 노인들은 이 한을 풀 수 있는 방법을 잘 모르는 경우가 많으며 안다 하여도 선뜻 표출하지 못하는 경우가 더 많습니다.

이러한 노인들과 거리를 좁히며 대화를 통해 한 맺힌 얘기들을 듣고 끄집어내는 것이 풀어드리는 방법 중의 하나, 상담봉사라고 생각합니다.

그리고 노인들이 상담에 자연스럽게 응할 수 있도록 하기 위해서 같은 또래의 나이 든 분이 상담자가 되는 것이 바람직하다는 생각입니다.

이런 관점에서 (사)한국씨니어연합은 2004년도부터 여성부의 지원을 받아 노인상담봉사자 양성 교육을 시행하였습니다.

이번의 상담교육은 보건복지부가 지원한 노인전문자원봉사 프로그램입니다. 노인 소비자를 위한 상담사 양성 교육을 실시하는 프로그램으로 발전·확대되어 국내에서는 처음으로 하는 자랑스러운 교육프로그램입니다.

그러니까 이 교육을 받게 된 수강생들은 자랑스러운 국내 최초의 노인 소비자 상담사가 되는 것입니다.

우리가 모두 나이 들어 노인이 되어도 건강하고 보람 있게 당당한 노인의 모습으로 살아가자는 약속이 이런 프로그램을 만들게 된 계기임을 잊지 않고 한국씨니어연합은 스스로 자부심을 갖고 여러분을 열심히 지원하겠습니다.

이 교육프로그램이 자랑스럽고 유익한 교육으로 성공할 수 있을 것이라고 확신하면서 본 연합의 임직원은 최선을 다할 것입니다.

이 프로그램을 지원해 주신 보건복지부 관계직원께 감사드리며 교육과정 준비에 밤낮으로 애쓰는 황보태자 사무처장을 비롯한 직원의 노고에 치하를 드립니다.

감사합니다.

2007. 6. 18

● 워크숍 초청장

2007년도 가족건강복지센터 워크숍

노인 돌보미 바우처 제도와 독거노인 생활지도사 워크숍

| 일시_ 2007년 5월 31일 (목) 14:00~17:00
| 장소_ 성신여자대학교 성신관 110호
| 주최_ 성신여자대학교 가족건강복지센터
　　　　사단법인 한국씨니어연합

모시는글

싱그럽게 아름다운 초여름의 정취가 살아있는 자연의 귀한 모습을 자랑하고 있습니다. 우리나라 장수, 고령화 발전의 속도가 빨라지면서 돌보미 서비스가 절실히 요구되는 병약한 노인의 수도 급증하고 있는데 이들을 돌봐줄 가족의 손길과 경제력이 이에 미치지 못하여 국가와 이웃의 도움이 꼭 필요합니다. 이에 정부가 서둘러 어렵게 마련하여 실시하게 된 「노인 돌보미 서비스 바우처 제도」와 「독거노인 생활지도사 서비스 제도」가 좀 더 효율적으로 시행되는데 도움이 되는 각 분야 현장전문가들의 의견과 체험사례를 나누는 토론회에 귀하를 모시고자 합니다.
부디 참석하시어 노인 돌보미의 수혜자와 서비스 제공자 모두의 생활의 질과 행복감을 높여주는 좋은 의견교환의 기회가 되기를 바랍니다.

2007. 5
김 태 현 소장 성신여대 가족건강복지센터
신 용 자 대표 사단법인 한국씨니어연합

Program

14:00 ~14:20	등록
14:20 ~14:30	사 회 이정윤 (가족건강복지센터 심리상담실장) 개회사 김태현 (가족건강복지센터 소장)
14:30 ~15:00	발제강연 이재원 (보건복지부지정 사회서비스관리 센터 센터장) 주제: 「바우처 제도의 도입 배경 및 전망」 – 사회투자와 사회서비스 그리고 보건복지부의 4대 전자바우처 제도를 중심으로
15:00 ~15:10	질의응답

15:10 ~15:20	break time
15:20 ~16:30	좌 장 : 김태현 교수(성신여대 가족건강복지센터 소장) 지정토론 : 조진희(사회서비스 관리센터 사무처장) 　　　　김용년(사)한국재가복지협회 회장 　　　　신용자(사)한국씨니어연합 회장 　　　　윤동인(성북노인종합복지관 부장) 　　　　강정숙 (서부 여성발전센터 관장) 　　　　성옥연 (영등포 단기보호센터 관장) 　　　　신재명
15:10 ~15:20	체험 사례발표
17:00	폐 회

● 노인 돌보미 바우처 서비스사업의 이모저모

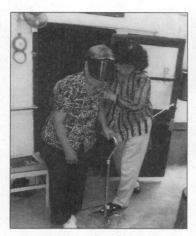

노인의 식사수발을 돕고 있는 모습

거동이 불편한 노인을 부축하고 있는 모습

2008년도 주요사업

1. 2008년도 주요사업

2008년에도 새해 첫 달부터 바쁘게 시작되었다.

『노인 돌보미 바우처 실무자 워크숍』 2008년 1월 25일~26일

2007년부터 시행한 「노인 돌보미 바우처 사업」의 실무책임자들을 전국적으로 모아서 2008년 1월 25~26일 양일간에 걸쳐 서울여성플라자 숙박시설을 이용, 워크숍을 진행하였다.

이 사업을 주관하는 보건부 산하기관인 사회서비스센터에서 이 워크숍을 본 연합에 위촉하면서 갖게 된 워크숍이었다.

3월부터는 여성부와의 공동협력사업인 "우리 동네 아이 지킴이 할머니" 선발교육으로 중·고령 여성이 살고 있는 동네에서 이웃의 낯익은 아이들을 돌보는 일을 하도록 교육하였다. "아이들이 있는 곳에 할머니

어린이집 현장에서 아이들을 열심히 돌보고 있는
할머니 선생님들

가 간다"는 정감 있는 부제를 붙였다.

이 교육은 6월부터 시작해 서울시 여성발전기금 지원사업으로도 이어졌다. "할머니와 아이들", "아이들이 있는 곳에 할머니가 간다"는 표어는 맞벌이 젊은 엄마들의 맘 속 깊이 새겨지는 제목이었다.

7월에는 서울시가 지원하는 요양보호사 양성 교육기관을 설립, 운영하게 되었고 장기 요양 서비스의 일환으로 본 연합을 「노인 돌보미 바우처 서비스기관」으로 보건부가 승인하여 방문 목욕, 방문 가사지원 서비스를 시작했다. 한편 저소득층 노인을 위한 "푸드뱅크" 운영을 통하여 저소득층 노인의 먹을거리 지원사업도 하게 되었다.

한편, 본 연합이 설립 당시부터 꾸준히 추진해 온 할머니 선생님(보육보조교사)의 필요성을 널리 알리고 강조하기 위하여 동아일보와 여성부, 교보생명이 지원하는 "우리 아이 지킴이 할머니 양성 활용"을 위한 전문가 워크숍을 본 연합이 주관, 가톨릭 서울대교구 시니어아카데미와 서울여성재단이 공동주최하여 프레스센터 19층에서 열었다.

할머니 선생님의 우리 아이 지킴이 발단식을 위하여 가톨릭 서울대교구 신자들과 본 연합 회원이 함께 우리 아이 지킴이 발단식을 가졌다.

● 초대장

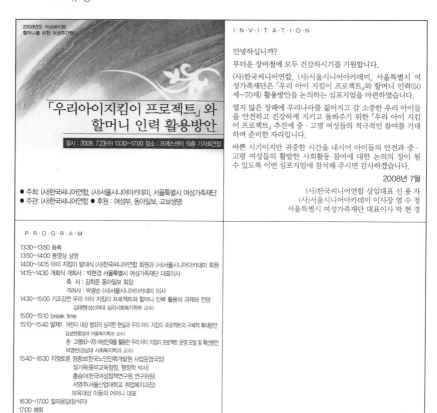

2008년도 여성복지원
할머니를 위한 여성주간행사

「우리아이지킴이 프로젝트」와 할머니 인력 활용방안

일시 : 2008. 7.23(수) 13:30~17:00 장소 : 프레스센터 19층 기자회견장

● 주최 : (사)한국씨니어연합, (사)서울시니어아카데미, 서울특별시 여성가족재단
● 주관 : (사)한국씨니어연합 ● 후원 : 여성부, 동아일보, 교보생명

I·N·V·I·T·A·T·I·O·N

안녕하십니까?

무더운 장마철에 모두 건강하시기를 기원합니다.

(사)한국씨니어연합, (사)서울시니어아카데미, 서울특별시 여성가족재단은 「우리 아이 지킴이 프로젝트」와 할머니 인력(50세~70세) 활용방안을 논의하는 심포지엄을 마련하였습니다.

멀지 않은 장래에 우리나라를 짊어지고 갈 소중한 우리 아이들을 안전하고 건강하게 지키고 돌봐주기 위한 「우리 아이 지킴이 프로젝트」 추진에 중·고령 여성들의 적극적인 참여를 기대하며 준비한 자리입니다.

바쁜 시기이지만 귀중한 시간을 내시어 아이들의 안전과 중·고령 여성들의 활발한 사회활동 참여에 대한 논의의 장이 될 수 있도록 이번 심포지엄에 참석해 주시면 감사하겠습니다.

2008년 7월

(사)한국씨니어연합 상임대표 신 용 자
(사)서울시니어아카데미 이사장 염 수 정
서울특별시 여성가족재단 대표이사 박 현 경

P·R·O·G·R·A·M

13:30~13:50 등록
13:50~14:00 동영상 상영
14:00~14:15 아이 지킴이 발대식 (사)한국씨니어연합 회원과 (사)서울시니어아카데미 회원
14:15~14:30 개회식 개회사 : 박현경 서울특별시 여성가족재단 대표이사
　　　　　　축 사 : 김학준 동아일보 회장
　　　　　　격려사 : 박광순 (사)서울시니어아카데미 이사
14:30~15:00 기조강연 우리 아이 지킴이 프로젝트와 할머니 인력 활용의 과제와 전망
　　　　　　김태현(성신여대 심리사회복지학부) 교수
15:00~15:10 break time
15:10~15:40 발제1 어린이 대상 범죄의 심각한 현실과 우리 아이 지킴이 프로젝트의 구체적 확대방안
　　　　　　김성천(중앙대 아동복지학과) 교수
　　　　　　중·고령(50~70) 여성인력을 활용한 우리 아이 지킴이 프로젝트 운영 모델 및 확산방안
　　　　　　박영란(강남대 사회복지학과) 교수
15:40~16:30 지정토론 정종보(한국노인인력개발원 사업운영국장)
　　　　　　성기옥(중부교육청장, 행정학 박사)
　　　　　　홍승아(한국여성정책연구원 연구위원)
　　　　　　서영주(서울산업대학교 취업복지과장)
　　　　　　보육대상 아동의 어머니 대표
16:30~17:00 질의응답(참석자)
17:00 폐회

우리 아이 지킴이 발단식 장면 – 이날 행사는 본 연합이 지정한 "할머니를 위한 여성주간" 행사로 이름 붙여 치러졌다

우리 아이 지킴이 역할의 현실과 타당성을 주장하는 본 연합의 강력한 메시지를 심포지엄 참가자들에게 직접 전달하기 위하여 통계를 통한 아이들 돌봄의 필요성을 구체적으로 알리는 자료를 만들어 배포했다. 강력한 메시지인 "아이들 있는 곳에 할머니가 간다"라는 문구는 '할머니가 가야 하는 그 이유가 무엇인가'를 강조하는 메시지이다.

이 행사에서 김학준 동아일보 회장은 행사 현장에서 축사를 통하여 본 연합의 "우리 아이 지킴이 할머니" 선생님의 역할을 칭찬하고 타당성을 강조하였다.

본 행사를 후원한 동아일보는 행사 당일에 사업의 중요성을 잘 알리는 기사를 사진과 함께 크게 싣고 심포지엄 내용도 구체적으로 실어 동아일보의 후원을 강조하였다.

동아일보가 후원하는 '우리 동네 아이 지킴이 할머니' 사업은 아파트단지 등 지역별로 아이 지킴이 할머니 희망자를 선발해 동네 어린이들을 돌보는 것이다.

자신이 사는 지역 어린이집이나 유치원에 다니는 아이들의 등·하원 길 안전을 지켜주고 귀가 후 부모가 돌아올 때까지 돌봐준다. 또 식사관리, 목욕, 숙제 돕기, 옛날이야기 해주기 등의 활동도 하게 된다.

한국씨니어연합은 4월부터 50~70세 중·노년 여성을 모집했으며 현재 서울 동작, 영등포, 관악구에서 40여 명의 지원자를 받았다.

지원자들은 현장 활동 교육 및 훈련, 100여 시간의 실습이 끝나는 대로 올해 안에 실제 활동에 투입될 예정이다.

한국씨니어연합 등은 23일 오후 1시 서울 중구 태평로 한국프레스센터에서 '우리 아이 지킴이 활동을 위한 중·고령 여성인력 활용방안'을 주제로 심포지엄을 연다.

이 심포지엄에서는 여성부와 노동부 노인 일자리 담당자들이 할머니 인력 양성·활용 방안에 대해 주제 발표와 토론을 벌인다.

신 대표는 "지킴이로 선발된 할머니들에게 영양, 위생 관리 정보와 아이들이 좋아하는 동화, 그림 그리기, 종이 오리기, 생활예절 가르치기 등에 대한 기초교육을 할 계획"이라며 "동참을 원하는 할머니들을 계속 모집해 지역적인 참여를 확대해 나가겠다"고 밝혔다.

02-815-1922,

www.seniorleague.or.kr

김현지 기자 nuk@donga.com

서울시가 노인문화복지사업으로 추진하고 지원하는 "9988 어르신 인문학 아카데미 교육"이 2008년 말부터 시작되었다.

9988 어르신 인문학아카데미 교육 2008~2010년

본 연합은 가톨릭 서울대 교구 서울시니어아카데미와 공동주최하여 조직적으로 잘 추진하였고 2010년부터는 대한

노인회 서울 연합회와 업무협력협약(MOU)을 맺고 서울 주요 노인대학에서 "9988 시니어 아카데미 교육"을 더욱 발전적으로 시행했다.

12월 정부의 협력을 받아 추진해 온 사업이 거의 끝나갈 무렵 본 연합은 활동의 본거지로 자리잡고 있는 동작구 내 어르신들에게 노년기를 살아가는데 반드시 필요한 기초 지식과 정보를 알리는 "노년생활의 길잡이"라는 지침서를 만들어 동작구 관내에 저소득층 노인과 경로당 노인들에게 배포하였다.

오늘의 노인이 알아야 할 생활 상식

보람있고 당당한
노년생활의 길잡이(1)

(사)한국씨니어연합

2. 우리 동네 아이 지킴이 할머니 선생님 양성 교육

- 주관 : (사)한국씨니어연합
- 지원 : 여성부
- 장소 : 서울여성플라자 내 강의실
- 교육기관 : 2008년 5월 28일~8월 13일

◎ 이 교육을 시작하면서

신 용 재(본 연합 회장)

사랑하는 수강생 회원 여러분 안녕하십니까.

꽃샘추위가 아직 옷자락 속으로 파고드는 계절입니다.

양지바른 곳에서는 목련도 개나리도 꽃망울을 터트리고 있습니다.

이 좋은 계절에 이렇게 한자리에 모여 우리가 살아가야 할 저출산, 고령화 사회에서 나타나는 문제들을 미리 알고 극복해 나가려 능력과 지혜를 키우기 위한 연습을 하게 된 것은 우연한 일이 아니라 생각됩니다.

우리는 모두 저출산, 고령화 사회라는 사회적, 시대적 배경에서 같은 배를 타고 먼 길을 항해하여야 할 승객들입니다. 먼 길에 난파당하지 않도록 선장을 도우며 순항할 수 있는 지혜와 협조력을 발휘해야 하겠지요.

저출산, 고령화 사회는 두 가지 큰 문제를 동시에 안고 있는 사회입니다. 첫째는 장수하는 노인수가 자꾸만 늘어가는 것이고, 둘째는 출산율이 자꾸만 감소하는 것입니다. 따라서 이 문제를 원만하게 해결하는 일, 다시 말하면 장수하는 노인이 어떻게 하면 끝까지 건강하고 보람 있게 살면서 사회에서 필요한 일에 참여할 수 있게 하느냐 하는 것이고, 다른 하나는 어떻게 하면 젊은 남녀가 출산을 기피하지 않으면서 출산율을 높일 수 있을까 하는 것입니다.

이런 관점에서 건강하게 일하고 싶은, 일할 수 있는 우리들의 중·고령 여성을 도우미 인력으로 양성 활용하고자 금년 6년째 할머니 선생님 양성 (보육보조교사 또는 노인요양보호사) 교육을 시행하고 있습니다. 우리 앞에 펼쳐져 있는 2~30년을 건강하게 살면서 나 자신이 스스로 보람과 긍지를 느끼고 가족과 이웃과 사회에 도움을 줄 수 있는 장한 노인, 닮고 싶은 매력 있는 노인으로 살 수 있는 길을 스스로 개척하는 방법의 하나가 이 교육프로그램에 참여하는 일이라 생각합니다.

우리 노년세대들은 그냥 나이만 먹은 것이 아닙니다. 어렵고 힘든 세월을 살아오면서 인내심과 봉사하는 정신으로 아이들을 사랑하고 어른들을 모시는 기능의 심성과 지혜를 쌓아온 인간 사랑의 체험자들입니다.

그리고 이 인간 사랑의 체험을 가지고 있는 할머니들이 바로 우리들의 고령화 사회 특히, 우리가 살고 있는 지역사회를 사람이 살기 좋은 사회로 이루어 나갈 수 있는 원동력을 지닌 장본인들이라 생각합니다.

이런 지혜와 경험으로 지역사회복지 실현을 위하여 적극 참여하는 강하고 당당한 장수 노인이 되는 길의 한 가지가 바로 우리가 하고자 하는 「우리 동네 아이 지킴이 할머니 선생님」의 교육프로그램이라 생각합니다.

우리들의 노년생활을 당당하고 아름답게 준비하는 실질적인 교육이 될 것입니다.

감사합니다.

2008년 5월
본 연합 회장 신 용 자

●차 례

3. 노년생활의 길잡이

본 연합이 지향하는 「신노인문화운동」은 자신의 노년기 생활 준비가 제대로 되지 못한 씨니어들에게 나이 들어도 정신적으로, 신체적으로 변화에 잘 적응하면서 건강하게 살아갈 수 있도록 준비하게 하는 데 중점을 뒀다.

본 연합의 활동지역이 동작구를 중심으로 정착되면서 동작구 관내에 살고 있는 어르신들의 일상생활에 필요한 최소한의 기본지식과 정보를 제공하기 위하여 동작구청의 지원을 받아 "보람 있고 당당한 노년생활의 길잡이"라는 지침서를 제작하여 관내 어르신들께 나누어 드렸다.

◎ 이 책을 펴내면서

신 용 재(본 연합 회장)

이 소책자는 동작구 관내에 살고 계시는 어르신들이 살아가는 데 필요한 최소한의 기본지식과 정보를 얻을 수 있도록 도움을 드리기 위하여 동작구청의 지원을 받아 사단법인 한국씨니어연합이 준비하여 만들었습니다.

그동안 크나큰 고난과 인내 속에서 살아오셨지만, 이제는 우리나라도 80세 이상의 어르신들이 건강하고 당당하게 살아갈 수 있는 시대가 되었습니다. 이에 알맞게 어르신들이 앞날을 살아가시는 데 도움이 될 만한 올바른 정보와 기본지식을 전해드리고 싶어서 열심히 만들어 보았습니다.

어르신들! 언제나 옆에 놓고 참고하시며 살아가시는 데 도움이 되시기를 간절히 바랍니다.

이 책자를 낼 수 있도록 독려하고 지원해 주신 동작구청 사회복지 과장님, 팀장님을 비롯한 관련 모든 직원께 감사하다는 말씀을 드리며 원고 쓰시느라 수고하신 선생님들께도 감사드립니다.

그리고 바쁜 연말에 책 만드느라 밤샘을 해야 했던 본 연합 직원 모두의 노고를 칭찬하여야겠지요.

어르신들! 새해에는 더욱더 건강하시고 당당한 멋진 노년을 보내시기 바랍니다.

2008년 12월
신용자 (사)한국씨니어연합 회장

목차에서 분류한 6개 항목은 은퇴 후의 노년생활에 절대적으로 필요하고 요긴한 지식과 정보이다. 6개 항목 모두 수준 높은 관계 전문가들이 집필한 현장감 있는 생생한 자료를 모아 실었다. 본 연합은 이 자료를 충실하게 배포하여 동작구 관내의 어르신들이 항상 옆에 두고 노년생활 준비에 요긴하게 활용하실 수 있도록 할 방침이다.

● 지침서의 구성내용(목차)

4. 여성노인을 위한 소비자상담 전문가 양성 프로그램

2007년의 보건복지부 지원 중·고령 여성의 경제참여 촉진을 위한 '노인소비자보호 상담사' 양성 교육은 퇴직 고령 여성들이 노인을 위한 소비자보호 상담자로서의 역량을 평가받는 좋은 기회가 되었다.

2008년에는 "재단법인 여성재단"이 여성노인을 위한 소비자상담 전문가 양성 프로그램을 지

**여성 노인을 위한
소비자상담 전문가 양성 프로그램**

□주 관 : 사단법인 한국씨니어연합
□후 원 : 재단법인 여성재단
□장 소 : 서울여성플라자 내 강의실
□교육기간 : 2008년 3월 25일~2008년 7월 22일

원하게 되어 본 연합은 노인 관련 상담이 여성노인의 일자리로 연결될 수 있다는 확신을 갖게 되었다.

◎ 이 교재를 내면서

신 용 자 (사)한국씨니어연합 상임대표

사람이 나이 들어 노인이 되면 가장 힘들고 겁나는 일은 가족을 비롯하여 주변 사람들로부터 소외되는 일이라 합니다.

오늘의 노인들 특히 이미 장수하고 계시는 할머니들은 지난날 살아오시면서 힘든 일, 속상한 일, 억울한 일 모두를 가슴에 묻은 채 참고 살아온 분들입니다. 가슴 속에 뭉쳐 있는 이 한을 풀어드려야 하는데 노인들은 이 한을 풀 수 있는 방법을 잘 모르는 경우가 많으며 안다 하여도 선뜻 해소하지 못하는 경우가 더 많습니다.

이러한 노인들과 거리를 좁히며 대화를 나누는 가운데 한 맺힌 얘기들을 듣고 끄집어내어 풀어드리는 방법 중의 하나가 상담봉사라 생각합니다.

그리고 노인들이 상담에 자연스럽게 응할 수 있도록 하기 위해서 같은 또래의 나이 든 분이 상담자가 되는 것이 바람직하다는 생각을 나이 든 사람의 입장에서 주장하고 싶습니다.

이런 관점에서 (사)한국씨니어연합은 2004년도부터 여성부의 지원을 받아 노인상담봉사자 양성 교육을 시행하였습니다.

특히 요즘에 와서 장수건강에 도움을 준다는 구실로 소비자 정보에 어두운 노인들을 상대로 불법적이고 악질적인 판매행위가 이루어져 많은 노인소비자에게 피해를 주어 노인들을 울리고 있습니다.

이번 노인소비자를 위한 소비자상담 교육은 한국여성재단의 지원으로 시행하는 프로그램으로 중·고령 여성을 우선적으로 양성하고자 합니다.

그러니까 이 교육을 받게 된 수강생들은 자랑스러운 국내 최초의 노인 소비자상담사가 되는 것입니다.

우리가 모두 나이들어 노인이 되어도 건강하고 보람 있게 당당한 노인의 모습으로 살아가자는 약속이 이런 프로그램을 만들게 된 것이며, 한국씨니어연합은 스스로 자부심을 갖고 여러분을 열심히 지원하겠습니다.

이 프로그램을 지원해 주신 한국여성재단 박영숙 이사장님과 관계자 여러분께 감사드리며 교육과정 준비에 밤낮으로 애쓰는 본 연합 황보태자 사무처장을 비롯한 직원의 노고에 치하를 드립니다.

감사합니다.
2008. 3.

● 차 례

● 노인 소비자 상담의 필요성—신용자/한국씨니어연합 회장

〈시작하는 말〉

소비자란 자신이 날마다 살아가기 위하여 필요한 물자와 서비스를 자신이 아닌 다른 사람이 생산하여 판매하는 것을 구매하여 소비하면서 살아가는 사람이다.

말하자면 일상생활을 하는 입장에 따라 상품과 서비스를 구매하여 소비하는 편에 서 있는 사람은 소비자이고 이 소비자들에게 물자와 서비스를 판매하는 입장에 있는 사람은 기업(생산자 또는 판매상인)이라 말할 수 있다.

시장에서 팔려나가는 모든 상품은 소비자에게 팔기 위하여 생산되고 유통되어 판매되는 것이며 이런 상품들은 소비자가 선택하여 구입하지 않으면 상품으로서의 생명과 가치가 없다고 보아야 한다.

원시시대에는 사람이 살아가는 데 필요한 물자를 각자가 장만하여야만 살아갈 수 있었다.

냇가에서 물고기를 잡고, 들에 나가 짐승을 사냥하여 먹을거리를 만들어 냈으며(식생활), 동굴 속이나 나무그늘에서 비바람을 피하면서(의, 주) 살아남는 '자급자족' 의 생활환경이었다.

그런 때에도 똑똑하고 재빠른 사람은 자신이 필요한 이상의 먹을 것을 장만할 능력이 있어서 먹을 것이 모자라는 사람을 위하여 나누게 되었고 한편, 남는 것을 모자라는 것과 서로 바꾸는 물물교환의 지혜가 발달하여 물물교환의 경제생활로 발전했다.

그다음 단계는 부탁하여 자신의 생활용품을 장만하고 그 대가를 치르는 주문생산의 경제체제로 발전하여 나갔다.

이런 과정을 거쳐서 미리 생산해 놓으면 필요한 소비자가 구입할 것이라는 기대로 생산 판매하는 시장경제로 발전, 생산자와 소비자의 입장이 분리되기 시작하였다.

초기의 시장경제 시대에는 소비자가 곧 생산자이며 상인이었고, 상인이 곧 소비자였다. 서로 가까이에 있는 이웃으로 잘 알고 있는 처지이기 때문에 소비자와 상인의 분쟁은 거의 없었다. 속임수가 없었기 때문이다.

그런데 사람이 살아가는 데 필요한 물자는 언제나 부족한 상태로 일상생활에 필요한 물자를 충분히 확보하기 힘든 사람이 많았다. 그래서 특별한 힘이나 능력이 부족한 소비자는 항상 생필품의 부족 상태에서 가난하고 고통스럽게 살아야 했으며, 물자를 생산하여 판매하는 측에서는 여유 있는 힘과 권력으로 소비자를 지배하기 시작한 것이다.

이런 관계의 소비자와 상인은 상당히 오랫동안 역사를 남기며 지속되어 왔고 그런 과정에서 생활용품의 구입과 구입 후의 여러 가지 불평불만이 쌓여서 폭발한 것이 소비자 운동의 시작이라 할 수 있다. (후략)

● 교재 목차

2009년도 주요사업

1. 2009년도 주요사업

2004년 보건부의 지원으로 시작된 노인종합상담사 양성 교육은 해를 거듭할수록 확대, 발전하여 보건부, 서울시, 동작구청이 각각 여성노인을 위한 소비자전문 상담원 교육, 소비자서포터즈 양성 교육을 거쳐 2009년에는 중·고령 여성의 지혜와 기능을 살리고 활용하는 "재활용 날개 달다"라는 이름의 행사를 동작구 관내의 근린공원에서 자주 열게 되었다.

이 행사는 중고의류, 가전제품, 생활실용품 등을 수선하여 판매하는 알뜰장터로까지 발전했다.

한편, 꽃이 만발하고 날씨 좋은 4월에는 동작구청의 지원으로 1~3세대 통합 행복공연 관람 나들이로 "할아버지, 할머니 함께 놀아요."라는 남산 한옥마을 탐방 나들이와 민속공연 관람을 즐겼다.

서울시 지정의 '요양보호사 국가자격증 준비 교육원'이 정식으로 설치, 운영되어 많은 수의 자격증 소지자 요양보호사를 배출시켰다.

6월에는 서울 여성가족재단이 주최하는 2009년도 평등가족 축제인 "나란히 나란히"에 본 연합도 참여하여 「제5회 여성노인취업준비 후원음악회」를 시행했다. 행사장소는 따뜻하고 맑은 날씨에 유유히 바다를 향해 흘러가는 선유도 공원에서 6월 13일에 시행되었다.

동작구 관내의 아동보호소 어린이들과 한국실버예술단의 끼가 넘치는 부채춤, 큰 북 치기는 참가자 모두를 즐거움에 빠지게 하였다.

11월 26에는 그동안 좀 소원했다고 여겨지는 본 연합 임원진과 후원자 및 초청 귀빈을 모시고 시내 프레지던트호텔 18층 산호홀에서 망년회를 겸한 조촐한 만찬을 즐겼다. 때마침 한 곳(마포중앙지회)에 지회설치가 되어 이를 축하하는 자리도 겸했다.

2009년 12월 서울시청이 건강한 어르신들을 위한 인문학강좌 9988어르신 아카데미 강좌를 신설, 해당 어르신들을 기쁘게 하였다. 천주교서울대교구(교구장 염수정 대주교)와 이 강좌를 2010년부터는 서로 독립적으로 운영했으며 본 연합은 대한노인회, 서울연합회, 산하노인 대학을 중심으로 운영하게 되었다. 서울 연합회와는 업무협력도 맺고 9988시니어아카데미교육을 공동으로 시행하고 있다.

● 사 업 현 황(2009년도에는 이런 일을 하고 있습니다.)

사 업 명	주 요 내 용	실시기간 및 인원
은빛 아이 지킴이	(서울시 여성발전기금 지원) 중·고령 여성의 보육보조교사 양성	2009년 3월~10월 40회/200명
노인 일자리 사업	(서울시/동작구 지원) 빈곤계층 아동의 교육환경 개선 및 프로그램	2009년 4월~2010년 2월 120명
어르신 인문학 아카데미	(서울시 지원) 한국씨니어연합/ 대한노인회 서울특별시연합회 공동사업 멋진 인생 후반기 준비 교육	2009년 6월~11월 1기~3기/총 600

사 업 명	주 요 내 용	실시기간 및 인원
요양보호사 교육	요양이 필요한 노인에게 전문적 요양서비스를 제공하는 국가자격증 취득 교육	2009년 1월~12월 6회/240명
방문요양 및 방문목욕 사업	일상생활을 영위하기 어려운 노인이 있는 가정에 찾아가는 서비스제공	2009년 1월~12월 요양보호사 39명
여성노인이 행복한 동작구 모니터링 단 양성	(동작구 가정복지과 지원) 여성이 행복한 동작구 만들기 프로젝트 모니터링 교육	2009년 3월~7월 34회/각 20명
노인 소비자 서포터즈	(보건복지부 지원) 전문노인자원봉사를 위한 노인소비자교육 프로그램	2009년 4월~12월 2회/30명
1~3세대 통합 행복 공연 나들이	(동작구 사회복지과 지원) "할아버지 할머니 함께 놀아요" – 남산한옥마을 나들이 및 공연관람	2009년 2월~4월 1회/85명
나란히 나란히	(서울시 여성가족재단 공동협력사업) 1~3세대 통한 어울림 한마당 – 선유도 생태공원	2009년 4월~6월 1회/350명
재활용 날개 달다	(동작구 사회복지과 지원) 중·고령 여성의 자원 재활용 활동	2009년 2월~10월 1회/500명

여성노인의 취업촉진 사업으로 시작한 '여성노인을 위한 소비자전문 상담사 양성 교육'이 2009년에는 더욱 구체화되어 적극적으로 시행, 현장 파견을 준비했다.

한편, 서울시 여성발전기금 지원사업으로 2009년 3월부터 시행된 "은 빛 아이 지킴이"는 중·고령 여성을 보육보조교사로 양성하여 각 구마다 설치된 건강가정보호센터와 협력관계를 형성, 다양한 분야로 활용할 목 적으로 추진되었으나 건강가정지원센터와의 협력관계가 원만치 않아 예 상대로 발전하지 못했다.

그러나 기존의 할머니 선생님들은 「지역아동센터」에 파견되어 학습지도, 도서정리, 식사보조 등 요긴한 봉사를 하였고 이들 공부방 씨니어 선생님들은 아이들을 위한 예절교육에도 열을 올리며 한 몫 하였다.

동작구청의 지원을 받아 빈곤계층 아동들의 교육환경 개선봉사를 위한 현장파견도 시행되었다.

할머니 선생님 양성 교육 『은빛 아이 지킴이』 교육 2009년 3월~9월

『지역아동센터 학습 지도』 2009년 신용자 회장님 지도

『아이들 공부방 이강희 씨니어 선생님 예절교육』 2009년 9월

『2009년 공부방 씨니어 선생님』

2. 동작구 여행(女幸)모니터 교육

지방자치제의 안정적인 발전과 정착에 따라 지난날 중앙정부가 집행하던 복지정책은 그 지역에 맞게 자치적으로 수행할 수 있는 맞춤식 정책 추진으로 발전해가고 있다.

중앙정부의 기본 틀에 따른 복지정책을 원만하게 수행하기 위해서는 먼저 그 지역 즉 해당 구의 특징과 여건을 제대로 파악해야 할 것이다.

이 프로그램은 서울시가 마련한 여성행복프로그램(여행프로그램)의 기본 틀에 따라 동작구가 갖추고 있는 「여행정책」 여건을 제대로 파악하여 모든 동작구 여성에게 행복한 정책 혜택을 받도록 하기 위해 2009년도 동작구 지원사업으로 시행한 "동작구 여행(女幸)모니터 교육"이다.

여행(女幸)이라는 특별한 제목을 붙이게 된 이유는 과거의 행정체계가 지나치게 남성 위주였다는 현실을 자각하고 우리나라의 고령화 사회를 살아가고 있는 여성노인들이 지역 특성에 맞는 좀 더 안락하고 행복한 노년기를 살아가게 하고자 마련한 정부지원의 주요한 프로그램이다.

본 연합의 「신노인문화운동」이 지역에서 뿌리내리고 풍성한 열매를

맺어 전국적으로 확산되는 데 가장 적절하고 꼭 필요한 프로 그램이라 할 것이다.

『동작 여행포럼 모니터링 교육』 2009년 4월~5월

이 교육에는 동작구의 제반 사정을 잘 파악하고 이해하는 관계 전문가들을 강사로 위촉 하고 그들의 강의안을 모아서 교육용 교재로 묶어 발행, 교육 참가자들 에게 배포하였다.

● 교재 목차

3. 감사의 밤 및 지회설치 축하의 밤

"눈에서 멀어지면 마음도 멀어진다."는 말은 진리인 것 같다.

그동안 본 연합의 창립과 성공적인 프로그램에 성심성의껏 지원하고 격려해 주시던 후원자들도 자주 만나뵙지 않으니 초심이 변하는 듯 느껴졌다.

그런 판단에서 차차로 느슨해지고 있는 본 연합에 대한 관심과 애정을 다시금 일깨우고 확인하기 위하여 임원진의 성금을 모아 시내 프레지던트호텔에서 조촐한 만찬을 준비하고 귀하신 내빈과 회원에게 감사드리는 밤을 마련했다.

계속하여 배전의 사랑과 관심을 가져달라는 부탁의 자리였다.

◎ 모시는 말씀

존경하는_____님

성급하게 다가온 초겨울 날씨가 나이 든 사람들의 마음을 조급하게 만듭니다. 올겨울을 따뜻하게 지낼 수 있는 준비와 더불어 우리 인생의 겨울철을 편안히 지낼 수 있는 준비도 서둘러야 할 것 같습니다.

(사)한국씨니어연합은 2001년 3월, 우리나라의 저출산, 고령화 사회의 제1세대인 노년세대가 건강하고, 보람 있고, 즐거운 노년기를 살아갈 수 있게 하는 「신노인문화운동」을 펼치겠다는 당찬 뜻을 모아 출범한 지 어언 9년이라는 짧지 않은 세월이 흘러갔습니다. 그동안 수차례의 좌절과 곤궁과 갈등의 늪이 있었지만 그래도 초심을 잃지 않고 뚜벅뚜벅 전진하고 있습니다.

회원님의 애정 어린 관심과 적극적인 후원 덕택이라고 믿습니다. 한곳의 지부도 설치되었습니다. 이에 저희들은 감사드리며, 격려받고 다짐하는 조촐한 자리를 마련하였사오니 부디 참석하시어 저희들이 자라고 있는 모습을 보시면서 칭찬과 꾸중의 도움을 함께 주십시오. 지회설치 기념축하도 겸하고자 합니다. 감사합니다.

제목 「2009년도 감사의 밤 및 지회설치 축하의 밤」
때 2009. 11. 26(목) 오후 6시 – 프레지던트호텔(명동) 18층 산호홀

초청인 (사)한국씨니어연합
상임대표 신용자
공동대표 원종남, 장용진, 손인춘, 이선자, 김정호

◎ (사)한국씨니어연합의 상임대표 신용자 인사드립니다.

　존경하는 조기동 본 연합 고문님, 김현자 고문님. 행사 때마다 기꺼이 참석하여 격려해 주시는 유재건 전 의원님, 김성이 전 보건복지부 장관님, 기득린 사회복지협의회 회장님, 신용한 국제기독실업인회 회장님. 바쁘신 중에 시간 내시어 참석하셔서 격려하고 축하하여 주신데 대하여 큰 감사를 드립니다. 이 자리에 참석하신 모든 분들을 일일이 소개하고 인사드려야 하지만 시간 절약을 위하여 내빈 소개 때 다시 감사드리겠습니다.

　이제 이 해도 다 가고 있습니다. 나이 든 사람들은 내가 앞으로 살아갈 시간이 얼마나 남았는가 하고 숙연하여지고 초조해지는 계절이기도 합니다. 그런 뜻에서 오늘날까지 본 연합을 아끼고 사랑하며 관심을 기울여 주시는 분들께 이 해가 훌쩍 지나기 전에 인사드리고 싶어서 오늘 이 자리를 마련했습니다. 여기 오신 분들의 사랑과 관심이 아니었으면 한국씨니어연합은 오늘에 이르지 못했을 것입니다. 앞으로 더욱더 그럴 것입니다. 2001년 1월 초 이 단체를 설립고자 한창 준비하고 있을 때는 「신노인문화운동」을 해야겠다는 희망과 확신으로 가득 차 닥쳐올 어려움 같은 것은 미처 생각지 못했습니다. 그러나 현실은 예상치 못했던 어려움으로 자꾸만 앞길을 가로막고 있었습니다. 그때마다 여기 와주신 분들과 또 바쁜 일정 때문에 참석지 못한 분들께서 격려와 용기를 주셨습니다. 그 덕분에 오늘 이 자리를 서슴없이 마련하여 고맙다는 인사를 드릴 수 있게 되었습니다. 저도 이제 나이 70을 훌쩍 넘기고 살아온 날들을 돌이켜보니 참으로 많은 일들을 직접 겪고 보면서 살아왔다는 감회가 깊습니다. 그리고 1930년대에 태어난 우리나라 여자가 아직도 연단에 올라와 이런 말 저런 말을 할 수 있다는 고마움을 저 혼자 누리는 것 같아 너무 송구스럽고 미안하며 무언가 다른 사람들에게도 나누어 드리는 보답을 하면서 앞으로의 인생을 살고 싶다는 생각을 하게 됩니다. 이 단체를 만들게 된 동기도 그런 뜻이었습니다. 그러기 위해서는 여러분의 후원과 동참이 절실히 요구됩니다.

한편, 이번에 새로 탄생시킨 지회(중앙지회)도 축하하고 격려해 주시기 바랍니다. 지회 소개는 따로 하겠습니다.

2009년 11월 26일 상임대표 신용자

회장이 참석자들에게 감사의 말씀을 드리고 있다.

(사)한국씨니어연합
2009년도 감사의 밤 및 지회설치
축하의 밤

이날 밤은 내빈 여러분과 참석회원들의 따뜻한 인사와 덕담으로 아름다운 시간이 되었다. 기회가 있을 때마다 이런 다정하고 아름다운 시간을 갖자고 서로 다짐하기도 하였다.

14

2010년도 주요사업

1. 2010년도 주요사업

　　사단법인 한국씨니어연합은 이제 사무실에서 일하는 단체가 아니라 현장 속으로 파고 들어가 본 연합과 본 연합이 원하는 대상자를 찾아 요긴한 일을 알뜰하게 추진하는 명품적인 「신노인문화운동」 단체로 발전하고 있다.

　　그동안 꾸준히 준비하고 연습해 왔던 소비자 보호운동의 근원지인 소비자 단체가 서울시로부터 정식으로 승인되어 2010년 1월 5일 (사)한국씨니어연합 소비자단체로 등록되고 4월 25일에는 '한국씨니어연합 부설 소비자상담센터' 개소식을 갖게 되었다.

"씨니어는 사회적 자산이며 젊은이의 귀감"

(사)한국씨니어연합

창립 제9주년 기념 및
소비자상담센터 개소식

● 일 시 : 2010년 4월 27일(화) 오후 5시
● 장 소 : 서울여성플라자 1층 아트홀
　　　　　(서울시 동작구 대방동 345-1, 지하철 1호선 대방역 3번출구)

🌀 **(사) 한 국 씨 니 어 연 합**
Tel : 815-1922, 816-1922 Fax : 822-1921

모시는 말씀

유난히 춥고 길었던 겨울을 이겨내고 찾아온 봄볕이 어느 해 봄보다 더욱 따스하고 정겹게 느껴집니다.

2001년 3월 창립된 (사)한국씨니어연합은 이런 겨울을 힘겹게 이겨 내면서 어언 창립 9주년을 맞이하였습니다.

"씨니어는 사회적 자산이며 젊은이의 귀감", "우리들의 노년생활 준비하면 걱정 없다"는 창립이념의 초심을 지켜오면서 많은 우여곡절을 겪었으나 그래도 착실한 성장과 발전으로 이제 여러분 앞에 내놓고 자랑할 수 있게 되었습니다.

『요양보호사교육원 및 노인복지센터 운영』, 노인 소비자 보호를 위한 『소비자상담센터 설립』, 노인들에 대한 일자리 제공과 결식노인들에게 식사를 제공하는 『예비사회적기업(음식업) 운영』 등을 비롯하여 두 곳의 지회도 설립 운영하고 있습니다.

이에 본 (사)한국씨니어연합에서는 이런 일들을 보고하는 기회를 갖고자 자리를 마련하였습니다.

부디 참석하시어 자리를 빛내 주시기 바라며, 많은 칭찬과 격려를 해 주시기 바랍니다.

감사합니다.

2010년 4월
(사)한국씨니어연합 상임대표 신 용 자
공동대표 원종남, 장용진,
김정호, 이선자,
손인춘

프로그램

:: 개회사

:: 한국씨니어연합 소개(동영상)

:: 경과보고

:: 내빈 및 참석자 소개

:: 회장 인사말씀

:: 내빈축사

:: 행사공지 및 안내

:: 폐회사

:: 사무실 및 소비사상담센터 순시

:: 행사종료

2009년도부터 동작구청의 지원으로 진행된 "여성이 행복한 동작구 만들기" 홍보교육은 그동안 계속되어 버스정류장, 공공화장실 등이 과연 안전하고 편리한 시설인가를 점검하였다.

2월 3일에는 서울형 사회적 기업으로 인증된 음식점 '소담차반'을 개점하여 어르신들의 일자리 제공과 저소득층 노인을 위한 식사제공 사업도 착수했다.

5월 12일에는 해마다 벌이는 '1~3세대 소통한마당 잔치'로 동작구청의 지원을 받아 충북 진천의 '고사리 마을'을 탐방하는 자연생태 기행'을 진행하였다.

『1~3세대 자연생태 기행-고사리 마을』
2010년 5월 12일

5~9월. '공부방 씨니어 선생님'들 활동분야가 다양하고 넓어졌다. 동작구청의 어르신 일자리 만들기의 일환으로 할머니 선생님들을 동작구내 어린이 공부방, 지역아동센터 등의 일자리로 파견하여 학습도움, 학습자료 정리, 도서정리, 급식 도우미, 청소 등의 일을 주었다.

은빛 아이 지킴이 할머니 선생님들의 활동·활용 범위도 넓어지고 있다.

10월에는 본 연합의 서울형 사회적 기업인 소담차반의 시설을 활용하여 주말(토)에 결식 어르신들을 위한 도시락 배달을 시작, 계속 시행하고 있다.

결식 어르신들을 위한 정책당국의 급식은 월~금까지 지급된다. 토, 일요일은 중단되어 거동이 불편한 빈곤층 어르신들은 금요일에 배식받은 음식을 일요일 저녁까지 먹는 경우가 많아 건강상의 문제를 일으키고 있었다. 본 연합은 동작구청의 요청을 받아 소담차반의 식당시설과 인근의 자원봉사자, 대학생 봉사자 등의 도움을 받아 주말에도 집 밥을 드실 수 있도록 정성껏 만든 반찬과 밥을 토요일 오후마다 배달하고 있다. 그 인

원은 무려 80명에 이르고
있다.

또한 어르신들을 수원의
화성으로 모셔 '한평생 문
화탐방' 견학을 시켜드렸
다. 수원은 수원성, 사도세
자 능과 같은 우리나라 근

『결식 어르신 주말 도시락배달 사업 발대식』
2010년 7월 14일

세사를 알려주는 많은 역사문화 유적지가 있기 때문이었다.

2011년도 주요사업

1. 2011년도 주요사업

2011년은 '한국씨니어연합의 중흥이 시작된 해'라고 부르고 싶다.

2010년 소비자상담센터의 설치·운영을 시작으로 2011년에는 부설기관, 어르신 문화교실이 설치·운영되었고 동작구 관내의 독거 저소득, 신체 불편한 어르신들을 전담하여 봉사하는 노인재가지원센터가 개설됐다.

사무실 안에서 기획하고 실천을 시도하던 프로그램의 문을 활짝 열고 현장에서 날개를 달아 '한국씨니어연합'의 존재감을 높이기 시작했다.

또한 초대회장(신용자)이 현직에서 물러나고 손인춘 이사가 제2대 회장으로 선출되어 한국씨니어연합을 젊고 씩씩하게 탈바꿈할 수 있는 전기점을 마련했다.

본 연합이 계속 추진하여 온 할머니 선생님의 활동범위가 점점 다양하게 확대되고, 지원하는 정책 당국도 보건부, 노동부, 여가부, 서울시, 동작구 등으로 다변화·확대 되었다.

한국씨니어연합의 발전은 골목길에서 대로로 나오는 듯하였다.

구체적으로 몇 가지 예를 골라서 제시한다.

2월 15일에 동작구청이 지원하는 "(사)한국씨니어 문화교실"을 설치·운영하고 있다. 아직 건강하고 활동적인 어르신들이 지니고 있는 '끼'를 발휘할 수 있는 마당을 제공한 것이다. 어르신들이 공식적인 마당에 함께 모여 정신적, 신체적, 건강증진과 문화의식을 높일 수 있는 프로그램을 운영하고 있다.

3월에는 동작구청이 지원하는 "동작 재가노인지원센터"가 설치되어 독립적 생활이 어려운 어르신들에게 요양보호사를 보내어 가사지원, 정서지원(말벗, 상담 등), 생활지원(밑반찬, 김치, 의료지원 등)의 자원봉사를 시행하고 있다. 이 지원센터를 돕고자 하는 개인 또는 기업과 결연을 맺고 지원을 받기도 한다.

4월에는 조손가정의 행복 나들이 여행으로 경기도 여주를 탐방하고 피해를 구제하는 전문상담원의 상담 방법을 교육하였다.

노인 일자리 사업은 보건부, 여가부, 서울시, 동작구청이 광범위하게 지원하여 저소득층 자녀들을 위한 학습 도우미 씨니어 선생님을 적극 양성하는 교육을 폭넓게 시행하게 되었다.

사서 도우미 양성 현장 파견과 웰다잉 교육 매뉴얼 마련은 2011년의 자랑스러운 실적이라 할 수 있다.

이러한 가운데 4월 13일에는 창립부터 현재까지 10여 년간 혼신의 노력으로 오늘의 (사)한국씨니어연합을 이루어 놓은 초대회장(신용자)이 초대이사장으로 추대되고, 제2대 회장으로 창립 당시부터 이사직을 맡고 필요할 때마다 재정지원과 프로그램 지원을 아끼지 않았던 손인춘(본 연합 이사, 퇴역 여군회 회장, (주)인성내츄럴 대표)을 회장으로 선임하였다.

서울여성플라자 대강당에 신구 임원 및 귀빈, 초청인사가 모여 의미 있는 취임식을 가졌다.

● 초대장

"씨니어는 사회적 자산이며 젊은이의 귀감",
"우리들의 노년생활 준비하면 걱정 없다"

(사)한국씨니어연합
신용자 이사장 및
손인춘 회장 취임식

● 일시 : 2011년 4월 13일(수) 오후 3시~4시
● 장소 : 서울여성플라자 1층 아트홀(서울시 동작구 대방동 345-1, 지하철 1호선 대방역 3번 출구)

(사) 한 국 씨 니 어 연 합
Tel : 815-1922, 816-1922 Fax : 822-1921

초대의 글

유난히 춥고 길었던 겨울을 이겨내고 찾아온 봄볕이 어느 해 봄보다 더욱더 따스하고 정겹게 느껴집니다. 지난 2001년 3월 창립한 사단법인 한국씨니어연합이 어언 창립 10주년을 맞이하게 되었습니다.

그동안 한국씨니어연합은 창립이념의 초심을 지켜오면서 많은 어려움을 겪었지만 그래도 착실하게 성장과 발전을 거듭해왔습니다.

이에 사단법인 한국씨니어연합은 창립 10주년을 맞이하여 그동안 연합의 기반구축과 단체의 발전에 크게 기여해 오신 초대 신용자 회장님을 이사장으로 추대하고, 제2대 회장으로 손인춘 공동대표를 새로이 회장으로 맞이하게 되었습니다.

한국씨니어연합은 고령화 사회와 베이비붐 세대의 조기 퇴직 등 당면한 사회적 이슈에 대처하기 위하여 노인 일자리 창출, 고령자 자기계발 프로그램 개발 등 앞으로도 해 나가야 할 일과 역할들이 너무나도 많다고 하겠습니다.

제2의 도약을 다짐하는 한국씨니어연합의 이사장 추대 및 제2대 회장 취임식에 공사다망하시더라도 부디 참석해 주셔서 많은 격려와 함께 자리를 빛내 주시기 바랍니다.

2011년 4월
(사)한국씨니어연합 상임대표 손 인 춘
공동대표 신숙희, 임진혁, 장용진

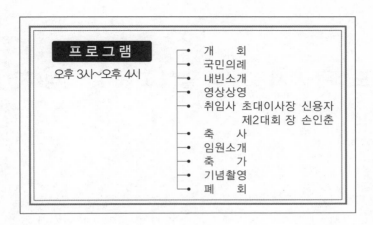

프로그램

오후 3시~오후 4시

- 개   회
- 국민의례
- 내빈소개
- 영상상영
- 취임사 초대이사장 신용자
          제2대회 장 손인춘
- 축   사
- 임원소개
- 축   가
- 기념촬영
- 폐   회

　　이제 지난 10여 년간 (사)한국씨니어연합의 설립이념과 행동방향에 맞추어 동분서주했던 제1대 신용자 회장은 무거운 등짐을 어깨에서 내려놓고 뒤에서 사랑과 관심을 나타내는 최소한의 역할로 이어갈 것을 다짐하면서 편한 마음을 갖게 되었다.

　　지난 10여 년처럼 다사다난했던 운영 때문에 자다 말고 벌떡 일어나는 일은 없어질 것이다.

　　고맙고 감격하는 마음을 가지고 무대 위에서 내려간다.

2. 도서관 사서 도우미 양성 교육 및 현장파견

2011년부터 노동부가 추진하고 있는 지역 맞춤형 노인 일자리 창출 지원사업을 시행했다. 이 사업은 본 연합이 2003년부터 적극 추진한 '씨니어 책사랑 운동'과 깊은 관련을 갖는다.

2003년 씨니어 책사랑 운동은 2005년에는 아이들 사랑 책 읽는 할머니(아사책)로 발전하여 고학력 여성 씨니어들 중 책을 좋아하고 어린이를 사랑하는 할머니들이 관심을 가지고 다가와 2011년도 노동부가 추진하는 '지역 맞춤형 노인 일자리' 적합형으로 선정되었다.

본 연합은 2003년 씨니어 책사랑 운동에 참여한 회원들에게 준사서교육을 적극적으로 시행하여 언제든지 현장에서 일할 수 있는 일꾼으로 키워왔다.

노동부가 추진하는 이 사업을 효과적으로 활용하기 위하여 이 교육에는 한국여성개발원(현 여성정책 연구원)에서 20여 년간 전문사서로 봉직해온 전문 인력이 강사로 참여하여 퇴직고령자들이 전문사서 못지않게 사서 도우미 일을 할 수 있게 하였다.

이 사업은 2012~2013년까지 계속되어 퇴직고령자들의 뜨거운 사랑을 받고 있다.

● 2011년도 지역맞춤형 일자리 창출 지원 사업

〈도서관 사서 도우미 양성 및 파견사업〉

근래 수년간 조기퇴직, 명예퇴직 등으로 각자의 전문분야에서 풍부한 지식과 업무 경험 및 노하우 등을 겸비한 고학력 고령 인력들이 대거 사회에서 배출되고 있으나 이들을 적절하게 활용할 수 있는 대책이나 방안이 없어 그대로 사장, 방치되고 있는 실정이다. 이러한 가운데 앞으로 베이비붐 세대('55 ~ '63년생)들의 대량 조기 은퇴 사태가 도래할 것으로 예상되고 있어 이들을 활용하는 대책 마련이 시급한 실정이다. 고학력 조기 은퇴자들을 활용할 수 있는 방안의 하나로 2008년 기준, 전국의 작은 도서관은 2,570개가 있으나 환경과 예산 부족으로 전문직 종사자들을 고용할 수 없는 형편임을 감안하여 고학력 중·고령자를 활용하는 도서관 사서 보조 사업을 개발함으로써 고급 노령 지식인들의 일자리 창출 사업에 적합하다고 판단, 도서관 사서 도우미 과정을 개발하여 30명의 씨니어들을 양성, 작은 도서관과 학교 도서관에 파견하고자 한다. 사서 도우미는 단순한 판매원이나 환경미화원, 안내원이 아니다. 도서관은 이용자와 자료를 상대하는 곳이다. 다양한 요구의 이용자를 상대할 때는 전문성이 있어야 한다. 따라서 사서 도우미 제도는 현직 사서들이 단순 업무에서 해방되어 평생교육, 정서개발, 독서교육, 이용지도에 집중할 수 있도록 하고, 어르신 사서 도우미는 도서관 이용객에게 편안한 환경 조성과 친절한 봉사로 서비스를 제공하는 역할을 할 수 있도록 한다. 그리하여 고급 고령 지식인의 일자리 창출과 초 · 중 · 고등학교의 도서관 이용률을 높여 평생 독서할 수 있는 환경과 습관을 길러 주는데 기여하고자 한다.

● 사서 도우미 양성 교육과정(2011)

●목차

● (2기)사서 도우미 양성 교육과정(2012)

○ 교육기간 : 9월 1일 ～ 11월 25일

○ 요일 : 월, 수, 목 / 교육시간 : 10:00 ～ 13:00 / 인원 30명

요 일	교 과 명	강 사 명
9/1(목) 10:00～13:00	- 지식기반사회와 도서관 시니어 도우미의 역할 및 필요성	이청자
9/5(월) 10:00～13:00	- 기관 기능 및 디지털 도서관 기능 - 도서관 이용규정, 현장교육에 대한 이해	조계순
9/7(수) 10:00～13:00	- 국립중앙박물관 견학 및 이용 실습교육	조계순,이인자
9/8(목) 10:00～13:00	- 인류사회의 변천 과정과 생활의 변화	백항기
9/15(목) 10:00～13:00	- 아동, 청소년 출판물에 대한 이해 - 초 · 중등 교과과정 및 교과 관련 도서 이해	정성현
9/19(월) 10:00～13:00	- 국립중앙도서관 디지털도서관 및 디지털 도서의 이해와 현장실습	조계순,이인자
9/21(수) 10:00～13:00	- 분실도서 처리 및 분실자 상담받기 - 도서관의 수서, 정리, 대출, 검색업무의 실제	조 계 순
9/22(목) 10:00～13:00	- 이용자 대출증 발급, 훼손도서처리, 수리, 바코드 출력 부착 - 미납 도서 독촉장 발급업무, 파손도서 처리법	조 계 순
9/26(월) 10:00～13:00	- 작은도서관 운동의 어제와 오늘	홍양희
9/28(수) 10:00～13:00	- 작은도서관의 실태와 현장교육	홍 양 희
9/29(목) 10:00～13:00	- 시니어 사서 도우미의 역할과 비전 - 책 만들기	정성현
10/5(수) 10:00～13:00	- 독서지도 활동을 위한 기초	정성현
10/6(목) 10:00～13:00	- 독서교육과 지역사회 교육운동	정성현
10/10(월) 10:00～13:00	- 발달단계에 맞는 독서지도 - 아동발달단계의 이해, 단계에 맞는 독서지도	정성현

●목차

● (3기) 사서 도우미 양성 교육과정(2013)

○ 주관 : (사)한국씨니어연합

○ 지원 : 교육노동부/동작구청

● 목차

1. 도서관 업무 및 사서의 역할
2. 도서관 업무 시스템
3. 어린이도서관의 이해와 시니어 사서 도우미의 역할
4. 취업대비교육
5. 대화와 소통 1
6. 대화와 소통 2 : 비폭력 대화
7. 학교도서관 운영 길라잡이
8. 인류사회의 변천 과정
9. 자료분류와 청구기호
10. 독서 교육과 환경
11. 초등 읽기능력 향상
12. 독서지도 활동을 위한 기초
13. 아동 발달단계에 따른 독서지도
14. 소통리더쉽
15. 동화구연 화술의 기초
16. 사례중심의 동화구연 이해와 실제
17. 어린이교육을 위한 마술
18. 북아트를 이용한 성공자서전 만들기

3. 웰다잉 교육 시행

고령화 사회의 빠른 발전으로 100세 시대가 현실화되고 있다.

인생 60년 시대를 우리의 시대로 인정하고 있던 오늘의 씨니어들이 예상을 넘어선 100세 장수시대를 누리게 된 것이다.

그런데 60세를 장수 수명이라고 생각하던 노인들이 갑자기 100세까지 살게 된다면 과연 그럴만한 준비는 되어 있을까.

본 연합은 창립이념인 「신노인문화운동」을 추진하면서 나이 많고 늙어도 젊은 사람의 '짐' 으로 살지 않기 위한 노력, 젊은이들이 사랑하고 존경하고 닮고 싶어 하는 노인으로 살자는 '비전' 을 제시했다.

그 비전 중에 중요한 부분 "잘살기 위한 노력의 주요 부분은 잘 죽기 위한 노력"이라는 사고방식으로 세상을 품위 있게 잘 떠날 수 있는 '죽음 준비' 를 위한 교육을 시행하게 되었다.

이 교육에 반드시 필요한 지식과 정보를 전달하는 전임강사의 강의 내용을 토대로 웰다잉 교육 매뉴얼을 펴내며 그 강의안 중 몇 편을 뒤편에 소개하고자 한다.

● 2011년도 평생교육 프로그램 씨니어 웰다잉 지도자 양성

〉〉 웰다잉 매뉴얼을 펴내면서

사단법인 한국씨니어연합은 씨니어를 위한 웰다잉 전문지도 강사 매뉴얼을 펴내게 되었다. 죽음과 가까이 있는 씨니어들에게 인생의 마무리가 얼마나 중요한지를 깨우쳐 주어 멋진 인생을 살다가 아름다운 마무리를 할 수 있도록 돕는 지도자 과정을 진행해 오면서 절실히 강사 지침서나 매뉴얼이 필요하다고 느꼈다.

우리 국민이 웰빙과 마찬가지로 웰다잉에 대한 지식에 이처럼 목말라 하고 있는 줄 미처 깨닫지 못했다.

이런 요구에 부응하여 씨니어의 적합 직종으로 웰다잉 강사는 인기가 있으나 강의안 만들기, 강의내용 등을 구성하기란 어려운 일로 간주하였다.

씨니어들이 자기가 살아온 인생만큼이나 죽음준비를 생각해 본다는 것은 그만큼 노년기를 더욱 보람 있게 살 수 있는 일이다. 따라서 주어진 매뉴얼이 있다면 더욱 훌륭한 강사가 될 수 있을 것이라 기대하면서 조금이나마 웰다잉 강사가 되고자 하는 분들에게 도움이 되기를 기대한다.

● 2011 웰다잉 교육 매뉴얼

〉〉 '웰다잉' 교육이란

고령 사회는 인간의 수명이 대폭 길어지는 장수사회이다. 한편으로는 자녀 수가 대폭 줄어드는 소자녀 사회이다. 정년 후의 노년기는 20년, 30년 더 길어지는데 이 노년기를 돌봐줄 자녀 수는 대폭 줄어든다. 인생 60년 시대에서 100세 시대를 접하게 된 우리나라 노년들도 이제 구체적으로 어떻게 오래 살 수 있을까 하는 준비에 맞추어 '어떻게 끝까지 건강하게 자립적으로 살다가 인간답게 생을 마감할 수 있을 것' 인가에 대한 현실적인 사고방식을 갖고 살아야 할 것이다. 9988이란 이런 관점에서 나온 발상이다.

이 문제에 대한 구체적인 사고의 전환과 실천력을 불어넣는 현실적인 교육, 다시 말해 '웰다잉' 교육의 필요성이 커지고 있다. 2011년 동작구의 평생교육 우수프로그램 지원사업으로 선정되어 본 연합은 웰다잉 교육을 위한 교육 매뉴얼을 개발하고 이 매뉴얼에 따라 지도자 교육을 실천하였다.

● 웰다잉 교육용 교재(매뉴얼)의 내용구성(차례)

1. 장수시대의 신노인
2. 인생회고
3. 나는 누구인가
4. 길어진 3막 인생
5. 꿈이 있는 노년
6. 죽음지도자 과정의 이해와 전망
7. 한국인의 죽음이해
8. 상실과 이별
9. 용서와 이해
10. 호스피스에서의 영성적 돌봄
11. 존엄한 죽음
12. 나는 어떻게 기억되기를
13. 사진으로 쓰는 자서전
14. 우리의 상, 장례 문화
부록 : 강의안 만들기 예시

● 웰다잉 교육 매뉴얼 강의안 중

>> 끊임없이 움직이고 열정을 품어라(104세의 현역의사)

100세를 앞둔 나는 아직도 에스컬레이터를 이용하지 않고 계단을 오른다. 운동 부족을 보완하는 가장 좋은 방법이다. 항상 걸어서 근육과 뼈의 균형 감각을 잃지 않으려고 노력한다. 노년기를 망치는 최대 주범은 낙상 골절이다. 한번 뼈가 부러지면 회복이 잘 안 된다. 그래서 나는 노년층에 만약을 대비해 잘 구르는 연습을 하라고 말한다. 손에 든 가방이나 물건에 연연하지 말고 잘 넘어져야 한다(웃음). 나이가 들면 척추에 골다공증이 생기면서 몸이 앞으로 기울어진다. 그래서 나는 걸을 때 체중이 뒤로 실리도록 발뒤꿈치부터 땅에 닿게 한다.

내 걸음이 하도 빨라서 젊은 사람이 따라오지 못할 때가 있다. 그것은 어렸을 때부터의 습관이기도 하지만 뭔가를 해야 한다는 열정이 있기 때문이라고 본다. 끊임없이 새로운 것을 하려는 정열이 나를 건강하게 하고 젊게 사는 최고 비결인 것 같다.

그렇다. 정년퇴임 했다고 위축되지 말라. 그때부터 진짜 인생이 시작된다고 생각하면 누구나 열정이 솟아오른다. 지금까지는 가족을 위해 봉사하며 지내왔다. 이제 은행원도 아니고 공무원도 아니다. 내 의지대로 내가 하고 싶은 대로 사는 참 인생이 기다리고 있다. 숨겨진 내 안의 능력과 재능 유전자를 찾아내 새로운 삶을 즐겨라. 의학적으로 인간 수명은 120세까지 살 수 있다고 증명됐다. 평균 수명이 100세는 간다. 그 시간을 어떻게 열정 없이 사나. 많은 사람들은 장수는 타고난 유전자 덕으로 안다. 물론 지금까지 내 머리카락이 안 빠진 것은 유전자 덕이다. 하지만

30세 때의 체중을 지금까지 유지한 것은 나의 노력이다.

평균 수명에는 젊은 사람의 사고, 사망이나 질병사가 포함되기 때문에 현재 살고 있는 고령 세대의 평균 사망 나이는 그보다 훨씬 늦다. 일본 노인 계층의 평균 사망 나이는 벌써 92세이다. 우리나라도 곧 그렇게 된다. 상황이 이럴진대 지금 중장년층은 인생의 판을 새로 짜야 한다. 인생을 건강 장수로 보석(寶石)처럼 살 것인지, 병든 노인으로 화석(化石)처럼 지낼지는 개인의 노력에 달렸다. 100세인의 공통적인 특징은 쓸데없는 짓 하지 않고 절제된 생활을 했다는 점이다.

목소리는 여전히 명료하고 말하는 속도도 빠르다. 그 이유는 내가 복식호흡을 많이 하기 때문이다. 항상 복식호흡을 하면서 발성연습을 했다. 스포츠의학에서 운동선수들에게 복식호흡 발성을 연습시켰더니 모든 기록이 좋아졌다는 연구도 있다. 아이들은 불면증이 없는데 엎드려 자면서 복식호흡을 하기 때문이다. 나도 엎드려 잔다. 2~3분이면 잠들고, 푹 잔 후 금방 깬다. 동물들은 엎드려 자는데, 불면증이 없다(그는 편하게 엎드려 자기 위한 베개를 직접 고안했고, 이를 여행 다닐 때도 가지고 다닌다고 했다).

※ 자원봉사는 먼저 산 세대의 의무

우리는 전쟁을 경험한 세대다. 목숨이 얼마나 소중한지 안다. 나는 지금도 일 년에 강의를 170번 정도 다닐 정도로 바쁘게 살지만 일주일에 한 번은 꼭 소학교에 가서 어린 학생들에게 평화와 생명의 가치를 알아야 한다고 강의한다. 이는 우리 세대의 의무이다. 노년 계층은 타인을 위해 사는 정신이 있어야 품위 있고 아름답다. 그런 이타심이 노년의 삶을 더욱 풍요롭게 하고 열정을 만든다. 자원봉사야말로 우리 세대가 꼭 해야 할 소중한 생활이다.

후배를 키워주고, 주변에 사랑을 나눠주고, 남을 위해 봉사하는 것이 '신노인'의 진정한 생활 자세라고 본다. 그런 건강한 노인이 많을수록 사회가 발전한다. 미국 노인들은 쌓이는 자원봉사 인증 기록을 최고의 자랑으로 여긴다.

우리 연구소에서 고령 계층 대상으로 교육프로그램을 개설하면 순식간에 인원이 마감된다. 강의시간에는 질문이 끊임없이 이어진다. 그만큼 풍요로운 삶에 대한 욕구는 높으나 그동안 이를 뒷받침하는 인프라가 없었다는 의미다. 국가가 학생을 의무 교육시키듯이 이제는 노년 계층의 품위 있는 삶을 위해 교육프로그램을 의무적으로 개발해 제공해야 한다.

일본이 장수 국가가 된 것은 훌륭한 복지시스템이 있는 이유도 있지만 걷기 좋은 환경을 만든 덕도 있다고 본다. 고령 계층의 건강을 유지·증진시키는 데 걷기만 한 효율적인 운동이 없다. 하지만 우리나라는 아직 맘 놓고 걷기 어려운 환경이다. 고령 사회 대비는 이런 생활 밀착형 사업부터 해야 한다.

히노하라 박사의 걷는 모습과 목소리를 들으면 100세를 코앞에 둔 나이라고 생각할 수 없다. 활기찼고, 정열이 넘쳤다.

그는 1950년대 미국 유학을 거친 신세대 심장내과 전문의였다. 세계 최초로 식도에 청진기 같은 기구를 넣어서 심장질환을 진단하는 기술을 개발한 인물이다. 그러다 1970년 일본 적군파 비행기 납치사건 때 우연히 인질로 갇히면서 인생의 큰 전환점을 맞았다. 생환을 한 그날부터 새로운 인생을 살겠다고 다짐한 그는 노인을 위한 의사의 길로 들어섰다.

이후 250여 권의 건강 서적을 쓰면서 일본 최고의 장수의학 전문가가 됐다. 지난 2000년에는 '신노인회'를 조직해 활기찬 노년의 삶을 통한 자원봉사운동을 이끌고 있다.

나이를 거꾸로 먹는 그의 건강법은 일상생활에 그대로 나타나 있다. 매일 3~4시간씩 책과 논문을 쓰고, 일기를 적는다. 음악을 즐기고, 향기로운 에세이를 즐겨 읽는다. 항상 걸으며, 하루 10시간 병원 일을 한다.

그는 하루 1,300cal의 음식을 섭취하는데, 단백질이 그중 16%를 차지한다. 일본인 평균 12%보다 많다. 뇌 활동을 위해서는 충분한 단백질이 필수라는 것이 그의 지론이다. 밥을 통한 당질 섭취는 일반인의 절반으로 줄이고 대신 매일 아침 올리브유를 큰 스푼으로 떠먹는다. 혈관을 부드럽게 하고 피부를 좋게 한다는 이유다. 매일 우유와 생선을 먹고, 일주일에 두 번만 지방이 없는 고기를 100g 먹는다.

〈히노하라 박사의 장수노인을 위한 조언〉

1. 인생의 현역으로 살자는 자세
2. 많이 사랑하고 사랑받는 사람이 오래 산다.
3. 창조하는 일을 하고 남을 위해 산다.
4. 활발한 교제 지속
5. 젊은이의 관심사에도 귀를 기울인다.
6. 항상 걷는 습관
7. 노인 최대의 적은 낙상 골절, 잘 넘어지는 연습이 필요, 잘 구르는

연습도 하자

8. 복식호흡을 하라.

〉〉 길어진 3막 인생 위기이자 기회이다

'노인 되기 공부'도 해야 한다.(정용득)

나이 50에 지천명(知天命)이었고,

60세엔 이순(耳順)이었으며,

70세 때는 종심소욕불유구(從心所慾不踰矩. 마음 내키는 대로 해도 법도에 어긋나지 않음)였다고 공자는 자기 삶을 회고했다.

그러나 공자가 현대 한국에 살았다면 65세를 일컫는 말을 하나 추가했을 것이라는 우스갯소리가 있다.

지공(地空), 즉 '지하철 공짜(무임승차)'라는 것이다.

사회적으로 공인된 노인 대열에 합류하게 된 이들의 회한이 살짝 느껴지는 유머다.

며칠 전 전병석(70) 문예출판사 대표와 이태동(68) 서강대 명예교수를 모시고 점심식사를 했다.

두 분은 "늙는 건 정말 잠깐"이라며 한참 어린 필자에게 노년기를 맞이하는 지혜를 이것저것 일러주었다.

전병석 대표는 노년기의 '신오복(新五福)'도 소개했다.

건(健), 처(妻), 재(財), 사(事), 우(友).

즉, 건강하면서 배우자와 웬만큼의 재산이 있고, 일거리와 친구가 있어야 행복하다는 말이었다.

그럼 아들, 딸은?

전 대표는 "자식은 그나마 무탈하면 복으로 여겨야지 자식 잘된 것을 자기 복에 편입시키면 안 된다"고 잘라 말했다.

출판계 원로의 '쿨'한 인생관이 돋보인다.

하긴 그렇다.

노년기엔 자식보다 친구가 더 아쉽다고 말하는 분이 의외로 많다.

유명 사립대학 이사로 오래 재직하다 몇 해 전 97세를 일기로 작고한 분이 있다.

그가 생전에 80대가 되자 주변 친구들이 하나둘 세상을 뜨더니 거의 찾아보기 힘들게 됐다.

어느 날 그는 열 살가량 차이 나는 동생 친구들을 모아놓고 "이제 나랑 동년배라 생각하고 말 놓는 친구가 되자"고 제안했다.

동생 친구들도 취지를 이해하고 그와 '맞먹기'로 했다.

그런 지혜 덕분에 말년까지 친구 없는 외로움에서 벗어날 수 있었다.

우리는 어릴 때 열심히 공부하고 운동도 하며 어른이 될 준비를 한다.

결혼해 가정을 꾸리면 자식을 똑같은 방법으로 길러 어엿한 어른으로 키우고자 한다.

그러나 정작 제대로 된 노인이 되는 방법에는 서툴기 짝이 없다.

'노인 되기 공부'에 대한 사회적 공감대도 부족하다.

특히 20여 년 후 '아얏' 소리도 못하고 노인 대열에 편입될 '4050' 세대는 지금부터라도 노인 되기 공부를 해야 한다.

어떤 신문이 어제 보도한 가정의 달 기획기사(1, 12면)에 따르면 4050

세대 남성은 직장에서 자리 걱정을 하고, 아내 앞에서 기가 죽고, 자녀 교육엔 소외되는 '서글픈 낀세대' 다.

세월이 더 흐른다고 상황이 나아지진 않을 것이다.

아니, 오히려 수입은 줄어들고 건강은 나빠지고 외로움은 깊어갈 것이다.

돈이나 건강은 그것대로 대비해야겠지만, 나는 노인으로서의 마음가짐을 배우는 것이 첫 순서라고 본다.

'노인' 인 자신을 냉정하고 객관적으로 파악하는 게 무엇보다 중요하다.

노인 공부의 입문서로 추천하고 싶은 책은 일본의 여류소설가 소노 아야코의 '계로록(戒老錄)-나는 이렇게 나이 들고 싶다' 이다. 소노가 권하는 노년기의 마음가짐 몇 구절을 소개한다.

'자신의 고통이 이 세상에서 가장 크다고 생각하지 말라'

'젊음을 시기하지 말고 젊은 사람을 대접하라'

'젊은 세대는 나보다 바쁘다는 것을 명심하라'

'손자들에게 무시당해도 너무 섭섭해 하지 말라'

'새로운 기계 사용법을 적극 익혀라'

'나이가 평균수명을 넘어서면 공직을 맡지 말라'

'모두가 친절하게 대해주면 내가 늙었다는 것을 자각하라'

'입 냄새, 몸 냄새에 신경 쓰고 화장실을 사용할 때는 문을 꼭 닫고 잠가라'

'신변의 일상용품은 늘 새것으로 교체하라'

'여행지에서 죽는 한이 있더라도 여행은 많이 할수록 좋다'

'체력, 기력이 있다고 다른 노인들에게 뽐내지 마라'

며칠을 못 살고 죽는 하루살이가 있는가 하면 모하비 사막의 떡갈나무 덤불처럼 1만 년 이상 사는 생물도 있다.

'계로록' 엔 이런 구절도 나온다.

'재미있는 인생을 보냈으므로 언제든 죽어도 괜찮다고 늘 심리적인 결재를 해두어라'

샤우팅 맨
(소비자 고발 사회 연극)

1. 샤우팅 맨(2012~2014)

〈소비자피해 사례 예방연극 "샤우팅 맨(고함지르는 사람들)〉

본 연합은 2012년부터 서울시의 특별지원을 받아 소비자피해예방을 위한 사례연극 "샤우팅 맨"을 인기리에 공연하고 있다.

이 연극은 단순히 피해를 입은 사람이 억울해 하고 고함치는 얘기가 아니다. 본 연합이 2004년부터 여성부와의 공동협력사업으로 시작하게 된 "노인을 위한 종합상담사 양성 교육"을 씨니어의 또래끼리 상담하고 치유하며 해결을 위한 방안을 찾아보고자 하는 또래 상담(peer counseling)의 형식을 취하여 진행한 상담방법에서 비롯된 것이다.

우리나라에서는 최초로 시도된 상담형태의 교육이다.

이 교육은 좀 더 현실적, 단계적으로 발전되어 정부의 꾸준한 지원과 함께 오늘의 "샤우팅 맨"이라는 사회극으로 발전한 셈이다.

본 연합은 이 상담교육으로 여성노인의 일자리 창출 효과가 나타나도록 지역 내 씨니어들이 상호간 내담자와 상담자가 되도록 시도하고 정책당국이 노인 일자리로 선정되도록 추진하였다.

그 발전과정을 순서대로 소개하면 다음과 같다.

1) 2004년 여성부와의 공동협력사업으로 「노인을 위한 종합 상담사 양성 프로그램」

2) 2007년 보건복지부 지원의 「노인소비자 상담사 양성 프로그램」

3) 2008년 「재단법인 여성재단」 지원의 「여성노인을 위한 소비자상담 서포터즈 양성 교육」

4) 2009년 보건복지부의 전문지원봉사프로그램 지원사업의 「노인소비자상담서포터즈 양성 교육」

5) 2010 동작 구청지원 「노인소비자피해예방을 위한 소비자 문제 실태조사 및 소비자상담사 양성 교육」

6) 노인자원봉사 활성화 방안지원사업 「전문노인자원봉사 프로그램」 "씨니어 소비자상담사 양성 및 파견"

이렇게 여러 단계를 거치면서 준비된 연극이 「샤우팅 맨」이다.

샤우팅 맨은 우리 사회의 현실 속에 깊숙이 배어있는 노년대상 소비자 피해를 당사자의 입장에서 소리 높여(샤우팅) 고발하여 대책을 강구하고 피해를 줄여 "어르신들의 생활의 질"을 높이고자 하는 「소비자피해사례 예방연극」으로 서울특별시가 특별지원하고 있다.

◎ 연극공연을 격려하는 이사장의 인사말

(사)한국씨니어연합
이사장 신 용 자

사랑하는 회원 여러분, 임직원 여러분 그리고 오늘 재미있는 연극을 관람하기 위하여 여기 모이신 어르신들 반갑고 감사합니다.

초겨울의 추운 날씨가 아름다운 단풍의 절경에 가리어 추위를 잊게 하였으나 모두 감기 조심하셔야 할 계절입니다. 본 연합은 2001년 3월 30일 창립선언에서 '신노인문화운동의 전개'를 약속, 그 약속을 잊지 않고 프로그램에 반영해 왔습니다.

노인 일자리 마련, 1~3세대 같이 놀며 돌봐주기, 우리 동네 아이 지키미 할머니 등등 '고령화 사회'에 대한 인식이 정책 당국에서조차 턱없이 모자라는 당시 창립이념을 실천에 옮겨 사회적으로 확산시키고 있는 자랑스러운 민간단체가 본 연합이라는데 자부심이 앞섭니다.

본 연합의 선견지명을 보여주는 진취성과 응집력 있는 프로그램 수행이 곧 본 연합의 모습을 보여주는 일이며 오늘의 발전을 이끌어 온 원동력입니다.

10여 년 전인 2001년 3월에 이미 창립선언에서 '신노인문화 운동' 개념을 정의하고 이에 따르는 진취적인 프로그램을 개발, 수행하고 있습니다.

이번에 공연되는 '샤우팅 맨'은 그 일환의 프로그램입니다.

오늘날 우리가 당면한 노년세대를 겨냥하는 소비자피해는 개인적인 대처로는 도저히 당해낼 수 없는 심각한 현실입니다.

어르신들이 노할 때 '이노옴'하고 소리를 지를 수 있는 방법과 지혜를 '샤우팅 맨'이 제시할 것입니다. '우는 아이 젖 준다'는 말처럼 소리 질러 고발하는 노인이 구제받을 수 있다는 현실을 가르쳐 줍니다. '샤우팅 맨'은 소비자 문제에만 적용되는 것은 아니지만 우선 노년세대를 골탕먹이려는 상대방 상거래자에게 경고하고 적발할 수 있는 좋은 방법이 되리라 생각하며 오늘의 연극에 대한 자부심을 갖게 됩니다. 이 연극을 기획하고 연출하여 주신 김진우 선생님과 직접 배역을 맡아주신 어르신들께 감사드립니다.

오늘 이 연극을 계기로 많은 어르신들이 스스로 자신의 권리를 지키고 피해를 예방할 수 있다는 자신감을 가지게 되기를 기대합니다.

◎ 연극공연을 격려하는 박현경 회장의 인사말

(사)한국씨니어연합
회장 박현경

이번 연극 공연은 어르신들이 당하기 쉬운 노인 소비자 피해사례를 연극으로 묶어 공연하게 된 것입니다. 어르신들에게 가장 접근하기 쉬운 건강 관련 상품으로 피해를 주는 사례가 급증하고 있습니다. 피해를 본 어르신들이 물건을 환불하거나 피해신고를 하려고 해도 방법을 몰라 고스란히 소비자가 당할 수밖에 없는 현실입니다.

이를 예방하기 위해 어르신들에게 교육을 통하여 계몽하고 있으나 교육적 효과는 크게 나타나고 있지 않았습니다. 그리하여 경로당을 중심으로 일어나고 있는 현장 피해사례를 묶어 연극 대본을 쓰고, 어르신들이 소비자교육을 받고 연기 공부를 하여 소비자 피해 예방 연극에 참여하고, 또 관객으로 참여함으로써 교육 효과를 극대화했습니다.

이 연극 공연에 직접 참여하시는 어르신들은 연극을 통해 다른 어르신들이 피해를 당하지 않도록 전파하는 데 주력할 것입니다. 그리고 나이에도 불구하고 대본을 외우기 위한 노력과 지난 수개월에 걸친 열정적인 공연 연습에 때론 안쓰럽기도 하고, 너무나 훌륭하게 해낸 공연에는 감동 그 자체였습니다.

지난 수개월 동안 이 연극 연출을 맡아 주신 김진우 작가님과 또 조연출을 맡아 주신 이태리 선생님께 진심으로 감사를 드립니다. 또한, 공사다망하신데도 불구하고 이 자리에 와 주신 여러분께 감사드립니다.

◎ 격려사

(사)인간개발연구원장
본 연합 상임고문
장만기

회원 여러분, 그리고 임직원 여러분, 오래간만입니다.

지난여름 두 곳에서 '데이케어센터'를 운영하게 된다는 소식에 놀랍고 감탄했는데 이번에는 '샤우팅 맨'이라는 재미있는 제목의 연극으로 억울하게 피해를 당하는 어르신들을 보호하겠다는 뜻깊은 의지에 또 한 번 감탄하며 고문으로서 자부심을 느낍니다.

본 연합은 2001년 3월 창립선언에서 이미 21세기적 신노인세대의 삶의 질을 높여주는 「신노인문화운동」을 전개하겠다는 당찬 선언과 약속을 하였습니다. 그 약속은 잘 지켜나가고 있으며 형편에 맞추어 속도 근절을 하면서 잘 발전시키고 있는 모습을 가까이에서 지켜보면서 칭찬의 박수를 보냅니다.

정책 당국이나 사회의 타 단체보다 맨 앞줄에서 우리에게 닥쳐올 '고령화 사회'의 여러 문제를 예견하고 대응해 나가는 본 연합의 진취성에 자랑을 느낍니다.

오늘 공연될 '샤우팅 맨'은 그중의 하나인 좋은 프로그램이라 생각합니다. 갖가지 교활하고 악질적인 상법으로 노년세대를 울리는 현실에 대처하여 어떻게 소리를 지를 것인가 하는 지혜와 기능을 어르신들에게 가르쳐 주고자 하는데 그 뜻이 있다고 생각하면서 이런 프로그램을 만들어 수행하는 한국씨니어연합의 진취적인 현실감각에 놀라움을 숨길 수 없습니다.

'본 연합'의 본래의 모습이며 기량이라 생각하며 큰 박수를 보냅니다. 앞으로는 더 현실적이고 진취적인 프로그램을 차례차례 내놔 주시기를 기대하며 오늘의 공연을 축하드립니다. 감사합니다.

◎ 격려사

(사)한국씨니어연합
전 회장, 현 이사,
의원(새누리당)
손인춘

회원 여러분 안녕하세요.

저는 2001년 3월 한국씨니어연합이 창립될 당시부터 이사직을 맡아왔고, 2010년에 맡은 회장직을 18대 국회 의원에 당선됨으로써 내려놓게 되었습니다.

본 연합은 창립 당시부터 어르신들에게 적합하고, 진취적이고, 현실적인 프로그램을 개발·수행하여 고령화 사회에 대한 인식과 대처 방안을 제시해 왔습니다.

이번에 공연되는 '샤우팅 맨' 또한 앞서가는 훌륭한 실천 사례라고 생각합니다. 본 연합의 창립이념과 정관에서도 이런 정신을 담았습니다.

모두가 손잡고 힘을 합하면 더욱 빛나고 놀라운 발전을 이룩할 수 있을 것이라 기대합니다.

날씨도 쌀쌀한데 오후 늦은 시간에 이렇게 밝은 얼굴로 앉아 계시는 회원 여러분의 얼굴을 보면서 밝고 독특한 본 연합의 내일을 보는 것 같습니다. 노년세대가 소리 지르지 않아도 일상생활에서 안전이 잘 지켜지는 사회를 기대하면서 열심히 앞으로 나갑시다. 감사합니다.

샤우팅 맨 홍보 팜플릿 표지

부록

1. (사)한국씨니어연합 산하 부설기관

본 연합의 본격적인 활동이 현장의 취약계층, 노년층을 찾아 가족처럼 봉사하는 일, 즉 본 연합 설립 정신에 맞추어 "노년이 건강하고 행복한 사회" 건설에 도움이 되는 프로그램으로 발전하기 시작했다.

2006년도에 설치된 가정봉사원 교육원은 그 시작을 알리는 현장이었다.

2006년 12월 19일 동작구 관내에 '가정봉사원교육원'을 설치하여 2007년 3월 동작구청으로부터 "한국씨니어연합 가정봉사원교육원"이라는 공식명칭이 인정되었다.

본 교육원은 2007년부터 정책적으로 수행되는 노인 돌보미 바우처 사업의 노인 수발인력을 양성·배출하는 교육기관이다.

초대 교육원장에 신재명(국제신학대학원 교수·본 연합 이사) 교수가 임명되어 적극적인 활동을 시작했다.

(1) 한국씨니어연합 가정봉사원교육원

원장 : 행정학 박사 신재명

본 연합은 2006년 12월 19일 동작구 관내에 가정봉사원교육원을 설치하여 2007년 3월 동작구청으로부터 '한국씨니어연합 가정봉사원교육원'이라는 공식명칭으로 승인되었다. 이 교육원에서 시행되는 교육과정을 이수한 분들은 정부정책으로 시행 중인 '노인 돌보미 바우처' 제도의 혜택을 받아 임금이 보장되는 노인 돌보미로 일할 수 있게 되었다.

본 교육원은 서울시에서 올해부터 시행되는 노인 돌보미 바우처 사업의 노인수발인력인 돌보미 양성 교육사업 기관으로 지정받아 교육생들을 양성하고 있다.

동작구 관내뿐만 아니라 서울시 관내의 각 지자체가 자체의 관내에서 노인 돌보기를 희망하는 사람들을 본 교육원에 위탁, 교육수료 후 도우미가 필요한 가정으로 파견한다.

교육원장으로는 본 연합의 이사이며 국제 신학대학원대학교 사회복지학과 교수인 신재명 박사를 교육원 원장으로 임명하여 활동 중이다.

(담당 : 교육사업국장 박노정 ☎02-815/816-1922)

■ 설립 : 2006년 12월 설치, 2007년 1월부터 교육시행, 우리나라 노인복지법에 의한 재가노인복지시설의 가정봉사원교육기관인 「한국씨니어연합 가정봉사원교육원」은 일상생활에서 신체적, 정신적으로 돌봄을 필요로 하는 노인을 재가노인복지시설이나 각 가정에

서 정부가 지급하는 일정의 보수를 받으며 일하는 노인 돌보미 전문적 양성, 훈련기관이다.

■ **목적** : 재가노인복지기관에서 활동하는 가정봉사원이나 노인부양 가족에게 필요한 지식과 기술을 함양하여 재가노인에게 질 높은 서비스를 제공하고 가족의 간병 부담을 완화하고자 하는 정부의 노인복지정책을 위탁받아 수행한다.

■ **사업** : 2007년 3월 7일 동작구청으로부터 「한국씨니어연합 가정봉사원교육원」이라는 공식명칭을 승인받아 서울시 노인 돌보미 서비스 교육 위탁기관으로 지정되어 4월 6일부터 교육을 시행하여 돌보미를 양성·배출하고 있다.

(2) 한국씨니어연합 노인복지센터
(정부지정의 노인 돌보미 바우처 서비스 지정기관)

시설자 : 임정이(사회복지사)

본 센터의 노인수발 서비스는 받고 계신 이용자들이 만족하는 서비스와 함께 방문간호, 방문목욕, 자원봉사자 등 지역자원을 연계한 토탈 서비스를 받을 수 있도록 하며 '노인장기 요양보험'과 관련한 노인장기 요양보호센터, 노인 돌보미 사업을 병행하여 수행하고자 한다.

본 센터가 시행하는 돌보미 서비스를 받고자 하는 어르신이나 그 가족은 본 센터 전화 02-815/816-1922로 연락바라며 최선을 다하여 좋은 서비스를 제공할 예정이다.

- **설립** : 재가노인복지시설의 가정봉사원 파견센터인 한국씨니어연합 노인복지센터는 2007년 2월 13일 동작구 관내에 설치, 신고되어 관계부처의 승인을 받았다.
- **목적** : 가정봉사원 파견시설(가파)은 정신적, 신체적인 이유로 독립적인 일상생활을 영위하기 어려운 노인이 있는 가정에 봉사원을 파견하여 필요한 각종 서비스를 제공하는 데 목적이 있으며 서비스 내용으로는 신체적 수발, 일상생활 지원, 노화 질병 및 장애관리 보조, 상담 및 교육 그리고 지역사회 복지자원 발굴 및 네트워크 구축 등을 목적으로 한다.
- **사업** : 2007년 3월 16일 동작구 관내의 '노인 돌보미 바우처 서비스 지정기관'으로 선정되어 5월부터는 노인 돌보미 사업을 진행하고 있다.
- **내용** : 신체 수발(목욕 도움, 세면 도움, 옷 갈아입히기, 체위변경, 신체기능의 유지 및 증진, 화장실 이용하기, 이동 도움, 배설 도움), 가사 지원(청소 및 주변 정돈, 세탁, 취사), 개인 활동 지원(외출 시 동행, 일상 업무 대행), 정서 지원(말벗, 위로), 생활상담 등이 있다.

● 노인 돌보미 바우처 서비스란?

◈ 목적

혼자 힘으로 일상생활을 영위하기 어려운 노인에게 가사지원과 활동지원, 서비스 제공 및 안정된 노후생활 보장, 가족의 사회·경제적 활동 기반 조성

◈ 서비스 대상

만 65세 이상 노인 중 가구소득, 건강상태 등을 고려하여 선정

◈ 지원내용
- 정부가 제공하는 월 20만 원(27시간 상당)의 이용권을 제공
- 월 3만6천 원의 본인부담금을 납부하여야 함

◈ 어떤 어르신이 서비스를 받을 수 있는가?

구 분	내 용
소득 기준	전국 가구 평균소득의 150% 이하인 어르신 중(4인 가구 기준 530만 원)
건강상태 기준	노인요양 필요점수 40점 이상

◈ 신청절차

신청접수 -〉 자산조사 -〉 건강상태조사 -〉 결정, 통지

◈ 신청접수는?
- 장소 : 읍면동 사무소
- 제출서류
  · 신청서, 건강보험증, 건강보험료 확인 자료(영수증, 납부확인서, 월급명세서 등)
- 신청기간 : 매월 1~10일
  · 매월 18일까지 선정
  · 매월 28일부터 말일까지 본인 부담금액 36,000원을 납부하면 다음달 1일부터 서비스를 제공하여 드림

(3) 소비자상담센터

2010년 4월에 정식으로 업무를 개시한 '한국씨니어연합 소비자상담센터'는 아래에서 말하는 역할을 하고 있다.

1) 소비자상담센터 (개소일 2010. 4)

노인 인구의 증가와 노인 경제활동 참여의 확대·증가에 따른 노인 소비자들의 사전피해 예방과 효율적인 사후 구제 및 합리적인 소비생활 영위를 위해 소비자상담과 교육 및 정보제공 등을 실시하고 있다.
- 노인소비자 전문상담원 양성 교육 시행
- 노인소비자들의 사전 피해예방과 사후구제를 위한 소비자상담 시행
- 노인소비자들의 합리적인 소비생활 영위를 위한 교육 시행
- 노인소비자 문제에 대한 조사·연구 사업 시행
- 노인소비자 피해예방을 위한 홍보 및 정보제공 시행
- 사고의류 심의위원회 운영

2) 시니어 문화교실 (개소일 2011. 2)

노인들에게 지역사회에서 존경받는 노인으로서 품위향상과 현대사회에 적응하는 능력을 배양한다. 노인 각자의 잠재능력을 재개발시키고 건강관리에 관한 지식을 습득하게 함으로 여생을 보람 있게 지내도록 하고자 한다.

■ 교육내용

 – 매주 화 : 댄스, 가요, 노인복지

 – 매주 토 : 노래교실, 건강관리

3) 동작 재가노인지원센터 (개소일 2011. 3)

경제적 · 정신적 · 신체적인 이유로 독립적인 일상생활이 어려운 재가노인들에게 일상생활지원 및 각종 필요서비스를 제공하여 심신기능의 유지 · 향상을 돕고 사회적 고립감을 해소하여 지역사회 안에서 건전하고 안정된 생활을 영위할 수 있도록 지원한다.

 – 일상생활지원서비스 : 가사지원, 주거환경개선, 가정봉사원파견 등

 – 정서지원서비스 : 개별상담, 가족상담, 말벗지원 등

 – 생활지원서비스 : 밑반찬지원, 김장지원, 쌀 지원, 의료지원 등

-결연후원서비스 : 결연 · 후원, 물품지원 등

*이용대상 : 요양등급을 받지 못한 65세 이상 기초생활 수급권자 및 60세 이상 저소득 노인

4) 삼화데이케어센터 (2011. 12) / 엔젤데이케어센터 (2013. 3) / 약수데이케어센터 (2013. 11)

사당3동과 사당4동, 상도2동에 자리 잡은 삼화데이케어센터, 엔젤데이케어센터, 약수데이케어센터는 전문적인 요양서비스를 제공하는 주 · 야간보호시설이다. 어르신들이 편안하고 쾌적하게 이용하실 수 있도록 기능회복을 위한 다양한 프로그램과 요양 서비스를 제공, 가족에게는 요양부담과 비용 경감을 통해 안심할 수 있는 건강한 사회를 만들기 위해 최선의 서비스를 제공하고 있는 곳이다.

이용대상자는 아래와 같다.

– 이용대상 : 장기요양급수급자 1~3등급

- 이용시간 : 매주 월요일~금요일 08:00~22:00
- 이용료 : 장기요양여수급자 보험수가 적용, 주간 20일 기준(8시간 ~10시간 미만)

5) 국화소극장

국화소극장은 동작구 어르신 소극장으로 지난 2014년 7월 문을 연 이후 연극, 뮤지컬, 기타 교실 등 다양한 문화 프로그램을 진행해오고 있다.

특히 배우 육성 프로그램 'PADO(Performance Artist Development)' 를 가동하여 실력 있는 배우와 스태프를 양성 중이며, 첫 교육생들이 현재 전국 뉴코아 백화점 소극장에서 뮤지컬 '피리 부는 사나이'를 공연하는 성과를 거두었다.

국화소극장에서는 지속적으로 뮤지컬, 연극 등 다양한 프로그램들이 공연될 예정이다.

6) 커피현상소

2015년 6월 15일 어르신 사회참여활동 사업의 일환으로 카페가 창업되었다.

이곳에서는 청년 바리스타와 어르신 10명이 참여하여 카페를 운영하고 있으며 신선한 커피 맛으로 고객으로부터 사랑을 받고 있다. 이곳을 통하여 앞으로 많은 어르신이 사회참여를 하실 수 있도록 경쟁력을 확보하고 언제나 아늑한 공간으로 주위의 사랑을 받을 수 있도록 잘 운영할 예정이다.

7) 동작50+센터

2016년 1월부터 문을 여는 동작 50+센터는 퇴직 전후의 50+세대의 성공적인 인생 후반기를 지원하기 위해 교육, 여가, 사회공헌, 일자리 창출 등의 프로그램을 제공하는 풀뿌리 플랫폼이자 마을 아지트로서의 역할을 다함으로써 동작 50+세대의 새로운 인생 비전을 창조하는 데 역할을 하기 위해 한국씨니어연합이 동작구에서 수탁, 운영하는 센터이다 (50+세대의 의식전환, 삶의 질 향상, 참여와 나눔의 조화).

※ 사업추진방향

- 40대를 포함한 50+세대 욕구 충족이 가능한 대상별, 맞춤 프로그램 개설 및 확대 강화

- 센터 이용자 안내 서비스 강화 및 대상 사업 전 · 후 서비스 강화

- 지역사회 활동 지원 및 맞춤형 교육, 컨설팅 등 풀뿌리 플랫폼이자 마을 아지트로서의 허브(Hub) 센터 기능 강화

- 수탁기관 책임 운영을 위한 운영위원회 편성 후 활동 강화

- SNS 등 뉴미디어를 활용한 센터 홍보활동 강화

- 장소 : 동작구 노량진로 140 메가스타디타워 2층

- 전화번호 : 02)3482-5060

2. 나도 한마디(교육참관기)

2002년도 공동협력사업(중·고령 여성 50~70세)인력 활용방안과 시범사업은 본 연합이 처음으로 정부(여성부)와 시작한 협력사업이다. 교육을 담당한 본 연합이나 교육 참가자 모두 신선한 충격과 새로운 희망을 갖고 온 힘을 다하였다.

교육 참가자들의 반응과 감격은 그냥 넘어갈 수 없을 만큼 열렬했다. 자신의 노년기 생활을 염려하고 방황하던 교육 참가자들은 이 교육이 자신의 갈 길을 제시하는 신호등 같은 역할을 해준다고 믿었다. 그들의 감격스러운 반응을 몇 가지만 추려서 소개한다.

● 아동·노인 도우미 실무교육
〈교육 참가자들의 한 마디〉

본 연합은 2002년 9월 25일 서울여성플라자 2층 세미나실에서 회원 및 실무자, 수강생, 내빈 등 다수의 참석자와 아동, 노인 도우미 실무교육 개강식을 가졌다. 송순이 공동대표 인사, 박재간 한국노인문제연구소 소장의 격려사에 이어서 신용자 회장의 "여성과 노후" 특강이 있었다.

〈교육을 마치며〉

고미숙 57세

노인층 재취업 실무교육생 모집이라는 토막소식 기사를 보고 정신이 번쩍 들어 대방역을 향하여 한달음에 달려갔다. 젊은 시절의 직장생활, 그 후 가족만을 위하여 살아왔던 세월들…. 어느새 그 많은 세월이 지나 벌써 노년기에 들어서니 허무함과 무상함이 가슴을 메운다. 그러던 차에 「한국씨니어연합」에서 고령 여성의 인력 활용을 위한 교육을 통하여 보람 있고 즐거운 노년을 살아가는 데 필요한 지식과 마음가짐을 불어 넣어주는 실무교육시간이 너무나 감격스럽고 고마웠다. 녹슨 머리에 기름을 치는 것처럼 활력을 되찾은 것 같아 스스로 대견하기도 했다. 끊임없이 배우고 할 수 있는 대로 실천하고자 하는 의지를 가진 씨니어들이 모인 자리여서 그런지 첫날부터 열의가 대단했다. 현장실습이 끝나는 한 달이 어느새 훌쩍 지났고 10월 28일 한국씨니어연합 측이 베푸는 성의 있는 수료식과 다과회 시간이 아쉬울 정도였다.

정무임 64세

가을볕이 따사로운 9월 어느 날. 나는 창가에 앉아 50~70세 여성 대상의 교육생모집을 한다는 토막소식 광고란을 보고 정신이 번쩍 들었다. 50을 훌쩍 넘긴 우리 같은 사람을 사회가 필요로 한다니…. 즉시 전화로 응모했고, 그날부터 내 생활은 전과 달리 활력이 넘쳐흘렀다. 안이한 생활에 스스로 자존심이 상하고 의욕을 상실하여 가던 이들에게 대단히 반갑고 신선한 소식이었다. 다양한 교육프로그램과 수준 높은 강사진···. 지금까지의 잘못된 의식과 생활습관을 바꿔주고 약해지는 기력을 충전시키는 데 큰 역할을 하였다. 이번 계기에 나는 한국씨니어연합이 추진하는 「신노인문화운동」의 대열에 동참하게 된다는 포부와 「나의 제2의 인생」을 준비할 수 있다는 희망을 구체적으로 가지게 되어 좋은 기회가 되었다고 생각한다.

이옥자 62세

노년기에 접어들어 아쉬움이 가슴에 파고들기 시작할 때 한국씨니어연합이 마련해준 봉사교육에 참여하게 되니 새로운 희망과 의욕이 솟구치는 것 같습니다. 짧은 기간이지만 존경하는 강사님들의 뜻깊은 강의로 「노년기의 참다운 삶」에 대한 생각이 달라졌고 봉사에 대한 가치를 새삼스럽게 깨달을 수 있는 기회가 되었습니다. 이 교육을 끝마치고 기회가 주어진다면 주변에 나의 도움을 기다리는 노인들과 방과 후의 어린이들을 돌보는 일에 기꺼이 적극적으로 참여하면서 내가 하는 일이 젊은 엄마, 맞벌이 엄마에게 큰 도움이 된다는 자부심을 가질 것입니다. 그리고 이번에 동참했던 교육생들의 열의와 적극성, 협동심에 큰 감명을 받았습니다. 연합의 회장님과 실무진에게 큰 감사를 드립니다.

〈현장실습을 다녀와서〉

송군자 60세(면목 사회복지관 노인 교육 도우미)

비가 올까 봐 겁을 냈는데 상큼할 정도로 좋은 가을 날씨에 서둘러 모임 장소로 달려가 일행들과 합류하였다. 실습생, 현장의 실무자들 모두가 처음 대면이라 좀 어색하고 썰렁한 분위기에 맘이 움츠러들었지만 「씨니어연합회원」의 명예를 걸고 맡은 일에 정성을 다했다. 굳은 표정과 산만하고 약간 무질서한 분위기에 좀 당혹스러웠지만, 정신 차려 손뼉치기, 게임 등으로 시선을 집중시킨 뒤 평소의 실력을 다하여 「노래」와 「율동」으로 어르신들을 즐겁게 해드렸더니 굳은 표정이 어느새 상냥하고 따뜻하게 달라지고 있었다. 높으신 연세를 잊고 동심으로 돌아가 박수를 치며 "나의 살던 고향은…" 하면서 즐겁게 따라 하시는 어르신들을 바라보면서 나는 어느새 그분들과 하나가 된 기분이 되어 "역시 오기를 잘했구나!"라고 생각했다. 이런 기회를 만들어준 「여성부」와 「한국씨니어연합」에 감사한다.

임영자 55세(면목 사회복지관 취사 도우미)

씨니어연합에서 40시간의 교육을 마치고 「면목 사회복지관」으로 배정되어 현장실습의 기회를 갖게 되었다. "주변이 잘 단장된 고층 아파트 단지인데 장애인을 비롯한 어려운 분들이 많이 사는 곳이라 해서 이런 곳에서 사시게 되어 다행이구나…." 하는 생각을 하였다. 내가 맡은 일은 주방 일을 돕는 일이었다. 여러 종교단체에서 많은 자원봉사자들이 나와 열심히 돕고 있는 모습이 아름다워 나도 모르는 사이에 일거리에 손이 재빠르게 움직이고 있었다. 일을 마치고 주방 식구들과 차를 마시면서 나누는 대화에서 이렇게 어렵고 훌륭한 봉사를 하는 분들에게 국가가 정책적으로 지원을 해주어야 한다는 의견에 모두 동감하였다. 그런 뜻에서 한국씨니어연합이 계획하고 있는 "유로 도우미" 교육훈련은 너무나 반갑고 현실적인 일이라 생각되어 앞으로 더욱 열심히 빠지지 않고 참여하여 「나의 제2의 인생」에 보탬이 되는 일을 만들고 싶다.

박태진 57세(성민 방과 후 교실 도우미)

모든 방이 텅 빈 이른 시간에 현장에 도착하여 체육실, 음악실, 컴퓨터실 등을 두루 살펴보면서 예상했던 것보다 큰 규모와 체계에 놀랐다. 재잘거리는 아이들의 명랑한 목소리와 박미애 원장님과 여러 선생님들이 따뜻한 애정으로 아이들을 보살피는 모습에 또 한 번 감격하고 놀랐다. 특히 노신사 선생님의 맘을 사로잡는 바이올린의 선율과 또 다른 방에서 들려오는 절도 있는 기합소리가 듣기 좋았다. 여러 가지 특기, 영어, 게임 등 골고루 갖추어진 프로그램을 진행하고 있는 이곳 방과 후 교실의 아이들은 매우 행복하구나 하는 생각이 들어 이곳에서 실습하게 된 나 자신도 행복하게 생각되었다. 짧은 시간이지만 방과 후 교실의 현장 실습을 통하여 이 프로그램이 얼마나 필요하고 중요한가를 더욱 절실히 깨닫게 되었다. 그리고 "교회, 동회, 아파트 단지 내, 학교 교실 등" 가능한 모든 곳에 "방과 후 교실"을 만들면 맞벌이 젊은 엄마와 아이들 그리고 이들을 돌봐주고 싶은 '씨니어들'이 모두 행복하겠구나…. 하는 생각이 들었다.

이 교육의 전 과정인 이론교육과 현장실습교육을 완전히 수료한 수강생은 28명에 달했다.

교육수료생 명단	프로그램명 : 아동, 노인 도우미 실무교육
강순자 45세, 김종숙 65세, 서광자 59세, 송정순 70세, 우순자 56세, 정종주 54세, 고미숙 56세, 박태진 56세, 시명숙 54세, 임영자 54세, 이영희 51세, 정무임 63세, 김남정 67세, 박종화 65세, 신경섭 54세, 윤양순 55세, 이옥자 61세, 황옥례 52세, 김순동 53세, 박정숙 59세, 송길호 54세, 임영주 54세, 조인상 67세, 김은순 64세, 손숙자 61세, 송군자 59세, 염애자 57세, 조선옥 54세	

● 활동중인 회원들의 나도 한마디 (2004년 5월 소식지 7호에서)

〈교육 참가자들의 한 마디〉

송보경(78세)

80을 바라보는 나이에 한국씨니어연합 회원으로 가입하였다. 특히 추운 날이면 미끄러운 길을 걱정하는 딸 몰래 나오는 것은 마치 어린 시절 엄마 몰래 나쁜 짓 하는 어린애 같은 스릴도 느껴진다. 사무실에 나오면 "나 뭐 일할 거 달라"고 막 조른다. 우편물 발송, 서류정리, 잔심부름···. 요즘은 모든 일이 컴퓨터가 없으면 안 되는지라 컴퓨터를 진작 못 배운 것이 한이다.

얼마 전 백내장 수술로 외출이 자유롭지 못한데 제천으로 벚꽃놀이를 간단다. 에라 모르겠다. 선글라스에 챙 넓은 모자를 쓰고 "얘야! 나 잠깐 요기 다녀오마!"

동료회원들이 모두 영화배우가 나타났다고 야단들이다. 그래 나도 왕년에는 영화배우 김지미 뺨치게 예뻤었지.

이행자(67세, 아현 어린이집 아동 도우미)

처음으로 직장을 가져본다. 어린이집 보조교사로 어린이들과 함께 지내다 보니 젊어지는 것 같다. '나이 들어서 웬 직장이냐' 하는 친구들도 있지만 부러워하는 사람들이 많다. 요즘 주변에서 '보톡스' 맞은 거 아니냐는 등의 얼굴 좋아졌다는 얘기를 들으면 새삼 내 일에 대한 자부심과 뿌듯함을 느낀다. 더욱이 '할머니 선생님' 하며 졸졸 따라다니는 아이들을 보면 흐뭇해서 웃음이 절로 나온다.

최귀옥(60세, 국민연금관리공단 은평지부 전화상담)

지하철 서점을 잠시 운영한 것 외에는 거의 전업주부로 살아왔었기에 일을 한다는 것은 설렘과 두려움을 동반하게 했습니다. '역시 노인이니까' 라는 말을 듣지 않으려고 부담과 책임을 느끼지만, 한국씨니어연합의 회원으로서 단체의 명예와 품위를 지킬 수 있도록 열심히 일하고 있습니다. 허리가 좀 안 좋은 편이라서 힘이 부칠 때도 있으나 자식에게 용돈을 타지 않고 돈을 쓸 수 있다는 기쁨과 성취감을 생각하면 그 정도는 충분히 감수할 수 있는 것 같습니다.

이제까지 전업주부로 지내왔던 나날들이 아까울 정도로 일이 이렇게 즐겁고 소중하다는 것을 뒤늦게 깨닫고 있습니다. 우리가 일을 할 수 있도록 계속 많은 일자리를 만들어 주십시오. 우리는 일하고 싶습니다.

염애자(60세, 여성플라자 도서관리)
용돈을 스스로 벌어서 쓸 수 있다는 자체만으로도 너무 좋다. 도서관리 일을 하다 보니 책도 훨씬 많이 읽게 되었고 자신을 발전시키는 계기가 되었다. 무엇보다 자신감을 갖게 되어서 정말 기쁘다. 씨니어연합의 책사랑 운동에 참여하게 된 것은 행운이며 자랑이다.

권태현((59세, 양천노인종합복지관 노인 도우미)
제가 일하고 있는 곳은 치매 단기보호센터로 치매 노인들을 돌보는 일을 하고 있지요. 일을 해보니 이론으로 배웠던 것보다 현장 경험을 통해서 일어나는 일들이 매우 다양했습니다. 평생 일을 하다 이제 나도 노후를 편하게 지내고 싶다는 생각에 지난 1년여 전부터 일손을 놓았었습니다. 처음에는 마냥 편안함에 즐거운 듯하였지만 노는 것도 한계가 있었습니다. 그러던 중 한국씨니어연합의 아동, 노인 도우미 교육을 받게 되어 취업까지 하게 되었습니다. 노인들을 돌본다는 것은 쉬운 일은 아니지만 치매 노인들에게 도움을 준다는 큰 보람을 느낍니다. 솔직히 보수가 좀 적지만 수입이 있다는 것은 나에게 새로운 인생을 살고 있다는 기쁨을 느끼게 하여 힘이 됩니다. 앞으로 내 힘이 다할 때까지 일하고 싶습니다.

교육에 참여한 회원들은 너나 할 것 없이 교육에 참여하게 된 기회를 행복해하고 신선한 충격으로 받아들였다. 이는 "기나긴 노년을 어떻게 살아갈 것인가"에 대한 막연한 걱정이 노년생활로 바꾸어 주는 해답이라고 받아들이는 희망찬 모습이리라.

2004년도부터 시작된 아동 보육 도우미 할머니 교육은 70대 할머니들에게 새로운 희망과 열정을 불어넣는 계기가 되었다. 어린이집 현장에서 실습을 하고 있는 할머니들은 "할머니라고 부르지 마! 나도 직장여성이야!"라고 큰소리치는 할머니가 되었다(한겨레 2004. 6. 15).

노년생활만 생각하면 앞이 캄캄해지는 씨니어들에게 "제2의 인생"을 설계하고 실천하는 좋은 실험대인 것 같다.

아래는 본 연합의 활동 모습을 앞다투어 보도한 각종 언론보도이다.

■ 본 연합의 활동하는 모습이 각종언론에 소개되고 있습니다.
* 6. 16. 한국일보 사회면 * 7. 11. SBS 8시 뉴스
* 7. 12. 조선일보 사회면 * 7. 14. 중앙일보
* 7. 18. 기독교 라디오 방송 * 메디프랜드 6월호
* 공무원연금 7월호 * 9. 22. 한겨레 신문 27면
* 9. 30. 씨니어스타임즈

한겨레신문

메디프랜드   조선일보   씨니어스타임즈

교육이 끝나고 현장에서 활동하고 있는 회원들의 감동 어린 체험기는 본 연합에게 또 하나의 교과서 같은 많은 참고 자료가 되었다.

한편, 본 연합이 추진하고 있는 교육에 대한 각 언론과 기타 사회적인 반응은 너무나 힘들고 어려운 본 연합의 운영 환경 속에서도 결코 멈출 수 없는 하나의 활력소 같은 것이었다.

다음의 체험기는 2005년도 서울시 여성발전기금지원사업으로 시행한 "어린이를 가르치는 한자, 예절, 신문 활용 교육(NIE)을 수료하고 현장에서 열심히 어린이를 가르치고 있는 강사들의 체험담을 추려서 소개한 것이다.

● 현장체험

〈NIE 지도 사례〉 – 김송자

안녕하십니까? 저는 NIE를 지도하고 있는 한국씨니어연합 김송자입니다.

시대적 요구에 부응하기 위해 69세 때에는 수료증 다섯 개를 비롯하여 노인 종합상담사 자격증을 취득하였고, 70세에는 수료증 세 개를 받으면서 NIE 자격증도 취득하였습니다.

두 차례의 NIE 동아리 회원 작품전시회도 참여했습니다.

덕택에 71세 나이에 두 군데의 복지관과 두 곳의 방과 후 공부방에서 NIE를 가르치고 손자, 손녀에게도 열심히 가르치면서 보람찬 노년을 보내고 있지요. (중략)

너무나 한가로운 슬픈 노인보다 조금은 바쁘고 많이 힘들어도 소일거리 있는 노인이 더 행복하다고 봅니다. 많은 수고에 비해 턱없이 적은 수고비가 어르신 강사들에게 지급되는데 앞으로 강사료는 필히 인상되는 방향으로 계산법이 달라져야 한다고 생각합니다. 저는 배우거나 가르치지 않으면 소화가 안 되는 사람입니다.

배워서 기쁘고 가르쳐서 즐겁고 보람 있는…. 청춘을 능가하는 노년의 빛나는 골동품의 가치를 발휘하면서 제 남은 날을 불태우렵니다.

〈예절 지도 사례〉 – 강금주

안녕하세요.

저는 한국씨니어연합 회원 예절 지도사 강금주입니다.

15여 년 전부터 예절공부와 교육을 하고 있습니다만 어린이와 함께한 시간은 4년이 되었으며, 현재는 한국 전례 연구원과 복지관 등에서 어린이 청소년 예절교육을 가르칠 예절강사 양성도 함께하고 있습니다. (중략)

저는 긍지와 자부심을 갖고 사랑과 정성을 다하여 교육에 임하고 있습니다. 교구나 자료를 만드느라 밤이 늦도록 집안을 어질러 놓아 식구들의 잔소리를 듣기도 하면서 회원들끼리 좋은 자료와 정보를 교환, 무엇을 가르친다기 보다 배우는 마음으로 아이들에게 다가서고, 한 사람 한 사람 소외되지 않도록 챙기며, 아이들 눈높이를 맞추려 노력하고 연구하는 데 시간 가는 줄 몰랐답니다.

그간 어려운 일, 힘든 일도 많았지만 제 품에 안겨오는 어린이를 생각하면 저절로 미소가 지어집니다.

나이 들어 무료한 시간을 관리한다거나 용돈 벌이를 위한 활동이라기 보다는 나를 기다리는 어린 꿈나무들을 만나고, 공부하며 가르치는 일의 보람은 물론, 나를 필요로 하고 도움을 줄 곳이 있다는 것은 보다 즐거운 일이며 힘이 나는 일입니다. 끝으로 자기관리와 발전은 물론 건강관리가 모든 일의 우선인 줄 압니다.

한국씨니어엽합의 무궁한 발전과 사랑을 보내며 이만 마치겠습니다. 감사합니다.

〈한자 지도의 필요성〉 - 김명재 : 한자지도 강사, 본 연합 자문위원

어린아이들이 한자를 배우면…

어린아이들을 대상으로 한자를 가르칠 경우에는 처음엔 연필 잡는 법

부터 시작해서 기초 한자를 중심으로 지도한다. (중략)

어린아이들이 한자를 배우면서 눈에 띄는 점은 우리 언어생활의 70%
나 차지하는 한자어에 대한 이해와 표현능력이 향상될 뿐만 아니라 일상
생활에서의 어휘력, 문장력 그리고 특히 사고력이 신장됨을 발견할 수
있다. 또한, 한자 속에 내포된 뜻이나 이야기로 들려주는 고사성어, 역할
연기식의 사자소학을 지도하다 보면 어린아이들은 바른 인성과 생활태
도가 자연스럽게 함양됨을 실감한다. 전통적인 민속놀이나 예절에 나타
난 조상들의 자녀교육관, 생활의 지혜를 한자 지도과정에서 배운다.

본 연합이 시행해온 노인 돌보미, 어린이 돌보미 인력 활용 프로그램
은 매회 참가자들의 만족도가 높다. 지금부터 남아있는 짧지 않은 노년
기를 어떻게 살아갈 것인가에 대한 문제의식이 강한 노년세대들일수록
"내가 어떻게 저런 일을?", "내가 어떻게 저런 곳에…" 하던 염려를 말끔
히 털어버리고 당당하게 도전하여 그 결과에 만족하는 놀라운 성과를 얻
어내고 있었다.

● 현장체험 사례
〈노인 돌보미 현장 봉사를 하면서…〉 - 이풍웅(노인 돌보미 봉사자)

 씨니어연합에 소속된 노인 돌보미 봉사자 이
풍웅입니다. 일반적으로 그동안 정부발표에 대
하여 일부 계층이 과연 현실성이 있느냐 또는

특정 계층을 위함이 아니냐는 등의 사유로 비아냥거림이 있었습니다만 이번 노인 돌보미 바우처 제도 시행에 대하여는 국민의 호응, 만족도와 시의적절한 정책이라는 인식이 대단히 높은 것으로 판단되어 정책입안 시행에 몸담고 계신 모든 분들께 지극한 감사와 격려를 드립니다.

현재 본인이 돌보고 있는 어르신은 두 분이신데 한 분은 84세의 중증 골다공증 남자 어르신으로 장기간 관절운동이 부족하여 온몸의 관절이 거의 굳은 상태로 겨우 양손만 움직일 수 있으며 보호자는 생업종사 때문에 주간에는 하루 종일 방치되어 식사 및 대소변 처리가 거의 불가능에 가까운 최악의 상태였으나 노인 돌보미 바우처 제도와 접목하여 노인 요양원으로 후송이 가능하였던바 이 또한 본 제도의 대가라 할 수 있습니다.

또 한 분은 82세의 뇌졸중 여자 어르신으로 역시 장기간 재활운동의 부족으로 온 몸의 관절이 경직된 와상 환자분이며 일주일에 2회, 매회 3시간씩 관절운동을 시켜드리고 있는데 상태가 상당히 호전되고 있어 당사자는 물론 보호자도 대단히 흡족해 하고 있음에 이 사례도 본 제도의 시의적절한 정책임을 증명할 수 있습니다.

본 제도의 시행은 정부가 사회 투자를 통해 노인복지와 일자리 창출이라는 두 마리 토끼를 잡겠다는 취지로 알고 있습니다만 노인복지 측면에서는 성공적인 반면 일자리 창출 지원에서는 좀 더 신중한 재고가 요할 것으로 판단됩니다. 선례로 현재 돌보미 시급 5,000원으로 당초 정부발표 월 900,000원의 소득을 얻으려면 서비스 대상자 7명으로 이동시간을 포함하여 하루 10시간 노동을 해야 합니다. 환자 수발은 중노동일 뿐 아니라 조심스러운 일인데 어떻게 나이 든 사람이 하루 10시간 노동을 하겠습니까?

현재 모인 돌보미 종사자 대부분이 경제적인 활동이 필요한 여자분으로 구성되었는데 남자 돌보미의 동시양성이 시급합니다.

〈어린이들과의 만남에서 동화구연을…〉 - 신순재

현장에서 어린이들과 접하고 경험하면서 느낀 점을 혹여 앞으로 어린이집, 유치원, 기타 다른기관에서 활동할 여러분들에게 조금이나마 도움이 될까 하여 몇 자 적어보려 합니다. 저는 작년 2006년 4월부터 11월까지 한국씨니어연합에서 운영한 프로그램에 참가했었습니다. (한문, 유치원 도우미, 예절 등) 그때 수업을 받을 때는 배우는 것이 그냥 좋았고, 시간 보내는 정도로만 생각하고 프로그램에 참가했었는데 금년 2007년도에 현장에서 어린이들과 직접 피부로 접하고 활동을 하다 보니 작년 한국씨니어연합에서 제공하는 프로그램에 참여했던 것이 나에게는 큰 행운이었고, 내가 100% 다 활용할 수 있다는 생각을 하니 얼마나 유익한지 모르겠습니다. 모든 과정이 끝나면 추후 어린이집, 유치원, 기타 다른 기관 등에서 활동을 할 터인데 이미 50%의 활동을 보장받은 것과 같다는 생각이 들어 든든합니다.

제가 이 글을 올리게 된 것은 정보는 서로 상호교환해야 한다는 사명감을 가져야 하는 일념으로 부족하마나 앞으로 현장에 나가 활동을 할 여러분들에게 조금이나마 도움이 되었으면 해서입니다. 꿈은 반드시 이루어진다고 했습니다. 꿈을 가지고 정진하십시오. 파이팅입니다. 감사합니다.

● 행사참가자들의 나도 한마디

〈한국 실버예술단〉 – 장정자 단장

　　"늦게 배운 도둑질에 날 새는 줄 모른다"는 우리 속담이 있습니다.

　　우리 실버예술단 대부분은 60살이 넘어 배운 솜씨입니다. 내 몸 어디에 그런 열정과 「끼」가 잠재되어 있었던가! 북소리만 들리면 더덩실 춤이 나오고 북 치는 시늉을 하게 됩니다.

　이렇게 나이 들어 열심히 배우고 공연하는 우리 할머니 예술단을 (사)한국씨니어연합이 기회가 있을 때마다 무대에 올려주어 아주아주 고맙게 생각합니다. 근래에 와서는 각 지역 문화행사나 지자체 행사에 초청 공연이 자주 있어서 어깨가 으쓱해집니다.

　"우리들은 할머니가 아니에요! 당당한 예술단원이고 큰 북 치면서 내 속의 「끼」와 열정을 발산하고 관중을 즐겁게 해주는 전문가라오."

　앞으로 무대에 더 자주 올라갈 수 있도록 자주 마당을 펴 달라는 부탁을 하고 싶습니다.

〈아이들의 사랑 책 읽는 할머니 모임(아사책)〉
– 손기옥 총무
(사)한국씨니어연합이 저출산, 고령화 사회에 기여토록 양

성한 교육프로그램에서 구연동화, 마술, 예절, 스토리텔링, NIE, 한자를 배웠습니다. 뜻을 같이한 여러 회원들과 매주 목요일 만나서 서로 유익한 정보도 교환하고 새로운 지식을 접하는 사이 여름이 5번이나 지났지만 지루하지 않고 재미있습니다.

손자가 태어나면 괜찮은 할머니가 되어야겠다는 다짐으로 출발하여 유치원, 어린이집, 노인복지센터, KBS 아침마당 출연 등 1~3세대의 은빛 지킴이로 이끌어주신 (사)한국씨니어연합의 신용자 회장님과 사무처장님, 아사책 박정옥 회장님의 노고에 감사드립니다.

오늘이 남은 내 생애의 첫날이라는 생각으로 저출산, 고령화 사회를 위해 내 사랑하는 아이를 안심하고 맡기며 자신의 일에 매진하는 2세대들이 존경하고 닮고 싶어 하는 배우면서 실천하는 아름다운 씨니어로 거듭날 것을 다짐해 봅니다.

〈어르신 일자리 사업 참여 소감〉 - 권영숙 일자리 팀장

본 연합은 현재 15개 장소에서 120명의 어르신이 방과 후 공부방, 지역 아동센터 등에서 보조 선생님으로 근무하고 있습니다.

사업 초기에는 어르신들의 불평도 있었으나 지금은 모두가 일자리에 잘 적응하여 열심히 일하면서 행복해하는 모습을 볼 때마다 노인에게 일자리를 주는 일이 얼마나 보람되고 의미 있는 일인가를 크게 느낍니다. 이 일을 하면서 노인을 더 많이 이해하고 나 자신의 제2 인생을 잘 준비할 수 있을 것 같아 자랑스럽고 행복합니다. 어르신과 아이를 함께 행복

하게 하는 일! 이것은 바로 저출산, 고령화 사회의 문제 해결에 도움을
주는 일이니까요.

『노인을 위한 소비자상담사 양성 프로그램』 참여기
– 윤숙희 노인소비자 상담간사

작년에 『노인을 위한 소비자상담사 양성 프로그램』에 참
여하게 되었습니다. 지속적으로 교육을 받으면서 소비자의
주권과 의견이 기업에 반영되어야 하며, 소비자가 필요로 하는 소비자의
지식과 정보교환 등, 소비자 역할의 중요성을 깨닫게 되었습니다.

특히, 노인을 위한 상담은 노인 상대의 기만과 불법거래, 강압판매 등
노인소비자 피해가 막심한 현실에서는 절실하게 필요한 문제라 생각합
니다. 이처럼 중요한 프로그램에 참여하게 된 나 자신이 자랑스럽고, 아
울러 책임이 크다고 생각하며 더욱더 열심히 해야겠다고 다짐합니다.

3. 다른 나라의 노인문화 운동은 어떻게 하고 있나

◎ **이 글을 시작하면서**

20세기의 과학기술 문명은 우리에게 「인생 80년」의 장수시대를 선물로 안겨주었다.

이 선물을 행복하고 보람찬 성공적인 장수 사회로 발전시키는 것은 21세기의 대 과제이며 21세기와 함께 노년세대를 살아가야 할 우리들 자신의 큰 몫이기도 하다.

지금 우리들의 입장에서는 고령화 사회가 어느 날 갑자기 쳐들어온 것 같은 느낌이 들 정도로 준비가 부족하여 황당하기 짝이 없지만, 산업화가 18세기 중반부터 진행되고 있는 서구 사회에서는 1800년 후반부터 이미 고령 사회가 착착 진행되어왔다. 따라서 그 대처방안도 비교적 탄탄하게 마련되었다.

21세기는 아시아 여러 나라가 급격하게 고령화로 진행되는 세기로 부각되고 있는데 그 대처방안은 매우 미흡하다.

일찍이 산업화 발전으로 고령화 사회로의 진입도 이미 1세기 전부터 시작된 서구 사회와는 역사적, 문화적, 경제적 배경이 다른 만큼 아시아적인 고령화 사회문화를 형성, 정착시키는 데 초점을 맞추어 서둘러야 할 것이다.

그런 의미에서 여기에 소개하고자 하는 사례들은 우리가 덮어놓고 모방하거나 따를 것이 아니라 먼저 경험한 고령 사회의 당사자들이 체험하면서 터득한 지혜와 노하우를 취사선택한다면 우리들에게 참고될 만한 좋은 사례가 될 것이라 믿는다.

노인이 되어도 젊은이들에게 존경받는 생활을 지속하기 위하여 우리나라의 전통적 고정관념인 노인상에 대한 인식을 전환시키고 섬김의 심성과 돌봄의 사랑을 몸소 실천함으로써 젊은이들의 귀감이 되어야 하지 않을까!

그런 의미에서 필자가 구할 수 있는 몇몇 나라의 노인운동사례를 추려서 소개하고자 한다.

이러한 상황을 고려하여 본 연합은 2002년 1월 15일 미국은퇴자협회(AARP)의 에스터 T. 칸자 회장 초청강연회와 2004년 11월 「일본의 고령사회를 좋게 하는 여성회」 창립자이며 현 이사장인 히구치 게이코 선생을 초청하여 강연회를 단행하였다.

(사) 한국씨니여연합 상임대표
대한노인회 이사장 신용자

(1) 일본

1970년에 이미 고령화 사회로, 1994년에는 고령 사회로 그리고 2006년에는 드디어 총인구의 20% 이상이 65세 이상의 고령자로 구성된 초고령 사회로 진입한 일본은 65세 이상의 인구가 2천5백만 여명(2006), 그리고 100세 이상의 초고령자도 2만3천 명이 넘는다.

초고령자 중 70~80%는 여성이다.

이처럼 세계 최장수국이며 세계에서 제일 먼저 초고령 사회로 진입한 일본국민들이 이에 대처하여 스스로 공동체를 만들어 협동 체제를 이룩하면서 「인생 80년」 아니 「인생 100년 시대」를 살아가는 지혜로운 모습이 돋보이는 활동을 벌이고 있다.

1) 일본의 고령자 생활협동 조합

일본은 세계 제1의 장수국가이다. 장수하는 노인들이 자신들의 노년생활을 책임지며 자립적으로 살아감으로써 「노년생활의 안정」을 보장하도록 하기 위하여 고령자 스스로 출자하여 조합을 구성하고 조합원이 되어 직접 생활 물자를 생산하는 사업주가 되는 동시에 이 생산된 물자를 소비하는 구매자가 되어 창출된 수익을 조합원의 수익으로 하는 고령자들의 소비생활협동조합이 만들어져 운영되고 있다.

이 고령자 생활협동조합은 비영리민간조직(NPO)의 범주에 속하지만, 도(都), 도(道), 부(府), 현(縣)별로 독립적으로 설립하는 생협법인이다.

1995년에 三重縣(미에켄)에서 처음으로 설립된 이래 2000년에는 20개의 도·도·부·현마다 허가된 지역조직으로 점점 더 늘어나고 있는 추세이다.

2000년 2만2천 명의 회원을 가지고 있는 고령자 생협은 조합원 각자가 사업주의 입장에서 경영하여 발생하는 수익이 곧 조합원의 생활비가 되었다.

"삶의 보람도 복지도 창업도 고령자 자신의 손으로", "와병환자가 되지 않는다."는 등의 공동구호를 내걸고 고령자 스스로 자신들의 노력에 의하여 사업체를 만들어 조합원들에게 간병을 담당하는 간병인(개호인력)으로 취업시키는 홈헬퍼교육(노인 도우미) 훈련을 시킨 후 조합원들이 필요한 곳에 파견하여 봉사하게 하는 일도 한다.

고령자 생협에서 직접 교육, 훈련, 파견까지 연계하여 사업을 운영하고 있으며 조합원 내부의 수요를 우선적으로 충족시킨다. 때문에 고령자 생협에서 운영하는 홈헬퍼 교육과정을 이수한 홈헬퍼들은 다른 어떤 곳에서 교육받은 홈헬퍼 보다 유능하고 질 높은 간병서비스를 한다는 인정을 받으며 자신감을 갖고 일하고 있다.

고령자 생협은 개호보험(2000년 4월부터 실기)과 관련 있는 서비스를 제공하는 사업자로 적극 참여하여 2000년 현재 전국에 130개소의 사업소를 마련, 홈헬퍼 이용을 원하는 노인의 증상이나 환경에 맞추어 어떤 홈헬퍼를 파견하여 어떻게 간병수발을 하는 것이 가장 적절한 것인가를 검토하고 판단하여 파견시키는 역할을 하는 「케어 · 매니져」의 교육 양성 사업도 같이 수행하고 있다.

고령자 생협을 자랑할만한 「지역복지사업소」로 격상발전 시키기 위하여 서비스의 메뉴를 좀 더 다양하고, 풍부하고 자상하게 편성하여 개호보험관련의 서비스뿐 아니라 지역적인 복지서비스라면 어떤 종류의 일이든지 자신 있게 제공할 수 있는 양질의 서비스 공급센터가 되고자 노력하고 있다.

그뿐만 아니라 고령자 생협 조합원 자신의 삶의 질을 높일 수 있는 갖가지 문화예술 활동을 전개하는 등 조합이 설립된 지 10여 년 밖에 안 되지만 그 활동 영역이 날로 넓어지고 각 부분에 미치는 영향력도 크게 증폭되고 있다.

고령자 생협의 홈헬퍼 일을 하고 있는 조합원 중에는 65세 이상의 건강한 노인의 참여가 많아 일본사회 노인들의 사회참여와 취업 욕구를 잘 말해주고 있으며 노노(老老) 케어의 좋은 본보기를 보여 주고 있다.

고령자 생협의 시작은 1995년 1월 17일 神戸(고베)지역의 대지진 참사현장에서 정부 행정력의 무력함과 한계가 증명되었고 민간 자원봉사자들의 위기관리능력과 동원력이 크게 인정되어 시민의 복지를 정부나 사회복지기관에 모두 맡기지 말고 시민 스스로 담당하여야 한다는 새로운 인식과 공감대가 행정관리와 시민들에게 전해지는 전기점이 되었다. 때문에 질질 끌어오던 비영리민간단체(NPO) 지원법의 발 빠른 성립과 이 법을 활용한 고령자들이 자발적으로 설립한 것이 바로 고령자 생협이다.

이러한 시대와 사회적인 배경으로 출현하게 된 일본의 고령자 소비생활협동조합은 그들의 기본적인 이념과 목표를 다음과 같이 정하고 있다.

① 지역별로 고령자들이 모일 수 있는 장소를 만들어 자주 만나게 하여 외톨이 고령자를 없앤다.
② 노년기를 활기차게 살아갈 수 있는 지혜와 다른 사람을 배려하는 마음을 배우고 서로 정보를 교환한다.
③ 지역에서 환영하고 좋아하는 일을 찾아 실행함으로써 보람 있는 일을 다 같이 할 수 있도록 노력한다.

④ 먹거리, 생활용품 등 「진품」만을 만들고 찾아서 조합원끼리 서로 나누어 갖는다.

⑤ 노는 문화를 중요시하며 즐겁고 충실한 시간을 보내는 데 노력한다.

⑥ 건강을 지키고 설사 장애를 갖게 되는 경우에도 인간답게 살아갈 수 있도록 마음으로 통할 수 있는 진료나 간병수발을 스스로 맡아서 성심껏 봉사할 사람을 찾아서 연결시켜 준다.

⑦ 고령자의 생활 전반을 뒷받침할 수 있는 가장 믿을만한 '파트너'로서의 「고령자 생협」으로 성장시키기 위하여 서로 손잡고 함께 나간다.

⑧ 고령자나 장애자가 안심하고 살아갈 수 있는 지역 만들기에 모두 나설 것이며 필요한 요구사항을 자치제나 중앙정부에 건의하여 국가정책으로서의 노인복지 수준을 높인다.

(2) 미국

미국은 1942년에 고령화 사회가 시작되었으나 2005년 고령화 비율은 12.3%, 2004년엔 72년 만에 14.0%가 넘는 고령 사회가 될 전망을 보였다.

평균 출산율도 2003년 2.1%로 우리나라 보다 두 배나 높은 셈이었다.

세계 여러 나라에서 몰려온 이민족들로 이루어진 이 나라는 세계에서 가장 강하고 부유한 나라이지만 "자신의 삶은 스스로 책임져야 한다."는 가치관이 강하여 사회복지제도는 유럽 여러 나라에 비해 많이 떨어진다.

건강보험제도도 사(私)보험적인 성격이 강하여 직장인이 단체로 가입하거나 단체가입권을 인정받은 단체의 회원을 제외한 개인이 가입할 경우 그 보험료가 엄청나게 비싸다.

이러한 보험제도의 불합리하고 불공평한 점에 저항하여 1958년 전직 교사인 에델 퍼시 앤드러스(Ethel Perey Andrus) 여사가 대표가 되어 설립한 미국은퇴자협회(AARP)와 아직 일할 수 있는 나이에 강제로 퇴직당해야 하는 정년제에 맞서 싸우고 월남전에 반대하기 위하여 1970년에 마가렛드. 퀸 여사가 창설한「그레이 팬더」두 단체를 차례로 소개하고자 한다.

1) AARP(미국은퇴자협회)

AARP는 직장에서 은퇴한 자를 위하여 1958년에 에델 퍼시 엔드러스 여사가 대표가 되어 창립하였다.

에델 여사는 1944년 교사직에서 정년퇴직하자마자 건강보험가입권이 박탈되는 등 퇴직자에 대한 부당한 차별과 불이익에 분발하여 퇴직교사를 모아 1947년에 퇴직 교사협회를 만들었다. 퇴직교사들의 건강보험가입권 회복을 위하여 집요하고 체계적인 투쟁을 벌여 1955년에 드디어 성공한 에델 여사는 이 문제가 퇴직 교사들만의 문제가 아니고 퇴직자 모두의 문제라는 점에 생각을 넓혀 회원 자격을 개방하고 확대 다양화시켜 1958년에 전 미국퇴직자협회(AARP)로 발전시켜 AARP회원인 퇴직자는 모두 건강보험가입권을 인정받을 수 있게 하였다.

창립 당시는 5만 명 정도의 회원이 2003년에는 3천5백만 명이라는 거대한 조직으로 미국 제1의, 아니 세계 제1의 노인단체로 위세를 떨치게 되었다.

회원가입 자격은 50세 이상의 미국인이면 누구나 인정되며 현재는 현직에서 일하는 50세 이상 회원이 3분의 1이나 된다.

연회비 8달러라는 적은 돈으로 회원에 가입하면 빼앗겼던 건강보험가입권과 함께 다양한 혜택이 주어진다.

이 단체는 정치적으로 언제나 중립을 지키고 있지만, 워낙 거대한 단체이기 때문에 정치적인 영향력이 막강하여 저소득 고령자를 위한 의료혜택을 넓히는 메디케이드(medicaid)제도를 설립시키는 일과 고용에서 연령차별을 없애는 연령차별철폐고용법(1967)을 성립시키는데 큰 공을 세워 미국에서 사실상 정년 제도를 폐지시킬 만큼 정책추진에 영향력을 미친다.

이러한 영향력은 이 회원들 스스로 "노인들이 해냈다", "노인들도 목소리를 모으면 큰일을 해낼 수 있다"는 성공사례의 자부심을 갖게 하여 전 세계 노인들에게 용기와 희망을 주고 있다.

주요 활동으로는 씨니어들에게 정보제공, 지역봉사활동 등을 통하여 노인을 위한 시민교육, 체육 활동, 운전기술 개선보강 교육 등 폭넓게 시행하면서 기본 이념으로 회원들에게 "봉사 받으려 하지 말고 봉사하라"고 강력히 권장한다.

이 거대한 조직은 워싱턴 한복판에 번듯하게 자리 잡고 있는 10층 건물의 본부와 5개의 지역사무소가 중심이 되어 23개의 주 사무소, 4천 개

이상의 지부와 2,600여 개의 분회가 각각 활발하게 돌아가며 1,800명의 유급 직원과 40만 명의 등록된 자원봉사자가 열심히 꾸려나가고 있다. 임원은 전 이사장, 현 이사장, 부이사장, 차기 이사장, 서기 등 2년마다 선출되는 5명의 회장단 이외에 15명의 이사(임기 6년) 등 21명뿐이다.

2) 그레이 팬더스(Gray Panthers)

그레이 팬더스는 1970년 마가렛드. 퀸(매기. 퀸)여사에 의하여 창립된 노년세대가 중심이 된 사회문화개혁운동 단체이다.

매기 여사는 대학졸업 후 YMCA에 취직되어 미국 YMCA의 전국적인 젊은 지도자로 그리고 40대 중년부터는 미국 장로파교회의 사회교육자로 전국을 누비면서 활동하여 빈곤문제, 도시문제, 건강문제 등에서 실천 주의를 부르짖으며 65세까지 역동적인 활동을 벌였다.

1970년 65세로 강제퇴직 당한 매기여사는 충분히 일할 수 있는 나이에 강제 퇴직시키는 부당한 퇴직제도와 젊은이가 수없이 희생되고 있는 월남전 반대의 두 가지 목적을 위하여 「그레이 팬더스」를 창설하였다.

매기 여사는 연령에 따라 능력이나 역할을 제한하는 「연령차별주의」가 인간에게 미치는 해악이 인간이 가지는 가능성 있는 정열 특히 변화에 대하여 풍부한 경험을 쌓는 인생을 방해하고 제한하는 일이라고 크게 반발하여 저항하였다. 매기 여사는 연령차별주의는 인간에게 지위를 박탈하여 자존심에 손상을 받게 하고 자유를 잃게 한다고 역설했다. 그리고 나이에 따라서 사람을 갈라놓아 노년세대가 다른 세대와 교류하면서 풍부한 인생을 맛보고 즐기는 일을 방해하여 사회 전체에도 무익하고 젊은이의 신선함과 노년들의 경륜을 서로 교환하여 상호관계가 생성되는 귀중한 가치생산을 부정하는 일이기도 하다고 강변하였다. 생각해보라. 이제는 보통사람이 90살까지 살 수 있는 장수시대인데 어째서 65세에 강제로 퇴직되어야 하는가. 웃기는 일 아닌가! 그리고 경제적으로 생각해 보아도 "사람들이 고용되고 있는 동안에만 소득이 있다"는 사고방식은 "65세 이상의 노년들은 모조리 누구나 비생산자"라는 말이 된다. 확실히 나이에 따라 할 수 있는 일과 할 수 없는 일의 구별은 생기게 마련이지만 나이가 들었다고 하여 현실적으로 사회에 미치는 유익한 영향과 사회가 차별하여 제한하여야 할 사람은 분명히 구별되지 않으면 안 된다고 맹렬히 비판하여 전 미국사회에 큰 반응을 일으켰다.

그레이 팬더스는 고령자뿐 아니라 젊은이들로부터도 큰 호응을 받으며 빠른 속도로 발전하면서 노년과 다른 세대가 협력하여 차별 없는 사회를 만들어가고자 노력하는 힘 있는 사회 운동단체로 사회변혁의 필요성에 대한 주장과 정책적인 대안을 제시하여 국민 각층의 지지와 관심을 모으면서 발전하고 있다.

1986년 매기 여사가 90세의 나이로 타계한 후에도 이 단체는 여전히 활발한 활동을 벌이며 「늙은 표범」들은 나이가 들어도 많은 일을 할 수 있다는 긍정적인 사례를 제시하면서 계속하여 나이 드는 것에 격려의 메시지를 보내주고 있다.

회원 4만5천 명, 전국에 60개의 지부를 가지고 있는 이 단체는 가입회원들로부터 20불의 연회비를 받고 있으며 1년 8회의 뉴스레터를 발간하여 회원에게 제공하고 있다.

이러한 공로를 인정하여 1982년에 펜실베니아 대학에서 명예 법학박사학위를 수여하면서 "매기 여사는 그레이 팬더스의 설립자로 고령자들에게 용기와 희망을 주면서 그들의 사회적 공헌을 일깨워주어 고령자의 품위를 높여 주었을 뿐 아니라 고령자를 기만하고 박탈하는 사회제도를 개선하는 큰 공을 세운 솔직하고 용감한 비평가"임을 칭송하였다.

「그레이 팬더스」는 AARP와 함께 새로운 시대의 노인상과 역할을 말해주고 격려하면서 자립적으로 살아갈 수 있는 용기와 각오를 갖게 하는데 큰 역할을 하고 있다.

(3) 영국

1) 에이지 컨선(Age Concern)

「에이지 컨선」은 제2차 세계대전 중인 1940년에 고통받는 노인들의 생활지원을 위한 민간주도의 자선단체로 발족한 짧지 않은 역사를 가진 노인복지 지원 단체이다.

세계 곳곳의 넓은 곳에 말뚝 박아 식민지를 확보하여 "해가 지지 않는 나라", "식민지와 산업혁명으로 세계 최초 최고의 자본주의로 부강한 나라"가 되어 "요람에서 무덤까지" 모든 국민의 생활을 보장하는 복지 천국의 나라로 뽐내던 영국도 전쟁과 같은 비상시나 장기 불황의 경제 침체기에는 뜻깊은 민간인의 손길을 빌려야만 좋은 정책이나 제도가 제구실을 할 수 있다. 「에이지 컨선」은 전국 1,400여 곳의 지역별 조직체와

25만 명 이상으로 조직된 자원봉사자에 의하여 운영되고 있는 영국 최대의 민간 노인복지 단체이다.

이들 조직은 지역의 고령자복지위원회로도 호칭된다.

전국의 대도시와 군소도시에 골고루 퍼져있는 「에이지 컨선」의 지역조직은 제각기 독자적인 헌장과 운영기금, 운영조직인 이사회와 사무국을 갖추고 있으며 소수의 유급직원과 그 10배에 가까운 자원봉사자들에 의하여 운영되고 있다.

각 지역조직은 그 지역 고령자들이 가능한 한 자립하여 살아갈 수 있도록 하기 위한 공적 서비스에 대한 이용안내와 이들 고령자들의 욕구파악, 그리고 이 고령자들을 위한 가사도우미 파견, 식사 배달 등의 직접적인 지원활동과 지역의 사회복지기관이나 관련 민간단체에 고령자를 위한 대변 활동을 하고 있으며 이런 활동을 위한 기금조성 등의 적극적인 프로그램을 수행한다.

사무실은 대부분 봉사 받을 고령자나 봉사할 자원봉사자들이 쉽게 찾을 수 있는 시내 중심가에 자리 잡고 있는데 2층은 사무국과 복지 센터로 그리고 아래층에는 각 기업에서 기증한 물품이나 기증받은 노인들의 유품들을 싸게 판매하는 자선가게로 사용한다.

「에이지 컨선」 본부 발표에 의하면 1998년 한 해 총수입은 약 2,700만 파운드(우리나라 돈 540억 원 정도)인데 그중 27%는 협력기업과의 사업 수익금, 34%는 각종 기부금, 12%는 조직 자체의 사업수익금, 16%는 400여 개의 자선가게 판매 수익금, 8%는 정부 보조금 그리고 3%는 조직 자체의 투자 수익금으로 사용되고 있다.

총수입의 27%를 차지하는 관련 기업과의 협력사업 수익은 「에이지 컨선 보험 서비스」라는 상호의 보험회사로 고령자 욕구에 맞춘 주택, 가계 보험, 자동차보험, 여행보험, 애완동물보험, 상해보험, 자동차 고장 서비스 등 다양한 보험 서비스에서 얻은 수익금의 일부이다. 이 보험회사는 영국 최대의 보험회사 중 하나다.

　그 밖에 조직이 직접 운영하는 긴급 통보 서비스, 유언장 작성 서비스, 고령자 복지 종사자 교육훈련서비스 등에서 얻은 수입, 그리고 일반 민간기업과 협약한 5,000파운드 내지 10만 파운드의 기부금이나 공동사업을 벌여 기업은 이미지를 높이고 조직은 운영기금을 벌여들이는 소위 윈·윈(win-win)활동을 한다.

　그 밖에도 정부시책을 위탁받아 운영하는 각종 교육훈련 프로그램, 기업이나 민간단체의 자원봉사자를 위한 특별교육, 그리고 고령자의 가계, 건강, 수발, 생활복지 관련의 소책자나 연구서적, 학술 서적의 출판에서 얻어내는 수입도 상당하다고 한다.

　영국은 1929년에 이미 고령화 사회로 진입하고 1976년에 고령 사회(14%)가 되었으나 2020년에야 초 고령 사회(20%)가 되는 완만한 속도의 고령화 진행을 보이고 있다. 출산율도 2005년 우리보다 훨씬 높은 1.64이다.

(4) 덴마크

1) 코뮨(코뮨은 우리나라의 군(郡)에 해당되는 지자체)별 고령자 심의회

덴마크는 1980년대 후반부터 일부의 코뮨에 고령자 심의회를 설치하여 고령자 복지정책에 관한 자문역할을 하게 하였다.

이 심의회는 고령자들이 직접 선출한 대표 약간명으로 구성하여 고령자 자신들의 생생한 목소리를 직접 정책에 반영시키기 위한 것이다.

이러한 정책은 전국의 고령자 단체들로부터 강력한 지지를 받게 되어 전국적으로 확산, 발전하여 1997년에는 모든 코뮨에 고령자 심의회를 설치하게 하는 법안이 통과되었다.

이 법안은 고령자 심의회를 다음과 같이 규정하였다.

① 코뮨의회는 코뮨의회가 입안하는 고령자 정책에 조언해주고 코뮨의회가 고령자 정책을 입안하는 과정에서 중간 조정역할을 맡을 고령자 심의회를 설치한다.

② 60세 이상의 모든 고령 시민은 심의회위원의 선거권과 피선거권의 자격을 가진다.

③ 선거는 적어도 4년에 한 번은 해야 한다.

④ 심의회는 적어도 5명 이상의 위원으로 구성한다.

⑤ 심의회의 모든 경비는 코뮨의회가 부탁한다.

그리고 이 법안에서는 재택 케어와 그 서비스의 질이나 양에 관한 고령자들의 불만이나 고충을 접수, 심의하여 이 경과를 코뮨의회에 제출하게 하는 고충위원회를 설치한다. 고령자케어에 관한 각종 판정 기준을 좀 더 명확하게 할 것과 이런 진행과정에서도 이용자의 의견과 요청사항을 반영하도록 제안하고 있다.

이 고충위원회는 코뮨의회가 선임한 고령자 심의회위원 3명과 코뮨의회의 의원 2명으로 구성된다.

근래에 와서는 각 코뮨에서 이 법에 의한 심의회를 설치하여 고령자 복지정책 추진에 최선의 노력을 기울여 세계 최고의 노인복지 국가로 발전시키고 있으며 최근에는 각 현에서도 고령자 심의회를 설치하여 고령자 복지정책을 더욱 발전시키고 있다.

덴마크가 오늘날 세계적인 노인복지 발전을 이루어 낸 배경은 노인복지제도에 직접 이용자의 적극적인 참여와 이들의 참여를 보장하는 정책당국의 현실적인 협조와 노력에 있다.

코뮨의 고령자 심의회는 단순히 고령자의 이익 대표나 고충문제의 접수창구가 아니라 「2명이 모이면 조직이 이루어진다」는 덴마크의 사회문화에 뿌리내린 시민운동의 한 측면이라는 평이다.

이는 고령자만이 가지는 고유한 지식이나 경험을 살려 지자체에 전문적인 자문역할을 함과 동시에 고령자가 과거의 납세자로서 지자체의 정책 전반에 걸쳐 적극적으로 발언하여 대변하는 행정감사로서의 역할과 비판을 할 수 있는 「또 하나의 자치제」로써의 기능을 갖고 있는 것이다.

심의회의 활동예산은 전액 코뮨에서 부담한다.

사단법인 한국씨니어연합의
희망찬 미래를 기대하며

비로소 집필을 끝내게 되었습니다.

한국씨니어연합을 창립할 때처럼 겁 없이 시작하여 예상 못 한 어려운 일이 번번이 일어났습니다.

80이라는 나이가 실감 나게 체력이 딸리는 것은 물론, 믿었던 기억력에도 한계를 느꼈습니다.

그러나 창립의 초심은 아직 생생하게 살아 있었습니다.

'천 리 길도 한 걸음부터'라는 우리의 속담을 외우면서 지탱하여 왔습니다.

한편, 15년이라고 했지만 제가 회장직을 맡고 있던 2011년까지만 집필을 하였습니다. 그 이후의 일은 후임자들이 잘 알아서 할 것이라는 기대감과 당연히 그래야만 한다는 생각에 맘 놓고 2011년까지로 제가 할 수 있는 집필을 끝내고자 합니다.

손인춘 출판 위원장, 박현경, 원종남, 황보태자 부위원장이 계속하여 잘해줄 것이라 확신합니다.

2001년 3월 창립 선언에서 내세운 "우리나라에 알맞은 신노인문화운동" 설립 취지와 "씨니어는 사회적 자산이며 젊은이의 귀감", "우리들의 노년생활 준비하면 걱정 없다"라는 이념은 우리들의 한국씨니어연합이 존속하는 한 변함없이 이어질 것이라 믿으며 믿음직한 후배들에게 잘 부탁을 드립니다.

이제 제 어깨의 짐을 홀홀 내려놓고 뒤에서 기쁜 마음으로 느긋하게 지켜보면서 가능한 한 오래 건강하고 당당하게 살아가겠습니다

"네가 하면 잘해낼 수 있을 거야!"하고 선뜻 고문직을 수락해 주신 김재순 전 국회의장님, 김인숙 전 여학사협회 회장님(고 김상협 국무총리 부인), "당신을 믿어요!"라며 고문을 맡아주신 조기동 한국노인복지회 전회장님, 김현자 전 의원님, 이인호 KBS 이사장님! 당신들과의 약속을 저버리지 않으려고 지금까지 정신 차리고 있습니다.

재정난에 허덕일 때 선뜻 큰돈을 내주어 사단법인을 가능하게 해주신 송순이 전 공동대표님, 제1회 후원음악회를 가능하게 재정적으로 크게 지원해주신 노경자 전 이사장님, 후원음악회 때마다 유명 원로 가수를 거의 무료로 출연하게 주선해 주신 박현경 현 회장님(전 서울여성재단 대표이사), "어려울 때 좀 도움이 되도록 해 드려야죠"하고 행사 때마다 협찬해 주신 신용길 전 교보생명 사장님(현 KB생명보험 사장), 서울문화사(일요신문, 시사저널, 우먼센스 등 발행 언론사)의 심상기 회장님께도 그동안 후원해 주신 은혜에 감사를 드립니다.

마치는
말

  행사 때마다 참석해 주셔서 멋있는 격려사를 해주신 유재건 전 의원님, 장만기 전 상임고문님께도 큰 감사 드립니다. 10년간 저와 고락을 같이하며 본 연합을 함께 운영해 주신 원종남 전 공동대표님. 고마운 분들의 이름이 잊히지 않고 계속 생각납니다. 고맙습니다.

  그리고 제가 못하는 일을 서슴지 않고 맡아 어려움을 극복하고 오늘의 발전을 이룩해준 황보태자 상근 부회장님! 정말 수고 하십니다. 그 수고가 본 연합의 오늘이 있게 한 것이지요. 또한, 잊어서는 안 될 장용진 전 공동대표님! 본 연합이 재정난으로 수렁에 빠지기 직전에 여러 가지로 많은 도움 주셔서 고맙습니다. 교육원을 설립하여 요양보호사(국가자격 취득자) 교육에 열중해 주신 신재명 전 이사님에게도 큰 감사 드립니다.

  자꾸만 고마운 분들의 이름이 계속 떠오르지만 이제 그만 해야겠지요? 앞으로 이 단체의 운영을 책임져야 할 후배들이 창립 이념과 정신을 지킬 수 있는 디딤돌이 되어 줄 것을 기대합니다. 이런 정신으로 좀 더 건강하게 오래 살면서 여러분들과 함께 한국씨니어연합의 발전을 지켜보겠습니다.

  새해에는 모두 모두 더 건강하고 행복 합시다. 감사합니다.

2015년 12월

본 연합 이사장(설립자) **신 용 자**

◎ (사)한국씨니어연합 조직도

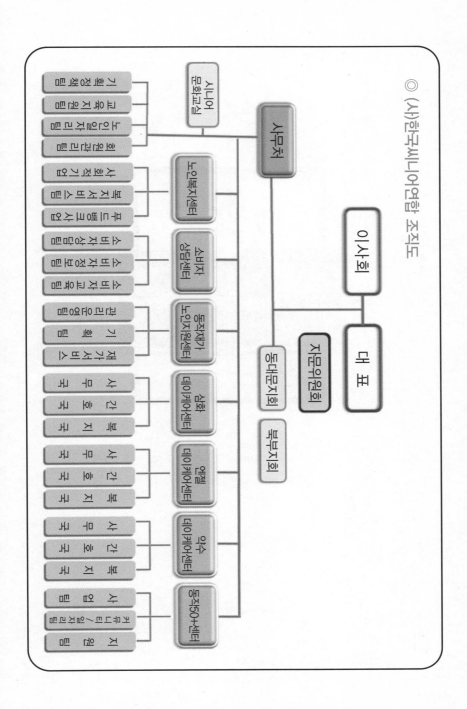

이사회

대표

자문위원회

동대문지회

북부지회

사무처

시니어
문화교실

기획
홍보
전략팀

교육
훈련
지원팀

노인
일자리
지원팀

회원
관리팀

노인복지센터

사회
복지
상담팀

복지
서비스
지원팀

무료
급식소
운영

소비자
상담센터

소비자
상담
센터

소비자
정보
센터

소비자
교육팀

동작재가
노인지원센터

방문
요양
관리

기획
팀

재가
서비스

심화
데이케어센터

사무국

행정
국

복지국

엔젤
데이케어센터

사무국

행정
국

복지국

약수
데이케어센터

사무국

행정
국

복지국

동작50+센터

사업팀

커뮤니티/
일자리
지원팀

지역
연계팀